魏晉世語

輯釋 研究

이 저서는 2013학년도 연세대학교 학술연구비의 지원에 의하여 이루어진 것임.

魏晉世語

輯釋 研究

金 長 煥 著

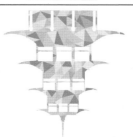

學古房

지은이의 말

　『위진세어魏晉世語』는 중국 서진西晉 때의 문인이자 사학자였던 곽반郭頒이 지은 필기소설집으로, 중국 고대소설의 형성과 관련하여 위진남북조 지인소설志人小說의 발전과정을 규명하는 데 중요한 작품 가운데 하나인데, 원대元代에 이미 망실된 것으로 보인다.

　필자가 『위진세어』를 처음 접한 것은 대학원에 입학하여 석사논문을 준비할 때였으니 벌써 30년 전의 일이다. 그 후 박사논문을 준비하면서 보다 깊이 읽어볼 기회가 생겼지만, 제대로 된 집일본輯佚本이 없어서 아쉬움이 컸다. 망실된 위진남북조 지괴소설志怪小說과 지인소설의 대부분을 집록해놓은 노신魯迅의 『고소설구침古小說鉤沈』에도 『위진세어』는 빠져 있었기에, 필자는 언젠가 내손으로 집일본을 만들어보겠다고 마음을 먹었다. 사실 『위진세어』는 중국 지인소설의 대표작인 『세설신어世說新語』의 그늘에 가려져 그 동안 거의 주목받지 못했다. 그 결과 현재까지 『위진세어』를 연구하는 데 가장 기본이 되는 원전 텍스트에 대한 체계적인 집일, 교감校勘, 교석校釋 작업이 국내는 물론이고 중국을 비롯한 국외에서도 아직까지 수행되지 않고 있다. 이번에 필자는 그동안 미뤄두었던 해묵은 숙제 하나를 마무리하게 되었다. 이 책의 일차 목적은 망실된 『위진세어』의

일문을 집록하여 교감과 교석을 통해 최대한 원서에 가깝게 복원하는 것
이고, 이차 목적은 이를 바탕으로 『위진세어』를 심층적으로 분석하는 것
이다. 이러한 목적을 충분히 달성했다고 자신할 수는 없지만, 필자의 연구
가 국내외에서 처음으로 시도되었다는 점에서 다소 위안을 찾고자 한다.

끝으로 『위진세어』의 집석輯釋 연구를 위해 학술연구비를 지원해준 학
교 당국에 깊이 감사하며, 앞으로 이 책을 바탕으로 관련 학자들의 많은
연구가 이루어지길 바란다.

2015년 10월
파주 책향기숲길
세설헌世說軒에서
김장환 씀

6

차례

제 1 부

『위진세어』
- 위진시대의 세상 이야기

『위진세어魏晉世語』는 중국 서진西晉 때의 문인이자 사학자였던 곽반郭頒(생졸년 미상)이 지은 필기소설집으로, 중국 고대소설의 형성과 관련하여 위진남북조 지인소설志人小說의 발전과정을 규명하는 데 중요한 작품 가운데 하나이다. 원서는 10권이었으나 원대元代에 이미 망실된 것으로 보인다. 그 일문佚文이 『삼국지三國志』 배송지裴松之 주와 『세설신어世說新語』 유효표劉孝標 주를 비롯한 후대의 여러 주석서와 유서類書 등에 산재되어 총 150여 조가 남아 있는데, 현재 남아 있는 일문을 통해 『위진세어』의 대체적인 면모와 내용을 파악할 수 있다.

『위진세어』는 중국 지인소설의 대표작인 『세설신어』의 그늘에 가려져 그 동안 거의 주목받지 못했다. 그 결과 현재까지 『위진세어』에 대한 체계적인 집일輯佚, 교감校勘, 교석校釋, 연구 작업은 국내는 물론이고 중국을 비롯한 국외에서도 아직까지 수행된 적이 없으며, 전문적인 연구논문도 거의 없는 실정이다.[1] 이런 상황에서 『위진세어』에 대한 집일과 교감 및 교석 작업은 해당 작품을 연구하는 데 가장 기본이 되는 원전 텍스트를 복원하여 정립한다는 측면에서 무엇보다도 중요한 일이라 하겠다.

---

[1] 국외에서는 寧稼雨의 『中國志人小說史』(瀋陽: 遼寧人民出版社, 1991), 王枝忠의 『漢魏六朝小說史』(杭州: 浙江古籍出版社, 1997), 苗壯의 『筆記小說史』(杭州: 浙江古籍出版社, 1998) 등에서 『세설신어』 성립의 전단계로서 『위진세어』에 대해 간략히 언급한 것 외에, 『위진세어』의 찬술시기를 고찰한 소논문으로 魏世民의 「兩晉三部小說成書年代考」(『昭通師範高等專科學校學報』 第24卷 第4期, 2002.8)와 『삼국지』 배송지 주에 인용된 『위진세어』 일문을 대상으로 연구한 학위논문으로 嚴紅彦의 「『三國志』裴注中所見『魏晉世語』考述」(蘭州大碩士論文, 2007)이 있다. 국내에서는 金長煥의 「魏晉南北朝志人小說研究」(延世大博士論文, 1992)에서 위진남북조 지인소설의 啓導期 작품으로 『위진세어』를 비교적 비중 있게 다룬 것이 전부이다.

1. 저록

『위진세어』에 대한 저록著錄은 『수서隋書』 「경적지經籍志·사부史部·잡사류雜史類」에 처음 보이는데, "『魏晉世語』十卷, 晉襄陽令郭頒撰"이라 되어 있다. 이어서 『구당서舊唐書』 「경적지·사부·잡사류」에는 "『魏晉代語』十卷, 郭頒撰", 『신당서新唐書』 「예문지藝文志·사부·잡사류」에는 "郭頒『魏晉代說』十卷"이라 저록되어 있으며, 송대 정초鄭樵의 『통지通志』 「예문략藝文略·사류史類·잡사」의 저록은 『수서』 「경적지」와 동일하다. 그 후로 『송사宋史』 『예문지』부터는 저록이 보이지 않으므로, 『위진세어』는 원대에 이르러 이미 망실된 것으로 보인다. 위의 저록 중에서 "『위진대어魏晉代語』"와 "『위진대설魏晉代說』"의 "대代"는 당 태종太宗 이세민李世民의 휘諱를 피해 고친 것이며, "설說"은 "어語"의 오기다. 그밖에 "『위진속어魏晉俗語』"라는 명칭도 보이는데2) 이 역시 피휘한 것이다. 후대의 여러 전적에서는 대부분 『위진세어』를 인용할 때 줄여서 "『세어』"라고 했다.

2. 찬자 곽반

『위진세어』의 찬자 곽반郭頒은 사서史書에 그의 전傳이 없기 때문에 구체적인 행적을 거의 알 수 없지만, 『삼국지』 주, 『세설신어』 주, 『수경주水經注』, 『수서·경적지』 등에 보이는 단편적인 기록3)을 통해 그

---

2) 『初學記』 卷5 「地理部·石」 注와 『初學記』 卷29 「獸部·狗」 注에 "郭頒『魏晉俗語』曰"이라 인용되어 있다.
3) 『三國志』 卷4 「魏書·三少帝紀·高貴鄕公髦」 裴注: "案; 張璠·虞溥·郭頒皆晉之令史, 璠·頒出爲官長, 溥, 鄱陽內史."

대강을 추정해볼 수 있다. 곽반은 서진인西晉人으로 자가 장공長公이고, 처음에 영사令史를 지내다가 나중에 지방관으로 나가 양양령襄陽令이 되었다. 『위진세어』 10권 외에 『군영론群英論』 1권을 지었다고[4] 알려져 있으나 모두 망실되어 전하지 않는다. 한편 후대 전적에서 『위진세어』를 인용할 때 찬자를 "곽송郭頌" 또는 "곽수郭須"라고 한 경우가 자주 보이는데, 이는 모두 "곽반郭頒"의 오기로 보는 것이 타당하다.

3. 원서의 구성

『위진세어』의 원서 10권이 본래 어떠한 체재로 구성되어 있었는지는 현재 정확히 알 길이 없다. 다만 일부 후대 전적의 인용문에서 서명을 "『위세어魏世語』" 또는 "『진세어晉世語』"라고 했으며[5], 『삼국지』 배송지 주에서 『위진세어』에 "명신名臣"의 부류가 있었음을 지적한 것[6]으로 보아, 원서는 크게 「위세어」와 「진세어」로 나뉘어 있었고 「명신」과 같은 편목이 존재했을 가능성이 높다. 그러나 현재 이를 확증할 자료는 남아 있지 않다.

『世說新語』「方正」6 劉注: "按; 郭頒, 西晉人, 時世相近, 爲『晉魏世語』, 事多詳覈. 孫盛之徒, 皆采以著書."
『水經注』卷22「渠水」: "郭長公『世語』云."
4) 『隋書』「經籍志·子部·小說類」 '燕丹子'條附注: "羣英論一卷, 郭頒撰."
『山西通志』卷175「雜類·說部」: "晉郭頒『魏晉世語』十卷, 『羣英論』一卷."
5) 『白孔六帖』卷36, 『淵鑑類函』卷155注·卷425, 『庾開府集箋註』卷4의 인용문에서는 "『魏世語』"라 했고, 『太平御覽』卷359, 『墨莊漫錄』卷7, 『職官分紀』卷8注의 인용문에서는 "『晉世語』"라 했다.
6) 『三國志』卷23「魏書·裴潛傳」裴注: "案本志, (韓)宣名都不見, 惟『魏略』有此傳, 而『世語』列於名臣之流."

4. 찬술 시기

『위진세어』의 찬술 시기도 명확히 알 수 없지만,『삼국지』배송지 주에서 간보干寶(?~336)와 손성孫盛(302~374)이 『위진세어』의 고사를 많이 채록하여 그들의 『진서晉書』를 지었다는 기록[7]에서 그 실마리를 찾을 수 있다. 여기에서 "『진서』"는 간보의 『진기晉紀』와 손성의 『진양추晉陽秋』를 말한다. 『진기』는 동진 명제明帝 태녕太寧 3년(325)에 찬술되었고,[8] 『진양추』는 동진 폐제廢帝 해서공海西公 태화太和 5년(370)에 찬술되었다.[9] 따라서 『위진세어』는 『진기』가 찬술된 325년 이전에 이미 완성되었다고 판단된다.

위세민魏世民은 현존하는 『위진세어』 일문의 기사記事 중에서 가장 늦은 것이 서진 말 회제懷帝·민제愍帝 때이므로, 곽반이 서진 말에 진 황실을 따라 강남으로 건너간 후에 이 책을 지었으며 그 시기는 동진 초년(약 317년)일 것이라고 추정했다.[10] 그러나 필자가 고찰한 바로는 『위진세어』의 일문 중 325년을 기준으로 시기적으로 가장 늦은 기사는 『삼국지』 배송지 주에 인용된 부선傳宣(생졸년 미상)과 그의 동생 부창傅暢(?~330)에 관한 것이다.[11] 부창은 일찍이 후조後趙의

---

7)『三國志』卷4「魏書·三少帝紀·高貴鄕公髦」裴注: "干寶·孫盛等多采其言以爲『晉書』."

8) 劉汝霖,『東晉南北朝學術編年』(上海: 華東師範大學出版社, 2010), 17~20쪽.

9) 劉汝霖, 위의 책, 64~65쪽.

10) 魏世民,「兩晉三部小說成書年代考」(『昭通師範高等專科學校學報』第24卷 第4期, 2002.8), 29~30쪽. 嚴紅彥은 「『三國志』裴注中所見『魏晉世語』考述」(蘭州大碩士論文, 2007)에서 魏世民의 설을 그대로 수용하여 轉載했다.

11)『三國志』卷21「魏書·傅嘏傳」裴注: "『世語』稱, (傳)宣以公正知名, 位至御史中丞. 宣弟暢, 字世道, 祕書丞, 沒在胡中. 著『晉諸公贊』及『晉公卿禮秩故事』." 부창은 자가 世道이고, 西晉과 後趙의 관리로서, 서진의 司徒 傅祗의 차남이다. 약관의 나이가 되기 전에 이미 명성이 높아 侍講東宮에 선발되고 祕書丞에 이르렀으며,

석륵石勒에게 포로로 잡혀가 대장군우사마大將軍右司馬에 중용되어 석륵의 신임을 받았는데, 석륵이 대장군·대선우大單于·영기주목領冀州牧으로서 조왕趙王에 즉위하여 정식으로 후조를 건국한 것은 동진 원제元帝 태흥太興 2년(319)이므로, 이 기사는 319년에서 325년 사이의 것으로 여겨진다. 따라서 필자는 『위진세어』의 찬술시기를 일단 325년 이전으로 편년編年하고자 한다.

5. 일문

현존하는 『위진세어』 집일본은 원대 도종의陶宗儀의 『설부說郛』본(11조), 명대 무명씨의 『오조소설五朝小說』본(11조), 청대 황석黃奭의 『자사구침子史鉤沈』본(11조), 민국 무명씨의 『오조소설대관五朝小說大觀』본(11조), 민국 오증기吳曾祺의 『구소설舊小說』본(1조)이 있는데, 모두 절선본節選本으로 참고가치가 그다지 높지 않다. 『구소설』본을 제외한 4종은 모두 『설부』본과 동일하다.

필자가 집록한 『위진세어』의 일문은 총 159조인데, 그중에서 춘추전국시대의 고사와 325년 이후의 고사 14조[12]는 『위진세어』의 일문으로 간주하기 어려우므로 일단 제외하면 총 145조가 된다.

역대 전적 중에서 『위진세어』의 일문을 가장 많이 인용한 것은 『삼국지』 배송지 주로서, 총 92조가 수록되어 있다. 『삼국지』 주에 인용

武鄕亭侯에 봉해졌다. 나중에 後趙의 石勒에게 포로로 잡혀갔는데, 석륵이 그를 大將軍右司馬로 삼았다. 조정의 의례에 밝고 항상 기밀을 담당했기에 석륵이 그를 매우 중시했다. 동진 成帝 咸和 5년(330)에 죽었다.

12) 여기에 해당하는 14조의 고사는 제2부와 제3부의 '「附錄」(存疑待考)'에 따로 모아 놓았으니 참고하기 바람.

된 『위진세어』의 일문은 『위진세어』의 찬술시기와 가장 가깝고, 또한 후대 전적에서 종종 착오를 일으키는 『세설』과의 혼동 가능성도 전혀 없으므로,[13] 현존하는 일문 중 가장 믿을 만하다. 한편 청대 섭덕휘葉德輝는 『세설신어』 일문을 집록하면서 『세설신어』 일문의 집록 출처가 『세어』와 혼동되어 있는 문제에 대해 그 서문의 모두冒頭에서 "『세설신어』의 일문 가운데 당송인唐宋人의 유서類書에 인용되어 보이는 것은 종종 『위진세어』와 서로 섞여 있다. 생각건대, 『세어』는 진대의 곽반이 지은 것으로 『수서』 「경적지·잡사류」에 보이는데, 유효표가 주를 달 때 역시 그것을 인용하여 이동異同을 증명했으니 임천臨川: 劉義慶의 이 책은 어쩌면 바로 그것을 남본으로 했을 것이다"[14]라고 하면서, 그 밑에 다음과 같은 자주自注를 달아 자신의 견해를 구체적으로 밝혔다.

> "『태평어람』 권353에 인용된 '삼공령병三公領兵' 조의 주에서 '또 다른 출처는 곽반의 『세어』다'라고 했는데, 이것은 송대인이 보았던 『세설』과 『세어』가 본래 서로 섞여 있었음을 말해주는 것이니, 유서에서 [동일한 고사를] 양쪽에서 인용할 때 여기서는 『세설』이라 하고 저기서는 『세어』라고 한 것은 자형이 비슷해서 생긴 오류만은 아닐 것이다."[15]

---

13) 裴松之의 『三國志注』는 劉宋 文帝 元嘉 6년(429)에 진헌되었고, 劉義慶의 『世說新語』는 원가 18년(441)에 찬술되었으므로[劉汝霖, 위의 책, 172~173쪽, 186~187쪽], 『삼국지주』에는 『세설신어』의 고사가 전혀 인용되어 있지 않다. 따라서 후대 전적에서 종종 보이는 『위진세어』의 약칭인 『세어』와 『세설신어』의 약칭인 『세설』의 혼동 가능성이 『삼국지주』에는 존재하지 않는다.

14) 葉德輝, 「世說新語佚文序」[思賢講舍刻本 『世說新語』에 收錄](上海: 上海古籍出版社影印, 1982): "『世說新語』佚文引見唐宋人類書者, 往往與『世語』相出入. 按, 『世語』晉郭頒撰, 見『隋志』「雜史類」. 孝標作注時, 亦援引以證異同, 則臨川此書, 或卽以之爲藍本也."

15) 葉德輝, 위의 글: "『太平御覽』三百五十三引'三公領兵'條注云: '一出郭頒『世語』.'

다시 말해 당송대의 유서에서 고사를 인용할 때 그 인용출처를『세설』과『세어』로 혼재混載한 것은 단순한 착오가 아니라 본래 두 책의 고사가 서로 중복되었기 때문일 가능성이 높다는 것이 섭덕휘의 주장이다.『세설』은 전대前代의 전적, 특히 배계裴啓의『어림語林』이나 곽징지郭澄之의『곽자郭子』와 같은 지인소설에서 상당한 분량의 고사를 채록한 것으로 보아,『어림』·『곽자』와 비슷한 성격을 지닌『세어』에서도 당연히 고사를 채록했을 것이다. 필자가 집록한 145조의『세어』일문 중에서 11조가『세설』에 채록되어 있고, 유효표 주에는『세어』의 일문 15조가 인용되어 있다. 따라서『세설』과『세어』의 일부 고사가 중복되어 있었다는 섭덕휘의 주장은 충분히 납득이 간다. 그러나 금본『세설신어』에 수록되어 있지 않는 일문으로 그 인용출처가『세어』와 혼동되어 있는 고사는『세설신어』의 일문이라기보다는『위진세어』의 일문이라고 보는 것이 타당하다.16)

6. 지인소설사상 의의

현재 남아 있는 일문을 통해『위진세어』의 내용을 살펴보면, 곽반 자신이 살았던 위진대에 실존했던 인물들의 단편적인 언행과 일화를 기록한 것이 대부분이므로,『위진세어』는 당연히 지인소설의 범주에 속한다. 그러나 역대 사지史志에서 모두 사부史部에 저록되어 있고 위

是宋人所見『世說』·『世語』, 本相出入, 則類書兩引, 此稱『世說』, 彼稱『世語』者, 不僅爲字形之誤矣."
16) 金長煥,「『世說新語』佚文 硏究」(『中國小說論叢』第5輯, 1996.3), 164~165쪽 참고.

진대의 역사서를 편찬할 때 많은 부분이 인용된 것에서도 알 수 있듯이, 『위진세어』는 사서史書의 속박에서 완전히 벗어나지는 못하였다. 사실상 『위진세어』는 내용상 조정과 군정軍政 등 국가대사에 관한 고사의 비중이 비교적 크다. 그렇지만 완전히 사실만을 기록한 것은 아니어서, 비록 사부에 속하지만 믿을 만한 역사 기록은 아니며, 조정과 군정을 기술하는 동시에 항상 항간의 이문異聞이나 일사軼事를 섞어 넣어 자못 허구가 많다. 이에 대해 배송지는 『위진세어』의 기록을 『삼국지』 주에 인용하면서 다음과 같이 신랄하게 비판했다.

> "오직 곽반이 찬한 『위진세어』는 식견이 궁핍하고 법도가 전혀 없어 가장 저열하지만, 때때로 특이한 일이 담겨 있기 때문에 세상에 자못 유행했다. 간보와 손성 등이 그 내용을 많이 채록하여 『진서』를 편찬했는데, 그 가운데 이처럼 근거 없는 착오가 종종 들어 있다"[17]

하지만 이러한 견해는 어디까지나 역사가의 안목으로 '소설小說'을 가늠한 것이다. 실제로 『위진세어』는 저술 체례에 있어서 정사正史처럼 그렇게 엄격하지 않고, 기록의 범위가 정사에 비해 훨씬 광범위하며, 묘사의 중점 또한 인물의 형상화와 배경의 세부 묘사에 집중되어 있다. 이것은 기본적으로 실제 인물의 실제 언행을 주요 제재로 하지만 적당한 허구와 과장이 가미되어 있는 지인소설의 기본 특성과 일치하는 것이다.

『위진세어』는 위진남북조 지인소설에 있어서 처음으로 실제 인물

---

17) 『三國志』卷4「魏書·三少帝紀·高貴鄕公髦」裴注: "惟頒撰『魏晉世語』, 蹇乏全無宮商, 最爲鄙劣, 以時有異事, 故頗行於世. 干寶·孫盛等多采其言以爲『晉書』, 其中虛錯如此者, 往往而有之."

에 관한 언행과 풍모를 전록專錄했고, 일부 고사가 이후 『세설신어』
와 같은 보다 완정한 지인소설에 채록됨으로써, 초기 중국 지인소설
의 발전 과정에서 그 계도적인 역할을 훌륭히 수행했다고 판단된다.

第 2 部
『魏晉世語』輯佚與校勘

【凡例】

1. 凡輯佚之故事分爲「魏世語」與「晉世語」兩篇.
2. 各條故事按時代先後排列, 置阿拉伯數字表示序號, 序號之後又並記確定或推定之年度.
3. 校記序號置於所校字或句之後, 以"[1] [2] [3] ……"表示.
4. 單純簡縮或節錄之佚文不加校勘.
5. 各條之輯錄出處以最早刊行的典籍爲準, 以"△出典"表示.
6. 同出典之故事見於他典籍, 亦出於『世語』者, 則以"△又見"表示, 並載於該條目之下.
7. 同出典之故事見於他典籍, 非出於『世語』者, 則以"△參考"表示, 並載於該條目之下.
8. 雖引出於『世語』, 猶疑非『世語』之佚文者, 則匯爲一處, 作爲「附錄」(存疑待考).

1 「魏世語」

001

> 【『曹瞞傳』及郭頒『世語』並云】(曹)嵩，夏侯氏之子，夏侯惇之叔父．太祖[1]於惇爲從父兄弟．

[1] 太祖：『資治通鑑』注引作"操"，『義門讀書記』卷23引作"魏太祖"．

△ 出典：『三國志』卷1「魏書・武帝紀」裴注．
△ 又見：『太平御覽』卷93「皇王部・魏太祖武皇帝」注．
　　　　『資治通鑑』卷58「漢紀五十・孝靈皇帝中」注．
　　　　『續後漢書』卷25「列傳・魏曹操上」注．
　　　　『佩文韻府』卷14之4「上平聲・十四寒韻四」注．
　　　　『義門讀書記』卷23「後漢書」，卷26「三國志」．
　　　　『李義山詩集注』卷3下「井泥四十韻」．

- 『太平御覽』卷93「皇王部・魏太祖武皇帝」注
  『曹瞞傳』及郭班『世語』並云：嵩，夏侯氏子，夏侯惇之叔父．太祖於惇爲從父兄弟也．

- 『資治通鑑』卷58「漢紀五十・孝靈皇帝中」注
  『曹瞞傳』及郭頒『世語』並云：嵩，夏侯氏之子，夏侯惇之叔父．操於惇爲從父兄弟．

- 『續後漢書』卷25「列傳・魏曹操上」注
  『曹瞞傳』及郭頒『世語』並云：嵩，夏侯氏之子，夏侯惇之叔父．太祖於惇爲從父兄弟．

- 『佩文韻府』卷14之4「上平聲・十四寒韻四」注
  『曹瞞傳』及郭頒『世語』並云 ：嵩，夏侯氏之子．

- 『義門讀書記』卷23「後漢書」
  『曹瞞傳』及郭頒『世語』並云：嵩, 夏侯氏子, 惇之叔父. 魏太祖於惇爲從父兄弟也.

- 『義門讀書記』卷26「三國志」
  『曹瞞傳』及郭頒『世語』並云：嵩, 夏侯氏子.

- 『李義山詩集注』卷3下「井泥四十韻」
  『曹瞞傳』·郭頒『世語』並云：嵩, 夏侯氏之子.

002-(180年前後)

【『世語』曰】 (喬)玄謂太祖曰："君未有名, 可交許子將." 太祖乃造子將, 子將納焉, 由是知名[1].

[1] 由是知名：『世說新語』注引無此四字.

△ 出典：『三國志』卷1「魏書·武帝紀」裴注.
△ 又見：『世說新語』「識鑑」1劉注.

- 『世說新語』「識鑑」1劉注
  『世語』曰：玄謂太祖："君未有名, 可交許子將." 太祖乃造子將, 子將納焉.

003-(180年前後)

【『世語』曰】 太祖過(呂)伯奢, 伯奢出行, 五子皆在[1], 備賓主禮. 太祖自以背(董)卓命, 疑其圖己, 手劍夜殺八人而去[2].

[1] 在：『北堂書鈔』注·『駢志』·『淵鑑類函』注並引無此字.
[2] 太祖自以背卓命, 疑其圖己, 手劍夜殺八人而去：『淵鑑類函』注引作"聞其食器聲, 以爲圖己, 遂殺之. 既而悽愴曰：'寧我負人, 無人負我！'"

△ 出典: 『三國志』卷1「魏書・武帝紀」裴注.
△ 又見: 『北堂書鈔』卷20「帝王部・猜忌」注.
　　　　『騈志』卷19「癸部上」.
　　　　『淵鑑類函』卷56「帝王部十七・猜忌」注.
△ 參考: 『三國志』卷1「魏書・武帝紀」裴注所引『魏書』.
　　　　『三國志』卷1「魏書・武帝紀」裴注所引孫盛『雜記』.

- 『北堂書鈔』卷20「帝王部・猜忌」注
  『世語』曰: 太祖過伯奢, 伯奢出行, 五子皆備賓主禮. 太祖自以背卓命, 疑其圖已, 手劍夜殺八人而去.

- 『騈志』卷19「癸部上」
  『世語』曰: 太祖過呂伯奢, 伯奢出行, 五子皆備賓主禮. 太祖自以背董卓命, 疑其圖已, 手劍夜殺八人而去.

- 『淵鑑類函』卷56「帝王部十七・猜忌」注
  『世語』曰: 太祖過伯奢, 伯奢出行, 五子皆備賓主禮. 聞其食器聲, 以爲圖己, 遂殺之. 既而悽愴曰: "寧我負人, 無人負我!"

- 『三國志』卷1「魏書・武帝紀」裴注所引『魏書』
  太祖以卓終必覆敗, 遂不就拜, 逃歸鄉里. 從數騎過故人成皋呂伯奢, 伯奢不在, 其子與賓客共劫太祖, 取馬及物, 太祖手刃擊殺數人.

- 『三國志』卷1「魏書・武帝紀」裴注所引孫盛『雜記』
  太祖聞其食器聲, 以爲圖己, 遂夜殺之. 既而悽愴曰: "寧我負人, 毋人負我!" 遂行.

004-(189年)

【『世語』曰】 中牟疑是亡人, 見拘于縣. 時掾亦已被卓書, 唯功曹心知是太祖, 以世方亂, 不宜拘天下雄儁, 因白令釋之.[1]

[1] 『水經注』引只作"爲縣所拘, 功曹請釋焉."

△ 出典: 『三國志』卷1「魏書・武帝紀」裴注.
△ 又見: 『水經注』卷22「渠水」.

- 『水經注』卷22「渠水」
  郭長公『世語』云 : 爲縣所拘, 功曹請釋焉.

005-(190年以前)

> 【『世語』曰】 陳留孝廉衛玆以家財資太祖, 使[1]起兵, 衆有[2]五千人.

[1] 使: 『冊府元龜』注引作"始".
[2] 衆有: 『冊府元龜』注引作"有衆".

△ 出典: 『三國志』卷1「魏書・武帝紀」裴注.
△ 又見: 『冊府元龜』卷5「帝王部・創業」注.

- 『冊府元龜』卷5「帝王部・創業」注
  『世語』曰 : 陳留孝廉衛玆以家財資太祖, 始起兵, 有衆五千人.

006-(190年前後)

> 【『世語』曰】 初, 太祖乏食, (程)昱略[1]其本縣, 供三日[2]糧, 頗雜以
> 人脯. 由是失朝望, 故位不至公.

[1] 略: 『太平御覽』引作"掠". "略"與"掠"通.
[2] 日: 『太平御覽』引作"旬".

△ 出典: 『三國志』卷14「魏書・程昱傳」裴注.
△ 又見: 『太平御覽』卷862「飲食部・脯」.

- 『太平御覽』卷862「飲食部・脯」
  『世語』曰 : 初, 太祖乏食, 程昱掠其本縣, 供三旬糧, 頗雜以人脯. 由是失
  朝望, 故位不至公也.

007-(192年)

【『世語』曰】(劉)岱既死, 陳宮謂太祖曰: "州今無主, 而王命斷絶. 宮請說州中, 明府尋往牧之, 資之以收天下. 此霸王之業也." 宮說別駕·治中曰: "今天下分裂而州無主, 曹東郡, 命世之才也, 若迎以牧州, 必寧生民." 鮑信等亦謂之然.

△ 出典: 『三國志』卷1「魏書·武帝紀」裴注.

008-(192年以後)

【『世語』曰】 太祖遣使從事王必致命天子.

△ 出典: 『三國志』卷13「魏書·鍾繇傳」裴注.

009-(193年)

【『世語』曰】(曹)嵩在泰山華縣[1], 太祖[2]令泰山太守應劭[3]送家詣兗州. 劭兵未至, 陶謙密遣數千[4]騎掩捕. 嵩家以爲劭迎, 不設備. 謙兵至, 殺太祖弟德于門中. 嵩懼[5], 穿後垣, 先出其妾, 妾肥, 不時得出[6]. 嵩逃于廁, 與妾俱被害, 闔門皆死. 劭懼, 棄官赴袁紹. 後太祖定冀州, 劭時已死.

[1] 嵩在泰山華縣: 『天中記』引作"曹操父嵩在太山".
[2] 太祖: 『天中記』引作"操".
[3] 劭: 『天中記』引作"邵".
[4] 千: 『天中記』引作"十".
[5] 嵩家以爲劭迎, 不設備. 謙兵至, 殺太祖弟德于門中. 嵩懼: 『天中記』引作"嵩家懼".
[6] 妾肥, 不時得出: 『天中記』引作"肥不出".

△ 出典: 『三國志』卷1「魏書·武帝紀」裴注.

△ 又見:『天中記』卷21「肥·逃厠」.

• 『天中記』卷21「肥·逃厠」
曹操父嵩在太山, 操令泰山太守應邵送家詣兗州. 陶謙密遣數十騎掩捕.
嵩家懼, 穿後垣, 先出其妾, 肥不出. 逃於厠, 與妾俱被害. (『世語』)

010-(196年)

> 【『世語』】 張旣[1]除新豐令, 治爲三輔第一.

[1] 旣:『北堂書鈔』注·『淵鑑類函』注引原作"免", 當誤. 今據『三國志』「魏書」本傳改.

△ 出典:『北堂書鈔』卷78「設官部·縣令」注.
△ 又見:『淵鑑類函』卷116「設官部五十六·縣令四」注.
△ 參考:『三國志』卷15「魏書·張旣傳」.

• 『淵鑑類函』卷116「設官部五十六·縣令四」注
『世語』: 張免除新豐令, 治爲三輔第一.

• 『三國志』卷15「魏書·張旣傳」
張旣字德容, 馮翊高陵人也. 年十六, 爲郡小吏. 後歷右職, 舉孝廉, 不行.
太祖爲司空, 辟, 未至, 舉茂才, 除新豐令, 治爲三輔第一.

011-(197年以前)

> 【『世語』曰】 舊制, 三公領兵入見, 皆交戟叉頸而[1]前. 初[2], (曹)公
> [3]將討張繡, 入覲天子時[4], 始復此制. 公自此不復朝見[5].

[1] 『白孔六帖』·『淵鑑類函』卷155注·『佩文韻府』注·『庾開府集箋註』並
引此處有"後"字.
[2] 初:『白孔六帖』·『淵鑑類函』卷155注·『佩文韻府』注並引無此字.

[3] 公: 『白孔六帖』·『淵鑑類函』卷155注·『佩文韻府』注並引作"太祖".

[4] 入覲天子時: 『白孔六帖』·『淵鑑類函』卷155注·『佩文韻府』注並引"覲"作"見"而無"時"字.

[5] 公自此不復朝見: 『太平御覽』·『淵鑑類函』卷224注並引"此"作"是"而"復"作"敢".

△ 出典: 『三國志』卷1「魏書·武帝紀」裴注.

△ 又見: 『白孔六帖』卷36「朝會」.
　　　　『太平御覽』卷353「兵部·戟下」.
　　　　『禮說』卷14「考工記」.
　　　　『淵鑑類函』卷155「禮儀部二·朝會四」注, 卷224「武功部十九·戟三」注.
　　　　『分類字錦』卷41「武備·戟」注.
　　　　『佩文韻府』卷100之6「入聲·十一陌韻六」注.
　　　　『庾開府集箋註』卷4「謹贈司寇淮南公」.

- 『白孔六帖』卷36「朝會」
  『魏世語』曰：舊制, 三公領兵入見, 皆交戟叉頸而後前. 太祖將討張繡, 入見天子, 始復此制.

- 『太平御覽』卷353「兵部·戟下」
  『世說』曰：舊制, 三公領兵入見, 皆交戟叉頸而前. 初, 曹公將討張繡, 入覲天子時, 始復此制. 公自是不敢朝見. (一出郭頒『世語』)

- 『禮說』卷14「考工記」
  郭頒『世說』云：舊制, 三公領兵入見, 皆交戟叉頸而前.

- 『淵鑑類函』卷155「禮儀部二·朝會四」注
  『魏世語』：舊制, 三公領兵入見, 皆交戟叉頸而後前. 太祖將討張繡, 入見天子, 始復此制.

- 『淵鑑類函』卷224「武功部十九·戟三」注
  『世語』曰：舊制, 三公領兵入見, 皆交戟叉頸而前. 初, 曹公將討張綉, 入覲天子時, 始復此制. 公自是不敢朝見.

- 『分類字錦』卷41「武備·戟」注
  『世語』曰: 舊制, 三公領兵入見, 皆交戟叉頸而前. 初, 公將討張繡, 入覲天子時, 始復此制.

- 『佩文韻府』卷100之6「入聲·十一陌韻六」注
  『世語』: 舊制, 三公領兵入見, 皆交戟叉頸而後前. 太祖將討張繡, 入見天子, 始復此制.

- 『庾開府集箋註』卷4「謹贈司寇淮南公」
  『魏世語』: 舊制, 三公領兵入見, 皆交戟叉頸而後前.

012-(197年)

> 【『世語』曰】 張繡反, (曹)公與戰敗[1], 子[2]昂不能騎, 進馬于公. 公故免, 而昂遇害.

[1] 張繡反, 公與戰敗:『三國志』注引原無此七字, 今據『水經注』補.
[2] 子:『三國志』注引原無此字, 今據『水經注』補.

△ 出典:『三國志』卷1「魏書·武帝紀」裴注.
△ 又見:『水經注』卷31「淸水」.

- 『水經注』卷31「淸水」
  『世語』曰: 張繡反, 公與戰敗, 子昂不能騎, 進馬於公, 而昂遇害.

013-(200年)

> 【『世語』云】 魏武征袁本初, 治裝, 餘有數十斛竹片, 咸長數寸, 衆並謂不堪用. 太祖意甚惜, 思所以用之, 謂可以爲竹甲盾, 而未顯其言. 馳使問楊德祖, 德祖應聲而答, 與帝意正同. 衆服其辨悟.

△ 出典:『北堂書鈔』卷121「武功部·盾」注.

△ 又見: 『淵鑑類函』卷228「武功部二十三 · 盾三」注.
△ 參考: 『世說新語』「捷悟」4.

- 『淵鑑類函』卷228「武功部二十三 · 盾三」注
  『世語』云: 魏武征袁本初, 治裝, 餘有數十斛竹片, 咸長數寸, 衆並謂不
  堪用. 太祖意甚惜, 思所以用之, 謂可以爲竹甲盾, 而未顯其言. 馳使問
  楊德祖, 德祖應聲而答, 與帝意正同. 衆服其辨悟.

- 『世說新語』「捷悟」4
  魏武征袁本初, 治裝, 餘有數十斛竹片, 咸長數寸. 衆云並不堪用, 正令燒
  除. 太祖思所以用之, 謂可爲竹椑楯, 而未顯其言. 馳使問主簿楊德祖,
  應聲答之, 與帝心同. 衆伏其辯悟.

014-(200年)

【『世語』曰】(袁)紹步卒五萬, 騎八千.

△ 出典: 『三國志』卷6「魏書 · 袁紹傳」裴注.

015-(200年)

【本紀及『世語』並云】(曹)公時有騎六百餘匹.

△ 出典: 『三國志』卷1「魏書 · 武帝紀」裴注.
△ 又見: 『冊府元龜』卷562「國史部 · 不實」.
　　　　『史粹』卷1「三國志 · 魏志」.

- 『冊府元龜』卷562「國史部 · 不實」
  本紀及『世語』竝云: 公時有騎六百餘匹.

- 『史粹』卷1「三國志 · 魏志」
  本紀及『世語』並云: 公時有騎六百餘匹.

016-(200年前後)

> 【『世語』曰】魏武將見匈奴使, 自以形陋, 不足雄遠國, 使崔季珪代, 帝自捉刀立牀頭. 坐既畢, 令間諜謂曰: "魏王何如?" 匈奴使答曰: "王雅望非常, 然牀頭捉刀人, 此乃英雄也." 魏王聞之, 馳遣殺此使.

△ 出典:『太平御覽』卷93「皇王部·魏太祖武皇帝」.
△ 參考:『世說新語』「容止」1.

- 『世說新語』「容止」1

  魏武將見匈奴使, 自以形陋, 不足雄遠國, 使崔季珪代, 帝自捉刀立牀頭. 既畢, 令間諜問曰: "魏王何如?" 匈奴使答曰: "魏王雅望非常, 然牀頭捉刀人, 此乃英雄也." 魏武聞之, 追殺此使.

017-(201年)

> 【『世語』曰】(劉)備屯樊城, 劉表禮焉, 憚其爲人, 不甚信用. 曾請備宴會, 蒯[1]越·蔡瑁欲因會取備, 備覺之, 僞如廁, 潛遁出. 所乘馬名的盧[2], 騎的盧走, 墮[3]襄陽城西檀溪水中, 溺不得出. 備急曰: "的盧, 今日厄矣, 可[4]努力!" 的盧乃一踊[5]三丈, 遂得過. 乘桴渡河, 中流而追者至, 以表意謝之, 曰: "何去之速乎!"

[1] 蒯:『太平御覽』·『事類賦』並引作"荊".
[2] 盧:『太平御覽』·『事類賦』·『記纂淵海』·『庾子山集』注並引作"顱".
[3] 墮:『事類賦』引作"至",『騈志』·『騈字類編』注·『分類字錦』注·『子史精華』注·『佩文韻府』卷7之7注/卷52之4注·『御選唐詩』注並引作"渡".
[4] 『太平御覽』·『事類賦』·『記纂淵海』並引此處有"不"字.
[5] 踊:『太平御覽』·『事類賦』·『記纂淵海』·『騈志』·『庾子山集』注並引作"踰", "踊"與"踰"同.『佩文韻府』卷52之4注引作"涌".

△ 出典:『三國志』卷32「蜀書·先主劉備傳」裴注.
△ 又見:『太平御覽』卷897「獸部·馬」.
　　　　『事類賦』卷21「獸部·馬」.

『記纂淵海』卷57「論議部・微小有知」.
『駢志』卷18「壬部下」.
『駢字類編』卷89「數目門十二・三」注.
『分類字錦』卷9「山水・溪」注, 卷57「鳥獸・馬」注.
『子史精華』卷136「動植部二・獸上」注.
『佩文韻府』卷7之7「上平聲・七虞韻七」注, 卷52之4「上聲・二十二養韻四」注, 卷63之18「去聲・四實韻十八」注.
『庾子山集』卷13「周柱國大將軍長孫(一作拓跋)儉神道碑」注.
『御選唐詩』卷13「杜甫・胡馬」注.

- 『太平御覽』卷897「獸部・馬」
『世語』曰：劉備屯樊城, 劉表禮焉, 憚其爲人, 不甚信用. 曾請宴會, 荊越・蔡瑁欲因會取備, 備覺之, 僞如廁, 潛遁出行. 所乘馬名爲的顱, 騎的顱走, 墮襄陽城西檀溪水中, 溺不得出. 備急曰："的顱, 今日厄, 可不努力!" 的顱乃一踴三丈, 遂得過.

- 『事類賦』卷21「獸部・馬」
『世語』曰：劉備屯樊城, 劉表曾請宴會. 荊越・蔡瑁欲因會取備, 備覺之, 僞如廁, 潛遁. 所乘馬名爲的顱, 至襄陽城西檀溪中, 溺不得出. 備急曰："的顱, 今日厄, 可不努力!" 的顱一踴三丈, 遂得出.

- 『記纂淵海』卷57「論議部・微小有知」
劉備屯樊城, 潛遁. 所乘馬名爲的顱, 騎走, 墮襄城西檀溪水中, 溺不得出. 備急曰："的顱, 今日厄, 可不努力!" 的顱乃一踴三丈, 遂得過. (『世語』)

- 『駢志』卷18「壬部下」
『世語』曰：劉備屯樊城, 劉表曾請備宴會, 蒯越・蔡瑁欲因會取備, 備覺之, 僞如廁, 潛遁出. 所乘馬名的盧, 騎的盧走, 渡襄陽城西檀溪水中, 溺不得出. 備急曰："的盧, 今日厄矣, 可努力!" 的盧乃一踴三丈, 遂得過. 乘桴渡河, 中流而追者至, 以表意謝之, 曰："何去之速乎!"

- 『駢字類編』卷89「數目門十二・三」注
『世語』：劉表曾請備宴會, 蒯越・蔡瑁欲因取備, 備覺, 潛遁出. 騎的盧走, 渡檀溪水中, 一踴三丈, 遂得過.

- 『分類字錦』卷9「山水・溪」注

『世語』: 劉備屯樊城, 劉表禮焉, 憚其爲人, 不甚信用. 曾請備宴會, 蒯越 · 蔡瑁欲因會取備, 備覺之, 僞如廁, 潛遁出. 所乘馬名的盧, 騎的盧走, 渡襄陽城西檀溪水中, 溺不得出. 備急曰: "的盧, 今日厄矣, 可努力!" 的盧乃一踊三丈, 遂得過.

- 『分類字錦』卷57「鳥獸 · 馬」注
『世語』: 劉備屯樊城, 劉表禮焉, 憚其爲人, 不甚信用. 蒯越 · 蔡瑁欲因會取備, 備覺之, 僞如廁, 潛遁出. 所乘馬名的盧, 騎的盧走, 渡襄陽城西檀溪水中, 溺不得出. 備急曰: "的盧, 今日厄矣, 可努力!" 的盧乃一踊三丈, 遂得過.

- 『子史精華』卷136「動植部二 · 獸上」注
『世語』曰: 備屯樊城, 劉表禮焉, 憚其爲人, 不甚信用. 曾請備宴會, 蒯越 · 蔡瑁欲因會取備, 備覺之, 僞入廁, 潛遁出. 所乘馬名的盧, 走渡襄陽城西檀溪水中, 溺不得出. 備急曰: "的盧, 今日危矣, 可努力!" 的盧乃一踊三丈, 遂得過. 乘桴渡河, 中流而追者至, 以表意謝之曰: "何去之速乎!"

- 『佩文韻府』卷7之7「上平聲 · 七虞韻七」注
『世語』: 劉備屯樊城, 劉表憚其爲人, 不甚信用. 曾請備宴會, 蒯越 · 蔡瑁欲因會取備, 備覺之, 潛遁出. 所乘馬名的盧, 騎的盧走, 渡襄陽城西檀溪水中, 溺不得出. 備急曰: "的盧, 今日厄矣, 可努力!" 的盧乃一踊三丈, 遂得過.

- 『佩文韻府』卷52之4「上聲 · 二十二養韻四」注
『世語』: 劉表曾請備宴會, 蒯越 · 蔡瑁欲因取備, 備覺, 潛遁出. 騎的盧走, 渡檀溪水中, 一涌三丈, 遂得過.

- 『佩文韻府』卷63之18「去聲 · 四寘韻十八」注
『世語』: 劉備屯樊城, 劉表曾宴備, 欲因會取之, 備覺, 僞如廁, 潛遁出, 乃騎的盧而走.

- 『庾子山集』卷13「周柱國大將軍長孫(一作拓跋)儉神道碑」注
『世語』曰: 劉備屯樊城, 劉表禮焉, 憚其爲人, 不甚信用. 曾請備宴會, 欲因會取備, 備覺之, 僞如廁, 潛逃出. 所乘馬名的顱, 走墮襄陽檀溪水中, 溺不得出. 備急曰: "的顱, 今日厄矣, 可努力!" 的顱乃一踦三丈, 遂得過. 乘桴渡河, 中流而追者至, 以表意謝之曰: "何去之速乎!"

- 『御選唐詩』卷13「杜甫·胡馬」注

  『世語』：劉備屯樊城，劉表憚其爲人，曾請備宴會，欲因會取備，備覺之，潛遁出．所乘馬名的盧，騎的盧走，渡襄陽城西檀溪水中，溺不得出．備急曰：“的盧，今日厄矣，可努力!”的盧乃一踊三丈，遂得過．

018-(204年)

【『世語』曰】太祖下鄴，文帝先入袁尚府，有[1]婦人被髮垢面，垂涕立紹妻劉後．文帝問之，劉答[2]：“是熙妻．”顧攬髮髻[3]，以巾[4]拭面，姿貌絶倫．既過，劉謂后[5]：“不憂[6]死矣!”遂見納[7]，有寵[8]．

[1] 有：『世說新語』注·『天中記』並引作“見”．
[2] 劉答：『世說新語』注·『天中記』並引作“知”．
[3] 顧攬髮髻：『世說新語』注·『天中記』並引作“使令攬髮”．
[4] 巾：『世說新語』注·『天中記』並引作“袖”．
[5] 后：『世說新語』注·『天中記』並引作“甄”．
[6] 憂：『世說新語』注·『天中記』並引作“復”．
[7] 見納：『世說新語』注·『天中記』並引作“納之”．
[8] 寵：『世說新語』注引作“子”．

△ 出典：『三國志』卷5「魏書·文昭甄皇后傳」裴注．
△ 又見：『世說新語』「惑溺」1劉注．
　　　　『天中記』卷21「美婦人·惠而有色」．

- 『世說新語』「惑溺」1劉注

  『世語』曰：太祖下鄴，文帝先入袁尚府，見婦人被髮垢面，垂涕立紹妻劉後．文帝問，知是熙妻，使令攬髮，以袖拭面，姿貌絶倫．既過，劉謂甄曰：“不復死矣!”遂納之，有子．

- 『天中記』卷21「美婦人·惠而有色」

  見婦人被髮垢面，垂涕立紹妻劉後．文帝問，知是熙妻，使令攬髮，以袖拭面，姿貌絶倫．既過，劉謂甄曰：“不復死矣!”遂納之，有寵．（『世語』）

019-(205年前後)

【『世語』曰】(薛)悌字孝威. 年二十二, 以兗州從事爲泰山太守. 陳矯爲郡功曹, 悌見而異之, 結爲親友.[1] 初, 太祖定冀州, 以悌及東平王國爲左右長史, 後至中領軍, 並悉忠貞練事, 爲世吏表.

[1] 陳矯爲郡功曹, 悌見而異之, 結爲親友: 『三國志』注引原無此十五字, 今據『佩文韻府』注補.

△ 出典: 『三國志』卷22「魏書・陳矯傳」.
△ 又見: 『佩文韻府』卷67之10「去聲・八霽韻十」注.

• 『佩文韻府』卷67之10「去聲・八霽韻十」注
『世語』: 薛悌字孝威. 年二十二, 以兗州從事爲太山太守. 陳矯爲郡功曹, 悌見而異之, 結爲親友.

020-(208年)

【『世語』曰】魏太祖以歲儉禁酒, (孔)融謂: "酒以成禮, 不宜禁." 由是惑衆, 太祖收寘法焉[1]. 融二子, 皆齠齔, 融見收, 顧謂二子曰: "何以不辭[2]?" 二子俱曰: "父尙如此, 復何所辭!" 以爲必俱死也[3].

[1] 魏太祖以歲儉禁酒, 融謂: "酒以成禮, 不宜禁." 由是惑衆, 太祖收寘法焉: 『三國志』注引原無此二十七字, 今據『世說新語』注・『孔北海集』補.
[2] 辭: 『世說新語』注・『孔北海集』並引作"辟". 以下同.
[3] 以爲必俱死也: 『世說新語』注・『孔北海集』並引無此六字.

△ 出典: 『三國志』卷12「魏書・崔琰傳」裴注.
△ 又見: 『世說新語』「言語」5劉注.
　　　　『孔北海集』「雜考」.

• 『世說新語』「言語」5劉注
『世語』曰: 魏太祖以歲儉禁酒, 融謂: "酒以成禮, 不宜禁." 由是惑衆, 太祖收寘法焉. 二子齠齔, 見收, 顧謂二子曰: “何以不辟?” 二子曰: “父尙如此, 復何所辟?”

- 『孔北海集』「雜考」
  『世語』云：魏太祖以歲儉禁酒, 融謂: “酒以成禮, 不宜禁.” 由是惑衆, 太祖收寘法焉. 二子齠齔, 見收, 顧謂二子曰: “何以不辟?” 二子曰: “父尙如此, 復何所辟?”

021-(208年前後)

【『世語』曰】 安定梁鵠, 善八分書. 初爲吏部尙書, 太祖求爲洛陽令, 鵠以爲北部尉. 鵠避地荊州, 太祖定荊州. 太祖求鵠, 鵠乞以書贖死, 乃令書信幡·宮門題.

△ 出典: 『太平御覽』卷214「職官部·吏部尙書」.
△ 又見: 『天中記』卷31「吏部尙書·求令與尉」.

- 『天中記』卷31「吏部尙書·求令與尉」
  安定梁鵠, 善八分書. 初爲吏部尙書, 太祖求爲洛陽令, 鵠以爲北部尉. 鵠避地荊州, 太祖定荊州, 求鵠, 鵠乞以書贖死, 乃令書信幡宮門題. (『世語』)

022-(216年以前)

【『世語』曰】 (曹)植妻衣繡, 太祖登臺見之, 以違制命, 還家賜死.

△ 出典: 『三國志』卷12「魏書·崔琰傳」裴注.

023-(216年)

【『世語』曰】 (張)魯遣五官掾降, 弟衛橫山築陽平城以拒, 王師不得進. 魯走巴中. 軍糧盡, 太祖將還. 西曹掾東郡郭諶曰: “不可. 魯已降,

留使既未反, 衛雖不同, 偏攜可攻. 縣軍深入, 以進必克, 退必不免."
太祖疑之. 夜有野麋數千突壞衛營, 軍大驚. 夜, 高祚等誤與衛眾遇,
祚等多鳴鼓角會眾. 衛懼, 以爲大軍見掩[1], 遂降.

[1] 掩: 『厄林』引作"捊". "捊"與"掩"通.

△ 出典: 『三國志』卷8「魏書 · 張魯傳」裴注.
△ 又見: 『厄林』卷9「誤鳴戰鼓」.
　　　　『天中記』卷36「道士 · 米賊」.

• 『厄林』卷9「誤鳴戰鼓」
『世語』曰: 張魯遣弟衛, 築陽平城, 以拒王師. 太祖將還, 夜有野麋數千
突壞衛營, 軍大驚. 夜, 高祚等誤與衛眾遇, 祚等多鳴鼓角會眾. 衛懼, 以
爲大軍見捊, 遂降.

• 『天中記』卷36「道士 · 米賊」
曹操征魯, 魯走巴中, 弟衛橫山下陽平城以拒之. 夜有野麋數千突壞衛
營, 衛大驚懼, 以爲大軍見掩, 遂降. (『世語』)

024-(217年)

【『世語』曰】魏王嘗出征, 世子及臨菑侯植並路側. 植稱述功德, 發言
有章, 左右屬目, 王亦悅焉. 世子悵然自失, 吳質耳曰:"王當行, 流涕可
也." 及辭, 世子泣而拜, 王及左右咸獻欷. 於是皆以植辭多華, 而誠心
不及也.

△ 出典: 『三國志』卷21「魏書 · 吳質傳」裴注.

025-(218年前後)

【『世語』曰】鄧艾少爲襄城典農部民, 與石苞皆年十二三. 謁者陽翟郭
玄信, 武帝監軍郭誕元奕之子, 建安中, 少府吉本起兵許都, 玄信坐被刑

在家. 從典農司馬求人御, 以艾·苞與御, 行十餘里, 與語, 悅之, 謂二人
皆當遠至爲佐相. 艾後爲典農功曹, 奉使詣宣王, 由此見知, 遂被拔擢.

△ 出典:『三國志』卷28「魏書·鄧艾傳」裴注.

026-(219年)

【『世語』曰】(夏侯)和字義權, 淸辯有才論, 歷河南尹·太常. 淵第三
子稱, 第五子榮. 從孫湛爲其序曰: "稱字叔權. 自孺子而好合聚童兒,
爲之渠帥, 戲必爲軍旅戰陳之事, 有違者輒嚴以鞭捶, 衆莫敢逆. 淵陰
奇之, 使讀「項羽傳」及兵書, 不肯, 曰: '能則自爲耳, 安能學人?' 年十
六, 淵與之田, 見奔虎, 稱驅馬逐之, 禁之不可, 一箭而倒. 名聞太祖,
太祖把其手喜曰: '我得汝矣!' 與文帝爲布衣之交, 每讌會, 氣陵一坐,
辯士不能屈. 世之高名者多從之游. 年十八卒. 弟榮, 字幼權. 幼聰惠,
七歲能屬文, 誦書日千言, 經目輒識之. 文帝聞而請焉, 賓客百餘人, 人
一奏刺, 悉書其鄕邑名氏, 世所謂爵里刺也. 客示之, 一寓目, 使之遍談
[1], 不謬一人. 帝深奇之. 漢中之敗, 榮年十三, 左右提之走, 不肯, 曰:
'君親在難, 焉所逃死!' 乃奮劍而戰, 遂沒陣."

[1] 一寓目, 使之遍談:『六藝之一錄』引作"一目遍覽".『通雅』引作"一日遍
    覽", "日"疑"目"之誤.

△ 出典:『三國志』卷9「魏書·夏侯淵傳」裴注.
△ 又見:『說略』卷8「史別中」, 卷9「史別下」.
        『玉芝堂談薈』卷8「五行俱下」.
        『通雅』卷31「器用(書札)」.
        『天中記』卷25「聰敏·遍談」.
        『西晉文紀』卷12「夏侯湛·夏侯稱及榮序」注.
        『六藝之一錄』卷261「古今書體」.

• 『說略』卷8「史別中」
  夏侯榮, 賓客百餘人, 人一奏刺, 悉書其鄕里名氏, 世所謂爵里刺也. 客示

榮一寓目, 使之遍談, 不謬一人. 見『世語』.

- 『說略』卷9「史別下」
  夏侯榮, 七歲能屬文, 日誦千言, 經目輒記. 見『世語』.

- 『玉芝堂談薈』卷8「五行俱下」
  『世語』: 夏侯榮, 賓客百餘人, 寓目奏刺, 書其鄉里名氏, 不謬一人.

- 『通雅』卷31「器用(書札)」
  『世語』曰: 夏侯榮, 淵之五子也. 七歲屬文, 經目輒識. 魏文聞而請焉.
  賓客百餘人, 人各奏刺, 悉書其鄉邑名氏, 世所謂爵里刺也. 榮一日遍覽,
  不謬.

- 『天中記』卷25「聰敏・遍談」
  夏侯榮字幼權, 淵之子也. 幼聰慧, 七歲能屬文, 誦書日千言, 經目輒識之.
  文帝聞而請焉, 賓客百餘人, 人一奏刺, 悉書其鄉邑名氏, 世所謂爵里刺
  也. 客示之, 一寓目, 使之遍談, 不謬一人. 帝深奇之. (『世語』)

- 『西晉文紀』卷12「夏侯湛・夏侯稱及榮序」注
  『世語』: 夏侯淵第三子稱, 第五子榮. 從孫湛爲其序.

- 『六藝之一錄』卷261「古今書體」
  『世語』曰: 夏侯榮, 淵之五子也. 七歲屬文, 經目輒識. 魏文聞而請焉.
  賓客百餘人, 人各奏刺, 悉書其鄉邑名氏, 世所謂爵里刺也. 榮一目遍覽,
  不謬.

027-(219年)

【『世語』曰】(魏)諷字子京, 沛人. 有惑衆才, 傾動鄴都, 鍾繇由是辟
焉. 大軍未反, 諷潛結徒黨, 又與長樂衛尉陳禕謀襲鄴. 未及期, 禕懼,
告之太子, 誅諷, 坐死者數十人.

△ 出典:『三國志』卷1「魏書・武帝紀」裴注.

028-(219年前後)

【『世語』曰】(楊)脩年二十五, 以名公子有才能, 爲太祖所器. 與丁儀兄弟, 皆欲以植爲嗣. 太子患之, 以車載廢簏, 內朝歌長吳質與謀. 脩以白太祖, 未及推驗. 太子懼, 告質, 質曰: "何患? 明日復以簏受絹車內以惑之, 脩必復重白, 重白必推, 而無驗, 則彼受罪矣." 世子從之. 脩果白而無人, 太祖[1]由是疑焉. 脩與賈逵・王淩並爲[2]主簿, 而爲植所友. 每當就植, 慮事有關, 忖度太祖意, 豫作答敎十餘條, 敕門下, 敎出以次答. 敎裁出, 答已入, 太祖怪其捷, 推問始泄. 太祖遣太子及植各出鄴城一門, 密敕門不得出, 以觀其所爲. 太子至門, 不得出而還. 脩先戒植: "若門不出侯, 侯受王命, 可斬守者." 植從之. 故脩遂以交搆賜死. 脩子囂, 囂子準, 皆知名於晉世. 囂, 泰始初爲典軍將軍, 受心膂之任, 早卒. 準字始立, 惠帝末爲冀州刺史.[3]

[1] 『太平御覽』引此處有"怒"字.
[2] 『北堂書鈔』卷69注引此處有"丞相"二字.
[3] 脩子囂, 囂子準, 皆知名於晉世. 囂, 泰始初爲典軍將軍, 受心膂之任, 早卒. 準字始立, 惠帝末爲冀州刺史.: 『世說新語』注引作"淮字始立, 弘農華陰人. 曾祖彪・祖脩, 有名前世. 父囂, 典軍校尉. 淮, 元康末爲冀州刺史."

△ 出典: 『三國志』卷19「魏書・陳思王植傳」裴注.
△ 又見: 『北堂書鈔』卷69「設官部・主簿」注, 卷104「藝文部・紙」注.
　　　　　『世說新語』「賞譽」58劉注.
　　　　　『太平御覽』卷705「服用部・簏」.
　　　　　『淵鑑類函』卷382「器物部一・簏三」注.
　　　　　『佩文韻府』卷9之2「上平聲・九佳韻二」注.

- 『北堂書鈔』卷69「設官部・主簿」注
  『世語』曰: 楊脩字德祖. 與賈逵・王淩並爲丞相主簿, 而爲植所友. 每當就植, 慮事有關, 忖度太祖意, 豫作答敎十餘條, 敕門下, 以次答. 敎裁出, 答已入, 太祖怪其捷, 推問始泄.

- 『北堂書鈔』卷104「藝文部・紙」注
  『世語』曰: 脩爲主簿, 而爲植所友. 每當就植, 慮事有關, 忖度太祖意,預作答教十餘條, 勅門下, 教出以次答. 教裁出, 答已入, 太祖怪其捷, 推問始泄.

- 『世說新語』「賞譽」58劉注
  『世語』曰: 淮字始立, 弘農華陰人. 曾祖彪・祖脩, 有名前世. 父囂, 典軍校尉. 淮, 元康末爲冀州刺史.

- 『太平御覽』卷705「服用部・簏」
  『魏晉世語』曰: 武帝欲以臨淄侯植爲嗣, 世子患之, 以車載簏, 內詣朝歌長吳質與謀. 楊修以白太祖, 不推. 世子懼, 質曰: "明後簏受絹車內以惑之, 修必復白, 推之無人, 修受罪矣." 世子從之. 修果白推而無人, 太祖怒, 由是疑焉.

- 『淵鑑類函』卷382「器物部一・簏三」注
  『世語』云: 楊脩與丁儀兄弟, 皆欲以曹植爲嗣. 太子患之, 以車載廢簏, 內吳質與謀. 楊脩白太祖, 太子懼, 告質, 質曰: "明日復以簏受絹車內以惑之, 脩必重白, 推而無驗, 則彼受罪矣." 太子從之. 脩果重白無人, 太祖由是疑焉.

- 『佩文韻府』卷9之2「上平聲・九佳韻二」注
  『世語』: 楊淮, 弘農人. 曾祖彪・祖修, 有名前世. 父囂, 典軍校尉. 淮, 元康末爲冀州刺史.

029-(220年)

【『世語』曰】 太祖自漢中至洛陽, 起建始殿, 伐濯龍祠而樹血出.

△ 出典: 『三國志』卷1「魏書・武帝紀」裴注.
△ 又見: 『分類字錦』卷23「宮室・殿」注.

- 『分類字錦』卷23「宮室・殿」注
  『世語』曰: 太祖自漢中至洛陽, 起建始殿, 伐濯龍祠而樹血出.

030-(220年)

【『曹瞞傳』及『世語』並云】桓階勸王正位, 夏侯惇以爲宜先滅蜀, 蜀亡則吳服, 二方既定, 然後遵舜・禹之軌. 王從之. 及至王薨, 惇追恨前言, 發病卒.

△ 出典:『三國志』卷1「魏書・武帝紀」裴注.

031-(220年)

【『世語』曰】黃初中, 孫權通章表. (曹)偉以白衣登江上, 與權交書求賂, 欲以交結京師, 故誅之.

△ 出典:『三國志』卷27「魏書・王昶傳」裴注.
△ 又見:『文選補遺』卷24「書・戒子姪書」注.

• 『文選補遺』卷24「書・戒子姪書」注
『世語』曰 : 黃初中, 孫權通章表. 偉以白衣登江上, 與權交書求賂, 欲以交結京師, 故誅之.

032-(220年)

【『世語』云】孔桂, 黃初元年, 隨例轉拜駙馬都尉, 私受西域貨賂, 事發, 有詔收問殺之. 魚豢曰: "爲上者不虛授, 爲下者不虛受, 然後外無伐檀之欲[1], 內無尸素之刺."

[1] 欲:『三國志』「魏書・明帝紀」裴注所引魚豢之語作"歎", 以爲文意妥當.

△ 出典:『佩文韻府』卷75「去聲・十六諫韻」注.
△ 參考:『三國志』卷3「魏書・明帝紀」裴注.

• 『三國志』卷3「魏書・明帝紀」裴注

『魏略』以朗與孔桂俱在「佞倖篇」. 桂字叔林, 天水人也. 建安初, 數爲將
軍楊秋使詣太祖, 太祖表拜騎都尉. 桂性便辟, 曉博弈・蹹鞠, 故太祖愛
之, 每在左右, 出入隨從. 桂察太祖意, 喜樂之時, 因言次曲有所陳, 事多
見從, 數得賞賜, 人多餽遺, 桂由此侯服玉食. 太祖既愛桂, 五官將及諸侯
亦皆親之. 其後桂見太祖久不立太子, 而有意於臨菑侯, 因更親附臨菑侯
而簡於五官將, 將甚銜之. 及太祖薨, 文帝卽王位, 未及致其罪. 黃初元
年, 隨例轉拜駙馬都尉. 而桂私受西域貨賂, 許爲人事. 事發, 有詔收問,
遂殺之. 魚豢曰: "爲上者不虛授, 處下者不虛受, 然後外無伐檀之歎, 內
無尸素之刺, 雍熙之美著, 太平之律顯矣. 而佞倖之徒, 但姑息人主, 至乃
無德而榮, 無功而祿, 如是焉得不使中正日朘, 傾邪滋多乎! 以武皇帝之
愼賞, 明皇帝之持法, 而猶有若此等人, 而況下斯者乎!"

033-(220年前後)

【『世語』曰】 曹爽與明帝, 少同筆硯[1].

[1] 筆硯: 『北堂書鈔』注引作"硯書", 『天中記』引作"硯席".

△ 出典: 『太平御覽』卷605「文部・硯」.
△ 又見: 『北堂書鈔』卷104「藝文部・硯」注.
　　　　　『事類賦』卷15「什物部・硯」注.
　　　　　『天中記』卷38「硯・同硯」.
　　　　　『三國志補注』卷2.

• 『北堂書鈔』卷104「藝文部・硯」注
　『世語』云 : 曹爽與明帝, 少同硯書.

• 『事類賦』卷15「什物部・硯」注
　『晉書』曰: 劉弘嘗居洛陽, 與武帝同閈共硯席書. 又『世語』云 : 曹爽與
　魏明亦同也.

• 『天中記』卷38「硯・同硯」
　曹爽與魏明帝, 少同硯席. (『世語』)

• 『三國志補注』卷2
『世語』曰 : 爽與明帝, 少同筆硯.

034-(220年~226年)

【郭頒『世語』云】 魏文帝時有周陽成, 能占異.[1]

[1] 本故事『古今姓氏書辯證』引作"魏文帝時有周陽咸周陽占異", 又有原案
語"『世語』有'周陽成能占災異', 此脫惧."

△ 出典: 『通志』卷26「氏族略第二・漢郡國」.
△ 又見: 『古今姓氏書辯證』卷19「十八尤・周陽」.

• 『古今姓氏書辯證』卷19「十八尤・周陽」
郭頒『世語』云 : 魏文帝時有周陽咸周陽占異. (案『世語』有"周陽成能占
災異", 此脫惧.)

035-(220年~226年)

【『世語』】 隗禧字子牙, 京兆人. 黃初中, 拜郎中. 年八十餘, 以老處家,
就之學者甚多. 魚豢嘗從問『左傳』, 禧答曰: "欲知幽微莫若『易』, 人倫
之紀莫若『禮』, 多識山川草木之名莫若『詩』. 『左氏』直相斫書, 不足
精意也." 豢因從問『詩』, 禧說齊・韓・魯・毛四家義, 不復執文, 有如諷
誦. 又撰作『諸經解』數十萬言, 未及繕寫而得聾, 後數歲病亡也.

△ 出典: 『經義考』卷240「羣經・隗氏(禧)諸經解」.
△ 參考: 『三國志』卷13「魏書・王肅傳」裴注.

• 『三國志』卷13「魏書・王肅傳」裴注
隗禧字子牙, 京兆人也. 世單家. 少好學. 初平中, 三輔亂, 禧南客荊州,
不以荒擾, 擔負經書, 每以採稆餘日, 則誦習之. 太祖定荊州, 召署軍謀

掾. 黃初中, 爲譙王郎中. 王宿聞其儒者, 常虛心從學. 禧亦敬恭以授王, 由是大得賜遺. 以病還, 拜郎中. 年八十餘, 以老處家, 就之學者甚多. 禧既明經, 又善星官, 常仰瞻天文, 歎息謂魚豢曰: "天下兵戈尙猶未息, 如之何?" 豢又常從問『左氏傳』, 禧答曰: "欲知幽微莫若『易』, 人倫之紀莫若『禮』, 多識山川草木之名莫若『詩』, 『左氏』直相斫書耳, 不足精意也." 豢因從問『詩』, 禧說齊‧韓‧魯‧毛四家義, 不復執文, 有如諷誦. 又撰作『諸經解』數十萬言, 未及繕寫而得聾, 後數歲病亡也.

036-(220年~226年)

> 【『世語』】 魚豢曰: "世人所以不貴學, 必見夫有'誦『詩』三百而不能專對于四方'故也. 余以爲是則下科耳."

△ 出典: 『佩文韻府』卷20之4「下平聲‧五歌韻四」注.
△ 參考: 『三國志』卷13「魏書‧王肅傳」裴注.

- 『三國志』卷13「魏書‧王肅傳」裴注
  魚豢曰: "學之資於人也, 其猶藍之染於素乎! 故雖仲尼, 猶曰'吾非生而知之者', 況凡品哉! 且世人所以不貴學者, 必見夫有'誦『詩』三百而不能專對於四方'故也. 余以爲是則下科耳, 不當顧中庸以上, 材質適等, 而加之以文乎! 今此數賢者, 略余之所識也. 檢其事能, 誠不多也. 但以守學不輟, 乃上爲帝王所嘉, 下爲國家名儒, 非由學乎? 由是觀之, 學其胡可以已哉!"

037-(226年以後)

> 【郭頒『魏晉世語』曰】 黃初之後, 埽除太學之灰炭, 補舊石碑之缺壞.

△ 出典: 『經義考』卷288「刊石‧魏三字石經」.
△ 參考: 『三國志』卷13「魏書‧王肅傳」裴注所引『魏略』「儒宗傳序」.

- 『三國志』卷13「魏書‧王肅傳」裴注所引『魏略』「儒宗傳序」
  『魏略』以遇及賈洪‧邯鄲淳‧薛夏‧隗禧‧蘇林‧樂詳等七人爲儒宗, 其「序」曰: "從初平之元, 至建安之末, 天下分崩, 人懷苟且, 綱紀旣衰, 儒道尤甚. 至黃初元年之後, 新主乃復, 始掃除太學之灰炭, 補舊石碑之缺壞, 備博士之員錄, 依漢甲乙以考課. 申告州郡, 有欲學者, 皆遣詣太學. 太學始開, 有弟子數百人. 至太和・青龍中, 中外多事, 人懷避就. 雖性非解學, 多求詣太學. 太學諸生有千數, 而諸博士率皆麤疎, 無以教弟子. 弟子本亦避役, 竟無能習學, 冬來春去, 歲歲如是. 又雖有精者, 而臺閣舉格太高, 加不念統其大義, 而問字指墨法點注之間, 百人同試, 度者未十. 是以志學之士遂復陵遲, 而末求浮虛者各競逐也. 正始中, 有詔議圜丘, 普延學士. 時郎官及司徒領吏二萬餘人, 雖復分布, 見在京師者尚且萬人, 而應書與議者略無幾人. 又是時朝堂公卿以下四百餘人, 其能操筆者未有十人, 多皆相從飽食而退. 嗟夫! 學業沈隕, 乃至於此. 是以私心常區區貴乎數公者, 各處荒亂之際, 而能守志彌敦者也."

038-(227年~236年)

【『世語』】 太和・青龍中, 諸博士率皆麤疎, 無以教子弟. 又雖有精者, 而臺閣舉格太高, 加不念統其大義. 是以志學之士, 遂復凌遲.

△ 出典: 『佩文韻府』卷19之2「下平聲・四豪韻二」注.
△ 參考: 『三國志』卷13「魏書・王肅傳」裴注所引『魏略』「儒宗傳序」.

- 『三國志』卷13「魏書・王肅傳」裴注所引『魏略』「儒宗傳序」
  『魏略』以遇及賈洪・邯鄲淳・薛夏・隗禧・蘇林・樂詳等七人爲儒宗, 其「序」曰: "從初平之元, 至建安之末, 天下分崩, 人懷苟且, 綱紀既衰, 儒道尤甚. 至黃初元年之後, 新主乃復, 始掃除太學之灰炭, 補舊石碑之缺壞, 備博士之員錄, 依漢甲乙以考課. 申告州郡, 有欲學者, 皆遣詣太學. 太學始開, 有弟子數百人. 至太和・青龍中, 中外多事, 人懷避就. 雖性非解學, 多求詣太學. 太學諸生有千數, 而諸博士率皆麤疎, 無以教弟子. 弟子本亦避役, 竟無能習學, 冬來春去, 歲歲如是. 又雖有精者, 而臺閣舉格太高, 加不念統其大義, 而問字指墨法點注之間, 百人同試, 度者未十. 是以志學之士遂復陵遲, 而末求浮虛者各競逐也. 正始中, 有詔議圜丘, 普延學士. 時郎官及司徒領吏二萬餘人, 雖復分布, 見在京師者尚且萬人, 而應書與議者略無幾人. 又是時朝堂公卿以下四百餘人, 其能操筆者未有十人, 多皆相從飽食而退. 嗟夫! 學業沈隕, 乃至於此. 是以私心常區區貴乎數公者, 各處荒亂之際, 而能守志彌敦者也."

039-(227年~239年)

【『世語』曰】(楊)偉字世英, 馮翊人. 明帝治宮室, 偉諫曰: "今作宮室, 斬伐生民墓上松柏, 毀壞碑獸石柱, 辜及亡人, 傷孝子心, 不可以爲後世之法則."

△ 出典: 『三國志』卷9「魏書・曹爽傳」裴注.
△ 又見: 『駢字類編』卷41「山水門六・石」注.

- 『駢字類編』卷41「山水門六・石」注
  『世語』曰: 偉字世英, 馮翊人. 明帝治宮室, 偉諫曰: "今作宮室, 斬伐生民墓上松柏, 毀壞碑獸石柱, 辜及亡人, 傷孝子心, 不可以爲後世之法則."

040-(227年前後)

【『世語』曰】(明)帝與朝士素不接[1], 卽位之後, 羣下想聞風采. 居數日, 獨見侍中劉曄, 語盡日, 衆人側聽, 曄旣出, 問[2]: "何如?"曄曰: "秦始皇・漢孝武之儔, 才具微不及耳."

[1] 與朝士素不接: 『佩文韻府』注引無此六字.
[2] 衆人側聽, 曄旣出, 問: 『佩文韻府』注引作"旣出, 衆問".

△ 出典: 『三國志』卷3「魏書・明帝紀」裴注.
△ 又見: 『佩文韻府』卷66之5「去聲・七遇韻五」注.

- 『佩文韻府』卷66之5「去聲・七遇韻五」注
  『世語』曰: 帝卽位後, 羣下想聞風采. 居數日, 獨見侍中劉曄, 語盡日. 旣出, 衆問: "何如?"曄曰: "秦始皇・漢孝武之儔, 才具微不及耳."

041-(230年前後)

【『世語』曰】劉曄以先進見幸，因譖(陳)矯專權．矯懼，以問長子本，本不知所出．次子騫曰："主上明聖，大人大臣，今若不合，不過不作公耳．"後數日，帝見矯，矯又問二子，騫曰："陛下意解，故見大人也．"既入，盡日，帝曰："劉曄構君，朕有以迹君，朕心故已了．"以金五鉼授之，矯辭，帝曰："豈以爲小惠？君已知朕心，顧君妻子未知故也．"帝憂社稷，問矯："司馬公忠正，可謂社稷之臣乎？"矯曰："朝廷之望，社稷，未知也．"

△ 出典：『三國志』卷22「魏書・陳矯傳」裴注．

042-(230年前後)

【『世語』曰】(陳)本字休元，臨淮東陽人．

△ 出典：『世說新語』「方正」7劉注．

043-(230年)

【『世語』曰】是時，當世俊士散騎常侍夏侯玄[1]・尙書諸葛誕・鄧颺之徒，共相題表，以玄・疇[2]四人爲四聰，誕・備[3]八人爲八達，中書監劉放子熙・孫資子密・吏部尙書衛臻子烈三人，咸不及比，以父居勢位，容之爲三豫，凡十五人．帝以構長浮華，皆免官廢錮．

[1] 玄：『駢字類編』注引作"元"，因避諱改．以下同．
[2] 玄・疇：『資治通鑑』「魏明帝太和四年」作"玄等"，以爲妥當．或以"疇"爲田疇，而田疇(169～214)是後漢末人，不是魏明帝時人．
[3] 誕・備：『資治通鑑』「魏明帝太和四年」作"誕輩"．以爲妥當．"備"疑是人名，不知是誰．魏明帝時無有名備者．

△ 出典:『三國志』卷28「魏書・諸葛誕傳」裴注.
△ 又見:『卮林』卷9「八王八達」.
　　　　『駢字類編』卷94「數目門十七・四」注.

- 『卮林』卷9「八王八達」
『世語』曰：夏侯玄・諸葛誕・鄧颺之徒, 共相題表, 以玄・疇四人爲四聰,
誕・備八人爲八達.

- 『駢字類編』卷94「數目門十七・四」注
『世語』曰：是時, 當世俊士夏侯元・諸葛誕・鄧颺之徒, 共相題目, 以元
・疇四人爲四聰, 誕・備八人爲八達.

044-(230年前後)

【『世語』曰】 幷州刺史畢軌送漢故[1]度[2]遼將軍范明友鮮卑奴, 年三
[3]百五十歲, 言語飮食如常人. 奴云:"霍顯, 光後小妻. 明友妻, 光前
妻女."

[1] 漢故:『天中記』卷19引作"故漢".
[2] 度:『天中記』卷19引作"渡".
[3] 三:『天中記』卷19引作"二".

△ 出典:『三國志』卷3「魏書・明帝紀」裴注.
△ 又見:『天中記』卷19「僕婢・長命」, 卷39「重生・張明友奴」.
　　　　『子史精華』卷101「人事部五・眉壽」注.

- 『天中記』卷19「僕婢・長命」
幷州刺史畢軌送故漢渡遼將軍范明友鮮卑奴, 年二百五十歲, 言語飮食
如常人. (『世語』)

- 『天中記』卷39「重生・張明友奴」
幷州刺史畢軌送漢故度遼將軍范明友鮮卑奴, 年三百五十歲, 言語飮食
如常人. 奴云:"霍顯, 光後小妻. 明友妻, 光前妻女." (『世語』)

- 『子史精華』卷101「人事部五・眉壽」注

『世語』曰：并州刺史畢軌送漢故度遼將軍范明友鮮卑奴，年三百五十歲，言語飲食如常人.

045-(231年)

> 【『世語』曰】王淩表滿寵年過耽酒，不可居方任. 帝將召寵，給事中郭謀曰："寵爲汝南太守・豫州刺史二十餘年，有勳方岳，及鎮淮南，吳人憚之. 若不如所表，將爲所闚. 可令還朝，問以方事以察之." 帝從之. 寵旣至，進見，飲酒至一石不亂. 帝慰勞，遣還.

△ 出典：『三國志』卷26「魏書・滿寵傳」裴注.
△ 又見：『淵鑑類函』卷392「食物部五・酒二」.

• 『淵鑑類函』卷392「食物部五・酒二」
  『世語』曰：王淩表滿寵年過耽酒，不可居方任. 帝將召寵，給事中郭謀曰："寵爲汝南太守・豫州刺史二十餘年，有勳方岳，及鎮淮南，吳人憚之. 若不如所表，將爲所闚. 可令還朝，問以方事以察之." 帝從之. 寵旣至，進見，飲酒至一石不亂. 帝慰勞，遣還.

046-(231年以前)

> 【(『世語』)又曰】華歆能劇飲，至石餘不亂. 衆人微察，常以其整衣冠爲異.

△ 出典：『淵鑑類函』卷392「食物部五・酒二」.
△ 參考：『三國志』卷13「魏書・華歆傳」裴注所引「華嶠譜敍」.

• 『三國志』卷13「魏書・華歆傳」裴注所引「華嶠譜敍」
  孫策略有揚州，盛兵徇豫章，一郡大恐. 官屬請出郊迎，歆曰："無然." 策稍進，復白發兵，又不聽. 及策至，一府皆造閣，請出避之. 乃笑曰："今將自來，何遽避之?" 有頃，門下白曰："孫將軍至." 請見，乃前與歆共坐，談議良久，夜乃別去. 義士聞之，皆長歎息而心自服也. 策遂親執子弟之禮，禮爲上賓. 是時四方賢士大夫避地江南者甚衆，皆出其下，人人望風. 每

策大會, 坐上莫敢先發言, 歆時起更衣, 則論議讙譁. 歆能劇飮, 至石餘不
亂. 衆人微察, 常以其整衣冠爲異, 江南號之曰"華獨坐".

047-(234年)

> 【『世語』云】諸葛武侯與司馬宣王治軍渭濱, 克日交戰. 宣王戎服蒞
> 事, 使人視, 武侯獨乘素輿, 葛巾毛扇指麾, 三軍隨其進止. 宣王歎曰:
> "諸葛君, 可謂名士矣!"

△ 出典: 『北堂書鈔』卷115「武功部·將帥」注.
△ 又見: 『淵鑑類函』卷208「武功部三·儒學將一」注.
　　　　『蘇詩續補遺』卷上「犍爲王氏書樓」注.
△ 參考: 裴啓『語林』.
　　　　殷芸『小說』.

• 『淵鑑類函』卷208「武功部三·儒學將一」注
　『世語』云: 諸葛武侯與司馬宣王治軍渭濱, 剋日交戰. 宣王戎服蒞事, 使
　人視, 武侯獨乘素輿, 葛巾毛扇指揮, 三軍隨其進止. 宣王歎曰: "諸葛君,
　可謂名士矣!"

• 『蘇詩續補遺』卷上「犍爲王氏書樓」注
　『世語』: 諸葛武侯獨乘素輿, 葛巾毛扇, 指麾三軍.

• 裴啓『語林』
　諸葛武侯與宣王在渭濱, 將戰. 宣王戎服蒞事, 使人觀, 武侯乘素輿, 著葛
　巾, 持白羽扇, 指麾三軍, 衆軍皆隨其進止. 宣王聞而歎曰: "可謂名士矣!"

• 殷芸『小說』
　武侯與宣王治兵, 將戰. 宣王戎服蒞事, 使人密覘, 武侯乃乘素輿, 葛巾,
　持白羽扇, 指麾三軍, 衆軍皆隨其進止. 宣王聞而歎曰: "可謂名士矣!"

048-(234年)

> 【『世語』云】諸葛亮之次渭濱也, 關中震動. 魏明帝深懼晉宣王戰, 乃

遣辛毗爲軍司馬. 宣王旣與亮對渭而陣, 亮設誘詭譎萬方. 宣王果大忿憤, 將應以重兵. 亮遣間諜覘之, 還曰: "有一老夫, 毅然杖黃鉞, 當軍門立, 軍不得出." 亮曰: "必辛佐治也."

△ 出典: 『北堂書鈔』卷130「儀飾部‧鉞」注.
△ 參考: 『世說新語』「方正」5.

- 『世說新語』「方正」5
  諸葛亮之次渭濱, 關中震動. 魏明帝深懼晉宣王戰, 乃遣辛毗爲軍司馬. 宣王旣與亮對渭而陳, 亮設誘譎萬方. 宣王果大忿, 將欲應之以重兵. 亮遣閒諜覘之, 還曰: "有一老夫, 毅然仗黃鉞, 當軍門立, 軍不得出." 亮曰: "此必辛佐治也."

049-(234年前後)

【『世語』云】 諸葛亮‧兄瑾‧弟誕並有令名, 各在一國. 人以爲蜀得其龍, 吳得其虎, 魏得其狗.

△ 出典: 『北堂書鈔』卷115「武功部‧將帥」注.
△ 又見: 『淵鑑類函』卷207「武功部二‧將帥三」注.
△ 參考: 『世說新語』「品藻」4.

- 『淵鑑類函』卷207「武功部二‧將帥三」注
  『世語』: 諸葛亮‧兄瑾‧弟誕竝有令名, 各在一國. 人以爲蜀得其龍, 吳得其虎, 魏得其狗.

- 『世說新語』「品藻」4
  諸葛瑾‧弟亮及從弟誕, 並有盛名, 各在一國. 于時以爲蜀得其龍, 吳得其虎, 魏得其狗. 誕在魏, 與夏侯玄齊名. 瑾在吳, 吳朝服其弘量.

050-(235年)

【『世語』曰】 又有一雞象.

△ 出典: 『三國志』卷3「魏書 · 明帝紀」裴注.
△ 參考: 『三國志』卷3「魏書 · 明帝紀」裴注所引『魏氏春秋』.
　　　　『三國志』卷3「魏書 · 明帝紀」裴注所引『搜神記』.
　　　　『三國志』卷3「魏書 · 明帝紀」裴注所引『漢晉春秋』.

- 『三國志』卷3「魏書 · 明帝紀」裴注所引『魏氏春秋』
  是歲張掖郡刪丹縣金山玄川溢涌, 寶石負圖, 狀象靈龜, 廣一丈六尺, 長一丈七尺一寸, 圍五丈八寸, 立于川西. 有石馬七, 其一仙人騎之, 其一羈絆, 其五有形而不善成. 有玉匣關蓋於前, 上有玉字, 玉玦二, 璜一. 麒麟在東, 鳳鳥在南, 白虎在西, 犠牛在北, 馬自中布列四面, 色皆蒼白. 其南有五字, 曰"上上三天王", 又曰"迤大金, 大討曹, 金但取之, 金立中, 大金馬一匹在中, 大吉開壽, 此馬甲寅迤水." 凡"中"字六, "金"字十. 又有若八卦及列宿字彗之象焉.

- 『三國志』卷3「魏書 · 明帝紀」裴注所引『搜神記』
  曰"大討曹". 及魏之初興也, 張掖之柳谷, 有開石焉, 始見於建安, 形成於黄初, 文備於太和, 周圍七尋, 中高一仞, 蒼質素章, 龍馬 · 麟鹿 · 鳳皇 · 仙人之象, 粲然咸著, 此一事者, 魏 · 晉代興之符也. 至晉泰始三年, 張掖太守焦勝上言, 以留郡本國圖校今石文, 文字多少不同, 謹具圖上. 按其文有五馬象, 其一有人平上幘, 執戟而乘之, 其一有若馬形而不成, 其字有"金", 有"中", 有"大司馬", 有"王", 有"大吉", 有"正", 有"開壽", 其一成行, 曰"金當取之".

- 『三國志』卷3「魏書 · 明帝紀」裴注所引『漢晉春秋』
  氐池縣大柳谷口夜激波涌溢, 其聲如雷, 曉而有蒼石立水中, 長一丈六尺, 高八尺, 白石畫之, 爲十三馬, 一牛, 一鳥, 八卦玉玦之象, 皆隆起, 其文曰"大討曹, 適水中, 甲寅". 帝惡其"討"也, 使鑿去爲"計", 以蒼石窒之, 宿昔而白石滿焉. 至晉初, 其文愈明, 馬象皆煥徹如玉焉.

051-(238年)

> 虞松弱冠有才. 景初二年, 從司馬懿征遼東, 檄文露布, 皆其所作. 懿還, 辟爲掾, 時年二十四. 【『世語』】

△ 出典:『經典稽疑』卷上.

052-(238年)

> 【『世語』云】 司馬宣王從遼東還, 有老人寒凍于路, 乞一襦, 公惟與之酒. 左右曰: "官不少襦, 何不賜之?" 公曰: "襦, 官物, 人臣無私施."

△ 出典:『北堂書鈔』卷129「衣冠部・襦」注.

053-(238年)

> 【『世語』曰】 (劉)放・(孫)資久典機任[1], (夏侯)獻・(曹)肇心內不平. 殿中有雞棲樹, 二人相謂: "此亦久矣, 其能復幾?" 指謂中書監劉放・中書令孫資[2]. 放・資懼, 乃勸帝召宣王. 帝作手詔, 令給使辟邪至, 以授宣王. 宣王在汲, 獻等先詔令於軹關西還長安. 辟邪又至, 宣王疑有變, 呼辟邪具問, 乃乘追鋒車馳至京師. 帝問放・資: "誰可與太尉對者?" 放曰: "曹爽." 帝曰: "堪其事不?" 爽在左右, 流汗不能對. 放蹴其足, 耳之曰: "臣以死奉社稷." 曹肇弟纂爲大將軍司馬, 燕王頗失指. 肇出, 纂見, 驚曰: "上不安, 云何悉共出? 宜還." 已暮, 放・資宣詔宮門, 不得復內肇等, 罷燕王. 肇明日至門, 不得入, 懼, 詣廷尉, 以處事失宜免. 帝謂獻曰: "吾已差, 便出." 獻流涕而出, 亦免.

[1] 久典機任:『初學記』注・『太平御覽』・『事類賦』・『南部新書』・『翰苑新書前集』注・『古今合璧事類備要後集』注・『古今事文類聚遺集』・『韻府羣玉』注・『山堂肆考』・『淵鑑類函』卷83注/卷425・『御選唐詩』卷26注・『說郛』輯佚本・『子史鉤沉』輯佚本・『舊小說』輯佚本・『五朝小說大觀』輯佚本並引作"共典樞要",『墨莊漫錄』引作"共領樞要",『海錄碎事』引作"共典機任",『職官分紀』注引作"共典樞密".

[2] 中書監劉放・中書令孫資:『三國志』注引原作"放・資", 今據『初學記』注・『太平御覽』・『南部新書』・『翰苑新書前集』注・『古今合璧事類備要後集』注・『古今事文類聚遺集』・『山堂肆考』・『淵鑑類函』卷83注・『御選唐詩』卷26注・『說郛』輯佚本・『子史鉤沉』輯佚本・『舊小說』輯佚本・『五

朝小說大觀』輯佚本引補.

△ 出典:『三國志』卷14「魏書‧劉放孫資傳」裴注.
△ 又見:『初學記』卷11「職官部‧中書令」注.
　　　　『太平御覽』卷220「職官部‧中書令」.
　　　　『事類賦』卷18「禽部‧雞」.
　　　　『南部新書』卷9「雞樹」.
　　　　『墨莊漫錄』卷7.
　　　　『海錄碎事』卷9下「譏嘲門‧鷄棲樹」.
　　　　『職官分紀』卷7「中書令」注.
　　　　『翰苑新書前集』卷8「中書舍人」注.
　　　　『古今合璧事類備要後集』卷21「給舍門‧中書舍人」注.
　　　　『古今事文類聚遺集』卷7「省屬部遺‧鷄棲木」.
　　　　『韻府羣玉』卷17「入聲‧一屋」注.
　　　　『山堂肆考』卷44「臣職‧雞樹」.
　　　　『淵鑑類函』卷83「設官部二十三‧中書總載二」注, 卷425「鳥部八‧雞二」.
　　　　『分類字錦』卷32「職官‧宰執」注.
　　　　『御選唐詩』卷15「蔣渙‧和徐侍郎中書叢篠韻」注, 卷26「張說‧奉裴中書酒」注.
　　　　『說郛』輯佚本.
　　　　『子史鉤沉』輯佚本.
　　　　『舊小說』輯佚本
　　　　『五朝小說大觀』輯佚本.

• 『初學記』卷11「職官部‧中書令」注
　郭頒『魏晉世語』曰:劉放‧孫資共典樞要, 夏侯獻‧曹肇心內不平. 殿中有雞棲樹, 二人相謂:“此亦久矣, 其能復幾?” 指謂中書監劉放‧中書令孫資.

• 『太平御覽』卷220「職官部‧中書令」
　郭頌『魏晉世語』曰:劉放‧孫資共典樞要, 夏侯獻‧曹肇心內不平. 殿中有雞棲樹, 二人相謂:“此亦久矣, 其能復幾?” 指謂中書監劉放‧中書令孫資.

• 『事類賦』卷18「禽部‧雞」
　『魏晉世語』曰:劉放‧孫資共典樞要, 夏侯獻‧曹肇心內不平. 殿中有雞棲樹, 二人相謂: "此亦久矣, 其能復幾?" 以指資·放.

- 『南部新書』卷9「雞樹」
  郭頒『晉魏世語』曰: 劉放·孫資共典樞要, 夏侯獻·曹肇心內不平. 殿中有雞樹, 二人相謂: "此亦久矣, 其能復幾?" 指謂中書令孫資·中書監劉放.

- 『墨莊漫錄』卷7
  『晉世語』云: 劉放爲中書監, 孫資爲中書令, 共領樞要, 侯獻·曹肇心內不平. 殿中有雞棲樹, 二人相謂曰: "此亦久矣, 其能復幾?" 指放·資也.

- 『海錄碎事』卷9下「譏嘲門·鷄棲樹」
  『世語』: 劉放·孫資共典機任, 夏侯獻·曹肇心內不平. 殿中省有鷄棲樹, 二人相謂: "此已久矣, 其能復幾?" 以指資·放.

- 『職官分紀』卷7「中書令」注
  郭頒『魏晉世語』: 劉放·孫資共典樞密, 夏侯獻·曹肇心內不平. 殿中有雞棲樹, 二人相謂: "此亦能幾?" 指謂放·資也.

- 『翰苑新書前集』卷8「中書舍人」注
  『魏晉世語』曰: 劉放·孫賀共典樞要, 夏侯獻·曹肇心內不平. 殿中有雞棲樹, 二人相謂: "此亦久矣, 其能復幾?" 時謂中書監劉放·中書令孫賀.

- 『古今合璧事類備要後集』卷21「給舍門·中書舍人」注
  『魏晉世語』曰: 劉放·孫賀共典樞要, 夏侯獻·曹肇心內不平. 殿中有雞棲木, 二人相謂: "此亦久矣, 其能復幾?" 指謂中書監劉放·中書令孫賀.

- 『古今事文類聚遺集』卷7「省屬部遺·鷄棲木」
  『魏晉世語』曰: 劉放·孫資共典樞要, 夏侯獻·曹肇心內不平. 殿中有雞棲木, 二人相謂: "此亦久矣, 其能復幾?" 指謂中書監劉放·中書令孫資.

- 『韻府羣玉』卷17「入聲·一屋」注
  『魏晉世語』曰: 劉放·孫賀共典樞要, 夏侯獻·曹肇內不平. 殿中有七雞棲木, 二人相謂: "此亦久矣, 其能復幾?" 指謂劉·孫也.

- 『山堂肆考』卷44「臣職·雞樹」
  『魏晉世語』: 劉放·孫資共典樞要, 夏侯獻·曹肇心內不平. 殿中有雞棲樹, 二人相謂曰: "此亦久矣, 其能復幾?" 蓋指中書監劉放·中書令孫資也.

- 『淵鑑類函』卷83「設官部二十三·中書總載二」注
  郭頒『魏晉世語』曰: 劉放·孫資共典樞要, 夏侯獻·曹肇心內不平. 殿中有雞棲樹, 二人相謂: "此亦久矣, 其能復幾?" 指謂中書監劉放·中書令孫資.

- 『淵鑑類函』卷425「鳥部八·雞二」
  郭頒『魏世語』曰: 劉放·孫資共典樞要, 夏侯獻·曹肇心內不平. 殿中有雞栖樹, 二人相謂: "此亦久矣, 其能復幾?"

- 『分類字錦』卷32「職官·宰執」注
  『世語』曰: 放·資久典機任, 獻·肇心內不平. 殿中有雞棲樹, 二人相謂: "此亦久矣, 其能復幾?" 指謂放·資.

- 『御選唐詩』卷15「蔣渙·和徐侍郎中書叢篠韻」注
  『世語』: 劉放·孫資久典機任, 獻·肇心內不平. 殿中有雞栖樹, 二人相謂: "此亦久矣, 其能復幾?" 指謂放·資.

- 『御選唐詩』卷26「張說·奉裴中書酒」注
  郭頒『魏晉世語』: 劉放·孫資共典樞要, 夏侯獻·曹肇心內不平. 殿中有雞棲樹, 二人相謂: "此亦久矣, 其能復幾?" 指謂中書監劉放·中書令孫資.

- 『說郛』輯佚本
  劉放·孫資共典樞要, 夏侯獻·曹肇心內不平. 殿中有雞棲樹, 二人相謂: "此亦久矣, 其能復幾?" 指謂中書監劉放·中書令孫資.

- 『子史鈎沉』輯佚本
  劉放·孫資共典樞要, 夏侯獻·曹肇心內不平. 殿中有雞棲樹, 二人相謂: "此亦久矣, 其能復幾?" 指謂中書監劉放·中書令孫資.

- 『舊小說』輯佚本
  劉放·孫資共典樞要, 夏侯獻·曹肇心內不平. 殿中有雞棲樹, 二人相謂: "此亦久矣, 其能復幾?" 指謂中書監劉放·中書令孫資.

- 『五朝小說大觀』輯佚本
  劉放·孫資共典樞要, 夏侯獻·曹肇心內不平. 殿中有雞棲樹, 二人相謂:

"此亦久矣, 其能復幾?" 指謂中書監劉放 · 中書令孫資.

054-(238年前後)

【『世語』曰】 (曹)肇字長思.

△ 出典: 『三國志』卷9「魏書 · 曹休傳」裴注.

055-(240年前後)

【『世語』曰】 初, 荆州刺史裴潛以(州)泰[1]爲從事, 司馬宣王鎭宛, 潛數遣詣宣王, 由此爲宣王所知. 及征孟達, 泰又導軍, 遂辟泰. 泰頻喪考 · 妣 · 祖, 九年居喪, 宣王留缺待之, 至三十六日, 擢爲新城太守. 宣王爲泰[2]會, 使尚書鍾繇[3]調泰[4]: "君釋褐登宰府, 三十六日擁麾蓋, 守兵馬典[5]郡. 乞兒乘小車, 一何駃[6]乎!" 泰曰: "誠有此. 君, 名公之子, 少有文采, 故守吏職. [7]獼猴騎[8]土牛, 又[9]何遲也!" 衆賓咸悅[10]. 後歷兗 · 豫州刺史, 所在有籌算績效.

[1] (州)泰: 『初學記』注 · 『太平御覽』卷259/卷910 · 『猗覺寮雜記』 · 『淵鑑類函』注 · 『子史精華』注 · 『佩文韻府』卷26之7注/卷34之6注 · 『庾開府集箋註』 · 『李太白集注』並引誤作"周泰".
[2] 泰: 『太平御覽』卷259 · 『庾開府集箋註』並引作"大".
[3] 鍾繇: 『初學記』注 · 『太平御覽』卷259/卷910 · 『淵鑑類函』注 · 『佩文韻府』卷26之7注/卷34之6注 · 『庾開府集箋註』並引作"鍾毓".
[4] 調泰: 『初學記』注 · 『太平御覽』卷910 · 『猗覺寮雜記』 · 『淵鑑類函』注 · 『佩文韻府』卷26之7注/卷34之6注並引作"謂泰曰", 『太平御覽』卷259 · 『庾開府集箋註』並引作"嘲之曰".
[5] 典: 『三國志』注原無此字, 今據『太平御覽』卷259 · 『庾開府集箋註』補.
[6] 駃: 『初學記』注 · 『太平御覽』卷910 · 『韻府羣玉』注並引作"駄", 『太平御覽』卷259 · 『庾開府集箋註』並引作"快".
[7] 『韻府羣玉』注引此處有"我"字.
[8] 騎: 『初學記』注 · 『太平御覽』卷910 · 『韻府羣玉』注 · 『淵鑑類函』注並引

作"乘".

[9] 又: 『初學記』注・『太平御覽』卷259/卷910・『猗覺寮雜記』・『淵鑑類函』
注・『佩文韻府』卷26之7注並引作"一".

[10] 咸悅: 『初學記』注・『太平御覽』卷910・『淵鑑類函』注並引作"悅服".

△ 出典: 『三國志』卷28「魏書・鄧艾傳」裴注.
△ 又見: 『初學記』卷29「獸部・猴」注.
　　　　『文選』卷49「晉紀總論」注.
　　　　『太平御覽』卷259「職官部・太守」, 卷910「獸部・猴」.
　　　　『猗覺寮雜記』卷上.
　　　　『四六標準』卷3「代回楊評事洪之謝求薦」注.
　　　　『韻府羣玉』卷2「上平聲・四支」注.
　　　　『駢志』卷8「丁部下」.
　　　　『何氏語林』卷27「排調」注.
　　　　『淵鑑類函』卷432「獸部四・獼猴三」注.
　　　　『子史精華』卷131「言語部七・詼諧上」注.
　　　　『佩文韻府』卷4之4「上平聲・四支韻四」注, 卷26之7「下平聲・十一
　　　　尤韻七」注, 卷34之6「上聲・四紙韻六」注.
　　　　『庾開府集箋註』卷5「傷王司徒」.
　　　　『李太白集注』卷12「贈宣城趙太守悅」.

• 『初學記』卷29「獸部・猴」注
郭頒『魏晉世語』曰: 司馬宣王辟周泰爲新城太守, 鍾毓謂泰曰: "君釋褐
登宰府, 乞兒乘小車, 一何駃?" 泰曰: "君, 明公之子, 少有文彩, 故守吏
職. 獼猴乘土牛, 一何遲!" 衆賓悅服.

• 『文選』卷49「晉紀總論」注
郭頒『世語』曰: 初, 荊州刺史裴潛以州泰爲從事, 司馬宣王鎭宛, 潛數遣
詣宣王, 由此爲宣王所知. 歷兗・豫州刺史.

• 『太平御覽』卷259「職官部・太守」
『世語』曰: 荊州刺史裴潛以南陽周泰爲從事, 使詣司馬宣王. 宣王知之, 辟
泰. 泰九年居喪, 留缺待之, 後三十六日, 擢爲新城太守. 宣王爲大會, 使尚
書鍾毓嘲之曰: "君釋褐登宰府, 三十六日擁麾蓋, 守兵馬典郡, 乞兒乘小
車, 一何快耶!" 泰曰: "君, 貴公之子, 故守吏職. 獼猴騎土牛, 一何遲也!"

- 『太平御覽』卷910「獸部‧猴」
  郭頒『魏晉世語』曰：司馬宣王辟周泰爲新城太守，尙書鍾毓謂泰曰：“君釋褐登宰府，乞兒乘小車，一何駛！”泰曰：“君明公之子，少有文彩，故守吏職．彌猴乘土牛，一何遲！”衆賓悅服．

- 『猗覺寮雜記』卷上
  『世語』：尙書鍾繇謂周泰：“君釋褐登宰府，乞兒乘小車，一何駛也！”泰曰：“君，名公之子，少有文彩，故守吏職．彌猴騎土牛，一何遲耶！”

- 『四六標準』卷3「代回楊評事洪之謝求薦」注
  『魏晉世語』：司馬宣王辟州泰，三十六日擢爲新城太守．宣王爲泰會，使尙書鍾繇調泰：“君釋褐登宰府，三十六日擁麾盖，守兵馬郡．乞兒乘小車，一何駛乎！”泰曰：“誠有此．君，名公之子，少有文采，故守吏職．彌猴騎土牛，又何遲也！”衆賓咸悅．

- 『韻府羣玉』卷2「上平聲‧四支」注
  鍾繇調州泰云：“君釋褐登宰府，三十六日擁麾盖，守兵馬郡．乞兒乘小車，一何駛乎！”泰曰：“君少有文采，故守吏．我彌猴乘土牛，又何遲也！”
  （『魏晉世語』）

- 『騈志』卷8「丁部下」
  『世語』：南陽州泰頻喪考‧妣‧祖，九年居喪，宣王留缺待之，至三十六日，擢爲新城太守．宣王爲泰會，使尙書鍾繇調泰：“君釋褐登宰府，三十六日擁麾盖，守兵馬郡．乞兒乘小車，一何駛乎！”泰曰：“誠有此．君，名公之子，少有文采，故守吏職．彌猴騎土牛，又何遲也！”衆賓咸服．後歷兗‧豫州刺史，所在有籌筭績效．

- 『何氏語林』卷27「排調」注
  『世語』曰：初，荊州刺史裴潛以泰爲從事．司馬宣王鎭宛，潛數遣詣宣王，由此爲宣王所知．及征孟達，泰又導軍，遂辟泰．

- 『淵鑑類函』卷432「獸部四‧彌猴三」注
  郭須『魏晉世語』曰：司馬宣王辟周泰爲新城太守，尙書鍾毓謂泰曰：“君釋褐登宰府，乞兒乘小車，一何駛！”泰曰：“君，明公之子，少有文彩，故守吏職．彌猴乘土牛，一何遲！”衆賓悅服．

- 『子史精華』卷131「言語部七・詼諧上」注
  『世語』：周泰擢爲新城太守，宣王爲泰會，使尙書鍾繇調泰：“君釋褐登宰府，三十六日擁麾蓋，守兵馬郡．乞兒乘小車，一何駛乎！”泰曰：“誠有此．君，名公之子，少有文采，故守吏職．獼猴騎土牛，又何遲也！”衆賓咸悅．

- 『佩文韻府』卷4之4「上平聲・四支韻四」注
  『魏晉世語』：鍾繇調州泰：“君釋褐登宰府，三十六日擁麾蓋，守兵馬郡．乞兒乘小車，一何駛乎！”泰曰：“君，名公之子，少有文采，故守吏職．獼猴騎土牛，又何遲也！”

- 『佩文韻府』卷26之7「下平聲・十一尤韻七」注
  『魏晉世語』：司馬宣王辟周泰爲新城太守，尙書鍾毓謂泰曰：“君釋褐登宰府，乞兒乘小車，一何駛！”泰曰：“君，明公之子，少有文采，故守吏職．獼猴騎土牛，一何遲！”

- 『佩文韻府』卷34之6「上聲・四紙韻六」注
  『魏晉世語』：司馬宣王辟周泰爲新城太守，尙書鍾毓謂泰曰：“君釋褐登宰府，乞兒乘小馬，一何駛！”

- 『庾開府集箋註』卷5「傷王司徒」
  『世語』：司馬宣王辟周泰，泰九年居喪，留缺待之，三十六日擢爲新城太守．宣王爲大會，使鍾毓嘲之曰：“君釋褐登宰府，三十六日擁麾蓋，守兵馬典郡．乞兒乘小車，一何快耶！”

- 『李太白集注』卷12「贈宣城趙太守悅」
  『世語』曰：司馬宣王辟周泰，泰頻喪考・妣・祖，九年居喪，宣王留缺待之，至三十六日，擢爲新城太守．宣王爲泰會，使尙書鍾繇調泰：“君釋褐登宰府，三十六日擢麾蓋，守兵馬郡．乞兒乘小車，一何駛乎！”泰曰：“誠有此．君，名公之子，少有文采，故守吏職．獼猴騎土牛，又何遲也！”

056-(240年前後)

> 【『世語』云】何晏爲吏部郎時，賓客盈坐，聞王弼來，倒履[1]迎之．

[1] 履：『淵鑑類函』注引作“屣”．

△ 出典: 『北堂書鈔』卷34「政術部・禮賢」注.
△ 又見: 『淵鑑類函』卷130「政術部九・禮賢四」注.

- 『淵鑑類函』卷130「政術部九・禮賢四」注
  『世語』云 : 何晏爲吏部郎時, 賓客盈坐, 聞王弼來, 倒屣迎之.

057-(240年前後)

> 【『世語』曰】 夏侯玄字太初[1]. 玄, 世名知人. 爲中護軍, 拔用武官, 參
> 戟牙門, 無非俊傑, 多牧州典郡. 立法垂敎, 于今皆爲後式.

[1] 夏侯玄字太初: 『三國志』注原無此6字, 今據『北堂書鈔』卷64注補.

△ 出典: 『三國志』卷9「魏書・夏侯玄傳」裴注.
△ 又見: 『北堂書鈔』卷34「政術部・任賢」注, 卷64「設官部・護軍將軍」注.
　　　　 『太平御覽』卷240「職官部・雜號將軍」.
　　　　 『職官分紀』卷49「上將軍護軍」注.
　　　　 『何氏語林』卷15「識鑒」注.
　　　　 『淵鑑類函』卷102「設官部四十二・護軍將軍三」注, 卷130「政術部
　　　　 九・任賢」注.

- 『北堂書鈔』卷34「政術部・任賢」注
  『世語』云 : 夏侯玄, 世名知人. 爲中護軍, 拔用武官, 參戟衙門, 無非俊
  傑.

- 『北堂書鈔』卷64「設官部・護軍將軍」注
  『世語』曰 : 夏侯玄字太初. 玄, 世名知人. 爲中護軍, 拔用武官, 參戟牙
  門, 無非俊傑.

- 『太平御覽』卷240「職官部・雜號將軍」
  『世語』曰 : 夏侯玄, 世名知人. 爲中護軍, 拔用武官, 無非俊傑, 多牧州典郡.

- 『職官分紀』卷49「上將軍護軍」注
  『世語』: 夏侯玄, 世名知人. 爲護軍, 拔用武官, 無非俊傑, 多牧州典郡.

- 『何氏語林』卷15「識鑒」注
  『世語』曰：玄, 世名知人. 爲中護軍, 拔用武官, 參戟牙門, 無非俊傑, 牧州典郡. 立法垂教, 皆爲後式.

- 『淵鑑類函』卷102「設官部四十二・護軍將軍三」注
  『世語』曰：夏侯元字太初. 元, 世名知人. 爲中護軍, 拔用武官, 參戟牙門, 無非俊傑.

- 『淵鑑類函』卷130「政術部九・任賢」注
  『世語』云：夏侯元, 世名知人. 爲中護軍, 拔用武官, 參戟衙門, 無非俊傑.

058-(240年~248年)

【『世語』曰】 司馬景王命中書令[1]虞松作表, 再呈, 輒不可意, 命松更定. 以經時, 松思竭不能改, 心苦之, 形於顏色[2]. (鍾)會察其有憂[3], 問松, 松以實答[4]. 會取視[5], 爲定五字, 松悅服, 以呈景王, 王曰："不當爾邪! 誰所定也?"松曰："鍾會. 向亦欲啓之, 會公見問. 不敢竄其能."王曰："如此, 可大用, 可令來."會問松王所能, 松曰："博學明識, 無所不貫."會乃絶賓客, 精思十日, 平旦入見, 至鼓二乃出. 出後, 王獨拊手歎息曰："此眞王佐材也!"[6]

[1] 中書令：『初學記』注・『丹鉛總錄』・『升庵集』・『山堂肆考』・『李義山詩集注』・『御選唐詩』注・『說郛』輯佚本・『子史鉤沉』輯佚本・『五朝小說大觀』輯佚本並作"中書郎", 『淵鑑類函』卷83注引作"中書侍郎", 『藝文類聚』引作"尚書令".

[2] 心苦之, 形於顏色：『北堂書鈔』注・『淵鑑類函』卷197注並引作"心存之, 形於顏色", 『初學記』注・『淵鑑類函』卷83注並引作"心存形色", 『說郛』輯佚本引作"心有形色", 『子史鉤沉』輯佚本引作"心□□色", 『五朝小說大觀』輯佚本作"心有憂色".

[3] 其有憂：『初學記』注・『山堂肆考』・『淵鑑類函』卷83注・『說郛』輯佚本・『子史鉤沉』輯佚本・『五朝小說大觀』輯佚本並引作"有憂色", 『淵鑑類函』卷197注引作"其所憂".

[4] 答：『北堂書鈔』注引作"告", 『初學記』注・『山堂肆考』・『淵鑑類函』卷83

注．『說郛』輯佚本．『子史鉤沉』輯佚本．『五朝小說大觀』輯佚本並引作"對".

[5] 視: 『初學記』注．『山堂肆考』．『淵鑑類函』卷83注．『李義山詩集注』．『說郛』輯佚本．『子史鉤沉』輯佚本．『五朝小說大觀』輯佚本並引作"草視"，『丹鉛總錄』．『升庵集』並引作"草".

[6] 此下『說郛』輯佚本有"卞伯玉「赴中書詩」曰: 躍鱗龍鳳池, 揮翰紫宸裏"，『子史鉤沉』輯佚本有"卞伯二「赴中書□」曰: "躍鱗龍鳳池, 揮翰紫宸裏"，『五朝小說大觀』輯佚本有"卞伯□□□□□曰: 躍鱗龍鳳池, 揮翰紫宸裏". 此數句盡與本故事無關, 故應刪去.

△ 出典:『三國志』卷28「魏書·鍾會傳」裴注.
△ 又見:『北堂書鈔』卷103「藝文部·表」注.
　　　　『藝文類聚』卷48「職官部·中書令」.
　　　　『初學記』卷11「職官部·中書令」注.
　　　　『太平御覽』卷220「職官部·中書令」.
　　　　『丹鉛總錄』卷20「詩話類·五字」.
　　　　『升庵集』卷57「五字」.
　　　　『山堂肆考』卷45「臣職·回五字妙」.
　　　　『淵鑑類函』卷83「設官部二十三·中書侍郎三」注, 卷197「文學部六·表二」注.
　　　　『韻府拾遺』卷47「上聲·十七篠韻」注.
　　　　『李義山詩集注』卷3上「和馬郎中移白菊見示」.
　　　　『御選唐詩』卷22「李商隱·和馬郎中移白菊見示」注.
　　　　『說郛』輯佚本.
　　　　『子史鉤沉』輯佚本.
　　　　『五朝小說大觀』輯佚本.

• 『北堂書鈔』卷103「藝文部·表」注
『世語』曰: 司馬景王命中書令虞松作表, 再呈, 輒不可意, 命松更定. 經時, 松思竭不能改, 心存之, 形於顏色. 鍾會察其有憂, 問松, 松以實告. 會取視, 爲定五字. 松悅服, 以呈景王, 王曰: "不當爾耶! 誰所定也?" 松曰: "鍾會. 向亦欲啓之, 會公見問, 不敢饕其能." 王曰: "如此, 可大用, 可令來." 會問松王所能, 松曰: "博學明識, 無所不貫." 會乃絶賓客, 精思十日, 平旦入見, 至二鼓乃出. 出後, 王獨拊手歎息曰: "此眞王佐材也!"

• 『藝文類聚』卷48「職官部·中書令」

『世語』曰：司馬景王令尙書令虞松作表, 輒不可意, 令更定. 松思竭不能改, 鍾會爲定五字, 松悅服焉.

- 『初學記』卷11「職官部・中書令」注
  郭頒『魏晉世語』曰：司馬景王命中書郎虞松作表, 再呈, 不可意, 令松更定之. 經時, 竭思不能改, 心存形色. 中書郎鍾會察有憂色, 問松, 松以實對. 會取草視, 爲定五字. 松悅服, 以呈景王, 景王曰："不當爾耶!" 松曰："鍾會也." 王曰："如此, 可大用. 眞王佐才也!"

- 『太平御覽』卷220「職官部・中書令」
  又[郭頒『魏晉世語』]曰：司馬景王令中書令虞松作表, 輒不可意, 令松更定. 思竭不能改, 鍾會爲定五字, 松深悅服.

- 『丹鉛總錄』卷20「詩話類・五字」
  郭頒『世語』曰：司馬景王命中書郎虞松作表, 再呈, 不可意. 鍾會取草, 爲定五字. 松悅服, 以呈景王, 景王曰："不當爾耶!" 松曰："鍾會也." 景王曰："如此, 可大用."

- 『升庵集』卷57「五字」
  郭頒『世語』曰：司馬景王命中書郎虞松作表, 再呈, 不可意. 鍾會取草, 爲定五字. 松悅服, 以呈景王, 景王曰："不當爾耶!" 松曰："鍾會也." 景王曰："如此, 可大用."

- 『山堂肆考』卷45「臣職・回五字妙」
  『魏晉世語』：司馬景王命中書郎虞松作表, 再呈, 不可意, 令松更定之. 經時, 竭思不能改, 中書郎鍾會察有憂色, 問松, 松以實對. 會取草視, 爲定五字. 松悅服, 以呈景王, 景王曰："不當爾耶!" 松曰："鍾會所爲也." 王曰："如此, 可大用, 眞王佐才也!"

- 『淵鑑類函』卷83「設官部二十三・中書侍郎三」注
  郭頒『魏晉世語』曰：司馬景王命中書侍郎虞松作表, 再呈, 不可意, 令松更定之. 經時, 竭思不能改, 心存形色. 中書郎鍾會察有憂色, 問, 松以實對. 會取草視, 爲定五字. 松悅服, 以呈景王, 景王曰："不當爾耶!" 松曰："鍾會耳." 王曰："如此, 可大用. 眞王佐才也!"

- 『淵鑑類函』卷197「文學部六・表二」注
  『世語』曰：司馬景王命中書令虞松作表，再呈，輒不可意，命松更定. 經時，松思竭不能改，心存之，形於顏色. 鍾會察其所憂，問松，松以實答. 會取視，爲定五字. 松悅服，以呈景王，王曰："不當爾耶!"

- 『韻府拾遺』卷47「上聲・十七篠韻」注
  『世語』：司馬景王命中書令虞松作表，再呈，輒不可意，命松更定.

- 『李義山詩集注』卷3上「和馬郎中移白菊見示」
  郭頌『魏晉世語』：司馬景王命中書郎虞松作表，再呈，不可意，令松更定之. 經時，竭思不能改，中書郎鍾會取草視，爲定五字. 松悅服，以呈景王，王曰："不當爾耶!"松曰："鍾會也." 王曰："如此，可大用."

- 『御選唐詩』卷22「李商隱・和馬郎中移白菊見示」注
  『魏晉世語』：司馬景王命中書郎虞松作表，再呈，不可意，令松更定之. 中書郎鍾會爲定五字，以呈景王，王曰："不當爾耶!"

- 『說郛』輯佚本
  司馬景王命中書郎虞松作表，再呈，不可意，令松更定之. 經時，竭思不能改，心有形色. 中書郎鍾會察有憂色，問松，松以實對. 會取草視，爲定五字. 松悅服，以呈景王，景王曰："不當爾耶!"松曰："鍾會也." 王曰："如此，可大用. 眞王佐才也!"卞伯玉「赴中書詩」曰："躍鱗龍鳳池，揮翰紫宸裏."

- 『子史鈎沉』輯佚本
  司馬景王命中書郎虞松作表，再呈，不可意，令松更定之. 經時，竭思不能改，心□□色. 中書郎鍾會察有憂色，問松，松以實對. 會取草視，爲定五字. 松悅服，以呈景王，景王曰："不當爾耶!"松曰："鍾會也." 王曰："如此，可大用. 眞王佐才也!"卞伯二「赴中書□」曰："躍鱗龍鳳池，揮翰紫宸裏."

- 『五朝小說大觀』輯佚本
  司馬景王命中書郎虞松作表，再呈，不可意，令松更定之. 經時，竭思不能改，心有憂色. 中書郎鍾會察有憂色，問松，松以實對. 會取草視，爲定五字. 松悅服，以呈景王，景王曰："不當爾耶!"松曰："鍾會也." 王曰："如此，可大用. 眞王佐才也!"卞伯□□□□□曰："躍鱗龍鳳池，揮翰紫宸裏."

059-(249年)

【『世語』曰】(曹)爽兄弟先是數俱出游, 桓範謂曰: "總萬機, 典禁兵, 不宜並出. 若有閉城門, 誰復內入者?" 爽曰: "誰敢爾邪!" 由此不復並行, 至是乃盡出也.

△ 出典: 『三國志』卷9「魏書·曹爽傳」裴注.

060-(249年)

【『世語』曰】初, (曹)爽夢二虎銜雷公, 雷公若二升碗[1], 放著庭中. 爽惡之, 以問占者, 靈臺丞馬訓曰: "憂兵." 訓退, 告其妻曰: "爽將以兵亡, 不出旬日."[2]

[1] 碗: 諸書並引作"椀".
[2] 以問占者, 靈臺丞馬訓曰: "憂兵." 訓退, 告其妻曰: "爽將以兵亡, 不出旬日.": 『玉芝堂談薈』引作"以問卜者馬訓, 訓曰: '憂兵, 不出旬日.' 爽果以兵亡."

△ 出典: 『三國志』卷9「魏書·曹爽傳」裴注.
△ 又見: 『北堂書鈔』卷152「天部·雷篇」注.
　　　　 『玉芝堂談薈』卷9「占驗風角」.
　　　　 『天中記』卷2「雷·虎銜」.
　　　　 『淵鑑類函』卷8「天部八·雷三」注.
　　　　 『駢字類編』卷12「天地門十二·雷」注.
　　　　 『子史精華』卷114「靈異部四·夢」注.

• 『北堂書鈔』卷152「天部·雷篇」注
　『世語』云: 曹爽夢二虎銜雷公, 雷公若二升椀, 放著庭中. 爽惡之, 以問占者, 靈臺丞馬訓曰: "憂兵." 訓退, 告其妻曰: "爽將以兵亡, 不出旬日."

• 『玉芝堂談薈』卷9「占驗風角」
　『世語』: 曹爽夢二虎銜雷公, 若二升椀, 放着廷中. 爽惡之, 以問卜者馬訓, 訓曰: "憂兵, 不出旬日." 爽果以兵亡.

- 『天中記』卷2「雷・虎衛」
  曹爽夢二虎銜雷公, 若二升椀, 放着庭中. 以問占者, 馬訓曰:"憂兵." 訓退, 告妻曰:"爽將以兵亡, 不出旬日."(『世語』)

- 『淵鑑類函』卷8「天部八・雷三」注
  『世語』云: 曹爽夢二虎銜雷公, 雷公若二升椀, 放著庭中. 爽惡之, 以問占者, 靈臺丞馬訓曰:"憂兵." 訓退, 告其妻曰:"爽將以兵亡, 不出旬日."

- 『駢字類編』卷12「天地門十二・雷」注
  『世語』曰: 初, 爽夢二虎銜雷公, 雷公若二升椀, 放著庭中. 爽惡之, 以問占者, 靈臺丞馬訓曰:"憂兵." 訓退, 告其妻曰:"爽將以兵亡, 不出旬日."

- 『子史精華』卷114「靈異部四・夢」注
  『世語』曰: 初, 爽夢二虎銜雷公, 雷公若二升椀, 放着庭中. 爽惡之, 以問占者, 靈臺丞馬訓曰:"憂兵." 訓退, 告其妻曰:"爽將以兵亡, 不出旬日."

061-(249年)

> 【『世語』曰】初, 宣王勒兵從闕下趨武庫, 當(曹)爽門, 人逼車住. 爽妻劉怖, 出至廳事, 謂帳下守督曰:"公在外, 今兵起, 如何?" 督曰:"夫人勿憂." 乃上門樓, 引弩注箭欲發, 將孫謙在後牽止之曰:"天下事[1]未可知!" 如此者三, 宣王遂得過去.

[1] 事: 『駢字類編』注引無此字.

△ 出典: 『三國志』卷9「魏書・曹爽傳」裴注.
△ 又見: 『駢字類編』卷60「居處門四・門」注.

- 『駢字類編』卷60「居處門四・門」注
  『世語』曰: 初, 宣王勒兵從闕下趨武庫, 當爽門, 人逼車住. 爽妻劉怖, 出至廳事, 謂帳下守督曰:"公在外, 今兵起, 如何?" 督曰:"夫人勿憂." 乃上門樓, 引弩注箭欲發, 將孫謙在後牽止之曰:"天下未可知!" 如此者三, 宣王遂得過去.

062-(249年)

> 【『世語』曰】 初, (蔣)濟隨司馬宣王屯洛水浮橋, 濟書與曹爽, 言宣王旨: "惟免官而已." 爽遂[1]誅滅, 濟病其言之失信, 發病卒.

[1] 遂: 『何氏語林』注引無此字.

△ 出典: 『三國志』卷14「魏書・蔣濟傳」裴注.
△ 又見: 『何氏語林』卷18「品藻」注.

- 『何氏語林』卷18「品藻」注
  『世語』曰: 濟隨司馬宣王屯洛水浮橋, 濟書與曹爽, 言宣王旨: "唯免官而已." 爽誅滅, 濟病其言之失信, 發病卒.

063-(249年)

> 【『世語』曰】 宣王使許允・陳泰解語(曹)爽, 蔣濟亦與書達宣王之旨. 又使爽所信殿中校尉尹大目謂爽: "唯免官而已, 以洛水爲誓." 爽信之, 罷兵.

△ 出典: 『三國志』卷9「魏書・曹爽傳」裴注.

064-(249年)

> 【『世語』曰】 初, (曹)爽出, 司馬魯芝留在府, 聞有事, 將營騎斫津門出赴爽. 爽誅, 擢爲御史中丞. 及爽解印綬, 將出, 主簿楊綜止之曰: "公挾主握權[1], 捨此以至東市乎?" 爽不從. 有司奏綜導爽反, 宣王曰: "各爲其主也." 宥之, 以爲尙書郎. 芝字世英, 扶風人也. 以後仕進至特進光祿大夫. 綜字初伯, 後爲安東將軍司馬文王長史.

[1] 權: 『三國志』注引原誤作"灌", 今據『職官分紀』卷33注改.

△ 出典: 『三國志』卷9「魏書・曹爽傳」裴注.
△ 又見: 『太平御覽』卷215「職官部・總敍尙書郎」.

『職官分紀』卷8「尙書郎」注, 卷33「主簿」注.

- 『太平御覽』卷215「職官部・總敘尙書郎」
  又[『世語』]曰：曹爽解印綬, 將出, 主簿楊綜止之, 爽不從. 有司奏綜導爽反, 宣王曰："各爲其主也." 宥之, 爲郎.

- 『職官分紀』卷8「尙書郎」注
  『晉世語』：曹爽解印綬, 將出, 主簿楊綜止之, 爽不從. 有司奏曰："綜導爽反." 宣王曰："各爲其主." 宥之, 爲郎.

- 『職官分紀』卷33「主簿」注
  『世語』：楊綜爲大將軍曹爽主簿, 爽將誅, 及解印綬, 將出, 綜止之曰："公挾主握權, 舍此以至東市乎?" 不從. 有司奏綜導爽反, 宣王曰："各爲其主也." 宥之, 以爲尙書郎.

065-(249年)

【『世語』曰】(郭)淮妻, 王淩之妹. 淩誅, 妹當從坐, 御史[1]往收. 督將及羌・胡渠帥數千人叩頭, 請淮表[2]留妻, 淮不從. 妻上道, 莫不流涕, 人人扼腕, 欲劫留之. 淮五子叩頭流血請淮, 淮不忍視, 乃命左右追妻[3]. 於是追者數千騎數日而還[4]. 淮以書白司馬宣王曰："五子哀母, 不惜其身, 若無其母, 是無五子, 無五子[5], 亦無淮也. 今輒追還, 若於法未通, 當受罪於主者. 觀展在近[6]." 書至, 宣王亦宥之[7].

[1] 御史: 『世說新語』注引作"侍御史".
[2] 表: 『世說新語』注引作"上表".
[3] 左右追妻: 『世說新語』注引作"追之".
[4] 追者數千騎數日而還: 『世說新語』注引作"數千騎往追還".
[5] 無五子: 『世說新語』注引作"五子若亡".
[6] 觀展在近: 『世說新語』注引無此四字.
[7] 亦宥之: 『世說新語』注引作"乃表原之".

△ 出典: 『三國志』卷26「魏書・郭淮傳」裴注.
△ 又見: 『世說新語』「方正」4劉注.

- 『世說新語』「方正」4劉注

  『世語』曰：准妻當從坐, 侍御史往收. 督將及羌‧胡渠帥數千人叩頭, 請准上表留妻, 准不從. 妻上道, 莫不流涕, 人人扼腕, 欲劫留之. 准五子叩頭流血請准, 准不忍視, 乃命追之. 於是數千騎往追還. 准以書白司馬宣王曰："五子哀母, 不惜其身, 若無其母, 是無五子, 五子若亡, 亦無准也. 今輒追還, 若於法未通, 當受罪於主者." 書至, 宣王乃表原之.

066-(249年)

> 【『世語』曰】 夏侯霸奔蜀, 蜀朝問："司馬公如何德?"霸曰："自當作家門.""京師俊士?"曰："有鍾士季, 其人管朝政, 吳‧蜀之憂也."

△ 出典:『三國志』卷28「魏書‧鍾會傳」裴注.

067-(249年)

> 【『世語』曰】 (夏侯)威字季權, 任俠貴, 歷荊‧兗二州刺史. 子駿, 并州刺史, 次莊, 淮南太守. 莊子湛字孝若, 以才博文章, 至南陽相‧散騎常侍. 莊, 晉景陽皇后姊夫也. 由此一門侈盛於時.

△ 出典:『三國志』卷9「魏書‧夏侯淵傳」裴注.

068-(250年前後)

> 【『世語』曰】 (程)曉字季明, 有通識.

△ 出典:『三國志』卷14「魏書‧程曉傳」裴注.

069-(254年)

> 【『世語』曰】 (李)豐遣子韜以謀報玄, 玄曰："宜詳之耳."而不以告也.

△ 出典: 『三國志』卷9「魏書‧夏侯玄傳」裴注.

070-(254年)

【『世語』曰】大將軍聞(李)豐謀, 舍人王羨請以命請豐: "豐若無備, 情屈勢迫, 必來. 若不來, 羨一人足以制之. 若知謀泄, 以衆挾輪, 長戟自衛, 徑入雲龍門, 挾天子登凌雲臺. 臺上有三千人仗, 鳴鼓會衆, 如此, 羨所不及也." 大將軍乃遣羨以車迎之. 豐見劫迫, 隨羨而至.

△ 出典: 『三國志』卷9「魏書‧夏侯玄傳」裴注.

071-(254年)

【『世語』曰】(夏侯)玄至廷尉, 不肯下辭. 廷尉鍾毓自臨治[1]玄, 玄正色責毓[2]曰: "吾當何辭? 卿[3]爲令史責人也, 卿便爲吾作." 毓以其名士, 節高不可屈, 而獄當竟, 夜爲作辭, 令與事相附, 流涕以示玄. 玄視, 頷之而已[4]. 毓弟會[5], 年少於玄, 玄不與交, 是日於毓坐狎玄, 玄不受[6].

[1] 治: 『世說新語』注引作"履".
[2] 責毓: 『世說新語』注引無此二字.
[3] 卿: 『世說新語』注引無此字.
[4] 玄視, 頷之而已: 『世說新語』注引作"玄視之曰: '不當若是邪!'"
[5] 毓弟會: 『世說新語』注引作"鍾會".
[6] 玄不受: 『世說新語』注引作"玄正色曰: '鍾君, 何得如是?'"

△ 出典: 『三國志』卷9「魏書‧夏侯玄傳」裴注.
△ 又見: 『世說新語』「方正」6劉注.

- 『世說新語』「方正」6劉注
  『世語』曰: 玄至廷尉, 不肯下辭. 廷尉鍾毓自臨履玄, 玄正色曰: "吾當何辭? 爲令史責人邪? 卿便爲吾作." 毓以玄名士, 節高不可屈, 而獄當竟, 夜爲作辭, 令與事相附, 流涕以示玄. 玄視之曰: "不當若是邪!" 鍾會年少於玄, 玄不與交, 是日於毓坐狎玄, 玄正色曰: "鍾君, 何得如是?"

072-(254年)

【『世語』曰】(李)翼後妻, 散騎常侍荀廙姊, 謂翼曰:"中書事發, 可及書未至赴吳. 何爲坐取死亡! 左右可共同赴水火者誰?"翼思未答, 妻曰:"君在大州, 不知可與同死生者, 去亦不免."翼曰:"二兒小, 吾不去. 今但從坐, 身死, 二兒必免."果如翼言. 翼子斌, 楊駿外甥也. 晉惠帝初, 爲河南尹, 與駿俱死. 見『晉書』.

△ 出典:『三國志』卷9「魏書·夏侯玄傳」裴注.

073-(254年)

【『世語』及『魏氏春秋』並云】此秋, 姜維寇隴右. 時安東將軍司馬文王鎭許昌, 徵還擊維, 至京師. 帝於平樂觀以臨軍過. 中領軍許允與左右小臣謀, 因文王辭, 殺之, 勒其衆以退大將軍. 已書詔于前, 文王入. 帝方食栗, 優人雲午等唱曰:"靑頭雞! 靑頭雞!"靑頭雞者, 鴨也. 帝懼不敢發. 文王引兵入城, 景王因是謀廢帝.

△ 出典:『三國志』卷4「魏書·齊王芳紀」裴注.

074-(255年)

【『世語』曰】毌丘儉反, (嵇)康有力, 且欲起兵應之. 以問山濤, 濤曰:"不可."儉亦已敗.

△ 出典:『三國志』卷21「魏書·嵇康傳」裴注.

075-(255年)

【『世語』曰】大將軍奉天子征(毌丘)儉, 至項, 儉旣破, 天子先還.

△ 出典: 『三國志』卷4「魏書·高貴鄉公髦紀」裴注.

076-(255年)

【『世語』曰】 毌丘儉之誅, 黨與七百餘人, 傳侍御史杜友治獄, 惟舉首事十人, 餘皆奏散. 友字季子, 東郡人, 仕晉冀州刺史·河南尹. 子默, 字世玄, 歷吏部郎·衛尉.

△ 出典: 『三國志』卷28「魏書·毌丘儉傳」裴注.

077-(255年)

【『世語』曰】 (毌丘)甸字子邦, 有名京邑. 齊王之廢也, 甸謂儉曰: "大人居方嶽重任, 國傾覆而晏然自守, 將受四海之責." 儉然之. 大將軍惡其爲人也. 及儉起兵, 問屈頓所在, 云: "不來, 無能爲也." 儉初起兵, 遣子宗四人入吳. 太康中, 吳平, 宗兄弟皆還中國. 宗字子仁, 有儉風, 至零陵太守. 宗子奧, 巴東監軍·益州刺史.

△ 出典: 『三國志』卷28「魏書·毌丘儉傳」裴注.

078-(255年)

【『世語』曰】 景王疾甚, 以朝政授傅嘏, 嘏不敢受. 及薨, 嘏祕不發喪, 以景王命召文王於許昌, 領公軍焉.

△ 出典: 『三國志』卷21「魏書·傅嘏傳」裴注.

079-(257年)

【『世語』曰】 司馬文王旣秉朝政, 長史賈充以爲宜遣參佐慰勞四征.

于是遣充至壽春, 充還啓文王: "(諸葛)誕再在揚州, 有威名, 民望所歸. 今徵, 必不來, 禍小事淺. 不徵, 事遲禍大." 乃以爲司空. 書至, 誕曰: "我作公當在王文舒後, 今便爲司空! 不遣使者, 健步齎書, 使以兵付樂綝, 此必綝所爲." 乃將左右數百人至揚州, 揚州人欲閉門, 誕叱曰: "卿非我故吏邪!" 徑入, 綝逃上樓, 就斬之.

△ 出典: 『三國志』卷28「魏書 · 諸葛誕傳」裴注.

080-(257年前後)

【『世語』曰】黃初末, 吳人發長沙王吳芮冢, 以其塼於臨湘爲孫堅立廟[1], 見芮屍[2], 芮容貌如生, 衣服不朽[3]. 吳平後[4], 預發冢人於壽春見南蠻校尉吳綱[5]曰: "君形貌[6]何類長沙王吳芮乎[7]? 但君[8]微短耳." 綱瞿然曰: "是先祖也, 君何由見之?" 見者言所由, 綱曰: "更葬否?" 答曰: "卽更葬矣." 自芮之卒年至冢發四百餘年, 至見綱又四十餘年矣[9]. 綱, 芮之十六世孫矣.

[1] 以其塼於臨湘爲孫堅立廟: 『水經注』引作"取木, 於縣立孫堅廟".
[2] 見芮屍: 『三國志』注引原無此三字, 今據『水經注』·『續博物志』補.
[3] 芮容貌如生, 衣服不朽: 『水經注』引作"容貌衣服並如故", 『續博物志』引作"容貌衣服並如生".
[4] 吳平後: 『三國志』注引作"後", 今據『水經注』·『續博物志』補.
[5] 預發冢人於壽春見南蠻校尉吳綱: 『三國志』注引作"豫發者見吳綱", 今據『水經注』·『續博物志』改.
[6] 形貌: 『三國志』注引原無此二字, 今據『水經注』·『續博物志』補.
[7] 乎: 『三國志』注引原無此字, 今據『水經注』·『續博物志』補.
[8] 君: 『三國志』注引原無此字, 今據『水經注』·『續博物志』補.
[9] 至見綱又四十餘年矣: 『三國志』注引原無此九字, 今據『水經注』·『續博物志』補.

△ 出典: 『三國志』卷28「魏書 · 諸葛誕傳」裴注.
△ 又見: 『水經注』卷38「湘水」.

『續博物志』卷7.
『騈志』卷11「己部上」.
『義門讀書記』卷26「三國志」.

- 『水經注』卷38「湘水」
  郭頒『世語』云：魏黃初末, 吳人發芮塚, 取木, 於縣立孫堅廟, 見芮屍,
  容貌衣服並如故. 吳平後, 預發塚人於壽春見南蠻校尉吳綱曰："君形貌
  何類長沙王吳芮乎? 但君微短耳." 綱瞿然曰："是先祖也." 自芮卒至塚發
  四百年, 至見綱又四十餘年矣.

- 『續博物志』卷7
  郭頒『世語』云：魏黃初, 盜發吳芮冢, 見芮屍, 容貌衣服並如生. 吳平,
  發冢人于壽春見南蠻校尉吳綱曰："君形貌何類長沙王吳芮乎? 但君微短
  耳." 綱瞿然曰："是先祖也." 自芮卒至冢發四百年, 至綱又四十年矣.

- 『騈志』卷11「己部上」
  『世語』曰：黃初末, 吳人發長沙王吳芮冢, 以其塼于臨湘爲孫堅立廟. 芮
  容貌如生, 衣服不朽. 後, 與發者見吳綱曰："君何類長沙王吳芮? 但微短
  耳." 綱瞿然曰："是先祖也. 君何由見之?" 見者言所由, 綱曰："更葬否?"
  答曰："卽更葬矣." 自芮之卒年至冢發四百餘年. 綱, 芮十六世孫.

- 『義門讀書記』卷26「三國志」
  『世語』曰：黃初末, 吳人發長沙王吳芮冢, 以其塼于臨湘爲孫堅立廟.

081-(258年-260年)

【『世語』曰】(滿)偉字公衡. 偉子長武, 有寵風, 年二十四, 爲大將軍
掾. 高貴鄉公之難, 以掾守閭闔掖門, 司馬文王弟安陽亭侯幹欲入. 幹
妃, 偉妹也. 長武謂幹曰："此門近, 公且來, 無有入者, 可從東掖門."
幹遂從之. 文王問幹入何遲, 幹言其故. 參軍王羨亦不得入, 恨之. 既
而羨因王左右啓王, 滿掾斷門不內人, 宜推劾. 壽春之役, 偉從文王至
許, 以疾不進. 子從, 求還省疾, 事定乃從歸. 由此內見恨, 收長武考死
杖下, 偉免爲庶人. 時人冤之. 偉弟子奮, 晉元康中至尚書令·司隷校
尉. 寵·偉·長武·奮, 皆長八尺.

△ 出典: 『三國志』卷26「魏書‧滿寵傳」裴注.

082-(260年)

> 【『世語』曰】初, 青龍中, 石苞鬻鐵於長安, 得見司馬宣王, 宣王知焉.
> 後擢爲尙書郎, 歷青州刺史‧鎭東將軍. 甘露中入朝, 當還, 辭高貴鄉
> 公, 留中盡日. 文王遣人要令過. 文王問苞: "何淹留也?" 苞曰: "非常人
> 也." 明日發至滎陽, 數日而難作.

△ 出典: 『三國志』卷4「魏書‧高貴鄉公髦紀」裴注.
△ 又見: 『太平御覽』卷215「職官部‧總敍尙書郎」.
　　　　『庾子山集』卷16「周冠軍公夫人烏石蘭氏墓誌銘」注.

- 『太平御覽』卷215「職官部‧總敍尙書郎」
  『世語』曰: 青龍中, 石苞鬻鐵於長安, 得見司馬宣王, 知焉, 擢爲郎.

- 『庾子山集』卷16「周冠軍公夫人烏石蘭氏墓誌銘」注
  『世語』曰: 初, 青龍中, 石苞鬻鐵於長安, 得見司馬宣王, 宣王知焉. 後擢
  爲尙書郎, 歷青州刺史‧鎭東將軍.

083-(260年)

> 【『世語』曰】(王)經字彦偉[1]. 初爲江夏太守, 大將軍曹爽附絹[2]二十
> 匹, 令交市于吳. 經不發[3]書, 棄官歸. 母問歸狀, 經以實對. 母以經典
> 兵馬而擅去, 對送吏杖經五十. 爽聞, 不復罪. 經爲司隷校尉, 辟河內
> 向雄爲都官從事. 王業之出, 不申經意以及難. 經刑於東市, 雄哭之,
> 感動一市. 刑及經母. 雍州故吏皇甫晏以家財收葬焉.

[1] 偉: 『三國志』點校本從錢大昕說校作"緯". 『太平御覽』卷817‧『天中記』
　　並引作"律".
[2] 絹: 『太平御覽』卷814引作"絳".
[3] 發: 『太平御覽』卷814引作"納".

△ 出典: 『三國志』卷9「魏書・夏侯玄傳」裴注.
△ 又見: 『太平御覽』卷814「布帛部・彩」, 卷817「布帛部・絹」.
　　　　『天中記』卷49「絹・附絹擅去」.

- 『太平御覽』卷814「布帛部・彩」
  『世語』曰: 王經彦偉, 初爲江夏太守, 大將軍曹爽附絳二十四, 令交市於
  吳. 經不納書, 棄官歸.

- 『太平御覽』卷817「布帛部・絹」
  『世語』曰: 王經字彦律. 初爲江夏太守, 大將軍曹爽附絹二十四, 令交市
  於吳. 經不發書, 棄官歸. 母問歸狀, 經以實對. 母以經典兵馬而擅去, 對
  送吏杖經五十. 爽聞, 不復罪經.

- 『天中記』卷49「絹・附絹擅去」
  王經字彦律. 初爲江夏太守, 大將軍曹爽附絹二十疋, 令交市於吳. 經不
  發書, 棄官歸. 母問歸狀, 經以實對. 母以經典兵馬而擅去, 對送吏杖經
  五十. 爽聞, 不復罪經. (『世語』)

084-(260年)

【『世語』曰】 (向)雄有節槩, 仕至黃門郞・護軍將軍[1].

[1] 護軍將軍: 『晉書』卷48「向雄傳」作"征虜將軍".

△ 出典: 『世說新語』「方正」16劉注.
△ 又見: 『何氏語林』卷4「言語」注.

- 『何氏語林』卷4「言語」注
  『世語』曰: 雄有節槩, 仕至護軍將軍.

085-(260年)

【『世語』曰】 (王)經字彦偉, 清河人. 高貴鄉公之難[1], 王沈・王業馳

告文王, 尚書王經以正直不出, 因沈·業申意. 後誅經及其母[2].

[1] 經字彦偉, 清河人. 高貴鄕公之難:『三國志』注引原無此十三字, 今據『世
說新語』注補.
[2] 後誅經及其母:『三國志』注引原無此六字, 今據『世說新語』注補.

△ 出典:『三國志』卷4「魏書·高貴鄕公髦紀」裴注.
△ 又見:『世說新語』「賢媛」10劉注.
　　　『文選』卷47「三國名臣序贊」注.
　　　『何氏語林』卷4「言語」注.

• 『世說新語』「賢媛」10劉注
　『世語』曰:經字彦偉, 清河人. 高貴鄕公之難, 王沈·王業馳告文王, 經
　以正直不出, 因沈·業申意. 後誅經及其母.

• 『文選』卷47「三國名臣序贊」注
　『世語』曰:王沈·王業馳告文王, 尚書王經以正直不出, 遂被文王殺之.

• 『何氏語林』卷4「言語」注
　『世語』曰:王經字彦偉, 清河人.

086-(260年)

【『世語』曰】(王)業, 武陵人. 後爲晉中護軍.

△ 出典:『三國志』卷4「魏書·高貴鄕公髦紀」裴注.

087-(262年)

【『世語』曰】(呂)昭字子展, 東平人. 長子巽, 字長悌, 爲相國掾, 有寵
於司馬文王. 次子安, 字仲悌, 與嵇康善, 與康俱被誅. 次子粹, 字季悌,
河南尹. 粹子預, 字景虞, 御史中丞.

△ 出典:『三國志』卷16「魏書·杜恕傳」裴注.
△ 又見:『何氏語林』卷10「言志」注.

• 『何氏語林』卷10「言志」注
『世語』曰：呂昭字子展, 東平人. 長子巽, 字長悌, 爲相國掾, 有寵於司馬
文王. 次子安, 字仲悌, 與嵇康厚善, 與康俱被誅.

088-(249年/262年)

【『世語』曰】(辛)敞字泰雍, 官至衛尉. 毗女憲英, 適太常泰山羊耽, 外
孫夏侯湛爲其傳, 曰: 憲英聰明有才鑒. 初, 文帝與陳思王爭爲太子, 旣
而文帝得立, 抱毗頸而喜[1]曰: "辛君知我喜不?" 毗以告憲英, 憲英歎
曰: "太子代君主宗廟社稷者也. 代君不可以不戚, 主國不可以不懼, 宜
戚而喜, 何以能久? 魏其不昌乎!" 弟敞爲大將軍曹爽參軍, 司馬宣王將
誅爽, 因爽出, 閉城門. 大將軍司馬魯芝將爽府兵, 犯門斬關, 出城門赴
爽, 來呼敞俱去. 敞懼, 問憲英: "天子在外, 太傅閉城門. 人云將不利
國家, 於事可得爾乎?" 憲英曰: "天下有不可知, 然以吾度之, 太傅殆不
得不爾! 明皇帝臨崩, 把太傅臂, 以後事付之, 此言猶在朝士之耳. 且曹
爽與太傅俱受寄託之任, 而獨專權勢, 行以驕奢, 於王室不忠, 於人道不
直, 此舉不過以誅曹爽耳." 敞曰: "然則事就乎?" 憲英曰: "得無殆就! 爽
之才非太傅之偶也." 敞曰: "然則敞可以無出乎?" 憲英曰: "安可以不出?
職守, 人之大義也. 凡人在難, 猶或恤之. 爲人執鞭而棄其事, 不祥, 不
可也. 且爲人死, 爲人任, 親昵之職也, 從衆而已." 敞遂出. 宣王果誅爽.
事定之後, 敞歎曰: "吾不謀於姊, 幾不獲於義." 逮鍾會爲鎮西將軍, 憲
英謂從子羊祜曰: "鍾士季何故西出?" 祜曰: "將爲滅蜀也." 憲英曰: "會
在事縱恣, 非特久處下之道, 吾畏其有他志也." 祜曰: "季母勿多言." 其
後會請子琇爲參軍, 憲英憂曰: "他日見鍾會之出, 吾爲國憂之矣. 今日
難至吾家, 此國之大事, 必不得止也." 琇固請司馬文王, 文王不聽. 憲英
語琇曰: "行矣. 戒之! 古之君子, 入則致孝於親, 出則致節於國, 在職思
其所司, 在義思其所立, 不遺父母憂患而已. 軍旅之間, 可以濟者, 其惟
仁恕乎! 汝其愼之!" 琇竟以全身. 憲英年至七十有九, 泰始五年卒.

[1] 喜: 『太平御覽』引作"告之".

△ 出典: 『三國志』卷25「魏書·辛毗傳」裴注.
△ 又見: 『太平御覽』卷148「皇親部·太子」.
　　　　『何氏語林』卷15「識鑒」注.
　　　　『淵鑑類函』卷59「儲宮部·太子三」注.

• 『太平御覽』卷148「皇親部·太子」
『世語』曰：辛毗女憲英, 適太常羊耽, 外孫夏侯湛爲其傳, 曰："憲英聰明
有才鑒. 初, 文帝與陳思王爭爲太子, 既而文帝得立, 抱毗頸而告之曰：
'辛君知我喜不?' 毗以告憲, 憲歎曰：'太子代君主宗廟社稷也. 代君不可
以不戚, 主國不可以不懼, 宜戚而喜, 何以能久? 魏其不昌乎!'"

• 『何氏語林』卷15「識鑒」注
『世語』曰：憲英適泰山羊耽.

• 『淵鑑類函』卷59「儲宮部·太子三」注
『世語』：初, 文帝與陳思王爭爲太子, 既而文帝得立, 抱辛毗頸而喜曰：
"辛君知我喜否?" 毗以告女憲英, 憲英歎曰："太子代君主宗廟社稷者也.
代君不可以不戚, 主國不可以不懼, 宜戚而喜, 何以能久!"

089-(263年以前)

> 鍾毓兄弟警悟過人, 每有嘲語, 未嘗屈躓. 毓語會："聞安陸[1]能作調,
> 試共視之." 於是與弟盛飾共載, 從東門至西門, 一女子笑曰："車中央
> 殊高." 二鍾[2]都不覺, 車後一門生云："向已被嘲." 鍾愕然, 門生曰：
> "中央高者, 兩頭羝." 毓兄弟多鬚, 故以此調之. 【『世語』】

[1] 安陸: 『太平御覽』所引『世說』作"安陵".
[2] 鍾: 『天中記』引原誤作"種", 今據『太平御覽』所引『世說』改.

△ 出典: 『天中記』卷22「髭鬚·兩頭羝」.
△ 參考: 『太平御覽』卷374「人事部·鬚髯」所引『世說』.

- 『太平御覽』卷374「人事部・鬢髻」所引『世說』
  鍾毓兄弟警悟過人, 每有嘲語, 未嘗屈躓. 毓語曾(會): "聞安陵能作調, 試共視之." 於是與弟盛飾共載, 從東門至西門, 一女子笑曰: "車中央殊高!" 二鍾都不覺, 車後一門生云: "向已被嘲." 鍾愕然, 門生曰: "中央高者, 兩頭癯(羝)." 毓兄弟多鬢, 故以此調之.

090-(263年)

> 【『世語』曰】(鍾)會善效[1]人書. 伐蜀之役[2], 於劍閣要(鄧)艾章表白事, 皆易[3]其言, 令辭指悖[4]傲, 多自矜伐. 又毀文王報書, 手作以疑之. 艾由此被收也[5].

[1] 效: 『世說新語』注・『佩文韻府』注並引作"學".
[2] 伐蜀之役: 『三國志』注引原無此四字, 今據『世說新語』注・『佩文韻府』注補.
[3] 易: 『世說新語』注・『佩文韻府』注並引作"約".
[4] 悖: 『世說新語』注引作"倨".
[5] 艾由此被收也: 『三國志』注引原無此六字, 今據『世說新語』注補.

△ 出典: 『三國志』卷28「魏書・鍾會傳」裴注.
△ 又見: 『世說新語』「巧藝」4劉注.
　　　　『駢志』卷5「丙部上」.
　　　　『子史精華』卷69「文學部五・書法」注.
　　　　『佩文韻府』卷6之1「上平聲・六魚韻一」注.

- 『世說新語』「巧藝」4劉注
  『世語』曰 : 會善學人書, 伐蜀之役, 於劍閣要鄧艾章表, 皆約其言, 令詞旨倨傲, 多自矜伐. 艾由此被收也.

- 『駢志』卷5「丙部上」
  『世語』: 鍾會善效人書, 于劍閣要鄧艾章表白事, 皆易其言, 令辭指悖傲, 多自矜伐. 又毀文王報書, 手作以疑之.

- 『子史精華』卷69「文學部五・書法」注

『世語』曰：會善效人書, 於劍閣要艾章表白事, 皆易其言, 令辭指悖傲, 多自矜伐. 又毀文王報書, 手作以疑之也.

- 『佩文韻府』卷6之1「上平聲·六魚韻一」注
  郭頒『世語』：會善學人書, 伐蜀之役, 于劍閣要鄧艾章表, 皆約其言, 令辭旨悖傲, 多自矜伐.

091-(263年)

> 【『世語』曰】 時蜀官屬皆天下英俊, 無出(姜)維右.

△ 出典：『三國志』卷44「蜀書·姜維傳」裴注.
△ 又見：『諸葛忠武書』卷6「北伐」.

- 『諸葛忠武書』卷6「北伐」
  『世語』曰：時蜀官屬皆天下英俊, 無出維右.

092-(264年)

> 【『世語』曰】 (姜)維死時, 見剖[1], 膽如斗大[2].

[1] 見剖：『玉芝堂談薈』引作"魏人剖之".
[2] 如斗大：『騈志』·『諸葛忠武書』並引作"大如斗". 『三國志集解』云："胡三省曰：'斗非身所能容, 恐當作升.' 何焯曰：'古升字, 與斗字相類.' 亭林(顧炎武)亦云." 『三國志』點校本從胡三省·顧炎武說校作"升".

△ 出典：『三國志』卷44「蜀書·姜維傳」裴注.
△ 又見：『蒙求集註』卷上.
  『山谷別集詩注』卷下「觀秘閣蘇子美題壁及中人張侯家墨跡十九紙率同舍錢才翁學士賦之」注.
  『玉芝堂談薈』卷5「古今事相類」.
  『天中記』卷23「膽·如斗」.
  『騈志』卷17「壬部上」.

『諸葛忠武書』卷6「北伐」.
　　『格致鏡原』卷12「身體類・膽」.
　　『分類字錦』卷15「肢體・膽」注.
　　『子史精華』卷123「形色部一・形體」注.
　　『佩文韻府』卷55之3「上聲・二十五有韻三」注.

- 『蒙求集註』卷上
　『世語』曰 ： 維死時, 見剖, 膽如斗大.

- 『山谷別集詩注』卷下「觀秘閣蘇子美題壁及中人張侯家墨跡十九紙率同
　舍錢才翁學士賦之」注
　『世語』曰 ： 維死時, 見剖, 膽如斗大.

- 『玉芝堂談薈』卷5「古今事相類」
　郭頒『世語』： 姜維死, 魏人剖之, 膽如斗大.

- 『天中記』卷23「膽・如斗」
　維死時, 見剖, 膽如斗大. (『世語』)

- 『駢志』卷17「壬部上」
　『世語』曰 ： 姜維死時, 見剖, 膽大如斗.

- 『諸葛忠武書』卷6「北伐」
　『世語』曰 ： 維死, 見剖, 膽大如斗.

- 『格致鏡原』卷12「身體類・膽」
　『世語』： 姜維死時, 見剖, 膽如斗大.

- 『分類字錦』卷15「肢體・膽」注
　『世語』曰 ： 維死時, 見剖, 膽如斗大.

- 『子史精華』卷123「形色部一・形體」注
　『世語』曰 ： 維死時, 見剖, 膽如斗大.

- 『佩文韻府』卷55之3「上聲・二十五有韻三」注

『世語』: 姜維死時, 見剖, 膽如斗大.

093-(264年)

【『世語』曰】師纂亦與(鄧)艾俱死. 纂性急少恩, 死之日體無完皮.

△ 出典: 『三國志』卷28「魏書 · 鄧艾傳」裴注.

094-(265年前後)

【郭頒『世語』曰】晉文王之世, 大魚見孟津, 長數百步, 高五丈, 頭在南岸, 尾在中渚河平侯祠.

△ 出典: 『水經注』卷5「河水」.
△ 又見: 『駢字類編』卷98「數目門二十一 · 五」注, 卷124「方隅門十二 · 中」注.
　　　　『子史精華』卷138「動植部四 · 鱗」注.
　　　　『大清一統志』卷161「懷慶府二」.

* 『駢字類編』卷98「數目門二十一 · 五」注
　郭頒『世語』曰: 晉文王之世, 大魚見孟津, 長數百步, 高五丈, 頭在南岸,
　尾在中渚河平侯祠.

* 『駢字類編』卷124「方隅門十二 · 中」注
　郭頒『世語』曰: 晉文王之世, 大魚見孟津, 長數百步, 高五丈, 頭在南岸,
　尾在中渚河平侯祠.

* 『子史精華』卷138「動植部四 · 鱗」注
　郭頒『世語』曰: 晉文王之世, 大魚見孟津, 長數百步, 高五丈, 頭在南岸,
　尾在中渚.

* 『大清一統志』卷161「懷慶府二」
　郭頒『世語』曰: 晉文公之世, 大魚見孟津, 長數百步, 高五丈. 河平侯祠,
　卽斯祠也.

095-(265年前後)

【『世語』曰】 (郭)嘉孫敞, 字泰中, 有才識, 位散騎常侍.

△ 出典: 『三國志』卷14「魏書·郭嘉傳」裴注.

096-(265年前後)

【『世語』云】 諸阮皆能飲酒, 常與宗人共集, 不復用常栝, 以大甕盛酒, 圍坐相向大酌.

△ 出典: 『北堂書鈔』卷148「酒食部·酒」注.
△ 又見: 『淵鑑類函』卷392「食物部五·酒二」.
△ 參考: 『世說新語』「任誕」12.

- 『淵鑑類函』卷392「食物部五·酒二」
  『世語』曰: 諸阮皆能飲酒, 常與宗人共集, 不復用常杯, 以大甕盛酒, 圍坐相向大酌.

- 『世說新語』「任誕」12
  諸阮皆能飲酒. 仲容至宗人閒共集, 不復用常栝斟酌, 以大甕盛酒, 圍坐相向大酌. 時有羣猪來飲, 直接去上, 便共飲之.

2 「晉世語」

097-(西晉初, 265年頃)

【『世語』曰】孫楚爲大司馬石苞記室參軍, 不敬府主. 楚負才[1], 揖[2]苞曰: "天子命我參卿軍事[3]也."

[1] 不敬府主. 楚負才: 『淵鑑類函』注引作"負才不敬府主".
[2] 揖: 『北堂書鈔』注引原作"檄", 疑誤, 今據『淵鑑類函』注改.
[3] 參卿軍事: 『北堂書鈔』注引原無此四字, 今據『淵鑑類函』注補.

△ 出典: 『北堂書鈔』卷69「設官部·記室參軍」注.
△ 又見: 『淵鑑類函』卷68「設官部八·記室參軍」注.

• 『淵鑑類函』卷68「設官部八·記室參軍」注
『世語』云: 孫楚爲大司馬石苞記室參軍, 負才不敬府主, 揖苞曰: "天子命我參卿軍事."

098-(西晉初)

孫子荊年少時欲隱, 語王武子當'枕石漱流', 誤曰'漱石枕流'. 王曰: "流可枕, 石可漱乎?" 孫曰: "所以枕流, 欲洗其耳.[1]" 【『世語』】

[1] 欲洗其耳: 『世說新語』「排調」亦載本故事, 文末有"所以漱石, 欲礪其齒"兩句.

△ 出典: 『天中記』卷22「耳·枕流」.
△ 參考: 『世說新語』「排調」6.

• 『世說新語』「排調」6
孫子荊年少時欲隱, 語王武子當'枕石漱流', 誤曰'漱石枕流'. 王曰: "流可枕, 石可漱乎?" 孫曰: "所以枕流, 欲洗其耳, 所以漱石, 欲礪其齒."

099-(西晉初)

【『世語』曰】嵩山北有大穴. 晉初有一人, 誤墜穴中, 行十許日[1], 有草屋[2], 中有二人[3]圍棋, 傍有白漿一杯[4]. 墜者告以飢渴, 碁者曰: "可飲此." 墜者飲之[5], 氣力十倍. 歸問張華, 華曰: "此[6]玉漿也."

[1] 行十許日: 『淵鑑類函』注引作"緣行十許里".
[2] 『淵鑑類函』注引此處有"一區"二字.
[3] 『淵鑑類函』注引此處有"對坐"二字.
[4] 傍有白漿一杯: 『淵鑑類函』注引作"局下有一杯白漿".
[5] 碁者曰: "可飲此." 墜者飲之: 『格致鏡原』引作"棋者與飲之".
[6] 此: 『淵鑑類函』注引作"所飲者".

△ 出典: 『北堂書鈔』卷144「酒食部·漿篇」注.
△ 又見: 『格致鏡原』卷22「飲食類·漿」.
　　　　『淵鑑類函』卷391「食物部四·漿二」注.
△ 參考: 殷芸『小說』.

• 『格致鏡原』卷22「飲食類·漿」
　『世語』: 嵩山北有大穴. 晉初有一人, 誤墜穴中, 行十許日, 有草屋, 中有二人圍棋, 傍有白漿一杯. 墜者告以飢渴, 棋者與飲之. 氣力十倍. 歸問張華, 華曰: "此玉漿."

• 『淵鑑類函』卷391「食物部四·漿二」注
　『世語』曰: 嵩山北有大穴. 晉初有一人, 誤墜穴中, 緣行十許里, 有草屋一區, 中有二人對坐圍碁, 局下有一杯白漿. 墜者告以飢渴, 碁者曰: "可飲此." 墜者飲之, 氣力十倍. 歸問張華, 華曰: "所飲者玉漿."

• 殷芸『小說』
　嵩高山北有大穴空, 莫測其深, 百姓歲時, 每遊其上. 晉初, 嘗有一人, 誤墜穴中, 同輩冀其儻不死, 試投食於穴. 墜者得之爲糧, 乃緣穴而行. 可

十許日, 忽曠然見明, 又有草屋一區. 中有二人, 對坐圍碁, 局下有一杯白
飲. 墜者告以飢渴, 碁者曰: "可飲此." 墜者飲之, 氣力十倍. 碁者曰: "汝
欲停此不?" 墜者曰: "不願停." 碁者曰: "汝從西行數十步, 有一井. 其中
多怪異, 愼勿畏, 但投身入中, 當得出. 若飢, 卽可取井中物食之." 墜者如
其言. 井多蛟龍, 然見墜者, 輒避其路. 墜者緣井而行, 井中有物若青泥,
墜者食之, 了不覺飢. 可半年許, 乃出蜀中, 因歸洛下, 問張華, 華曰: "此
仙館, 所飲者玉漿, 所食者龍穴石髓也."

100-(西晉初)

> 【『世語』曰】 (王)渾字長源[1], 瑯琊臨沂人[2]. 有才望, 歷尙書·涼州
> 刺史.

[1] 源: 『何氏語林』注引作"原".
[2] 瑯琊臨沂人: 『世說新語』注引原無此五字, 今據『何氏語林』注補.

△ 出典: 『世說新語』「德行」21劉注.
△ 又見: 『何氏語林』卷15「識鑒」注.

• 『何氏語林』卷15「識鑒」注
  『世語』曰 : 王渾字長原, 瑯琊臨沂人. 有才望, 歷尙書·涼州刺史.

101-(272年)

> 【『世語』曰】 (張)就子斅, 字祖文, 弘毅有幹正, 晉武帝世爲廣漢太守.
> 王濬在益州, 受中制募兵討吳, 無虎符, 斅收濬從事列上. 由此召斅還,
> 帝責斅: "何不密啓而便收從事?" 斅曰: "蜀漢絶遠, 劉備嘗用之. 輒收,
> 臣猶以爲輕." 帝善之. 官至匈奴中郞將. 斅子固, 字元安, 有斅風, 爲
> 黃門郞, 早卒. (斅, 一本作勃.)

△ 出典: 『三國志』卷18「魏書·張就傳」裴注.
△ 又見: 『玉海』卷85「器用·符節」.

- 『玉海』卷85「器用・符節」
  『世語』曰：晉武帝世，張敩爲廣漢太守．王濬在益州，受中制募兵討吳，
  無虎符，敩收濬從事列上．

102-(278年)

【『世語』曰】(盧)欽字子若，珽字子笏．欽泰始中爲尚書僕射，領選，
咸寧四年卒，追贈衛將軍，開府．

△ 出典：『三國志』卷22「魏書・盧毓傳」裴注．

103-(278年前後)

【『世語』曰】(王)恂字良夫．有通識，在朝忠正．歷河南尹・侍中，所居
有稱．乃心存公，有匡躬之節．鬲令袁毅餽以駿馬，知其貪財，不受．毅
竟以黷貨而敗．建立二學，崇明五經，皆恂所建．卒時年四十餘，贈車
騎將軍．肅女適司馬文王，卽文明皇后，生晉武帝・齊獻王攸．

△ 出典：『三國志』卷13「魏書・王肅傳」裴注．

104-(280年前後)

潘陽仲見王敦小時，謂曰："君蜂目已露，但豺聲未振耳，必能食人，亦
當爲人所食."【『世語』】

△ 出典：『天中記』卷22「目・眼多白」．
△ 參考：『世說新語』「識鑒」6.

- 『世說新語』「識鑒」6
  潘陽仲見王敦小時，謂曰："君蜂目已露，但豺聲未振耳，必能食人，亦當
  爲人所食."

105-(285年以前)

王戎·和嶠同時遭大喪, 俱以孝稱. 王雞骨支床, 和哭泣備禮. 武帝謂劉仲雄曰: "卿數省王·和, 不聞和哀苦過禮, 使人憂之?" 仲雄曰: "和嶠雖備禮, 神氣不損, 王戎雖不備禮, 而哀毀骨立. 臣以和嶠生孝, 王戎死孝, 陛下不應憂嶠, 而應憂戎." 【『世語』】

△ 出典:『天中記』卷21「瘦·雞骨」.
△ 參考:『世說新語』「德行」17.

• 『世說新語』「德行」17
王戎·和嶠同時遭大喪, 俱以孝稱. 王雞骨支牀, 和哭泣備禮. 武帝謂劉仲雄曰: "卿數省王·和, 不聞和哀苦過禮, 使人憂之?" 仲雄曰: "和嶠雖備禮, 神氣不損, 王戎雖不備禮, 而哀毀骨立. 臣以和嶠生孝, 王戎死孝, 陛下不應憂嶠, 而應憂戎."

106-(285년)

【『世語』曰】 (阮)渾字長成[1]. 以閒澹寡欲知名京邑[2]. 爲太子庶子, 早卒.

[1] 字長成:『三國志』注引原無此三字, 今據『世說新語』注補.
[2] 以閒澹寡欲知名京邑:『世說新語』注引作"清虛寡慾".

△ 出典:『三國志』卷21「魏書·阮瑀傳」裴注.
△ 又見:『世說新語』「賞譽」29劉注.

• 『世說新語』「賞譽」29劉注
『世語』曰 : 渾字長成, 清虛寡慾. 位至太子中庶子.

107-(286年)

晉武帝太康七年, 郊壇[1]下有一白狗, 高三尺, 光色鮮明. 恒臥壇側,

覺見人前則去. 騎督王琬以駿馬追之, 狗徐行, 馬不可及, 射又逃, 琬去
復還. 郊丘非狗所守, 後遂大亂. 又武帝時, 幽州有狗, 鼻行地三百餘
步. 帝不思和嶠之言而立惠帝, 以致衰亂. 【出郭頒『世語』】

[1] 郊壇:『初學記』注引作"天郊壇",『太平御覽』引作"郊天壇".

△ 出典:『太平廣記』卷139「徵應五・王琬」.
△ 又見:『初學記』卷29「獸部・狗」注.
　　　　『太平御覽』卷904「獸部・狗」.
　　　　『廣博物志』卷47「鳥獸・獸」.
　　　　『格致鏡原』卷87「獸類・犬」.

- 『初學記』卷29「獸部・狗」注
  郭頒『魏晉俗語』曰:太康七年, 天郊壇下有白犬, 高三尺, 光色鮮明, 恒
  臥, 見人則去.

- 『太平御覽』卷904「獸部・狗」
  郭頒『魏晉世語』曰:郊天壇下有白狗, 高三尺, 光色鮮明, 恒臥, 見人則去.

- 『廣博物志』卷47「鳥獸・獸」
  晉武帝太康七年, 郊壇下有一白狗, 高三尺, 光色鮮明, 恒臥壇側, 覺見人
  前則去. 騎督王琬以駿馬追之, 狗徐行, 馬不可及, 射又逃, 琬去復還. 郊
  丘非狗所守, 後遂大亂. 又武帝時, 幽州有狗, 鼻行地三百餘步. 帝不思
  和嶠之言而立惠帝, 以致衰亂. (郭頒『世語』)

- 『格致鏡原』卷87「獸類・犬」
  郭頒『世語』:武帝時, 幽州有狗, 鼻行地三百餘步.

108-(287年)

【『世語』曰】太[1]康八年, 凌[2]雲臺上生銅.

[1] 太:『太平御覽』引作"元".
[2] 凌:『太平御覽』引作"陵".

△ 出典：『藝文類聚』卷84「寶玉部下・銅」.
△ 又見：『太平御覽』卷813「珍寶部・銅」.
　　　　　『淵鑑類函』卷362「珍寶部二・銅一」.
　　　　　『格致鏡原』卷34「珍寶類・銅」.
　　　　　『分類字錦』卷50「珍寶・銅」注.
　　　　　『韻府拾遺』卷1上「上平聲・一東韻上」注.

- 『太平御覽』卷813「珍寶部・銅」
　『世語』曰：元康八年，陵雲臺上生銅.

- 『淵鑑類函』卷362「珍寶部二・銅一」
　『世語』曰：太康八年，凌雲臺上生銅.

- 『格致鏡原』卷34「珍寶類・銅」
　『世語』：太康八年，凌雲臺上生銅.

- 『分類字錦』卷50「珍寶・銅」注
　『世語』：太康八年，凌雲臺上生銅.

- 『韻府拾遺』卷1上「上平聲・一東韻上」注
　『世語』：太康八年，凌雲臺上生銅.

109-(290年前後)

【『世語』曰】(劉)表死後八十餘年，至晉太康中，表冢見發. 表及妻身形如生，芬香聞數里.

△ 出典：『三國志』卷6「魏書・劉表傳」裴注.

110-(290年前後)

【『世語』曰】衛瓘，大康・永熙中，家人炊飯墮地，盡化爲螺，出足而行. 瓘終見誅.

△ 出典: 『太平御覽』卷941「鱗介部·螺」.
△ 參考: 『太平廣記』卷359「妖怪·衛瓘」所引『五行記』.

- 『太平廣記』卷359「妖怪·衛瓘」所引『五行記』
  衛瓘家人炊, 飯墮地, 悉化爲螺, 出足而行. 尋爲賈后所誅.

111-(290年前後)

> 【『世語』曰】(荀)寓[1]少與裵楷·王戎·杜默俱有名京邑. 仕晉, 位至尚書, 名見顯著. 子羽嗣, 位至尚書.

[1] 寓: 『世說新語』注引作"寓".

△ 出典: 『三國志』卷10「魏書·荀彧傳」裵注.
△ 又見: 『世說新語』「排調」7劉注.
　　　 『冊府元龜』卷783「總錄部·世德」注.

- 『世說新語』「排調」7劉注
  『世語』曰: 寓少與裵楷·王戎·杜默俱有名, 仕晉, 至尚書.

- 『冊府元龜』卷783「總錄部·世德」注
  『世語』曰: 寓少與裵楷·王戎·杜默俱有名京邑, 仕晉, 位至尚書, 名甚顯著. 子嗣, 位至尚書.

112-(265年~290年)

> 【『世語』曰】(桓)階孫陵, 字元徽. 有名於晉武帝世, 至滎陽太守, 卒.

△　　　出典:　『三國志』卷22「魏書·桓階傳」裵注.

113-(291年)

【郭頒『魏晉俗語』曰】長沙王乂[1]封常山王, 至國, 掘井入地四丈, 得白玉, 玉下有大石, 其上[2]有靈龜, 長二尺餘. 長沙王誅之象也[3].

[1] 乂: 『初學記』注引誤作"艾", 今據『晉書』「孝惠帝紀」改.
[2] 上: 『唐開元占經』引作"中".
[3] 長沙王誅之象也: 『初學記』注引原無此七字, 今據『唐開元占經』補.

△ 出典: 『初學記』卷5「地理部 · 石」注.
△ 又見: 『唐開元占經』卷120「穿井得龜」.

• 『唐開元占經』卷120「穿井得龜」
  『世語』曰: 晉長沙王從封長沙, 至國, 穿井入地四丈, 得大石, 其中有靈龜, 而長二尺餘. 長沙王誅之象也.

114-(291年前後)

【『世語』曰】(衛)瓘與扶風內史燉煌索靖, 並善草書. 瓘子恒, 字巨山, 黃門侍郎. 恒子玠, 字叔寶, 有盛名, 爲太子洗馬, 早卒.

△ 出典: 『三國志』卷21「魏書 · 衛覬傳」裴注.

115-(291年~299年)

【『世語』曰】(許)允二子, 奇字子泰, 猛字子豹, 並有治理才學. 晉元康中, 奇爲司隸校尉, 猛幽州刺史.

△ 出典: 『三國志』卷9「魏書 · 夏侯玄傳」裴注.
△ 又見: 『世說新語』「賢媛」8劉注.

• 『世說新語』「賢媛」8劉注
  『世語』: 允二子, 奇字子太, 猛字子豹, 並有治理.

116-(300年)

【郭頒『晉世語』曰】 愍懷太子好卑雞·小馬·小牛, 置田舍, 令左右騎斷羈勒令墜馬.

△ 出典:『太平御覽』卷359「兵部·羈」.
△ 又見:『北堂書鈔』卷126「武功部·羈」.

• 『北堂書鈔』卷126「武功部·羈」
  『世語』云 : 愍懷太子好卑雞·小馬·小牛, 置田舍, 令左右騎斷羈勒令墜馬.

117-(300年)

【『世語』云】 裴僕射善談, 時人謂之'談林'.

△ 出典:『北堂書鈔』卷98「藝文部·談講」注.
△ 又見:『續編珠』卷1「歲時部·翰藪談林」.
△ 參考:『世說新語』「賞譽」18.

• 『續編珠』卷1「歲時部·翰藪談林」
  『世語』云 : 裴僕射善談, 時人謂之談林.

• 『世說新語』「賞譽」18
  裴僕射, 時人謂: "爲言談之林藪."

118-(300年前後)

【『世語』曰】 (秦)朗子秀, 勁厲能直言, 爲晉武帝博士.

△ 出典:『三國志』卷3「魏書·明帝紀」裴注.

119-(302年)

【『世語』曰】(董)遇子綏, 位至祕書監, 亦有才學. 齊王冏功臣董艾, 卽綏之子也.

△ 出典:『三國志』卷13「魏書・王肅傳」裴注.

120-(304年)

【『世語』云】王敦字處仲. 太傅東海王越收羅士物, 聞其名, 召以爲主簿.

△ 出典:『北堂書鈔』卷69「設官部・主簿」注.

121-(290年~306年)

【『世語』曰】(賈)模, 晉惠帝時爲散騎常侍・護軍將軍. 模子胤, 胤弟龕, 從弟疋, 皆至大官, 並顯於晉也.

△ 出典:『三國志』卷10「魏書・賈詡傳」裴注.

122-(309年)

【郭長公『世語』及干寶『晉紀』並言】[1]中牟縣故魏任城王[2]臺下池中有漢時鐵錐, 長六尺, 入地三尺, 頭西南指不可動, 至[3]月朔自正. 以爲晉氏中興之瑞, 而今不知所在. 或言在中陽城池臺, 未知焉是.

[1]『太平御覽』卷763「器物部・椎」所引『世說』亦載本故事, 文前有"永嘉三年"四字.
[2] 中牟縣故魏任城王:『月令輯要』引作"中牟城北有層臺".
[3] 至:『駢字類編』注・『子史精華』注並引作"止",『月令輯要』引作"每".

△ 出典:『水經注』卷22「渠水」.
△ 又見:『騈字類編』卷74「珍寶門九・鐵」注.
　　　　『月令輯要』卷3「每月令・雜紀」.
　　　　『子史精華』卷115「靈異部五・怪異」注.
△ 參考:『太平御覽』卷763「器物部・椎」所引『世說』.

- 『騈字類編』卷74「珍寶門九・鐵」注
　郭頒『世語』及干寶『晉紀』並言 : 中牟縣故魏氏任城王臺下池中有漢時
　鐵錐, 長六尺, 入地三, 頭西南指不可動, 止月朔自正.

- 『月令輯要』卷3「每月令・雜紀」
　『魏晉世語』: 中牟城北有層臺, 臺下池中有漢時鐵錐, 長六尺, 入地三尺,
　頭西南指不可動, 每月朔自正, 以爲晉氏中興之瑞.

- 『子史精華』卷115「靈異部五・怪異」注
　郭公『世語』及干寶『晉紀』並言 : 中牟縣故魏任城王臺下池中有漢時鐵
　錐, 長六尺, 入地三尺, 頭西南指不可動, 止月朔自正, 以爲晉氏中興之
　瑞, 而今不知所在.

- 『太平御覽』卷763「器物部・椎」所引『世說』
　『世說』曰 : 永嘉三年, 中牟縣故魏任城王臺下池, 有漢時鐵椎, 長六尺,
　入地三尺, 頭西南指不動.

123-(310年)

【『世語』稱】 (劉)寔博辯, 猶不足以並裴・何之流也.

△ 出典:『三國志』卷29「魏書・管輅傳」裴注.

124-(310年前後)

【『世語』曰】 咸寧中, 積射將軍樊震爲西戎牙門, 得見辭, 武帝問震所
由進, 震自陳曾爲鄧艾伐蜀時帳下將. 帝遂尋問艾, 震具申艾之忠, 言

之流涕. 先是以艾孫朗爲丹水令, 由此遷爲定陵令. 次孫千秋有時望,
光祿大夫王戎辟爲掾. 永嘉中, 朗爲新都太守, 未之官, 在襄陽失火, 朗
及母妻子擧室燒死, 惟子韜子行得免. 千秋先卒, 二子亦燒死.

△ 出典:『三國志』卷28「魏書・鄧艾傳」裴注.
△ 又見:『太平御覽』卷239「職官部・雜號將軍」.
　　　　『職官分紀』卷34「積射將軍」注.

• 『太平御覽』卷239「職官部・雜號將軍」
　『世語』曰: 積射將軍樊震對武帝稱鄧艾之忠.

• 『職官分紀』卷34「積射將軍」注
　『世語』: 積射將軍樊震對武帝稱鄧艾之忠.

125-(311年以前)

有人詣王太尉, 遇安豐・大將軍・丞相在, 往別屋見繡[1]・平子, 還, 語
人曰: "今日之行, 觸目琳琅珠玉."【『世語』】

[1] 繡: 應改作"詡"或"季胤".『世說新語』「容止」15亦載本故事, 作"季胤". 季
　　胤, 王詡之字.

△ 出典:『錦繡萬花谷前集』卷23「才德・觸目琳琅珠玉」.
△ 參考:『世說新語』「容止」15.

• 『世說新語』「容止」15
　有人詣王太尉, 遇安豐・大將軍・丞相在坐, 往別屋見季胤・平子, 還, 語
　人曰: "今日之行, 觸目見琳琅珠玉."

126-(311年)

【『世語』曰】(王)頎字孔碩, 東萊人. 晉永嘉中大賊王彌, 頎之孫[1].

[1] 晉永嘉中大賊王彌, 頎之孫: 『資治通鑑』注引作"彌, 魏玄菟太守王頎之孫".

△ 出典: 『三國志』卷28「魏書・毌丘儉傳」裴注.
△ 又見: 『資治通鑑』卷80「晉紀二・世祖武皇帝上之下」注.

- 『資治通鑑』卷80「晉紀二・世祖武皇帝上之下」注
  『世語』曰: 彌, 魏玄菟太守王頎之孫.

127-(311年前後)

【『世語』曰】 (楊)俊二孫, 覽字公質, 汝陰太守. 猗字公彦, 尚書, 晉東海王越舅也. 覽子沈, 字宣弘, 散騎常侍.

△ 出典: 『三國志』卷23「魏書・楊俊傳」裴注.

128-(312年)

【『世語』曰】 (盧)志字子通[1], 范陽人, 尚書挺小子. 少知名, 起家鄴令, 歷成都王長史・衛尉卿・尚書郎.

[1] 子通: 『晉書』卷44「盧志傳」作"子道".

△ 出典: 『世說新語』「方正」18劉注.

129-(西晉末)

【『世語』曰】 琰兄孫諒, 字士文, 以簡素稱, 仕晉爲尚書・大鴻臚.

△ 出典: 『三國志』卷12「魏書・崔琰傳」裴注.

130-(317年)

【『世語』稱】 (華)薈貴正.

△ 出典: 『三國志』卷13「魏書・華歆傳」裴注.

131-(317年前後)

劉超字世踰[1], 遷中書舍人. 時臺省初建, 內外多事. 超出納書命, 以忠愼稱, 理身淸苦, 衣不重帛.

[1] 世踰: 『晉書』卷70「劉超傳」作"世瑜".

△ 出典: 『說郛』輯佚本.
△ 又見: 『子史鉤沉』輯佚本.
　　　　『五朝小說大觀』輯佚本.

- 『子史鉤沉』輯佚本
  劉超字世踰, 遷中書舍人. 時臺省初建, 內外多事. 超出納書命, 以忠愼稱, 理身淸苦, 衣不重帛.

- 『五朝小說大觀』輯佚本
  劉超字世踰, 遷中書舍人. 時臺省初建, 內外多事. 超出納書命, 以忠愼稱, 理身淸苦, 衣不重帛.

132-(318年)

郭璞, 太興元年奏「南郊賦」, 中宗嘉其才, 以爲著作佐郎.

△ 出典: 『說郛』輯佚本.
△ 又見: 『子史鉤沉』輯佚本.
　　　　『五朝小說大觀』輯佚本.

- 『子史鉤沉』輯佚本
  郭璞, 太興元年奏「南郊賦」, 中宗嘉其才, 以爲著作佐郎.

- 『五朝小說大觀』輯佚本
  郭璞, 太興元年奏「南郊賦」, 中宗嘉其才, 以爲著作佐郎.

133-(318年前後)

> 刁恊遷尙書令, 詔曰: "尙書令恊, 抗志高亮, 才鑒博朗, 朕甚喜之."

△ 出典: 『說郛』輯佚本.
△ 又見: 『子史鉤沉』輯佚本.
　　　　『五朝小說大觀』輯佚本.

- 『子史鉤沉』輯佚本
  刁恊遷尙書令, 詔曰: "尙書令恊, 抗志高亮, 才鑒博朗, 朕甚喜之."

- 『五朝小說大觀』輯佚本
  刁恊遷尙書令, 詔曰: "尙書令恊, 抗志高亮, 才鑒博朗, 朕甚喜之."

134-(319年前後)

> 吳興徐長夙與鮑南海有神明之交, 欲授以秘術, 先謂徐宜有約誓, 徐誓
> 以不仕. 於是受籙, 常見八大人在側. 能知來見往, 才識日異. 縣鄉翕
> 然有美談, 欲用爲縣主簿. 徐心悅之, 八神一朝不見七神, 餘一神倨傲
> 不如常. 徐問其故, 答云: "君違誓, 不復相爲. 使身一人留衛籙耳." 徐
> 乃還籙, 遂退. 【『世語』】

△ 出典: 『廣博物志』卷14「靈異三・神」.
△ 參考: 『太平御覽』卷882「鬼神部・神」所引『世說』.
　　　　『太平廣記』卷294「神・徐長」所引『世說』.

- 『太平御覽』卷882「鬼神部・神」所引『世說』.
  吳興徐長風(凤)與鮑南海有神明之交, 欲授以祕術, 先謂徐宜有約誓, 徐
  誓以不仕. 於是受籙, 常見八大神在側. 能知來見往, 才識日異. 縣鄉翕
  然有美談, 欲用爲縣主簿. 徐心悅之, 八神一朝不見七人, 餘一人倨傲不
  如常. 徐問其故, 答云: "君違誓, 不復相爲. 使身一人留衛籙耳." 徐乃還
  籙, 遂退.

- 『太平廣記』卷294「神・徐長」所引『世說』.
  吳興徐長夙與鮑靚有神明之交, 欲授以祕術, 先請徐宜有約, 誓以不仕.
  於是授籙, 以常見八大神在側. 能知來見往, 才識日異. 州鄉翕然美談,
  欲用爲州主簿. 徐心悅之, 八神一朝不見七人, 餘一人倨傲不如常. 徐問
  其故, 答云: "君違誓, 不復相爲. 使身一人留衛籙耳." 徐乃還籙, 遂退.

135-(320年以前)

孔演字元舒[1]. 晉國建, 與庾亮俱補中書侍郎. 于時中興肇建, 庶事草
創, 演經學博通, 又練舊典, 朝儀軌制, 多取正焉. 由是元・明二年[2]帝
親愛之.

[1] 孔演字元舒: 『北堂書鈔』卷57注所引『晉中興書』作"孔演", 『初學記』卷
    11注・『太平御覽』卷220所引『晉中興書』亦作"孔演字元舒". 但『晉書』「孔
    衍傳」作"孔衍字舒元", 『隋書』「經籍志」・『舊唐書』「經籍志」・『新唐書』
    「藝文志」亦作"孔衍".
[2] 年: 應是衍字, 當刪去.

△ 出典: 『說郛』輯佚本.
△ 又見: 『子史鉤沉』輯佚本.
         『五朝小說大觀』輯佚本.
△ 參考: 『晉書』卷91「孔衍傳」.
         『北堂書鈔』卷57「設官部・中書侍郎」注所引『晉中興書』.
         『初學記』卷11「職官部・中書侍郎」注所引『晉中興書』.
         『太平御覽』卷220「職官部・中書侍郎」所引『晉中興書』.

- 『子史鉤沉』輯佚本
  孔演字元舒. 晉國建, 與庾亮俱補中書侍郎. 于時中興肇建, 庶事草創, 演經學博通, 又練舊典, 朝儀軌制, 多取正焉. 由是元·明二年帝親愛之.

- 『五朝小說大觀』輯佚本
  孔演字元舒. 晉國建, 與庾亮俱補中書侍郎. 于時中興肇建, 庶事草創, 演經學博通, 又練舊典朝儀, 朝廷多取正焉. 由是元·明二年帝親愛之.

- 『晉書』卷91「孔衍傳」
  孔衍字舒元, 魯國人, 孔子二十二世孫也. 祖文[乂], 魏大鴻臚. 父毓, 征南軍司. 衍少好學, 年十二, 能通詩書. 弱冠, 公府辟, 本州舉異行直言, 皆不就. 避地江東, 元帝引爲安東參軍, 專掌記室. 書令殷積, 而衍每以稱職見知. 中興初, 與庾亮俱補中書郎. 明帝之在東宮, 領太子中庶子. 於時庶事草創, 衍經學深博, 又練識舊典, 朝儀軌制, 多取正焉. 由是元·明二帝並親愛之.

- 『北堂書鈔』卷57「設官部·中書侍郎」注所引『晉中興書』
  孔演與庾亮俱補中書侍郎. 于時中興肇建, 庶事草創, 演經學博通, 又練悉舊典, 朝儀軌制, 多取正焉. 元·明二帝親愛之.

- 『初學記』卷11「職官部·中書侍郎」注所引『晉中興書』
  孔演字元舒. 晉國建, 與庾亮俱補中書侍郎. 于時中興肇建, 庶事草創, 演經學博通, 又練悉舊典, 朝儀軌制, 多所取正焉. 由是元·明二帝親愛之.

- 『太平御覽』卷220「職官部·中書侍郎」所引『晉中興書』
  孔演字元舒. 晉國初建, 與庾亮俱補中書侍郎. 於時中興肇建, 庶事草創, 演經學博通, 又練識舊典, 朝儀軌制, 多取正焉. 由是元·明二帝並親愛之.

136-(322年以前)

> 庾公造周伯仁, 伯仁曰: "君何所欣說而忽肥?" 庾曰: "君復何所憂慘而忽瘦?" 伯仁曰: "吾無所憂. 直是清虛日來, 滓穢日去耳." 【『世語』】

△ 出典:『天中記』卷21「肥·忽肥」.
△ 參考:『世說新語』「言語」30.

- 『世說新語』「言語」30
  庾公造周伯仁, 伯仁曰:"君何所欣說而忽肥?"庾曰:"君復何所憂慘而忽瘦?"伯仁曰;"吾無所憂. 直是淸虛日來, 滓穢日去耳."

137-(322年以前)

> 【『世語』云】 前輩人忌日不飲酒作樂. 王世將以忌日送客, 至新亭, 主人欲作音樂, 王便起去, 持彈往衛洗馬墓下彈鳥.

△ 出典:『北堂書鈔』卷124「武功部·彈」注.

138-(322年以前)

> 杜夷字行齊, 爲儒林祭酒. 皇太子凡三至夷舍, 執經問義.

△ 出典:『說郛』輯佚本.
△ 又見:『子史鉤沉』輯佚本.
　　　　『五朝小說大觀』輯佚本.

- 『子史鉤沉』輯佚本
  杜夷字行齊, 爲儒林祭酒. 皇太子凡三至夷舍, 執經問□.

- 『五朝小說大觀』輯佚本
  杜夷字行齊, 爲儒林祭酒. 皇太子凡三至夷舍, 執經問義.

139-(325年以前)

> 【『世語』稱】 (傅)宣以公正知名, 位至御史中丞. 宣弟暢, 字世道, 祕

書丞, 沒在胡中. 著『晉諸公贊』及『晉公卿禮秩故事』.

△ 出典:『三國志』卷21「魏書·傅嘏傳」裴注.
△ 又見:『職官分紀』卷16「祕書丞」注.

- 『職官分紀』卷16「祕書丞」注
  『世語』: 傅暢字世道, 爲祕書丞, 沒在胡中. 著『晉諸公贊』及『晉公卿禮秩故事』.

140-(未詳)

【『世語』】 爰宗爲郡守, 南界有刻石, 爰至其下醮. 有人於石下得剪刀者, 衆咸異之. 主簿對曰:「昔長沙桓王嘗飲餞, 孫洲父老云:‘此洲狹而長, 君當爲長沙.’ 事果應. 夫三刀爲州, 今得交刀, 君亦當爲交州.」後果作交州.

△ 出典:『駢志』卷13「庚部上」.

141-(未詳)

【『世語』云】 白子高少好隱淪之術, 嘗爲美酒給道客. 一旦有四仙人齎藥[1], 集其舍求酒. 子高知非凡, 乃欲取他藥雜之, 仙人云:「吾亦有仙藥.」於是賓主各出其藥, 仙人謂子高曰:「卿藥陳久, 可服吾藥.」子高服之, 因隨仙人飛去. 子高仙酒至今稱之.

[1] 藥:『御選唐詩』注引作"酒".

△ 出典:『北堂書鈔』卷148「酒食部·酒」注.
△ 又見:『淵鑑類函』卷392「食物部五·酒二」.
　　　　『庾開府集箋註』卷5「蒙賜酒」.
　　　　『御選唐詩』卷21「張籍·題韋郎中新亭」注.

- 『淵鑑類函』卷392「食物部五·酒二」

  『世語』曰：白子高少好隱淪之術，嘗爲美酒給道客. 一旦有四仙人齎藥，集其舍求酒. 子高知非凡，乃欲取他藥雜之，仙人云：“我亦有仙藥.” 於是賓主各出其藥，仙人謂子高曰：“卿藥陳久，可服吾藥.” 子高服之，因隨仙人飛去. 子高仙酒至今稱之.

- 『庾開府集箋註』卷5「蒙賜酒」

  『世語』曰：子高少好隱淪之術，嘗爲美酒給遺客. 一旦有四仙人齎藥，集其舍求酒. 子高知非凡，乃取他藥雜之，仙人云：“我亦有仙藥.” 於是賓主各出其藥，仙人謂子高曰：“卿藥陳久，可服吾藥.” 子高服之，因隨仙人飛去. 子高仙酒至今傳之.

- 『御選唐詩』卷21「張籍·題韋郎中新亭」注

  『世語』：子高少好隱淪之術，嘗爲美酒給道客. 一旦四仙人齎酒，集其舍，謂子高曰：“卿藥陳久，可服吾藥.” 子高服之，因隨仙人飛去.

142-(未詳)

【『世語』云】盛法濟者有男，年二十歲得疾，經年不愈. 有神來語言：“床席不淨，神何處坐？” 濟曰：“有漆巾箱甚淨，神何不入中？” 神曰：“大佳！” 乃出箱中物，因內新果於箱中，微覺有聲，以蓋覆之. 聞箱中動搖，即持之，可五升米重. 便取果出，于鐵鑊煮之百餘沸，出乃成灰. 其男服灰即愈.

△ 出典：『北堂書鈔』卷135「儀飾部·巾箱」注.
△ 又見：『淵鑑類函』卷382「器物部一·巾箱二」注.

- 『淵鑑類函』卷382「器物部一·巾箱二」注

  『世語』云：盛法濟者有男，年二十歲得疾，經年不愈. 有神來語言：“牀席不淨，神何處坐？” 濟曰：“有漆巾箱甚淨，神何不入箱中？” 神曰：“大佳！” 乃出箱中物，因內新果于箱中，微覺有聲，以蓋覆之. 聞箱中動搖，即持之，可五升米重. 便取果出，於鐵鑊煮之百餘沸，出乃成灰. 其男服灰即愈.

143-(未詳)

【(『世語』)又曰】 烏桓東胡俗能作白酒，而不知作麴蘖，常仰中國．

△ 出典: 『淵鑑類函』卷392「食物部五・酒二」．

144-(未詳)

【郭頒『世語』】 北海[1]高士矯應．

[1] 『通志』引此處有"有"字．

△ 出典: 『元和姓纂』卷7「三十小・矯」．
△ 又見: 『通志』卷27「氏族略第三・晉人字」．

• 『通志』卷27「氏族略第三・晉人字」
 郭頒『世語』: 北海有高士矯應．

145-(未詳)

【『世語』曰】 青鸛[1]鳴時太平．

[1] 鸛: 『佩文韻府』卷27之3注引作"鸛"，『佩文韻府』卷99之4注引作"鶴"．

△ 出典: 『拾遺記』卷1．
△ 又見: 『駢字類編』卷134「采色門一・青」注．
　　　　『分類字錦』卷63「偶字・鐘磬笙竽」注．
　　　　『分類字錦』卷64「祥瑞・諸瑞」注．
　　　　『子史精華』卷135「動植部一・鳥」注．
　　　　『佩文韻府』卷23之2「下平聲・八庚韻二」注，卷27之3「下平聲・十
　　　　二侵韻三」注，卷92之3「入聲・三覺韻三」注，卷99之4「入聲・十藥
　　　　韻四」注．

- 『駢字類編』卷134「采色門一・青」注
  『世語』曰 ： 青鸛鳴時太平.

- 『分類字錦』卷63「偶字・鐘磬笙竽」注
  『世語』曰 ： 青鸛鳴時太平.

- 『分類字錦』卷64「祥瑞・諸瑞」注
  『世語』曰 ： 青鸛鳴時太平.

- 『子史精華』卷135「動植部一・鳥」注
  『世語』曰 ： 青鸛鳴時太平.

- 『佩文韻府』卷23之2「下平聲・八庚韻二」注
  『世語』曰 ： 青鸛鳴時太平.

- 『佩文韻府』卷27之3「下平聲・十二侵韻三」注
  『世語』曰 ： 青鸛鳴時太平.

- 『佩文韻俯』卷92之3「入聲・三覺韻三」注
  『世語』曰 ： 青鸛鳴時太平.

- 『佩文韻府』卷99之4「入聲・十藥韻四」注
  『世語』曰 ： 青鶴鳴時太平.

3 「附錄」(存疑待考)

01-(春秋)

> 【『世語』云】秦穆公使賈人載鹽于衛, 諸賈人使百里奚引車. 秦穆公
> 觀鹽, 因得見百里奚.*

* 本故事所記爲春秋時代事, 疑非『魏晉世語』之佚文.

△ 出典: 『北堂書鈔』卷146「酒食部‧鹽」注.
△ 參考: 『說苑』卷2「臣術」.

• 『說苑』卷2「臣術」
  秦穆公使賈人載鹽, 徵諸賈人, 賈人買百里奚以五羖羊之皮, 使將車之
  秦. 秦穆公觀鹽, 見百里奚牛肥, 曰: "任重道遠以險, 而牛何以肥也?" 對
  曰: "臣飲食以時, 使之不以暴, 有險, 先後之以身, 是以肥也." 穆公知其
  君子也, 令有司其沐浴爲衣冠, 與坐, 公大悅.

02-(戰國)

> 【『世語』云】王子喬墓在京陵[1]. 戰國時人有盜發之者, 覩[2]無所見,
> 惟有一劍, 停在穴中[3]. 欲進取之, 劍作龍鳴虎吼, 遂不敢進[4]. 俄而
> 徑飛上天.*

* 本故事所記爲戰國時代事, 疑非『魏晉世語』之佚文.

[1] 京陵: 『續談助』卷4所引殷芸『小說』作"京茂陵". 茂陵是漢武帝之陵墓,
   今在陝西省興平縣東北.
[2] 覩: 『廣博物志』引作"都".
[3] 停在穴中: 『續談助』卷4所引殷芸『小說』作"縣在空中".

[4] 進: 『淵鑑類函』注引作"近".

△ 出典: 『北堂書鈔』卷122「武功部·劍」注.
△ 又見: 『廣博物志』卷32「武功下」.
　　　　『格致鏡原』卷42「武備類·劍」.
　　　　『淵鑑類函』卷223「武功部十八·劍三」注.
△ 參考: 殷芸『小說』.

- 『廣博物志』卷32「武功下」
  王子喬墓在京陵. 人有盜發之者, 都無所見, 惟有一劍, 停在穴中. 欲進取之, 劍作龍鳴虎吼, 遂不敢進. 俄而徑飛上天. (『世語』)

- 『格致鏡原』卷42「武備類·劍」
  『世語』: 王子喬墓在京陵. 戰國時人有盜發之者, 覩無所見, 惟有一劍, 停在穴中. 欲進取之, 劍作龍鳴虎吼, 遂不敢進. 俄而徑飛上天.

- 『淵鑑類函』卷223「武功部十八·劍三」注
  『世語』: 王子喬墓在京陵. 戰國時人有盜, 所見惟有一劍, 停在穴中. 欲進取之, 劍作龍鳴虎吼, 遂不敢近. 俄而徑飛上天.

- 殷芸『小說』
  王子喬墓在京茂陵. 戰國時有人盜發之, 睹之無所見, 唯有一劍, 縣在空中. 欲取之, 劍便作龍鳴虎吼, 遂不敢近. 俄而徑飛上天.

03-(338年)

> 【『世語』】王長史·謝仁祖同爲王丞相掾, 在坐長史云: "謝掾能作異舞." 王公命爲之, 謝便起舞, 神意甚暇. 王公熟顧, 謂諸客: "使人思安豐!"*

* 本故事所記爲東晉成帝時事, 疑非『魏晉世語』之佚文.

△ 出典: 『職官分紀』卷5「掾屬」注.
△ 參考: 『世說新語』「任誕」32.

- 『世說新語』「任誕」32

  王長史·謝仁祖同爲王公掾. 長史云: "謝掾能作異舞." 謝便起舞, 神意甚暇. 王公熟視, 謂客曰: "使人思安豊!"

04-(345年)

> 【(『世語』)又曰】郝隆爲桓公南蠻參軍, 三月三日作詩, 不能者罰三升. 隆初以不能受罰, 旣飮, 覽筆便作. 其一句云: "娵隅躍淸池." 桓問: "娵隅是何語?" 答云: "蠻名魚爲娵隅." 桓公曰: "作詩何以爲蠻語?" 隆答曰: "千里投君, 始得爲府參軍, 那得不作蠻語?"*

* 本故事所記爲東晉穆帝時事, 疑非『魏晉世語』之佚文.

△ 出典: 『太平御覽』卷249「職官部·府參軍」.
△ 參考: 『世說新語』「排調」35.

- 『世說新語』「排調」35

  郝隆爲桓公南蠻參軍, 三月三日會, 作詩, 不能者罰酒三升. 隆初以不能受罰, 旣飮, 攬筆便作一句云: "娵隅躍淸池." 桓問: "娵隅是何物?" 答曰: "蠻名魚爲娵隅." 桓公曰: "作詩何以作蠻語?" 隆曰: "千里投公, 始得蠻府參軍, 那得不作蠻語也?"

05-(353年)

> 殷浩北伐, 江逌爲長史. 逌取數百鷄, 以長繩連脚, 皆繫火, 一時驅放, 飛過壍, 集于羌營, 火皆燃.*

* 本故事所記爲東晉穆帝時事, 疑非『魏晉世語』之佚文.

△ 出典: 『說郛』輯佚本.
△ 又見: 『子史鉤沉』輯佚本.
　　　　『五朝小說大觀』輯佚本.

- 『子史鉤沉』輯佚本

  殷浩北伐, 江逌爲長史. 逌取數百雞, 以長繩連脚, 皆繫火, 一時駈放, 飛過塹, 集于羌營, 火皆燃.

- 『五朝小說大觀』輯佚本

  殷浩北伐, 江逌爲長史. 逌取數百鷄, 以長繩連脚, 皆繫火, 一時駈放, 飛過塹, 集于羌營, 火皆燃.

06-(370年前後)

【『世語』云】 王東亭爲桓宣武更作白事, 無復同本.*

* 本故事所記爲東晉海西公時事, 疑非『魏晉世語』之佚文.

△ 出典: 『北堂書鈔』卷69「設官部・主簿」注.
△ 參考: 『世說新語』「文學」95.

- 『世說新語』「文學」95

  王東亭到桓公吏, 既伏閣下. 桓令人竊取其白事, 東亭卽於閣下更作, 無復向一字.

07-(373年以前)

【『世語』云】 桓公有參軍石倚, 食蒸而不能共. 桓公故不設箸, 而倚終不放. 擧坐笑, 公云: "同盤不能相救!"*

* 本故事所記爲東晉簡文・孝武帝時事, 疑非『魏晉世語』之佚文.

△ 出典: 『北堂書鈔』卷145「酒食部・蒸」注.
△ 參考: 『世說新語』「黜免」4.

- 『世說新語』「黜免」4

  桓公坐有參軍椅烝薤, 不時解. 共食者又不助, 而椅終不放. 擧坐皆笑,桓公曰;"同盤尙不相助, 況復危難乎!" 勅令免官.

08-(373年以後)

> 顧長康拜桓宣武墓, 作詩云:"山崩溟海竭, 魚鳥將何依?" 人問之曰:
> "卿憑重桓乃爾, 哭之狀其可見乎?" 顧曰:"鼻如廣莫風, 眼如懸河決
> 溜."* 【『世語』】

* 本故事所記爲東晉孝武帝時事, 疑非『魏晉世語』之佚文.

△ 出典:『天中記』卷22「鼻·廣莫」.
△ 參考:『世說新語』「言語」95.

• 『世說新語』「言語」95
  顧長康拜桓宣武墓, 作詩云:"山崩溟海竭, 魚鳥將何依?" 人問之曰:"卿
  憑重桓乃爾, 哭之狀其可見乎?" 顧曰;"鼻如廣莫長風, 眼如懸河決溜."
  或曰:"聲如震雷破山, 淚如傾河注海."

09-(374年以前)

> 孫盛字安國, 爲秘書監, 加給事中. 篤尙好學, 自少至長, 常手不釋卷.
> 旣居史官, 乃著『三國陽秋』.*

* 本故事所記爲東晉孝武帝時事, 疑非『魏晉世語』之佚文.

△ 出典:『說郛』輯佚本.
△ 又見:『駢字類編』卷91「數目門十四·三」注.
        『子史鈎沉』輯佚本.
        『五朝小說大觀』輯佚本.

• 『駢字類編』卷91「數目門十四·三」注
  『魏晉世語』: 孫盛字安國, 爲祕書監, 加給事中. 篤尙好學, 自少至長,

常手不釋卷. 旣居史官, 乃著『三國陽秋』.

- 『子史鉤沉』輯佚本
  孫盛字安國, 爲秘書監, 加給事中. 篤尙好學, 自少至長, 常手不釋卷. 旣居史官, 乃著『三國陽秋』.

- 『五朝小說大觀』輯佚本
  孫盛字安國, 爲秘書監, 加給事中. 篤尙好學, 自少至長, 常手不釋卷. 旣居史官, 乃著『三國陽秋』.

10-(376年)

【『世語』曰】 王子猷作桓車騎參軍, 桓謂王曰: "卿在府久, 此當相助." 王初不答, 直高視, 以手版柱頰云: "西山朝來, 致有爽氣!"*

* 本故事所記爲東晉孝武帝時事, 疑非『魏晉世語』之佚文.

△ 出典:『太平御覽』卷249「職官部・府參軍」.
△ 參考:『世說新語』「簡傲」13.

- 『世說新語』「簡傲」13
  王子猷作桓車騎參軍, 桓謂王曰: "卿在府日久, 比當相料理." 初不答, 直高視, 以手版拄頰云: "西山朝來, 致有爽氣!"

11-(380年前後)

范甯字武子. 少好學, 多所通覽. 拜中書郎[1], 專掌四省[2], 居職多所獻替, 有益政道.*

* 本故事所記爲東晉孝武帝時事, 疑非『魏晉世語』之佚文.

[1] 中書郎:『晉書』卷75「范甯傳」作"中書侍郎".

[2] 四省: 疑"西省"之誤. 西省是中書省之別稱.

△ 出典: 『說郛』輯佚本.
△ 又見: 『子史鉤沉』輯佚本.
　　　　　『五朝小說大觀』輯佚本.

- 『子史鉤沉』輯佚本
　范甯字武子. 少好學, 多所通覽. 拜中書郎, 專掌四省, 居職多所獻替, 有益政道.

- 『五朝小說大觀』輯佚本
　范甯字武子. 少好學, 多所通覽. 拜中書郎, 專掌四省, 居職多所獻替, 有益政道.

12-(397年以前)

> 徐邈字景山[1]. 以儒素坐好學, 尤善經傳. 烈宗始覽典籍, 招延禮學[2]
> 之士, 後將軍謝安舉邈應選. 補中書舍人, 專在西省, 撰正五經音訓, 學
> 者宗之. 每預顧問, 輒有獻替, 多所補益, 烈宗甚愛之.*

* 本故事所記爲東晉孝武帝時事, 疑非『魏晉世語』之佚文.

[1] 景山: 當改作"仙民". 魏晉時有兩人徐邈, 景山是三國魏時重臣徐邈之字,
　　仙民是東晉孝武帝時經學家徐邈之字.
[2] 學: 『駢字類編』注引作"樂".

△ 出典: 『說郛』輯佚本.
△ 又見: 『駢字類編』卷116「方隅門四‧西」注.
　　　　　『子史鉤沉』輯佚本.
　　　　　『五朝小說大觀』輯佚本.

- 『駢字類編』卷116「方隅門四‧西」注
　郭頒『魏晉世語』: 徐邈字景山. 烈宗始覽典籍, 招延禮樂之士, 後將軍謝

安擧邈應選. 補中書舍人, 專在西省, 撰正五經音訓.

- 『子史鉤沉』輯佚本
  徐邈字景山, 以儒素坐好學, 尤善經傳. 烈宗始覽史籍, 招延禮學之士, 後將軍謝安擧邈應選. 補中書舍人, 專在西省, 撰正五經音訓, 學者宗之. 每預顧問, 輒有獻替, 多所補益, 烈宗甚愛之.

- 『五朝小說大觀』輯佚本
  徐邈字景山, 以儒素坐好學, 尤善經傳. 烈宗始覽典籍, 招延禮學之士, 後將軍謝安擧邈應選. 補中書舍人, 專在西省, 撰正五經音訓, 學者宗之. 每預顧問, 輒有獻替, 多所補益, 烈宗甚愛之.

13-(398年以前)

> 【(『世語』)又曰】 王孝伯曰: "名士不須奇才, 但使常得無事, 飲酒, 讀「離騷」[1], 便可稱名士."*

* 本故事所記爲東晉安帝時事, 疑非『魏晉世語』之佚文.

[1] 飲酒, 讀「離騷」: 『世說新語』「任誕」亦載本故事, 作"痛飲酒, 孰讀「離騷」".

△ 出典: 『淵鑑類函』卷392「食物部五 · 酒二」.
△ 參考: 『世說新語』「任誕」53.

- 『世說新語』「任誕」53
  王孝伯言: "名士不必須奇才, 但使常得無事, 痛飲酒, 孰讀「離騷」, 便可稱名士."

14-(407年以前)

> 【郭頒『世語』云】 殷仲文讀書, 若半袁豹, 則筆端不減陸士衡. 蓋惜其有才而寡學也.*

* 本故事所記爲東晉安帝時事, 疑非『魏晉世語』之佚文.

△ 出典:『丹鉛續錄』卷6「雜識·半豹」, 卷18「詩話類·半豹」.
△ 又見:『譚苑醍醐』卷7「半豹」.
　　　　『升菴集』卷72「半豹」.
△ 參考:『世說新語』「文學」99.

• 『譚苑醍醐』卷7「半豹」
　郭頒『世語』云: 殷仲文讀書, 若半袁豹, 則筆端不減陸士衡. 盖惜其有才
　而寡學也.

• 『升菴集』卷72「半豹」
　郭氏『世語』云: 殷仲文讀書, 若半袁豹, 則筆端不減陸士衡. 盖惜其有才
　而寡學也.

• 『世說新語』「文學」99
　殷仲文天才宏贍, 而讀書不甚廣. 傅亮歎曰: "若使殷仲文讀書半袁豹, 才
　不減班固."

제 3 부
『위진세어』 꾜석

【일러두기】

1. 전체 고사를 「위세어」와 「진세어」로 나누었다.
2. 전체 고사는 번호를 달아 시대순으로 배열했으며, 번호 옆에 확정 또는 추정한 연도를 병기했다.
3. 교감문은 원문의 해당 부분에 [1] [2] [3] ……으로 번호를 달아 분리했다.
4. 단순한 축약이나 절록한 문장은 교감 대상에서 제외했다.
5. 집록출처는 시대가 빠른 전적을 원칙으로 하고 "△出典"으로 표시했다.
6. 출전과 같은 고사가 다른 전적에 보이고 인용출처도 『세어』일 경우 "△又 見"으로 표시하고 시대순으로 배열했으며, 해당 문장을 함께 수록했다.
7. 출전과 같은 고사가 다른 전적에 보이지만 인용출처가 『세어』가 아닐 경우 "△參考"로 표시하고 시대순으로 배열했으며, 해당 문장을 함께 수록했다.
8. 인용출처는 『세어』라고 되어 있지만 시대적으로 『세어』의 일문으로 간 주하기 어려운 고사는 「부록」에 따로 수록했다.

1 「위세어」

001

> 조숭曹嵩[1])은 하후씨夏侯氏의 아들로 하후돈夏侯惇[2])의 숙부다. 그래서 태조太祖(曹操)[3])는 하후돈에게 사촌형제가 된다.
>
> (曹)嵩, 夏侯氏之子, 夏侯惇之叔父. 太祖[1]於惇爲從父兄弟.

[1] 太祖: 『資治通鑑』注에는 "操"라 되어 있고, 『義門讀書記』卷23에는 "魏太祖"라 되어 있다.

---

1) 조숭(曹嵩)(?~193): 자는 巨高. 後漢 沛國 譙縣 사람. 본래 성은 夏侯氏였는데, 환관 曹騰의 양자로 들어가 曹氏가 되었다. 曹操의 부친이다. 靈帝 때 大司農·大鴻臚·太尉를 지냈다. 董卓이 난을 일으킨 이후로 陳留의 琅邪에 피난해 있었다. 初平 4년(193)에 조조가 泰山太守 應劭를 파견하여 兗州로 모셔오게 했다. 도중에 徐州를 지날 때 서주자사 陶謙이 都尉 張闓에게 호송하도록 했는데, 장개가 재물을 탈취하려고 그의 가족을 모두 죽였다.
2) 하후돈(夏侯惇)(?~220): 자는 元讓. 後漢 沛國 譙縣 사람. 曹操의 거병에 참여하여 東郡太守가 되었다. 조조를 따라 呂布를 정벌하다 왼쪽 눈에 화살을 맞아 애꾸가 되었다. 그 후 陳留太守·濟陰太守·河南尹·前將軍 등을 지냈으며, 高安鄕侯에 봉해졌다. 曹丕가 魏王이 되었을 때 大將軍에 임명되었으나 몇 달 후 병사했다.
3) 태조(太祖): 曹操(155~220). 魏 武帝. 後漢 沛國 譙縣 사람. 자는 孟德, 묘호는 太祖, 시호는 武皇帝. 본성은 夏侯氏고, 曹嵩의 아들이다. 어릴 때부터 권모술수에 능했고, 20세에 孝廉으로 천거되어 郞이 되었다가 頓丘令으로 전임되었다. 騎都尉가 되어 黃巾賊 토벌에 공을 세우고 두각을 나타내어 마침내 獻帝를 옹립하고 종횡으로 武略을 펼쳤다. 初平 3년(192)에 兗州牧이 되어 황건적의 항복을 유도해냈다. 華北을 거의 평정하고 나서 남하를 꾀했다. 建安 13년(208)에 丞相이 되었고, 孫權과 劉備의 연합군과 赤壁에서 싸워 대패한 이후로 세력이 江南에까지는 미치지 못했다. 건안 21년(216) 魏王에 봉해져 정치상의 실권은 잡았지만 스스로는 제위에 오르지 않았다. 延康 원년(220) 1월에 洛陽에서 죽었다. 문학을 사랑하여 많은 문인들을 불러들였고, 자신도 두 아들 曹丕·曹植과 함께 詩賦의 재능이 뛰어나, 이른바 建安文學의 흥성을 가져오게 했다.

△ 出典:『三國志』卷1「魏書·武帝紀」裴注.
△ 又見:『太平御覽』卷93「皇王部·魏太祖武皇帝」注.
　　　　『資治通鑑』卷58「漢紀五十·孝靈皇帝中」注.
　　　　『續後漢書』卷25「列傳·魏曹操上」注.
　　　　『佩文韻府』卷14之4「上平聲·十四寒韻四」注.
　　　　『義門讀書記』卷23「後漢書」, 卷26「三國志」.
　　　　『李義山詩集注』卷3下「井泥四十韻」.

- 『太平御覽』卷93「皇王部·魏太祖武皇帝」注
  『曹瞞傳』及郭班『世語』並云：嵩, 夏侯氏子, 夏侯惇之叔父. 太祖於惇爲從父兄弟也.

- 『資治通鑑』卷58「漢紀五十·孝靈皇帝中」注
  『曹瞞傳』及郭頒『世語』並云：嵩, 夏侯氏之子, 夏侯惇之叔父. 操於惇爲從父兄弟.

- 『續後漢書』卷25「列傳·魏曹操上」注
  『曹瞞傳』及郭頒『世語』並云：嵩, 夏侯氏之子, 夏侯惇之叔父. 太祖於惇爲從父兄弟.

- 『佩文韻府』卷14之4「上平聲·十四寒韻四」注
  『曹瞞傳』及郭頒『世語』並云：嵩, 夏侯氏之子.

- 『義門讀書記』卷23「後漢書」
  『曹瞞傳』及郭頒『世語』並云：嵩, 夏侯氏子, 惇之叔父. 魏太祖於惇爲從父兄弟也.

- 『義門讀書記』卷26「三國志」
  『曹瞞傳』及郭頒『世語』並云：嵩, 夏侯氏子.

- 『李義山詩集注』卷3下「井泥四十韻」
  『曹瞞傳』·郭頒『世語』並云：嵩, 夏侯氏之子.

002-(180년 전후)

> 교현喬玄[4]이 태조太祖(曹操)에게 말했다.
> "그대는 아직 이름이 알려지지 않았으니, 허자장許子將(許劭)[5]과 교
> 유하는 것이 좋겠네."
> 그래서 태조가 허자장을 찾아갔더니 허자장이 그를 받아들였는
> 데, 이로 말미암아 그의 이름이 알려지게 되었다.
>
> (喬)玄謂太祖曰:"君未有名, 可交許子將." 太祖乃造子將, 子將納
> 焉, 由是知名[1].

[1] 由是知名:『世說新語』注에는 이 4자가 없다.

△ 出典:『三國志』卷1「魏書·武帝紀」裴注.
△ 又見:『世說新語』「識鑑」1 劉注.

- 『世說新語』「識鑑」1 劉注
  『世語』曰 : 玄謂太祖:"君未有名, 可交許子將." 太祖乃造子將, 子將納
  焉.

003-(180년 전후)

> 태조太祖(曹操)가 여백사呂伯奢[6]를 찾아갔는데, 여백사는 출타 중이

---

4) 교현(喬玄)(109~183): 자는 公祖. 후한 梁國 睢陽 사람. 孝廉에 천거된 후 여러
   벼슬을 거쳐 靈帝 때 河南尹·少府·大鴻臚·司空·司徒·太尉·太中大夫를 지냈
   다. 성품이 강직하여 권문귀족에 아부하지 않았으며 사사로운 청탁을 받지 않았다.
   관직에 있는 동안 청렴하여 죽었을 때 장례비조차 없을 정도였다. 당시 사람들에게
   名臣이라 칭송받았다.
5) 허자장(許子將)(150~195): 許劭. 자는 자장. 후한 汝南 平輿 사람. 젊어서부터
   名節을 숭상하고 품행이 단정하여 사촌형 許靖과 함께 명성이 높았다. 인물을 품평
   하길 좋아하여 매달 그 대상을 바꾸었기 때문에 '月旦評'이란 말이 생겼다. 후한
   말의 혼란기에 권력자들로부터 여러 차례 초징되었지만, 신중한 처신으로 身命을
   보전했다. 형 許虔과 함께 '平輿二龍'으로 불렸다.

었고 대신 다섯 아들이 모두 있어 빈주賓主의 예를 갖추었다. 태
조는 스스로 동탁董卓7)의 명을 어겼기 때문에 그들이 자신을 해
치려 한다고 의심하여, 손에 든 검으로 밤에 여덟 명을 죽이고
떠났다.

太祖過(呂)伯奢, 伯奢出行, 五子皆在[1], 備賓主禮. 太祖自以背
(董)卓命, 疑其圖己, 手劍夜殺八人而去[2].

[1] 在:『北堂書鈔』注・『騈志』・『淵鑑類函』注에는 이 자가 없다.
[2] 太祖自以背卓命, 疑其圖己, 手劍夜殺八人而去:『淵鑑類函』注에는 "聞
其食器聲, 以爲圖己, 遂殺之. 旣而悽愴曰:'寧我負人, 無人負我!'"라 되
어 있다.

△ 出典:『三國志』卷1「魏書・武帝紀」裴注.
△ 又見:『北堂書鈔』卷20「帝王部・猜忌」注.
　　　　『騈志』卷19「癸部上」.
　　　　『淵鑑類函』卷56「帝王部十七・猜忌」注.
△ 參考:『三國志』卷1「魏書・武帝紀」裴注에 인용된『魏書』.

---

6) 여백사(呂伯奢)(?~?): 후한 말 成皐 사람. 曹操의 옛 친구로 알려져 있다. 자세한
   행적은 미상이다. 董卓이 獻帝를 옹립한 뒤 조조를 驍騎校尉로 임명하여 난국을
   수습하려 했는데, 조조가 동탁의 명을 어기고 성명을 바꾸고 도망치던 길에 여백사
   의 집에서 하룻밤 묵었다고 한다.『三國志演義』에서는 여백사가 조조의 부친 曹嵩
   의 의형제라고 했으며, 조조가 자신을 죽이려 한다고 오해하여 여백사의 일족을
   살해했다고 묘사했는데, 이는『世語』와『雜記』의 고사를 바탕으로 소설적으로
   꾸며낸 것이다. 한편『魏書』에서는 여백사의 아들들이 조조의 재물을 빼앗으려
   하자 조조가 그들을 살해했다고 했다.
7) 동탁(董卓)(?~192): 자는 仲穎. 隴西 臨洮 사람. 후한 말 少帝・獻帝 때의 權臣이
   자 涼州의 군벌이다. 벼슬은 太師에까지 이르렀고 郿侯에 봉해졌다. 본래 涼州에
   군대를 주둔하고 있었는데, 靈帝 말년에 十常侍의 난이 일어났을 때 大將軍 何進의
   부름을 받고 군대를 이끌고 도성 洛陽으로 진격하여 난을 평정했으며, 얼마 후에는
   헌제를 옹립하고 조정의 대권을 장악했다. 사람됨이 잔인무도하고 온갖 횡포를
   자행하자, 袁紹를 맹주로 하는 동탁 토벌군이 조직되었다. 이에 동탁은 낙양성을
   불태운 뒤 헌제를 모시고 長安으로 천도했다. 나중에 司徒 王允의 모략에 걸려
   심복 부장 呂布에게 살해당했다.

『三國志』卷1「魏書‧武帝紀」裴注에 引用된 孫盛의 『雜記』.

- 『北堂書鈔』卷20「帝王部‧猜忌」注
『世語』曰：太祖過伯奢, 伯奢出行, 五子皆備賓主禮. 太祖自以背卓命, 疑其圖已, 手劍夜殺八人而去.

- 『騈志』卷19「癸部上」
『世語』曰：太祖過呂伯奢, 伯奢出行, 五子皆備賓主禮. 太祖自以背董卓命, 疑其圖已, 手劍夜殺八人而去.

- 『淵鑑類函』卷56「帝王部十七‧猜忌」注
『世語』曰：太祖過伯奢, 伯奢出行, 五子皆備賓主禮. 聞其食器聲, 以爲圖己, 遂殺之. 既而悽愴曰："寧我負人, 無人負我!"

- 『三國志』卷1「魏書‧武帝紀」裴注에 引用된 『魏書』
太祖以卓終必覆敗, 遂不就拜, 逃歸鄉里. 從數騎過故人成皐呂伯奢, 伯奢不在, 其子與賓客共劫太祖, 取馬及物, 太祖手刃擊殺數人.

- 『三國志』卷1「魏書‧武帝紀」裴注에 引用된 孫盛의 『雜記』
太祖聞其食器聲, 以爲圖己, 遂夜殺之. 既而悽愴曰："寧我負人, 毋人負我!" 遂行.

004-(189년)

중모현中牟縣에서 [조조曹操를] 망명자라고 의심하여 조조는 현에 구금되었다.[8] 당시 현의 아전도 이미 동탁董卓의 서찰을 받았지만, 오직 공조功曹만은 내심 그가 태조太祖(曹操)임을 알았으며 세상이 한창 어지러울 때는 천하의 영웅을 구금하는 것이 마땅하지

---

8) 중모현(中牟縣)에서 [조조(曹操)를] 망명자라고 의심하여 조조는 현에 구금되었다: 후한 靈帝 中平 6년(189)에 조조가 집권자 동탁과의 관계를 끊고 성명을 바꾼 채 포위망을 벗어나 관문을 나가 도망칠 때, 중모현에서 亭長에게 잡혀 현의 아전에게 호송된 일을 말한다.

않다고 생각하여, 상부에 아뢰고 그를 석방하도록 했다.

> 中牟疑是亡人, 見拘于縣. 時掾亦已被卓書, 唯功曹心知是太祖, 以
> 世方亂, 不宜拘天下雄儁, 因白令釋之.[1]

[1] 『水經注』에는 "爲縣所拘, 功曹請釋焉."이라고만 되어 있다.

△ 出典:『三國志』卷1「魏書·武帝紀」裴注.
△ 又見:『水經注』卷22「渠水」.

* 『水經注』卷22「渠水」
郭長公『世語』云 : 爲縣所拘, 功曹請釋焉.

005-(190년 이전)

> 진류陳留의 효렴孝廉9) 위자衛茲10)가 가산을 털어 태조太祖(曹操)를
> 도와줌으로써 [동탁董卓을 토벌하기 위한] 군대를 일으키게 했는
> 데, 규합한 무리가 5천 명이었다.
>
> 陳留孝廉衛茲以家財資太祖, 使[1]起兵, 衆有[2]五千人.

[1] 使: 『冊府元龜』注引作"始".
[2] 衆有: 『冊府元龜』注引作"有衆".

---

9) 효렴(孝廉): 본래 전한 武帝 때 관리를 선발하던 두 가지 과목으로, 한 郡國에서
   '孝'와 '廉'에 이름난 인물을 각각 한 명씩 천거하도록 했는데, 대체로 인구 20만
   중에 한 명이 할당되었다. 나중에 이 둘을 합하여 '孝廉'이라 했다.
10) 위자(衛茲)(?~190): 자는 子許. 후한 말 陳留 襄邑 사람. 젊어서 큰 뜻을 품고
   있었으며, 三公이 불러도 나아가지 않았다. 조조가 처음 진류에 왔을 때 천하를
   평정할 사람은 바로 이 사람일 것이라고 확신했다. 조조 역시 그의 재주를 높이
   평가하여 여러 번 大事를 논했다. 나중에 조조를 따라 동탁을 토벌하다가 滎陽에서
   전사했다. 한편 『三國志演義』에서는 衛弘이라 했는데 이는 잘못이다.

△ 出典: 『三國志』 卷1 「魏書 · 武帝紀」 裴注.
△ 又見: 『冊府元龜』 卷5 「帝王部 · 創業」 注.

- 『冊府元龜』 卷5 「帝王部 · 創業」 注
  『世語』曰 : 陳留孝廉衛茲以家財資太祖, 始起兵, 有衆五千人.

006-(190년 전후)

처음에 태조太祖(曹操)가 식량이 부족했을 때, 정욱程昱[11])이 자기
본현本縣(東阿縣)을 노략질하여 태조에게 사흘 동안의 식량을 제공
했는데, 사람 고기가 많이 섞여 있었다. 이로 말미암아 조정의
신망을 잃었기 때문에 삼공三公의 지위에 이르지 못했다.

初, 太祖乏食, (程)昱略[1]其本縣, 供三日[2]糧, 頗雜以人脯. 由是
失朝望, 故位不至公.

[1] 略: 『太平御覽』에는 "掠"이라 되어 있는데, "略"은 "掠"과 통한다.
[2] 日: 『太平御覽』에는 "旬"이라 되어 있다..

△ 出典: 『三國志』 卷14 「魏書 · 程昱傳」 裴注.
△ 又見: 『太平御覽』 卷862 「飲食部 · 脯」.

---

11) 정욱(程昱)(141~220): 자는 仲德. 東郡 東阿 출신. 본명은 立이었으나 태양을 받드
   는 꿈을 꾼 후 昱으로 개명했다. 후한 말에서 위나라 건국 이후까지 조조를 보필한
   謀士로서, 성격이 강직하여 모반설에 연루되는 등 무고를 받기도 했으나 조조의
   두터운 신임을 받았다. 興平 원년(194)에 陳留太守 張邈이 조조를 배반하고 呂布를
   영접하여 兗州의 대부분을 점거했을 때, 정욱은 荀彧과 계책을 세워 甄城 · 東阿
   · 范의 세 縣을 방비하여 조조에게 근거지를 얻을 수 있게 했다. 建安 원년(196)에
   劉備가 여포에게 패하여 조조에게 몸을 의탁하자, 조조에게 유비를 죽이라고 권했
   다. 건안 6년(201)에 조조가 袁紹와 倉亭에서 싸울 때 '十面埋伏'의 계책을 세워
   원소군을 대파했다. 적벽대전 중에는 화공에 대비하라 했고, 또 黃蓋가 거짓으로
   배에 양식을 채워 속이려는 것을 제일 먼저 발견했다. 위나라 건국 후 文帝 때 衛尉가
   되고 安鄕侯에 봉해졌으며, 80세에 죽은 후 肅侯라는 시호를 받았다.

- 『太平御覽』卷862「飲食部·脯」
  『世語』曰: 初, 太祖乏食, 程昱掠其本縣, 供三旬糧, 頗雜以人脯. 由是失朝望, 故位不至公也.

007-(192년)

유대劉岱12)가 죽고 나서 진궁陳宮13)이 태조太祖(曹操)에게 말했다. "지금 연주兗州에는 주인이 없고 왕명이 단절되었습니다. 제가 청컨대 연주 사람들을 설득할 것이니, 명부明府(曹操)14)께서는 잠시 후 가서 그곳을 다스림으로써 이를 바탕으로 천하를 거두십시오. 이것은 패왕霸王의 대업입니다."
진궁이 연주의 별가別駕와 치중治中을 설득하며 말했다.
"지금 천하가 분열되고 연주에 주인이 없는데, 조동군曹東郡(曹操)은 한 시대의 걸출한 인재이니, 만약 그를 연주목兗州牧으로 영접한다면 반드시 백성을 편안케 할 것입니다."
포신鮑信15) 등도 그렇다고 생각했다.

---

12) 유대(劉岱)(?~192): 자는 公山. 후한 말 東萊 牟平 사람. 靈帝 中平·6년(189)에 董卓에게 발탁되어 兗州刺史에 임명되었으나, 이듬해 임지에 도착한 뒤 동탁 토벌군을 일으켜 袁紹 등과 연합군을 형성했다. 獻帝 初平 3년(192)에 靑州의 황건적 백만이 연주에 침입했을 때, 지구전으로 싸우라는 鮑信의 계책을 듣지 않고 공격하다가 전사했다.

13) 진궁(陳宮)(?~199): 자는 公台. 후한 말 東郡 武陽 사람. 원래는 조조의 심복으로서 연주 공략을 성공시켰으나, 얼마 후 張邈을 끌어들여 연주를 呂布에게 넘겨주게 했다. 建安 4년(199)에 下丕城에서 조조군의 포위를 받고 여포에게 여러 계책을 올렸으나 받아들여지지 않았다. 결국 조조에게 항복하여 여포와 함께 살해되었다.

14) 명부(明府): 州刺史나 郡太守에 대한 존칭. 당시 조조는 東郡太守로 있었다. 그래서 다음 문장에서 "曹東郡"이라 한 것이다.

15) 포신(鮑信)(152~192): 자는 允誠. 후한 말 泰山 平陽 사람. 일찍이 騎都尉를 지냈다. 少帝 光熹 원년(189)에 靈帝가 죽고 董卓의 군대가 도성에 진입했을 때 袁紹에게 동탁을 제거하라고 권했는데, 원소가 따르지 않자 군대를 거두어 고향으로 돌아갔다. 獻帝 初平 원년(190)에 濟北相이 되어 원소 등과 함께 연합군을 결성하여 동탁을 토벌하는 데 참여했다. 초평 3년(192)에 兗州牧 劉岱가 靑州의 黃巾賊과

> (劉)岱旣死, 陳宮謂太祖曰: "州今無主, 而王命斷絶. 宮請說州中,
> 明府尋往牧之, 資之以收天下. 此覇王之業也." 宮說別駕・治中曰:
> "今天下分裂而州無主, 曹東郡, 命世之才也, 若迎以牧州, 必寧生
> 民." 鮑信等亦謂之然.

△ 出典:『三國志』卷1「魏書・武帝紀」裴注.

008-(192년 이후)

> 태조太祖(曹操)가 종사從事 왕필王必16)을 사절로 파견하여17) 천자에
> 게 사명使命을 바쳤다.
>
> 太祖遣使從事王必致命天子.

△ 出典:『三國志』卷13「魏書・鍾繇傳」裴注.

009-(193년)

> 조숭曹嵩이 태산泰山의 화현華縣에 있었는데, 태조太祖(曹操)가 태산
> 태수 응소應劭18)에게 명하여 가족을 호위하여 연주兗州로 가게 했

싸우다 죽은 뒤 사절로 온 陳宮의 설득에 따라 조조를 연주목으로 받아들였으며,
그 후 조조와 함께 황건적을 공격하다가 죽었다.
16) 왕필(王必)(?~218): 후한 말 조조의 심복으로, 丞相長史를 지냈다. 조조가 鄴에
있을 때 그를 불러 병사를 감독하고 許州의 일을 책임지게 했다. 獻帝 建安 23년
(218)에 太醫令 吉本이 少府 耿紀, 司直 韋晃 등과 함께 모반하여 허주를 공략하
자, 왕필이 典農中郎將 嚴匡과 함께 그들을 토벌하여 참살했지만 화살에 맞은 상처
가 깊어 열흘 뒤 죽었다.
17) 사절로 파견하여: 당시 兗州牧으로 있던 조조가 長安에 王必을 사절로 파견하여
獻帝에게 上書했는데, 당시 장안을 장악하고 있던 李催과 郭汜가 조조의 상서를
거절하자 鍾繇가 그들을 설득하여 사명을 받아들이게 했다.
18) 응소(應劭)(153?~196): 자는 仲遠 또는 仲援・仲瑗. 後漢 汝南 南頓 사람. 靈帝

다. 응소의 군대가 도착하기 전에 도겸(陶謙)[19]이 은밀히 수천의 기병을 보내 급습하여 조숭의 가족을 체포하게 했다. 조숭의 가족은 응소가 영접하러 오는 것이라고 생각하여 방비하지 않고 있었다. 도겸의 군대가 들이닥쳐 태조의 동생 조덕(曹德)[20]을 문안에서 죽였다. 조숭은 두려워서 뒷담을 뚫어 먼저 그 첩을 내보냈는데, 첩이 뚱뚱하여 제때에 나갈 수 없었다. 결국 조숭은 측간으로 도망쳤다가 첩과 함께 살해당했고 일가족도 모두 죽었다. 응소는 두려운 나머지 관직을 버리고 원소(袁紹)[21]에게로 갔다. 나중에 태조가 기주(冀州)를 평정했을 때 응소는 이미 죽은 뒤였다.

(曹)嵩在泰山華縣[1], 太祖[2]令泰山太守應劭[3]送家詣兗州. 劭兵未至, 陶謙密遣數千[4]騎掩捕. 嵩家以爲劭迎, 不設備. 謙兵至, 殺太祖弟德于門中. 嵩懼[5], 穿後垣, 先出其妾, 妾肥, 不時得出[6]. 嵩逃于廁, 與妾俱被害, 闔門皆死. 劭懼, 棄官赴袁紹. 後太祖定冀州, 劭時已死.

[1] 嵩在泰山華縣: 『天中記』引作"曹操父嵩在太山".

때 孝廉으로 천거되어 營陵令과 泰山太守 등을 지냈다. 저서에 『漢官儀』·『風俗通義』 등이 있다.
19) 도겸(陶謙)(132~194): 자는 恭祖. 후한 말 丹陽 사람. 茂才로 발탁되어 尙書郎을 거쳐 徐州刺史에 올라 黃巾賊의 난을 진압했다. 徐州牧과 安東將軍에 임명되고 溧陽侯에 봉해졌다. 나중에 曹操에게 대패하여 劉備에게 의지했다가 병으로 죽었다.
20) 조덕(曹德)(?~193): 曹操의 친동생으로, 일명 曹疾이라고도 한다.
21) 원소(袁紹)(?~202): 자는 本初. 후한 말 汝南 汝陽 사람. 4대에 걸쳐 三公을 지낸 명문귀족이었다. 처음에 郎이 되었다가 靈帝 때 侍御史와 虎賁中郎將을 지냈다. 영제가 죽자 대장군 何進의 명을 받아 曹操와 함께 강력한 군대를 편성했다. 董卓을 초대하여 당시 정치적 부패의 요인인 환관들을 일소하려 했지만, 사전에 계획이 누설되어 하진이 살해되자 역공하여 환관 2천여 명을 살해했는데, 동탁이 먼저 洛陽에 들어가 황제를 옹립했다. 이에 토벌군을 일으켜 맹주가 되어 동탁을 공격했다. 동탁을 長安까지 패주시키는 데 성공하고, 河北을 중심으로 강력한 세력을 구축했다. 조조와 함께 華北 세력을 양분하고 서로 견제하다가 獻帝 建安 5년(200) 官渡大戰에서 조조에게 대패한 뒤 憤死했다.

[2] 太祖: 『天中記』引作"操".

[3] 劭: 『天中記』引作"邵".

[4] 千: 『天中記』引作"十".

[5] 嵩家以爲劭迎, 不設備. 謙兵至, 殺太祖弟德于門中. 嵩懼: 『天中記』引作"嵩家懼".

[6] 妾肥, 不時得出: 『天中記』引作"肥不出".

△ 出典: 『三國志』 卷1 「魏書·武帝紀」 裴注.
△ 又見: 『天中記』 卷21 「肥·逃厠」.

• 『天中記』 卷21 「肥·逃厠」
曹操父嵩在太山, 操令泰山太守應邵送家詣兗州. 陶謙密遣數十騎掩捕. 嵩家懼, 穿後垣, 先出其妾, 肥不出. 逃於厠, 與妾俱被害. (『世語』)

010-(196년)

> 장기張旣[22])가 신풍령新豐令에 제수되었는데, 치적이 삼보三輔[23]) 가운데 으뜸이었다.
>
> 張旣[1]除新豐令, 治爲三輔第一.

[1] 旣: 『北堂書鈔』注와 『淵鑑類函』注에는 원래 "免"이라 되어 있는데, 誤記가 분명하므로 『三國志』 「魏書」 本傳에 의거하여 고쳤다.

---

22) 장기(張旣)(?~223): 자는 德容. 馮翊 高陵 사람. 漢末魏初의 장군이자 大臣. 16세에 郡의 小吏로 있다가 나중에 曹操가 司空으로 있을 때(196년) 新豐令에 임명되어 훌륭한 치적을 남겼다. 일찍이 馬騰을 설득하여 鍾繇와 함께 河東 지역의 高干과 郭援을 공격하여 대파했다. 또한 마등과 함께 張晟·衛固·張琰을 공격하여 살해했다. 魏나라 초에 尙書가 되었다가 雍州刺史로 나갔다. 여러 胡族들의 반란을 평정하여, 그 공으로 凉州刺史에 임명되고 西鄕侯에 봉해졌다.
23) 삼보(三輔): 前漢의 도성 長安 주변의 京兆尹·左馮翊·右扶風이 다스리던 지역. 나중에는 도성을 둘러싼 주변의 京畿 지역을 가리키는 말로 사용되었다. 新豐縣은 京兆尹의 관할 지역이었으며, 지금의 陝西省 臨潼縣 동북쪽에 있었다.

△ 出典:『北堂書鈔』卷78「設官部・縣令」注.
△ 又見:『淵鑑類函』卷116「設官部五十六・縣令四」注.
△ 參考:『三國志』卷15「魏書・張旣傳」.

- 『淵鑑類函』卷116「設官部五十六・縣令四」注
  『世語』: 張免除新豐令, 治爲三輔第一.

- 『三國志』卷15「魏書・張旣傳」
  張旣字德容, 馮翊高陵人也. 年十六, 爲郡小吏. 後歷右職, 擧孝廉, 不行.
  太祖爲司空, 辟, 未至, 擧茂才, 除新豐令, 治爲三輔第一.

011-(197년 이전)

> 옛 제도에 따르면, 삼공三公이 군대를 거느리고 입조하여 천자를
> 알현할 때는 모두 호위병24)들에게 목이 겨눠진 채로 나아갔다.
> 처음 조공曹公(曹操)이 장차 장수張繡25)를 토벌하려고 입조하여 천
> 자를 배알할 때 비로소 이 제도가 부활되었다. 조공은 이때부터
> 더 이상 입조하여 천자를 알현하지 못했다.
>
> 舊制, 三公領兵入見, 皆交戟又頸而[1]前. 初[2], (曹)公[3]將討張繡,
> 入覲天子時[4], 始復此制. 公自此不復朝見[5].

[1]『白孔六帖』・『淵鑑類函』卷155注・『佩文韻府』注・『庾開府集箋註』에

---

24) 호위병: 원문은 "交戟". 交戟之士, 즉 창을 들고 지키는 호위 병사를 말한다.
25) 장수(張繡)(?~207): 후한 말 武威 祖厲 사람. 驃騎將軍 張濟의 조카로, 후한 말
   宛城을 근거지로 한 군벌이다. 처음에 縣吏로 있다가 마을의 젊은이들을 규합하여
   장제를 따라 정벌에 나서 建忠將軍이 되고 宣威侯에 봉해졌다. 장제가 죽자 무리를
   거느리고 완성에 주둔하면서 劉表와 연합했다. 獻帝 建安 2년(197)에 조조에게
   투항하여 揚武將軍이 되었다. 조조가 자신의 숙모를 취하자 원한을 품고 조조의
   군대를 습격해 대파했다. 건안 4년(199) 官渡 전투 때 조조와 袁紹 등이 모두 자신
   을 불러들이려 하자 賈詡의 건의를 따라 다시 조조에게 항복하여 전공으로 세우고
   破羌將軍이 되었다. 건안 12년(207)에 烏桓을 공격하다 죽었다. 시호는 定이다.

는 모두 이곳에 “後”자가 있다.

[2] 初: 『白孔六帖』·『淵鑑類函』卷155注·『佩文韻府』注에는 모두 이 자가 없다.

[3] 公: 『白孔六帖』·『淵鑑類函』卷155注·『佩文韻府』注에는 모두 “太祖”라 되어 있다.

[4] 入觀天子時: 『白孔六帖』·『淵鑑類函』卷155注·『佩文韻府』注에는 모두 “觀”이 “見”이라 되어 있고 “時”자가 없다.

[5] 公自此不復朝見: 『太平御覽』·『淵鑑類函』卷224注에는 모두 “此”가 “是”라 되어 있고 “復”가 “敢”이라 되어 있다.

△ 出典: 『三國志』 卷1 「魏書·武帝紀」 裴注.
△ 又見: 『白孔六帖』 卷36 「朝會」.
　　　　『太平御覽』 卷353 「兵部·戟下」.
　　　　『禮說』 卷14 「考工記」.
　　　　『淵鑑類函』 卷155 「禮儀部二·朝會四」 注, 卷224 「武功部十九·戟三」 注.
　　　　『分類字錦』 卷41 「武備·戟」 注.
　　　　『佩文韻府』 卷100之6 「入聲·十一陌韻六」 注.
　　　　『庾開府集箋註』 卷4 「謹贈司寇淮南公」.

• 『白孔六帖』 卷36 「朝會」
　『魏世語』曰 : 舊制, 三公領兵入見, 皆交戟叉頸而後前. 太祖將討張繡, 入見天子, 始復此制.

• 『太平御覽』 卷353 「兵部·戟下」
　『世說』曰 : 舊制, 三公領兵入見, 皆交戟叉頸而前. 初, 曹公將討張繡, 入觀天子時, 始復此制. 公自是不敢朝見. (一出郭頒『世語』)

• 『禮說』 卷14 「考工記」
　郭頒『世說』云 : 舊制, 三公領兵入見, 皆交戟叉頸而前.

• 『淵鑑類函』 卷155 「禮儀部二·朝會四」 注
　『魏世語』: 舊制, 三公領兵入見, 皆交戟叉頸而後前. 太祖將討張繡, 入見天子, 始復此制.

- 『淵鑑類函』卷224「武功部十九·戟三」注
  『世語』曰 : 舊制, 三公領兵入見, 皆交戟叉頸而前. 初, 曹公將討張繡,
  入覲天子時, 始復此制. 公自是不敢朝見.

- 『分類字錦』卷41「武備·戟」注
  『世語』曰 : 舊制, 三公領兵入見, 皆交戟叉頸而前. 初, 公將討張繡, 入覲
  天子時, 始復此制.

- 『佩文韻府』卷100之6「入聲·十一陌韻六」注
  『世語』 : 舊制, 三公領兵入見, 皆交戟叉頸而後前. 太祖將討張繡, 入見
  天子, 始復此制.

- 『庾開府集箋註』卷4「謹贈司寇淮南公」
  『魏世語』 : 舊制, 三公領兵入見, 皆交戟叉頸而後前.

012-(197년)

장수張繡가 [재차] 반란을 일으키자 조공曹公(曹操)이 그와 싸우다가
패했는데, 조공의 아들 조앙曹昂[26)]이 [다쳐서] 말을 탈 수가 없자
공에게 자기 말을 드렸다. 그래서 조공은 화를 면했지만 조앙은
살해당했다.

張繡反, (曹)公與戰敗[1], 子[2]昂不能騎, 進馬于公. 公故免, 而昂
遇害.

[1] 張繡反, 公與戰敗:『三國志』注에는 이 7자가 없지만,『水經注』에 의거하

---

26) 조앙(曹昂)(177~197): 자는 子脩. 조조의 맏아들. 조조의 애첩이었던 劉夫人의
소생이었지만 모친이 일찍 사망하자 조조의 정실인 丁夫人에게서 양육되었다. 총
명하고 성품이 온화하여 조조의 사랑을 받았다. 獻帝 建安 2년(197)에 조조를 따라
張繡 정벌에 참가하여 장수의 항복을 받았으나, 같은 해 장수의 두 번째 반란 때
살해되었다. 魏 文帝 黃初 2년(221)에 豐悼公에 추봉되고, 황초 5년(224)에 豐悼王
으로 높여 추봉되었으며, 明帝 太和 3년(229)에 愍王으로 다시 추봉되었다.

여 보충했다.

[2] 子: 『三國志』注에는 이 자가 없지만, 『水經注』에 의거하여 보충했다.

△ 出典: 『三國志』 卷1 「魏書·武帝紀」 裴注.
△ 又見: 『水經注』 卷31 「淸水」.

• 『水經注』 卷31 「淸水」
  『世語』曰 : 張繡反, 公與戰敗, 子昂不能騎, 進馬於公, 而昂遇害.

013-(200년)

위魏 무제武帝(曹操)가 원본초袁本初(袁紹)를 정벌할 때, 군장軍裝을 정
리하고 났더니 대나무 조각 수십 곡斛이 남아 있었는데, 모두 길
이가 몇 촌에 불과하여 사람들은 모두 쓸데가 없다고 여겼다. 태
조太祖(曹操)는 매우 아깝다는 생각이 들어 그것을 사용할 방법을
궁리하다가 대나무 방패를 만들면 되겠다고 생각했으나, 그 생각
을 말로 드러내지는 않았다. 그리고는 사자를 급히 보내 양덕조
楊德祖(楊脩)에게 물어보게 했더니, 양덕조는 전갈을 받자마자 대답
했는데 무제의 마음과 똑같았다. 사람들은 그의 총명함과 영리함
에 감복했다.

魏武征袁本初, 治裝, 餘有數十斛竹片, 咸長數寸, 衆並謂不堪用.
太祖意甚惜, 思所以用之, 謂可以爲竹甲盾, 而未顯其言. 馳使問楊
德祖, 德祖應聲而答, 與帝意正同. 衆服其辨悟.

△ 出典: 『北堂書鈔』 卷121 「武功部·盾」 注.
△ 又見: 『淵鑑類函』 卷228 「武功部二十三·盾三」 注.
△ 參考: 『世說新語』 「捷悟」4.

• 『淵鑑類函』 卷228 「武功部二十三·盾三」 注
  『世語』云 : 魏武征袁本初, 治裝, 餘有數十斛竹片, 咸長數寸, 衆並謂不
  堪用. 太祖意甚惜, 思所以用之, 謂可以爲竹甲盾, 而未顯其言. 馳使問

楊德祖, 德祖應聲而答, 與帝意正同. 衆服其辨悟.

- 『世說新語』「捷悟」4
  魏武征袁本初, 治裝, 餘有數十斛竹片, 咸長數寸. 衆云並不堪用, 正令燒
  除. 太祖思所以用之, 謂可爲竹椑楯, 而未顯其言. 馳使問主簿楊德祖,
  應聲答之, 與帝心同. 衆伏其辯悟.

014-(200년)

> 원소袁紹의 보병은 5만, 기병은 8천[27]이었다.
>
> (袁)紹步卒五萬, 騎八千.

△ 出典:『三國志』卷6「魏書·袁紹傳」裴注.

015-(200年)

> 조공曹公(曹操)은 당시[28] 기마 6백여 필[29]을 가지고 있었다.
>
> (曹)公時有騎六百餘匹.

△ 出典:『三國志』卷1「魏書·武帝紀」裴注.
△ 又見:『冊府元龜』卷562「國史部·不實」.
　　　『史綀』卷1「三國志·魏志」.

---

27) 보병은 5만, 기병은 8천: 獻帝 建安 5년(200)에 원소와 조조가 官渡大戰을 벌일
   때 원소의 병력을 말한다. 한편 『三國志』「袁紹傳」에서는 이때 원소의 병력이
   보병 10만에 기병 1만이라고 했다.
28) 당시: 獻帝 建安 5년(200)에 조조와 원소가 官渡大戰을 벌일 때를 말한다.
29) 기마 6백여 필: 裴松之는 注에서 조조의 뛰어남을 드러내 보이기 위해 일부러 기마
   의 숫자를 적게 기록한 것이지 실제로는 그보다 많았다고 하면서, 「鍾繇傳」에 의거
   하여 조조가 원소와 대치하고 있을 때 司隸校尉로 있던 종요가 말 2천여 필을
   조조의 군대에 보내주었음을 지적했다. 『三國志』卷13「魏書·鍾繇傳」: "太祖在
   官渡, 與袁紹相持, 繇送馬二千餘匹給軍."

- 『冊府元龜』卷562「國史部·不實」
  本紀及『世語』竝云 : 公時有騎六百餘匹.

- 『史糾』卷1「三國志·魏志」
  本紀及『世語』竝云 : 公時有騎六百餘匹.

016-(200년 전후)

위魏 무제武帝(曹操)가 장차 흉노匈奴의 사신을 접견하려 할 때, 자신의 모습이 볼품없어서 먼 나라에 위엄을 보이기에 부족하다고 스스로 생각하여, 최계규崔季珪(崔琰)30)에게 대신 접견하도록 하고 무제 자신은 칼을 들고 어좌御座 앞에 서 있었다. 접견이 다 끝난 뒤에 첩자를 보내 사신에게 물어보았다.
"위왕魏王은 어떠하더이까?"
흉노의 사신이 대답했다.
위왕의 훌륭하신 의용儀容은 비범하시지만, 어좌 앞에서 칼을 들고 서 있던 그 사람이 바로 영웅이시더군요."
위왕은 보고를 듣고 급히 사람을 보내 그 사신을 살해하게 했다.

魏武將見匈奴使, 自以形陋, 不足雄遠國, 使崔季珪代, 帝自捉刀立牀頭. 坐旣畢, 令間諜謂曰: "魏王何如?" 匈奴使答曰: "王雅望非常, 然牀頭捉刀人, 此乃英雄也." 魏王聞之, 馳遣殺此使.

---

30) 최계규(崔季珪): 崔琰(?～216). 자는 계규. 후한 말 淸河 東武城 사람. 후한 말의 名士로 鄭玄을 스승으로 모셨으며, 조조의 謀士로 활약했다. 袁紹의 초징으로 騎都尉가 되었는데, 여러 차례 원소에게 간했지만 들어주지 않자 병을 구실로 집에 칩거했다. 조조가 원소 일족을 격파한 뒤 그를 불러 別駕從事로 삼았다. 조조가 문무의 전권을 장악하자 내정을 도왔으며, 曹丕의 스승이 되었다. 獻帝 建安 21년 (216)에 최염이 楊訓에게 보낸 편지에 "時乎時乎, 會當有變時."라는 구절이 있었는데, 조조는 이 구절에 불손한 뜻이 담겨 있다고 하여 그를 하옥시켰다가 얼마 후 죽음을 내렸다.

△ 出典: 『太平御覽』 卷93 「皇王部·魏太祖武皇帝」.
△ 參考: 『世說新語』 「容止」1.

• 『世說新語』 「容止」1
魏武將見匈奴使, 自以形陋, 不足雄遠國, 使崔季珪代, 帝自捉刀立牀頭.
既畢, 令間諜問曰: "魏王何如?" 匈奴使答曰: "魏王雅望非常, 然牀頭捉
刀人, 此乃英雄也." 魏武聞之, 追殺此使.

017-(201년)

유비劉備31)가 번성樊城에 주둔하고 있을 때 유표劉表32)가 그를 예
우했는데, 그의 사람됨을 꺼려하여 그다지 신임하지는 않았다.
일찍이 유비를 연회에 초청했을 때, 괴월蒯越33)과 채모蔡瑁34)가

---

31) 유비(劉備)(161~223): 삼국시대 蜀漢의 초대 황제(221~223 재위). 涿郡 涿縣
樓桑村 사람. 자는 玄德, 묘호는 昭烈帝. 전한 景帝의 皇子 中山靖王의 후손이다.
先主로도 불린다. 일찍 아버지를 여의고 짚신을 파는 등 어려운 환경에서 자랐다.
15살 때 盧植을 스승으로 모셨으며, 公孫瓚과 교의를 맺었다. 關羽·張飛와 결의형
제했다. 후한 말 黃巾賊의 난이 일어나자 무리를 모아 토벌에 참가하여 벼슬길에
올랐다. 그 뒤 公孫瓚·陶謙·曹操·袁紹·劉表 등에게 의탁했다. 원소와의 대전에
서 공을 세웠다. 赤壁大戰에서 孫權과 연합하여 조조를 대파하고, 荊州에 거점을
마련했다. 獻帝 建安 24년(219)에 자립하여 漢中王이 되었다. 221년에 稱帝하여
국호를 漢, 연호를 章武라 하고, 成都에 도읍을 정했다. 吳나라를 정벌하다 夷陵
전투에서 대패하고, 白帝城에서 후사를 諸葛亮에게 맡긴 뒤 병사했다.
32) 유표(劉表)(142~208): 자는 景升. 후한 말 山陰 高平 사람. 魯恭王의 후손이다.
獻帝 初平 원년(190)에 荊州刺史가 되었다. 형주 호족의 지지를 얻어 湖北과 湖南
지방을 장악했다. 李傕과 郭汜가 長安을 검거했을 때 그를 鎭南將軍과 荊州牧에
임명하고 成武侯에 봉했다. 曹操와 袁紹가 官渡에서 대치하고 있을 때 원소가
그에게 구원을 청했지만, 그는 어느 쪽도 도와주지 않았다. 조조가 원소를 물리치고
정벌하러 왔지만 도착하기 전에 병으로 죽었다. 아들 劉琮이 조조에게 항복했다.
33) 괴월(蒯越)(?~214): 자는 異度. 후한 말 襄陽 中廬 사람. 蒯良의 동생으로, 荊州牧
劉表의 謀士다. 대장군 何進이 불러 東曹掾으로 삼았다. 일찍이 하진에게 환관들
을 주살할 것을 건의했는데, 하진이 주저하자 외직을 구해 汝陽令으로 나갔다.
유표가 荊州刺史가 되었을 때 관내에 도적이 횡행하자, 유표를 도와 평정함으로써
유표가 강성해질 수 있는 바탕을 마련해주었다. 章陵太守를 거쳐 樊亭侯에 봉해졌

그 기회를 틈타 유비를 잡아들이려 했는데, 유비가 알아차리고 거짓으로 측간에 간다고 하면서 몰래 도망쳐 나왔다. 유비가 타는 말은 적로的盧라고 했는데, 유비가 적로를 타고 달리다가 양양성襄陽城 서쪽 단계檀溪의 물속으로 떨어져 빠진 채로 나올 수 없었다. 유비가 다급하게 말했다.

"적로야, 오늘처럼 곤궁한 지경에 어찌하여 힘을 쓰지 않느냐!"

적로가 [유비의 말을 알아듣고] 단번에 세 길을 뛰어 올라 마침내 지나갈 수 있었다. 유비가 뗏목을 타고 강을 건너 중류쯤 갔을 때 추격병이 도착하여 유표의 뜻을 전하면서 사과하며 말했다.

"어찌하여 그렇게 속히 떠나시오!"

(劉)備屯樊城, 劉表禮焉, 憚其爲人, 不甚信用. 曾請備宴會, 蒯[1]越・蔡瑁欲因會取備, 備覺之, 僞如廁, 潛遁出. 所乘馬名的盧[2], 騎的盧走, 墮[3]襄陽城西檀溪水中, 溺不得出. 備急曰: "的盧, 今日厄矣, 可[4]努力!" 的盧乃一踊[5]三丈, 遂得過. 乘桴渡河, 中流而追者至, 以表意謝之, 曰: "何去之速乎!"

[1] 蒯: 『太平御覽』・『事類賦』에는 모두 "荊"이라 되어 있다.
[2] 盧: 『太平御覽』・『事類賦』・『記纂淵海』・『庾子山集』注에는 모두 "顱"라 되어 있다.
[3] 墮: 『事類賦』에는 "至"라 되어 있고, 『騈志』・『騈字類編』注・『分類字錦』注・『子史精華』注・『佩文韻府』卷7之7注/卷52之4注・『御選唐詩』注에는 모두 "渡"라 되어 있다.
[4] 『太平御覽』・『事類賦』・『記纂淵海』에는 모두 이곳에 "不"자가 있다.

다. 獻帝 建安 6년(201)에 劉備가 유표에게 의탁했을 때, 蔡瑁와 함께 유비를 죽이려고 모의했지만 실패했다. 건안 13년(208)에 曹操가 南征을 시작할 때 유표가 죽고 劉琮이 작위를 계승하자, 傅巽과 함께 조조에게 투항할 것을 주장했다.

34) 채모(蔡瑁)(?~?): 자는 德珪. 후한 말 南郡 襄陽 사람. 劉表의 후처 蔡夫人의 동생으로 유표에게 두터운 신임을 받았다. 獻帝 建安 13년(208)에 曹操가 南征할 때 유표가 죽자, 채부인과 함께 장남 劉琦를 모함하여 차남 劉琮이 유표의 뒤를 잇게 했다. 유종이 조조에게 투항하자 司馬長水校尉가 되고 漢陽亭侯에 봉해졌다.

[5] 踊: 『太平御覽』·『事類賦』·『記纂淵海』·『騈志』·『庚子山集』注에는
　　모두 “踠”이라 되어 있는데, “踊”은 “踠”과 같다. 『佩文韻府』卷52之4注에
　　는 “涌”이라 되어 있다.

△ 出典:『三國志』卷32「蜀書·先主劉備傳」裴注.
△ 又見:『太平御覽』卷897「獸部·馬」.
　　　　『事類賦』卷21「獸部·馬」.
　　　　『記纂淵海』卷57「論議部·微小有知」.
　　　　『騈志』卷18「壬部下」.
　　　　『騈字類編』卷89「數目門十二·三」注.
　　　　『分類字錦』卷9「山水·溪」注, 卷57「鳥獸·馬」注.
　　　　『子史精華』卷136「動植部二·獸上」注.
　　　　『佩文韻府』卷7之7「上平聲·七虞韻七」注, 卷52之4「上聲·二
　　　　十二養韻四」注, 卷63之18「去聲·四寘韻十八」注.
　　　　『庚子山集』卷13「周柱國大將軍長孫(一作拓跋)儉神道碑」注.
　　　　『御選唐詩』卷13「杜甫·胡馬」注.

• 『太平御覽』卷897「獸部·馬」
　『世語』曰: 劉備屯樊城, 劉表禮焉, 憚其爲人, 不甚信用. 曾請宴會, 荊越
　·蔡瑁欲因會取備, 備覺之, 僞如厠, 潛遁出行. 所乘馬名爲的顱, 騎的顱
　走, 墮襄陽城西檀溪水中, 溺不得出. 備急曰:“的顱, 今日厄, 可不努力!”
　的顱乃一踊三丈, 遂得過.

• 『事類賦』卷21「獸部·馬」
　『世語』曰: 劉備屯樊城, 劉表曾請宴會. 荊越·蔡瑁欲因會取備, 備覺之,
　僞如厠, 潛遁. 所乘馬名爲的顱, 至襄陽城西檀溪中, 溺不得出. 備急曰:
　“的顱, 今日厄, 可不努力!” 的顱一踊三丈, 遂得出.

• 『記纂淵海』卷57「論議部·微小有知」
　劉備屯樊城, 潛遁. 所乘馬名爲的顱, 騎走, 墮襄城西檀溪水中, 溺不得出.
　備急曰:“的顱, 今日厄, 可不努力!” 的顱乃一踊三丈, 遂得過. (『世語』)

• 『騈志』卷18「壬部下」
　『世語』曰: 劉備屯樊城, 劉表曾請備宴會, 荊越·蔡瑁欲因會取備, 備覺
　之, 僞如厠, 潛遁出. 所乘馬名的盧, 騎的盧走, 渡襄陽城西檀溪水中, 溺

不得出. 備急曰: "的盧, 今日厄矣, 可努力!" 的盧乃一踴三丈, 遂得過.
乘桴渡河, 中流而追者至, 以表意謝之, 曰: "何去之速乎!"

- 『駢字類編』 卷89 「數目門十二・三」 注
  『世語』: 劉表曾請備宴會, 蒯越・蔡瑁欲因取備, 備覺, 潛遁出. 騎的盧
  走, 渡檀溪水中, 一踊三丈, 遂得過.

- 『分類字錦』 卷9 「山水・溪」 注
  『世語』: 劉備屯樊城, 劉表禮焉, 憚其爲人, 不甚信用. 曾請備宴會, 蒯越
  ・蔡瑁欲因會取備, 備覺之, 僞如廁, 潛遁出. 所乘馬名的盧, 騎的盧走,
  渡襄陽城西檀溪水中, 溺不得出. 備急曰: "的盧, 今日厄矣, 可努力!" 的
  盧乃一踊三丈, 遂得過.

- 『分類字錦』 卷57 「鳥獸・馬」 注
  『世語』: 劉備屯樊城, 劉表禮焉, 憚其爲人, 不甚信用. 蒯越・蔡瑁欲因
  會取備, 備覺之, 僞如廁, 潛遁出. 所乘馬名的盧, 騎的盧走, 渡襄陽城西
  檀溪水中, 溺不得出. 備急曰: "的盧, 今日厄矣, 可努力!" 的盧乃一踊三
  丈, 遂得過.

- 『子史精華』 卷136 「動植部二・獸上」 注
  『世語』曰: 備屯樊城, 劉表禮焉, 憚其爲人, 不甚信用. 曾請備宴會, 蒯越
  ・蔡瑁欲因會取備, 備覺之, 僞入廁, 潛遁出. 所乘馬名的盧, 走渡襄陽城
  西檀溪水中, 溺不得出. 備急曰: "的盧, 今日危矣, 可努力!" 的盧乃一踊
  三丈, 遂得過. 乘桴渡河, 中流而追者至, 以表意謝之曰: "何去之速乎!"

- 『佩文韻府』 卷7之7 「上平聲・七虞韻七」 注
  『世語』: 劉備屯樊城, 劉表憚其爲人, 不甚信用. 曾請備宴會, 蒯越・蔡
  瑁欲因會取備, 備覺之, 潛遁出. 所乘馬名的盧, 騎的盧走, 渡襄陽城西檀
  溪水中, 溺不得出. 備急曰: "的盧, 今日厄矣, 可努力!" 的盧乃一踊三丈,
  遂得過.

- 『佩文韻府』 卷52之4 「上聲・二十二養韻四」 注
  『世語』: 劉表曾請備宴會, 蒯越・蔡瑁欲因取備, 備覺, 潛遁出. 騎的盧
  走, 渡檀溪水中, 一涌三丈, 遂得過.

- 『佩文韻府』卷63之18「去聲・四寘韻十八」注
  『世語』: 劉備屯樊城, 劉表曾宴備, 欲因會取之, 備覺, 僞如廁, 潛遁出, 乃騎的盧而走.

- 『庾子山集』卷13「周柱國大將軍長孫(一作拓跋)儉神道碑」注
  『世語』曰 : 劉備屯樊城, 劉表禮焉, 憚其爲人, 不甚信用. 曾請備宴會, 欲因會取備, 備覺之, 僞如廁, 潛逃出. 所乘馬名的顱, 走墮襄陽檀溪水中, 溺不得出. 備急曰:"的顱, 今日厄矣, 可努力!"的顱乃一踴三丈, 遂得過. 乘桴渡河, 中流而追者至, 以表意謝之曰:"何去之速乎!"

- 『御選唐詩』卷13「杜甫・胡馬」注
  『世語』: 劉備屯樊城, 劉表憚其爲人, 曾請備宴會, 欲因會取備, 備覺之, 潛遁出. 所乘馬名的盧, 騎的盧走, 渡襄陽城西檀溪水中, 溺不得出. 備急曰:"的盧, 今日厄矣, 可努力!"的盧乃一踴三丈, 遂得過.

018-(204년)

> 태조太祖(曹操)가 업성鄴城을 공략했을 때[35], 문제文帝(曹丕)가 먼저 원상袁尚[36]의 관부官府로 들어갔는데, 어떤 부인이 흐트러진 머리카락에 때 묻은 얼굴로 눈물을 흘리면서 원소袁紹의 부인 유씨劉氏의 뒤에 서 있었다. 문제가 물었더니 유씨가 대답했다.
> "원희袁熙[37]의 처입니다."

---

35) 태조(太祖: 曹操)가 업성(鄴城)을 공략했을 때: 曹操는 후한 獻帝 建安 9년(204) 8월에 鄴을 공격하여 함락시켰다.

36) 원상(袁尚)(?~207): 자는 顯甫. 후한 말 汝南 汝陽 사람. 袁紹의 셋째아들이다. 冀州・靑州・幽州・幷州의 네 주를 차지했고, 靑州刺史를 지냈다. 審配와 逢紀가 그의 謀士로 활약했다. 원소가 官渡에서 패하고 다시 세력을 규합하여 倉亭에서 반격했을 때, 제일진에서 曹操의 장수 史渙을 쏘아 죽였다. 원소가 죽자 部將들이 그를 후계자로 옹립했는데, 이로 인해 맏형 袁譚과 싸우다가 패해 둘째형 袁熙에게 몸을 맡겼으며, 얼마 후 다시 遼西의 烏桓에게 의지했다. 獻帝 建安 12년(207)에 조조에게 패하고 遼東의 公孫康에게 달아났다가 그에게 죽임을 당했다.

37) 원희(袁熙)(?~207): 자는 顯雍. 袁紹의 둘째아들이다. 幽州刺史를 지냈다. 獻帝 建安 8년(203년)에 형 袁譚과 동생 袁尚이 서로 싸우다가 원담이 패하여 曹操에게

그녀가 돌아보며 머리카락을 쓸어 올려 비녀를 꽂고 수건으로 얼굴을 닦았는데, 용모가 비할 데 없이 아름다웠다. 문제가 가고 난 뒤에 유씨가 견후甄后[38])에게 말했다.

"죽을 것을 걱정하지 마라!"

견후는 마침내 문제에게 간택되어 총애를 받았다.

太祖下鄴, 文帝先入袁尙府, 有[1]婦人被髮垢面, 垂涕立紹妻劉後. 文帝問之, 劉答[2]: "是熙妻." 顧攬髮髻[3], 以巾[4]拭面, 姿貌絶倫. 旣過, 劉謂后[5]: "不憂[6]死矣!" 遂見納[7], 有寵[8].

[1] 有: 『世說新語』注 · 『天中記』에는 모두 "見"이라 되어 있다.
[2] 劉答: 『世說新語』注 · 『天中記』에는 모두 "知"라 되어 있다.
[3] 顧攬髮髻: 『世說新語』注 · 『天中記』에는 모두 "使令攬髮"이라 되어 있다.
[4] 巾: 『世說新語』注 · 『天中記』에는 모두 "袖"라 되어 있다.
[5] 后: 『世說新語』注 · 『天中記』에는 모두 "甄"이라 되어 있다.
[6] 憂: 『世說新語』注 · 『天中記』에는 모두 "復"라 되어 있다.
[7] 見納: 『世說新語』注 · 『天中記』에는 모두 "納之"라 되어 있다.
[8] 寵: 『世說新語』注에는 "子"라 되어 있다.

△ 出典: 『三國志』 卷5 「魏書 · 文昭甄皇后傳」 裴注.
△ 又見: 『世說新語』 「惑溺」1 劉注.
　　　　『天中記』 卷21 「美婦人 · 惠而有色」.

• 『世說新語』 「惑溺」1 劉注

구원을 청했다. 조조가 군사를 일으켜 원상을 격파하자, 원상이 유주로 와서 그에게 의탁했다. 건안 10년(205)에 조조가 원담을 격파하고 유주를 공격하자, 원상과 함께 烏桓에게 의탁했다. 건안 12년(207)에 조조가 공격해오자, 다시 요동으로 달아나 遼東太守 公孫康의 군사를 빌려 재기하려 했지만, 오히려 공손강에게 원상과 함께 죽임을 당했다.

38) 견후(甄后)(182~221): 文昭皇后 甄氏. 上蔡縣令 甄逸의 딸이다. 처음에는 袁紹의 둘째아들 袁熙의 처였다가, 나중에 魏 文帝 曹丕의 正妃가 되었으며, 조비가 칭제한 후 황후가 되었다. 明帝 曹叡의 생모로서, 조예가 즉위한 후 문소황후로 추존되었다.

『世語』曰：太祖下鄴, 文帝先入袁尙府, 見婦人被髮垢面, 垂涕立紹妻劉後. 文帝問, 知是熙妻, 使令攬髮, 以袖拭面, 姿貌絶倫. 旣過, 劉謂甄曰: "不復死矣!" 遂納之, 有子.

- 『天中記』卷21「美婦人·惠而有色」
  見婦人被髮垢面, 垂涕立紹妻劉後. 文帝問, 知是熙妻, 使令攬髮, 以袖拭面, 姿貌絶倫. 旣過, 劉謂甄曰: "不復死矣!" 遂納之, 有寵. (『世語』)

019-(205년 전후)

설제(薛悌39))는 자가 효위孝威다. 22세에 연주종사兗州從事로 있다가 태산태수泰山太守가 되었다. 진교陳矯40)가 태산군의 공조功曹로 있을 때, 설제가 그를 만나보고 남다르다고 여겨 친구가 되었다. 처음에 태조太祖(曹操)가 기주冀州를 평정했을 때, 설제와 동평東平의 왕국王國41)을 좌우장사左右長史로 삼았는데, 나중에 중령군中領軍에 이르렀다. 이 둘은 모두 충직하고 일처리에 능숙하여 세상 관리의 모범이 되었다.

(薛)悌字孝威. 年二十二, 以兗州從事爲泰山太守. 陳矯爲郡功曹, 悌見而異之, 結爲親友.[1] 初, 太祖定冀州, 以悌及東平王國爲左右

---

39) 설제(薛悌)(?~?): 자는 효위. 후한 말 兗州 東郡 사람. 兗州從事·泰山太守·尙書令·中護軍督軍을 지냈으며, 尙書에까지 오른 뒤 關內侯에 봉해졌다. 일찍이 獻帝 興平 원년(194)에서 2년(195)까지 연주종사로 있으면서 程昱·荀彧 등을 도와 鄄城縣·范縣·東阿縣을 끝까지 방비하여 조조의 신임을 받았다.

40) 진교(陳矯)(?~237): 자는 季弼. 臨淮 東陽 사람. 삼국시대 위나라의 名臣. 본래 성은 劉氏였는데, 외조부에 의해 양육되었기에 외가쪽 성을 따라 진씨로 바꾸었다. 처음에 江東으로 피난 갔다가 나중에 廣陵太守 陳登의 요청으로 功曹가 되었다. 曹操의 휘하에서 丞相掾·相縣令·征南長史·彭城太守·樂陵太守·魏郡西部都尉를 지냈으며, 조조가 馬超를 정벌할 때 丞相長史가 되고 西曹屬을 거쳐 尙書가 되었다. 文帝 때는 高陵亭侯에 봉해지고 尙書令에 임명되었다. 明帝 때는 東鄕侯에 봉해지고 侍中·光祿大夫를 거쳐 司徒에 임명되었다. 시호는 貞侯.

41) 왕국(王國)(?~?): 자세한 행적 미상.

長史, 後至中領軍, 並悉忠貞練事, 爲世吏表.

[1] 陳矯爲郡功曹, 悌見而異之, 結爲親友: 『三國志』注에는 이 15자가 없지
만, 『佩文韻府』注에 의거하여 보충했다.

△ 出典: 『三國志』 卷22 「魏書·陳矯傳」.
△ 又見: 『佩文韻府』 卷67之10 「去聲·八霽韻十」 注.

• 『佩文韻府』 卷67之10 「去聲·八霽韻十」 注
『世語』: 薛悌字孝威. 年二十二, 以兗州從事爲太山太守. 陳矯爲郡功
曹, 悌見而異之, 結爲親友.

020-(208년)

위魏 태조太祖(曹操)가 흉년 때문에 술을 금했는데, 공융孔融[42])이 건
의했다.
"술은 의례儀禮에 필요한 것이므로 금해서는 아니 됩니다."
이로 인하여 인심을 끌자, 태조가 그를 잡아들여 형벌에 처했다.
그때 공융의 두 아들은 모두 어린 나이[43])였는데, 공융이 잡혀가
면서 두 아들을 돌아보며 말했다.
"어찌하여 도피하지 않았느냐?"

---

42) 공융(孔融)(153~208): 자는 文擧. 후한 말 魯國 曲阜 사람. 孔子의 20대손. 어려
서부터 재능이 뛰어났고 문필에도 능하여 建安七子 중 한 사람이다. 처음에 司徒
楊賜 휘하에서 일하다가 대장군 何進의 천거로 侍御史가 되었다. 나중에 司空掾
·北軍中侯·虎賁中郎將을 거쳐, 獻帝 때 北海相이 되어 학교를 세우고 儒術을
표방하면서 賢良을 천거했다. 少府와 太中大夫를 역임하면서 천하에 명성을 떨쳤
다. 자긍심이 높아 조조의 면전에서 모욕적인 언사를 구사하다 면직되었고, 결국
조조의 원한을 샀다. 董卓의 횡포에 격분하여 山東에서 黃巾賊 평정에 힘썼지만
큰 성과를 얻지는 못했다. 세력을 확장하던 조조를 비판하다가 일족과 함께 처형되
었다. 저서에 『孔北海集』 10권이 있다.
43) 어린 나이: 원문은 "髫齔". '髫(초)'는 다박머리, '齔(츤)'은 이를 간다는 뜻으로, 다박
머리에 이를 갈 나이, 즉 7~8세의 아동을 말한다.

그러자 두 아들이 함께 대답했다.

"아버님께서 이와 같으신데 더 이상 도망갈 곳이 어디 있겠습니까?"

魏太祖以歲儉禁酒, (孔)融謂: "酒以成禮, 不宜禁." 由是惑衆, 太祖
收寘法焉[1]. 融二子, 皆齠齔, 融見收, 顧謂二子曰: "何以不辭[2]?"
二子俱曰: "父尙如此, 復何所辭!" 以爲必俱死也[3].

---

[1] 魏太祖以歲儉禁酒, 融謂酒以成禮, 不宜禁. 由是惑衆, 太祖收寘法焉:『三
國志』注에는 이 27자가 없지만, 『世說新語』注와 『孔北海集』에 의거하여
보충했다.
[2] 辭: 『世說新語』注 ·『孔北海集』에는 모두 "辟"라 되어 있다. 이하도 같다.
[3] 以爲必俱死也: 『世說新語』注 ·『孔北海集』에는 모두 이 6자가 없다.

△ 出典: 『三國志』 卷12 「魏書 · 崔琰傳」 裴注.
△ 又見: 『世說新語』 「言語」5 劉注.
　　　　『孔北海集』 「雜考」.

- 『世說新語』 「言語」5 劉注
  『世語』曰: 魏太祖以歲儉禁酒, 融謂酒以成禮, 不宜禁. 由是惑衆, 太祖
  收寘法焉. 二子齠齔, 見收, 顧謂二子曰: "何以不辟?" 二子曰: "父尙如此,
  復何所辟?"

- 『孔北海集』 「雜考」
  『世語』云: 魏太祖以歲儉禁酒, 融謂酒以成禮, 不宜禁. 由是惑衆, 太祖
  收寘法焉. 二子齠齔, 見收, 顧謂二子曰: "何以不辟?" 二子曰: "父尙如此,
  復何所辟?"

021-(208년 전후)

안정安定의 양곡梁鵠44)은 팔분서八分書45)에 뛰어났다. 양곡이 처음

---

44) 양곡(梁鵠)(?~?): 자는 孟皇. 후한 말 安定 烏氏 사람. 八分體에 뛰어나 명성을
   얻었고, 師宜官의 書風을 터득했다. 靈帝 때 選部尙書(吏部尙書)에 임명되었다.

이부상서吏部尙書가 되었을 때, 태조太祖(曹操)가 낙양령洛陽令 자리를
부탁했는데, 양곡이 태조를 북부위北部尉46)로 삼았다. 나중에 양
곡이 형주荊州에 피신해 있을 때, 태조가 형주를 평정했다. 태조
가 양곡을 찾았더니 양곡이 자신의 글씨로 죽음을 대속해달라고
빌자, 태조가 그에게 신번信幡47)과 궁문에 글씨를 쓰게 했다.

安定梁鵠, 善八分書. 初爲吏部尙書, 太祖求爲洛陽令, 鵠以爲北部
尉. 鵠避地荊州, 太祖定荊州. 太祖求鵠, 鵠乞以書贖死, 乃令書信
幡·宮門題.

△ 出典:『太平御覽』 卷214 「職官部·吏部尙書」.
△ 又見:『天中記』 卷31 「吏部尙書·求令與尉」.

• 『天中記』 卷31 「吏部尙書·求令與尉」
　安定梁鵠, 善八分書. 初爲吏部尙書, 太祖求爲洛陽令, 鵠以爲北部尉. 鵠避
　地荊州, 太祖定荊州, 求鵠, 鵠乞以書贖死, 乃令書信幡宮門題. (『世語』)

022-(216년 이전)

조식曹植48)의 부인49)이 비단옷을 입었는데, 태조太祖(曹操)가 누대

───────────────

처음에는 劉表에게 의지했다가, 獻帝 建安 23년(208)에 조조가 荊州를 점령하자
조조에게 귀의했다. 조조는 그의 글씨를 매우 좋아하여 늘 장막에 걸어두고 감상하
면서 사의관보다 낫다고 평가했다. 위나라 궁전의 題字는 대부분 그가 썼다. 『孔羨
碑』(『魯孔子廟碑』)와 『受禪表』가 세상에 전해진다.
45) 팔분서(八分書): 隷書의 二分과 篆書의 八分을 혼합하여 개발한 서체로, 한나라의
　王次中이 개발했다고 한다. 팔분서가 나중에 楷書體로 발전하게 되었다.
46) 북부위(北部尉): 洛陽北部尉를 말한다. 북부위는 縣級 지방관으로 치안을 담당했
　다.
47) 신번(信幡): 信旛과 같다. 官號를 써서 符信으로 사용하던 깃발로, 각종 서로 다른
　도안과 색깔을 사용하여 만든 기치를 말한다. 신번은 춘추전국시대에 사용하던
　銅符와 秦漢시대에 사용하던 竹符를 계승하여 위나라 통치지역에서 새롭게 만들어
　낸 것이다.
48) 조식(曹植)(192~232): 자는 子建. 조조의 卞皇后 소생의 셋째 아들로, 魏 文帝

에 올라 그 모습을 보고 [화려한 사치를 금하는] 법령을 어겼다고
하여 집으로 돌아가 죽음을 내렸다.

(曹)植妻衣繡, 太祖登臺見之, 以違制命, 還家賜死.

△ 出典:『三國志』卷12 「魏書·崔琰傳」裴注.

023-(216년)

장로張魯50)가 오관연五官掾을 파견하여 항복하려 했는데, 그의 동
생 장위張衛51)가 산을 가로질러 양평성陽平城을 쌓고 방어하자 관
군이 진격할 수 없었다. 장로는 파중巴中으로 달아났다. 군량이
바닥나자 태조太祖(曹操)가 장차 돌아가려 했는데, 서조연西曹掾인

曹丕의 친동생이다. 일찍이 조조의 사랑을 받아 後漢 獻帝 建安 16년(211)에 平原
侯에 봉해지고, 건안 19년(214)에는 臨淄侯에 봉해졌다. 형 조비가 황제가 되자
黃初 3년(222)에 鄄城王에 봉해지고, 다음 해에는 雍丘王에 봉해졌다. 그의 재주와
인품을 싫어한 문제가 시기하여 해마다 새 봉지로 옮겨 다녔으며, 엄격한 감시
아래 신변의 위험을 느끼며 불우한 나날을 보냈다. 明帝 太和 3년(229)에 東阿王이
되었다가 다시 陳王에 봉해졌다. 항상 등용되기를 기대했지만 끝내 기용되지 못했
다. 태화 6년(232)에 다시 봉지를 옮겼다가 마지막 봉지인 陳에서 죽었다. 시호는
思다. 그래서 陳思王으로 불린다. 시문을 잘 지어 조조·조비와 함께 '三曹'로 병칭
된다. 약 80여 수의 시가 전하고, 辭賦와 산문도 40여 편 남아 있다. 송나라 때
『曹子建集』이 나왔다.
49) 부인: 조식의 첫째 부인인 崔氏를 말한다. 최씨는 淸河 東武城 사람으로, 崔琰의
형의 딸이다.
50) 장로(張魯)(?~216?): 자는 公祺. 후한 말 沛國 豊縣 사람. 五斗米道의 창시자인
張道陵의 손자로, 도교 天師道의 제3대 교주다. 獻帝 初平 2년(191)에 漢中을
근거지로 오두미도로 주민들을 가르치면서 스스로 師君이라 불렀다. 祭酒를 두어
지방정권을 관장하면서 巴漢을 30년 동안 지배하자, 한나라 조정에서 그를 鎭民中
郎將으로 삼아 漢寧太守로 임명했다. 建安 20년(215)에 조조가 공격하자 巴中으로
달아났다가 항복한 뒤, 鎭南將軍에 임명되고 閬中侯에 봉해졌다. 시호는 原侯다.
51) 장위(張衛)(?~216?): 자는 公則. 張魯의 동생. 조조에게 투항한 뒤 昭義將軍에
임명되었다.

동군東郡 사람 곽심郭諶[52)이 말했다.

"돌아가서는 안 됩니다. 장로가 이미 항복했고 남아 있는 사절이 아직 돌아오지 않았으니, 장위가 비록 장로와 뜻이 같지는 않지만 편군偏軍만으로도 공격할 수 있습니다. 현군縣軍이 깊숙이 들어가 진격하면 반드시 이길 수 있지만, 퇴각한다면 필시 화를 면치 못할 것입니다."

태조는 망설였다. 그런데 밤에 들 사슴 수천 마리가 돌진하여 장위의 군영을 무너뜨리자 장위의 군대가 크게 놀랐다. 그 밤에 고조高祚[53) 등이 장위의 무리와 잘못 맞닥뜨리자, 고조 등이 마구 북을 치고 뿔피리를 불어 무리를 모았다. 장위는 두려워하면서 대군大軍이 기습한 것으로 생각하여 마침내 항복했다.

(張)魯遣五官掾降, 弟衛橫山築陽平城以拒, 王師不得進. 魯走巴中. 軍糧盡, 太祖將還. 西曹掾東郡郭諶曰: "不可. 魯已降, 留使既未反, 衛雖不同, 偏攜可攻. 縣軍深入, 以進必克, 退必不免." 太祖疑之. 夜有野麋數千突壞衛營, 軍大驚. 夜, 高祚等誤與衛衆遇, 祚等多鳴鼓角會衆. 衛懼, 以爲大軍見掩[1], 遂降.

[1] 掩: 『卮林』에는 "揜"이라 되어 있는데, "揜"과 "掩"은 통한다.

△ 出典: 『三國志』 卷8 「魏書·張魯傳」 裴注.
△ 又見: 『卮林』 卷9 「誤鳴戰鼓」.
　　　『天中記』 卷36 「道士·米賊」.

• 『卮林』 卷9 「誤鳴戰鼓」
　『世語』曰: 張魯遣弟衛, 築陽平城, 以拒王師. 太祖將還, 夜有野麋數千突壞衛營, 軍大驚. 夜, 高祚等誤與衛衆遇, 祚等多鳴鼓角會衆. 衛懼, 以爲大軍見揜, 遂降.

---

52) 곽심(郭諶)(?~?): 후한 말 東郡 사람. 조조의 속관으로 西曹掾을 지냈다.
53) 고조(高祚)(?~?): 조조 휘하의 장수. 조조가 張魯와 張衛를 공격했을 때, 解慓와 함께 장위의 군영을 급습하여 장위의 부장 楊任을 참살하고 장위의 항복을 받아냈다.

- 『天中記』卷36「道士・米賊」

  曹操征魯, 魯走巴中, 弟衛橫山下陽平城以拒之. 夜有野麋數千突壞衛營, 衛大驚懼, 以爲大軍見掩, 遂降. (『世語』)

024-(217년)

위왕魏王(曹操)이 일찍이 출정할 때, 세자世(曹丕)와 임치후臨菑侯 조식曹植이 함께 길옆에 있었다. 조식이 위왕의 공덕을 칭송했는데, 말을 하면 바로 문장이 되었기에 좌우 신하들이 눈여겨보았으며 위왕도 기뻐했다. [이를 본] 세자가 기가 죽어 낙심하자, 오질吳質이 세자의 귀에 대고 말했다.

"왕께서 떠나실 때 그저 눈물만 흘리면 됩니다."

작별할 때 세자가 울면서 절하자, 위왕과 좌우 신하들이 모두 흐느껴 울었다. 그리하여 모두들 조식은 문사文辭가 매우 화려하지만 성심誠心이 세자에 미치지 못한다고 여겼다.

魏王嘗出征, 世子及臨菑侯植並路側. 植稱述功德, 發言有章, 左右屬目, 王亦悅焉. 世子悵然自失, 吳質耳曰: "王當行, 流涕可也." 及辭, 世子泣而拜, 王及左右咸歔欷. 於是皆以植辭多華, 而誠心不及也.

△ 出典:『三國志』卷21「魏書・吳質傳」裴注.

025-(218년 전후)

등애鄧艾[54]는 어렸을 때 양성襄城의 전농부민典農部民[55]이었는데,

---

54) 등애(鄧艾)(197~264): 자는 土載. 삼국시대 위나라 義陽 棘陽 사람. 征西將軍・都督隴右諸軍事를 지냈다. 다년간 위나라 서쪽 변방 전선에서 蜀漢의 姜維와 대치하다가, 나중에 몰래 군대를 이끌고 陰平道를 건너가서 蜀帝 劉禪의 투항을 이끌어 촉나라를 멸하는 데 공을 세움으로써 太尉에 봉해졌다. 나중에 鍾會의 무고를 받아 衛瓘에게 주살당했다.

석포石苞56)와 더불어 모두 나이가 열두세 살쯤 되었다. 알자謁者57)인 양적陽翟 사람 곽현신郭玄信58)은 무제武帝(曹操)의 감군監軍이었던 곽탄郭誕59) 원혁元奕의 아들인데, [헌제] 건안建安 연간(196~220)에 소부少府 길본吉本60)이 허도許都에서 군사를 일으키자, 곽현신은 이에 연좌되어 형을 받고 집에 머물게 되었다. 그래서 곽현신이 전농사마典農司馬에게 수레 몰 사람을 요청하여 등애와 석포가 수레를 몰게 되었는데, 10여 리를 가면서 함께 얘기해보고는 기뻐하여, 두 사람 모두 응당 훗날에 대성大成하여61) 좌상佐相이 될 것이라고 여겼다. 등애는 나중에 전농공조典農功曹가 되어 사자의 임무를 받들고 선왕宣王(司馬懿)62)을 찾아갔는데, 이로 말미

---

55) 전농부민(典農部民): 屯田民을 말한다. 위나라는 군사조직에 따라 둔전을 편제하여 大司農 휘하의 典農官이 관리하게 했다. 이러한 둔전민은 전농부민이라 하여 일반 郡縣民과 구별되었다. 이러한 民屯 이외에 병사들도 주둔지에서 둔전을 설치하고 경작했는데 이를 軍屯이라 했다. 둔전의 실시효과는 매우 높아서 화북지역의 농업생산력을 회복시키고 재정수입을 확보함과 동시에 위나라의 화북 통일에 있어 중요한 재원이 되었다.

56) 석포(石苞)(?~273): 자는 仲容. 삼국시대 위나라 渤海 南皮 사람. 西晉의 부호이자 문인인 石崇의 부친이다. 용모가 수려하고 도량이 넓어서 사소한 예절에 구애받지 않았다. 司馬昭가 諸葛誕과 오나라의 연합군을 진압하기 위해 그를 佐軍으로 삼았는데, 그가 복병을 이끌고 가서 활약했다. 나중에 서진 무제 司馬炎에 의해 大司馬·侍中·驃騎將軍에 임명되었으며, 司徒에까지 올랐다.

57) 알자(謁者): 군주의 측근에서 빈객의 알현과 어명의 전달을 관장하던 관직.

58) 곽현신(郭玄信)(?~?): 삼국시대 위나라 潁川 陽翟 사람. 인물을 알아보는 안목이 있었다. 자세한 행적은 미상.

59) 곽탄(郭誕)(?~?): 자는 元奕. 郭玄信의 부친. 자세한 행적은 미상.

60) 길본(吉本)(?~218): 후한 말에 太醫令을 지냈다. 獻帝 建安 23년(218)에 길본이 耿紀·韋晃 등과 함께 반란을 일으켜 밤을 틈타 許都의 丞相長史 王必을 공격하여 성문을 불태우고 왕필에게 부상을 입혔다. 결국 나중에 왕필과 典農中郎將 嚴匡에게 진압되어 길본 등은 참살되었다. 한편 『三國志』 「武帝紀」에 따르면, 당시 길본은 太醫令이었고, 少府로 있었던 사람은 耿紀다.

61) 훗날에 대성(大成)하여: 원문은 "遠至". 장래에 큰 인물이 된다는 뜻으로, 大器晩成과 같은 말이다.

62) 선왕(宣王): 司馬懿(179~251). 자는 仲達. 삼국시대 위나라 河內 溫縣 사람. 司馬宣王이라고도 한다. 후한 말에 曹操의 발탁으로 文學掾이 되었다가 黃門侍郎과

암아 알려져 마침내 발탁되었다.

鄧艾少爲襄城典農部 民, 與石苞皆年十二三. 謁者陽翟郭玄信, 武
帝監軍郭誕元奕之子, 建安中, 少府吉本起兵許都, 玄信坐被刑在
家. 從典農司馬求人御, 以艾‧苞與御, 行十餘里, 與語, 悅之, 謂二
人皆當遠至爲佐相. 艾後爲典農功曹, 奉使詣宣王, 由此見知, 遂被
拔擢.

△ 出典:『三國志』卷28「魏書‧鄧艾傳」裴注.

026-(219년)

[하후연의 일곱째 아들] 하후화夏侯和[63])는 자가 의권義權으로, 명쾌
한 논변에 재사才思 넘치는 담론을 펼쳤으며, 하남윤河南尹과 태상
太常을 역임했다. 하후연夏侯淵[64])의 셋째 아들은 하후칭夏侯稱이고,

主簿를 지냈다. 張魯와 孫權을 토벌했다. 曹丕가 태자로 있을 때 太子中庶子로서
신임을 받았다. 조비가 즉위한 뒤 河津亭侯에 봉해지고 丞相長史로 전임되었다.
明帝가 즉위한 뒤 舞陽侯에 봉해지고 大將軍이 되어 孟達의 반란을 진압했다.
세 차례에 걸쳐 군사를 이끌고 촉나라의 諸葛亮에 대항했다. 齊王 曹芳이 즉위하
자, 曹爽과 함께 遺詔를 받아 정치를 보좌했다. 侍中‧持節都督中外諸軍‧錄尙書
事를 역임했다. 嘉平 원년(249)에 조상이 황제를 따라 高平陵을 배알하는 기회를
이용해 조상을 살해하고 승상이 되어 정권을 장악했다. 죽은 뒤 아들 司馬師와
司馬昭가 계속 정권을 장악했다. 손자 司馬炎이 제위를 찬탈하여 晉나라를 건국한
뒤 宣帝로 추존되었다.

63) 하후화(夏侯和)(?~?): 자는 義權. 삼국시대 위나라 譙國 譙縣 사람. 夏侯淵의
    일곱째 막내아들. 河南尹과 太常을 지냈다. 元帝 때 司馬昭가 相國이 되어 그를
    左司馬와 侍郎으로 삼았다. 원제 咸熙 원년(264)에 鍾會가 촉나라를 멸한 후 반란
    을 일으키자, 成都로 사신으로 나가 종회를 제지했다. 종회의 난이 평정된 후 鄕侯
    에 봉해졌다. 晉나라가 건립된 후 光祿勳에 임명되었다.
64) 하후연(夏侯淵)(?~219): 자는 妙才. 夏侯惇의 族弟다. 후한 말의 名將. 曹操를
    따라 군대를 일으켜 別駕司馬와 騎都尉를 지냈고, 陳留太守와 潁川太守를 역임했
    다. 袁紹‧馬超‧韓遂 등을 정벌할 때 여러 차례 승리를 거둬 용맹을 떨쳤다. 獻帝
    建安 20년(215)에 조조를 수행하여 漢中을 평정한 뒤 征西將軍으로서 한중을 지켰

다섯째 아들은 하후영夏侯榮이다. [하후화의] 종손從孫 하후담夏侯湛[65]이 그들을 위한 서문을 지었다.

"하후칭은 자가 숙권叔權이다. 어릴 때부터 또래 아이들을 모아서 그들의 우두머리가 되길 좋아했는데, 놀 때마다 반드시 군대의 전투와 진법에 관한 놀이를 했으며, 명령을 어기는 자가 있으면 곧장 엄하게 채찍으로 때렸지만 아이들이 감히 거역하지 못했다. 하후연이 몰래 그를 기특하게 여겨 「항우전項羽傳」과 병서를 읽게 했는데, 하후칭은 읽으려 하지 않으면서 말하길, '능력만 있으면 스스로 그렇게 될 수 있는데 어찌하여 남을 따라할 수 있겠습니까?'라고 했다. 하후칭이 16살 때, 하후연이 그와 함께 사냥을 나갔다가 달아나는 호랑이를 보았는데, 하후칭이 말을 몰아 호랑이를 뒤쫓기에 말렸지만 그럴 수 없었다. 결국 하후칭은 화살 한 방으로 호랑이를 쓰러뜨렸다. 이름이 태조太祖(曹操)에게까지 알려지자, 태조가 그의 손을 잡고 기뻐하며 말하길, '내가 너를 얻었구나!'라고 했다. 문제文帝(曹丕)와는 포의지교布衣之交를 맺었는데, 연회 때마다 기개가 온 좌중을 압도했으며 논변에 뛰어난 사람도 그를 굴복시킬 수 없었다. 세상의 고명한 자들 가운데 그를 좇아 교유한 사람이 많았다. 18살에 죽었다. 동생 하후영은 자가 유권幼權이다. 어려서부터 총명하여 7살 때 문장을 잘 지었고, 하루에 천 자씩 책을 암송했으며, 눈으로 훑어보기만 해도 곧바로 기억했다. 문제가 이를 듣고 그를 초청했을 때, 빈객 100여 명이 한 사람씩 명함을 아뢰었는데, 그것은 고향과 성명을 모두 적어놓은 세간에서 말하는 작리자爵里刺라는 것이었다. 빈객들이 명함을 보

다. 건안 24년(219) 定軍山에 주둔하며 劉備와 대치하다가 촉장 黃忠의 습격을 받아 죽었다. 시호는 愍이다.
65) 하후담(夏侯湛)(243~291): 자는 孝若. 夏侯淵의 증손자. 西晉 초의 이름난 문학가다. 어려서부터 문학적 재능이 뛰어났고 용모가 아름다웠다. 潘岳과 사이가 좋았는데, 도성 사람들이 그들을 '連璧'이라 불렀다. 太尉掾으로 벼슬을 시작하여 太子舍人·尚書郎·中書侍郎·南陽相을 지냈으며, 진 惠帝 때 散騎常侍에 임명되었다.

여주자 하후영이 한 번 훑어보았는데, 그런 다음에 처음부터 끝까지 말해보라 했더니 한 사람도 틀리지 않았다. 문제가 그를 매우 훌륭하게 여겼다. 한중漢中에서 패배했을 때 하후영은 13살이었는데, 주위에서 그를 끌고 도망가려 하자 그는 내켜하지 않으면서 말하길, '임금과 어버이가 환난 중에 있는데 어찌 죽음을 피하겠는가!'라고 했다. 그리고는 검을 휘두르며 싸우다가 결국 진영에서 죽었다."

(夏侯)和字義權, 淸辯有才論, 歷河南尹·太常. 淵第三子稱, 第五子榮. 從孫湛爲其序曰: "稱字叔權. 自孺子而好合聚童兒, 爲之渠帥, 戲必爲軍旅戰陳之事, 有違者輒嚴以鞭捶, 衆莫敢逆. 淵陰奇之, 使讀「項羽傳」及兵書, 不肯, 曰: '能則自爲耳, 安能學人?' 年十六, 淵與之田, 見奔虎, 稱驅馬逐之, 禁之不可, 一箭而倒. 名聞太祖, 太祖把其手喜曰: '我得汝矣!' 與文帝爲布衣之交, 每讌會, 氣陵一坐, 辯士不能屈. 世之高名者多從之游. 年十八卒. 弟榮, 字幼權. 幼聰惠, 七歲能屬文, 誦書日千言, 經目輒識之. 文帝聞而請焉, 賓客百餘人, 人一奏刺, 悉書其鄕邑名氏, 世所謂爵里刺也. 客示之, 一寓目, 使之遍談[1], 不謬一人. 帝深奇之. 漢中之敗, 榮年十三, 左右提之走, 不肯, 曰: '君親在難, 焉所逃死!' 乃奮劍而戰, 遂沒陣."

[1] 一寓目, 使之遍談: 『六藝之一錄』에는 "一目遍覽"이라 되어 있다. 『通雅』에는 "一日遍覽"이라 되어 있는데, "日"은 "目"의 오기로 보인다.

△ 出典: 『三國志』 卷9 「魏書·夏侯淵傳」 裴注.
△ 又見: 『說略』 卷8 「史別中」, 卷9 「史別下」.
　　　　『玉芝堂談薈』 卷8 「五行俱下」.
　　　　『通雅』 卷31 「器用(書札)」.
　　　　『天中記』 卷25 「聰敏·遍談」.
　　　　『西晉文紀』 卷12 「夏侯湛·夏侯稱及榮序」 注.
　　　　『六藝之一錄』 卷261 「古今書體」.

• 『說略』 卷8 「史別中」

夏侯榮, 賓客百餘人, 人一奏刺, 悉書其鄕里名氏, 世所謂爵里刺也. 客示榮一寓目, 使之遍談, 不謬一人. 見『世語』.

- 『說略』 卷9 「史別下」
  夏侯榮, 七歲能屬文, 日誦千言, 經目輒記. 見『世語』.

- 『玉芝堂談薈』 卷8 「五行俱下」
  『世語』: 夏侯榮, 賓客百餘人, 寓目奏刺, 書其鄕里名氏, 不謬一人.

- 『通雅』 卷31 「器用(書札)」
  『世語』曰: 夏侯榮, 淵之五子也. 七歲屬文, 經目輒識. 魏文聞而請焉. 賓客百餘人, 人各奏刺, 悉書其鄕邑名氏, 世所謂爵里刺也. 榮一日遍覽, 不謬.

- 『天中記』 卷25 「聰敏·遍談」
  夏侯榮字幼權, 淵子也. 幼聰慧, 七歲能屬文, 誦書日千言, 經目輒識之. 文帝聞而請焉, 賓客百餘人, 人一奏刺, 悉書其鄕邑名氏, 世所謂爵里刺也. 客示之, 一寓目, 使之遍談, 不謬一人. 帝深奇之. (『世語』)

- 『西晉文紀』 卷12 「夏侯湛·夏侯稱及榮序」 注
  『世語』: 夏侯淵第三子稱, 第五子榮. 從孫湛爲其序.

- 『六藝之一錄』 卷261 「古今書體」
  『世語』曰: 夏侯榮, 淵之五子也. 七歲屬文, 經目輒識. 魏文聞而請焉. 賓客百餘人, 人各奏刺, 悉書其鄕邑名氏, 世所謂爵里刺也. 榮一目遍覽, 不謬.

027-(219년)

위풍魏諷[66]은 자가 자경子京이고 패국沛國 사람이다. 사람들을 미

---

66) 위풍(魏諷)(?~219): 자는 자경. 후한 말 沛國 또는 濟陰 사람. 종요에게 대중을 능숙하게 움직이는 재능을 평가받아 조조에게 천거되어 西曹掾으로 등용되었다. 獻帝 建安 24년(219) 5월에 조조가 漢中에서 劉備의 군대와 전쟁하느라 鄴이 비어

혹하는 재주가 있어 업도鄴都를 떠들썩하게 하니, 이 때문에 종요
鍾繇[67]가 그를 불러 기용했다. [한중으로 정벌나간 조조의] 대군大
軍이 돌아오기 전에 위풍은 은밀히 도당을 결성하고, 또한 장락
위위長樂衛尉 진의陳禕[68]와 함께 업도를 습격하기로 모의했다. 그
런데 거사일이 되기 전에 진의는 두려운 나머지 이를 태자太子(曹
丕)[69]에게 고했다. 결국 위풍은 주살되고 이에 연루되어 죽은 자
가 수십 명이었다.

(魏)諷字子京, 沛人. 有惑衆才, 傾動鄴都, 鍾繇由是辟焉. 大軍未
反, 諷潛結徒黨, 又與長樂衛尉陳禕謀襲鄴. 未及期, 禕懼, 告之太
子, 誅諷, 坐死者數十人.

△ 出典:『三國志』卷1「魏書·武帝紀」裴注.

있게 되자, 9월에 위풍은 업의 수비가 허술한 것을 틈타 진의 등과 함께 업을 습격하
는 계획을 세웠으나, 진의가 曹丕에게 밀고하는 바람에 붙잡혀 위풍이 처형당했으
며, 수십 명의 공모자들이 처형되었다.

67) 종요(鍾繇)(151~230): 자는 元常. 위나라 潁川 長社 사람. 후한 말 李傕과 郭汜가
장악하고 있던 長安에서 獻帝가 장안을 탈출할 수 있도록 도왔고 후에 조조의 휘하
로 들어갔다. 關中에서 세력을 떨치던 韓遂와 馬超 등을 몰아냈고, 官渡大戰 때는
관중에서 말 2천여 마리를 공급하여 조조를 도왔다. 위나라가 건국된 후 文帝 때는
廷尉가 되고 崇高鄕侯에 봉해졌으며, 明帝 때는 定陵侯에 봉해지고 太傅가 되었다.
시호는 성(成)이다. 八分書·楷書·行書에 뛰어나 胡昭와 더불어 '胡肥鍾瘦'라 일컬
어졌으며, 張芝·王羲之와 이름을 나란히 하여 '鍾張'·'鍾王'으로 병칭되었다.

68) 진의(陳禕)(?~?): 자세한 행적 미상.

69) 태자(太子): 曹丕(187~226). 삼국시대 魏나라 초대 황제 文帝(220~226 재위).
자는 子桓, 묘호는 世祖. 曹操의 둘째 아들로, 동생 曹植을 추대하는 무리를 물리치
고 태자가 되었다. 獻帝 延康 원년(220)에 조조가 죽자 조조의 작위를 계승하여
丞相과 魏王이 되었다. 陳群의 건의에 따라 종래의 鄕擧里選 대신 九品官人法(九
品中正法)을 시행하여 인재를 선발했다. 후한 獻帝로부터 제위를 양위 받아 황제에
즉위했고, 冀州의 鄴에서 洛陽으로 옮겨가 그곳을 도읍으로 삼았다. 후한의 실패를
거울삼아 諸王인 曹彰과 曹植 두 동생의 당파를 물리치는 등 宗室諸王에게 권리를
주지 않고 유명무실하게 만들었다. 博聞强識하고 才藝를 겸비하여 詩賦에 능했다.
『典論』을 저술하여 문학의 독자적 가치를 선언했다.

양수楊脩70)는 25세에 이름난 공자公子로서 재능을 갖추었기에 태
조太祖(曹操)에게 중시되었다. 그는 정의丁儀71) 형제와 함께 모두
조식曹植을 태조의 후계자로 삼으려 했다. 태자太子(曹丕)가 이를
걱정하여 수레에 망가진 대나무상자를 싣고 그 안에 조가현장朝
歌縣長 오질吳質72)을 넣어 데려오게 하여 그와 함께 계책을 모의
했다. 양수가 이 사실을 태조에게 아뢰었는데, 미처 추궁하여
증거를 밝히지 못했다. 태자가 두려워서 오질에게 알렸더니 오
질이 말했다.

"무엇을 걱정하십니까? 내일 다시 대나무상자에 비단을 담아 수
레에 실어 헷갈리게 하면, 양수가 필시 다시 아뢸 것이고 다시
아뢰면 반드시 추궁하겠지만, 증거를 밝히지 못하면 그가 죄를
받을 것입니다."

태자는 그 말대로 따랐다. 양수가 과연 아뢰었지만 대나무상자에
사람이 없자, 이 때문에 태조가 의심했다. 양수는 가규賈逵73) · 왕

---

70) 양수(楊脩)(175~219): 자는 德祖. 후한 말 弘農 華陰 사람. 太尉 楊彪의 아들이
   다. 여섯 재상을 배출한 명문귀족 출신으로, 박학하고 견식이 넓었으며 언변이
   뛰어났다. 獻帝 建安 연간에 孝廉으로 천거되어 郎中으로 있다가 丞相 曹操의
   主簿가 되었다. 曹植의 文友로 지내면서 그를 태자로 세우려고 계획했지만, 조식이
   조조의 총애를 잃는 바람에 실패했다. 그는 조조의 의중을 정확하게 꿰뚫고 있었는
   데, 조조는 마음속으로 그를 꺼려했으며 또 그가 袁術의 외조카였기에 변고가 생길
   까봐 걱정하여, 결국 그를 주살했다.
71) 정의(丁儀)(?~220): 자는 正禮. 삼국시대 위나라 沛郡 사람. 丁沖의 아들이자 丁
   廙의 형이다. 정의는 용모가 추하고 한쪽 눈이 멀었지만 재사가 민첩하고 문장에
   뛰어났다. 조조에 의해 司隸校尉와 西曹掾에 임명되었다. 정의 형제는 조식과 사이
   가 좋아서 조식을 태자로 옹립하려 했는데, 이 때문에 나중에 曹丕가 魏王에 즉위한
   후 일족이 참살당했다.
72) 오질(吳質)(177~230): 字는 季重. 삼국시대 위나라 濟陰 사람. 후한 獻帝 建安
   연간에 朝歌長과 元城令을 지냈다. 文才가 뛰어나 曹丕의 인정을 받았다. 振威將
   軍 · 都督河北諸軍事 · 侍中을 지냈으며 列侯에 봉해졌다. 魏 明帝 太和 4년(230)에
   죽었다.
73) 가규(賈逵)(174~228): 자는 梁道. 삼국시대 위나라 河東 襄陵 사람. 청렴한 인품

링王淩74)과 함께 주부主簿가 되었으며, 조식의 가까운 친구가 되었다. 양수는 조식을 찾아갈 때마다 일처리에 빠진 것이 있을까봐 염려하여, 태조의 의중을 헤아려 교지敎旨에 대한 답변 10여 개를 미리 작성해놓았다가, 문하 사람들에게 명하여 교지가 나오면 차례대로 답하라고 했다. 교지가 나오자마자 답이 벌써 들어오자, 태조가 그 민첩함을 이상히 여겨 추궁한 끝에 비로소 사실이 드러났다. 태조가 태자와 조식에게 각자 업성鄴城의 한 문을 나가게 시켜놓고는, 은밀히 문지기에게 명하여 그들을 나가지 못하게 함으로써 그들이 어떻게 하는지를 살펴보았다. 태자는 문에 이르렀지만 나갈 수 없자 돌아왔다. 양수는 그 전에 조식에게 주의를 주었다.

"만약 문지기가 군후를 나가지 못하게 한다면, 군후께서는 왕명을 받았으니 문지기를 참수해도 괜찮습니다."

조식은 그 말대로 따랐다. 그래서 양수는 결국 다른 일에 엮여서 죽임을 당했다. 양수의 아들은 양효楊囂고 양효의 아들은 양준楊準인데, 모두 진晉나라 때 이름이 알려졌다. 양효는 [진 무제] 태시泰始 연간(265～274) 초에 전군장군典軍將軍이 되었고 측근신하75)

으로 曹操의 인정을 받아 主簿가 되었으며, 諫議大夫로 전임되어 夏侯尙과 함께 軍計를 관장했다. 魏 文帝가 즉위한 후 豫州刺史가 되었는데, 법 집행이 엄격하고 분명했다. 黃初 연간(220～226)에 오나라 정벌에 따라가 呂範의 군대를 격파하여 陽里亭侯에 봉해지고 建威將軍에 임명되었다. 明帝 太和 2년(228)에 滿寵과 胡質 등 4軍을 이끌고 曹休와 함께 오나라를 공격했는데, 조휴는 패했지만 그가 군량을 병사에게 공급해 무사할 수 있었다. 시호는 肅이다.

74) 왕릉(王淩)(172～251): 자는 彦雲. 삼국시대 위나라 太原 祁 사람. 후한 司徒 王允의 조카다. 일찍이 曹操의 초징을 받아 丞相掾屬이 되었다. 曹丕가 즉위한 후 散騎常侍를 거쳐 兗州刺史가 되었으며, 張遼 등과 함께 廣陵에서 孫權을 토벌하여 그 공으로 宜城亭侯에 봉해지고 建武將軍에 임명되었다. 齊王 正始 2년(241)에 征東將軍으로서 孫禮와 함께 芍破에서 吳將 全琮을 대파하여 그 공으로 南鄉侯에 봉해졌다. 그 후로 車騎將軍·儀同三司·司空·太尉를 지냈다. 정시 10년(249)에 외조카 令狐愚와 齊王 曹芳 폐위를 모의했는데, 일이 누설되어 주살되었다.

75) 측근신하: 원문은 "心膂". 가슴과 등뼈. 인체 중에서 가장 중요한 부분이므로 군왕

160 제3부 『위진세어』 교석

의 중임을 맡았지만 일찍 죽었다. 양준은 자가 시립始立이며, 혜제惠帝(司馬衷) 말년에 기주자사冀州刺史가 되었다.

(楊)脩年二十五, 以名公子有才能, 爲太祖所器. 與丁儀兄弟, 皆欲以植爲嗣. 太子患之, 以車載廢簏, 內朝歌長吳質與謀. 脩以白太祖, 未及推驗. 太子懼, 告質, 質曰: "何患? 明日復以簏受絹車內以惑之, 脩必復重白, 重白必推, 而無驗, 則彼受罪矣." 世子從之. 脩果白而無人, 太祖[1]由是疑焉. 脩與賈逵·王淩並爲[2]主簿, 而爲植所友. 每當就植, 慮事有闕, 忖度太祖意, 豫作答敎十餘條, 敕門下, 敎出以次答. 敎裁出, 答已入, 太祖怪其捷, 推問始泄. 太祖遣太子及植各出鄴城一門, 密敕門不得出, 以觀其所爲. 太子至門, 不得出而還. 脩先戒植: "若門不出侯, 侯受王命, 可斬守者." 植從之. 故脩遂以交搆賜死. 脩子囂, 囂子準, 皆知名於晉世. 囂, 泰始初爲典軍將軍, 受心膂之任, 早卒. 準字始立, 惠帝末爲冀州刺史.[3]

[1] 『太平御覽』에는 이곳에 "怒"자가 있다.
[2] 『北堂書鈔』卷69注에는 이곳에 "丞相" 2자가 있다.
[3] 脩子囂, 囂子準, 皆知名於晉世. 囂, 泰始初爲典軍將軍, 受心膂之任, 早卒. 準字始立, 惠帝末爲冀州刺史.: 『世說新語』注에는 "淮字始立, 弘農華陰人. 曾祖彪·祖脩, 有名前世. 父囂, 典軍校尉. 淮, 元康末爲冀州刺史."라 되어 있다.

△ 出典: 『三國志』 卷19 「魏書·陳思王植傳」 裴注.
△ 又見: 『北堂書鈔』 卷69 「設官部·主簿」 注, 卷104 「藝文部·紙」 注.
　　　　『世說新語』 「賞譽」58 劉注.
　　　　『太平御覽』 卷705 「服用部·簏」.
　　　　『淵鑑類函』 卷382 「器物部一·簏三」 注.
　　　　『佩文韻府』 卷9之2 「上平聲·九佳韻二」 注.

• 『北堂書鈔』 卷69 「設官部·主簿」 注

을 곁에서 보필하는 가장 중요한 신하의 비유로 쓰인다. 股肱과 비슷한 뜻이다.

『世語』曰：楊脩字德祖. 與賈逵・王淩並爲丞相主簿, 而爲植所友. 每當就植, 慮事有關, 忖度太祖意, 豫作答敎十餘條, 敕門下, 以次答. 敎裁出, 答已入, 太祖怪其捷, 推問始泄.

- 『北堂書鈔』 卷104 「藝文部・紙」 注
  『世語』曰：脩爲主簿, 而爲植所友. 每當就植, 慮事有關, 忖度太祖意, 預作答敎十餘條, 敕門下, 敎出以次答. 敎裁出, 答已入, 太祖怪其捷, 推問始泄.

- 『世說新語』 「賞譽」58 劉注
  『世語』曰：淮字始立, 弘農華陰人. 曾祖彪・祖脩, 有名前世. 父囂, 典軍校尉. 淮, 元康末爲冀州刺史.

- 『太平御覽』 卷705 「服用部・簏」
  『魏晉世語』曰：武帝欲以臨淄侯植爲嗣, 世子患之, 以車載簏, 內詣朝歌長吳質與謀. 楊脩以白太祖, 不推. 世子懼, 質曰："明後簏受絹車內以惑之, 脩必復白, 推之無人, 脩受罪矣." 世子從之. 脩果白推而無人, 太祖怒, 由是疑焉.

- 『淵鑑類函』 卷382 「器物部一・簏三」 注
  『世語』云：楊脩與丁儀兄弟, 皆欲以曹植爲嗣. 太子患之, 以車載廢簏, 內吳質與謀. 楊脩白太祖, 太子懼, 告質, 質曰："明日復以簏受絹車內以惑之, 脩必重白, 推而無驗, 則彼受罪矣." 太子從之. 脩果重白無人, 太祖由是疑焉.

- 『佩文韻府』 卷9之2 「上平聲・九佳韻二」 注
  『世語』：楊淮, 弘農人. 曾祖彪・祖修, 有名前世. 父囂, 典軍校尉. 淮, 元康末爲冀州刺史.

029-(220년)

태조太祖(曹操)가 한중漢中에서 낙양洛陽으로 와서 건시전建始殿76)을

---

76) 건시전(建始殿): 후한 獻帝 建安 25년(220) 정월에 조조가 낙양에 건립한 궁전.

세우고자 했는데, [대들보로 쓸 목재를 구하려고] 탁룡사濯龍祠의 나무를 베었더니 그 나무에서 피가 흘러나왔다.

太祖自漢中至洛陽, 起建始殿, 伐濯龍祠而樹血出.

△ 出典:『三國志』卷1「魏書·武帝紀」裴注.
△ 又見:『分類字錦』卷23「宮室·殿」注.

• 『分類字錦』卷23「宮室·殿」注
　『世語』曰：太祖自漢中至洛陽, 起建始殿, 伐濯龍祠而樹血出.

030-(220년)

환계桓階[77]는 위왕魏王(曹操)에게 왕위부터 바르게 하라고 권했지만, 하후돈夏侯惇은 마땅히 먼저 촉蜀나라를 멸해야 하고 촉나라가 망하면 오吳나라가 복종할 것이니 두 지역이 평정된 연후에 순舜과 우禹의 궤범[78]을 따라야 한다고 생각했다. 위왕은 하후돈의 말을 따랐다. 하지만 위왕이 죽게 되자, 하후돈은 예전에 했던 말을 뒤늦게 후회하다가 병이 생겨 죽었다.

桓階勸王正位, 夏侯惇以爲宜先滅蜀, 蜀亡則吳服, 二方旣定, 然後遵舜·禹之軌. 王從之. 及至王薨, 惇追恨前言, 發病卒.

---

77) 환계(桓階)(?～?): 자는 伯緖 또는 伯序. 長沙 臨湘 사람. 漢末魏初의 관리. 처음에 郡功曹로 있다가 太守 孫堅에 의해 孝廉으로 천거되어 尙書郞이 되었다. 손견이 전사한 후에 위험을 무릅쓰고 劉表를 찾아가 손견의 시체를 돌려달라고 요청했다. 曹操가 荊州를 평정하고 그의 충정에 감동하여 그를 丞相主薄·趙郡太守로 삼았다. 曹丕가 위나라를 건국한 후, 尙書令·虎賁中郞將·侍中을 역임했으며, 高鄕亭侯에 봉해졌다. 曹氏 부자를 위해 많은 奇策을 냈다. 나중에 太常으로 승진하고 安樂鄕侯에 봉해졌다. 시호는 貞이다.
78) 순(舜)과 우(禹)의 궤범: 순임금이 우임금에게 선양한 일을 말한다. 夏侯惇은 曹操가 먼저 천하를 통일한 후에 漢나라의 제위를 선양받아야 한다고 생각했다.

△ 出典:『三國志』卷1「魏書·武帝紀」裴注.

031-(220년)

[위 문제] 황초黃初 연간(220~226)에 손권孫權[79]이 [문제에게 칭
신稱臣하겠다는] 장표章表를 보내왔다. 그때 벼슬 없이 포의布衣
로 있던 조위曹偉[80]가 강가 언덕에 올라 손권과 서찰을 주고받으
면서 뇌물을 요구함으로써 도성의 인사들과 교유하고자 했다. 그
래서 문제가 그를 주살했다.

黃初中, 孫權通章表. (曹)偉以白衣登江上, 與權交書求賂, 欲以交
結京師, 故誅之.

△ 出典:『三國志』卷27「魏書·王昶傳」裴注.
△ 又見:『文選補遺』卷24「書·戒子姪書」注.

• 『文選補遺』卷24「書·戒子姪書」注
『世語』曰 : 黃初中, 孫權通章表. 偉以白衣登江上, 與權交書求賂, 欲以
交結京師, 故誅之.

---

79) 손권(孫權)(182~252): 삼국시대 吳나라의 초대 황제(229~252 재위). 吳郡 富春
  사람. 자는 仲謀, 시호는 大皇帝, 묘호는 太祖. 孫堅의 둘째아들이다. 후한 獻帝
  建安 5년(200)에 형 孫策이 죽자 그의 뒤를 이었으며, 周瑜 등의 보좌를 받아 江南
  六郡의 경영에 힘썼다. 당시 荊州에는 劉表가 세력을 떨치고, 華北에서는 曹操가
  남하할 기회를 엿보고 있었다. 건안 13년(208)에 유표가 죽고 아들 劉琮이 조조에
  게 항복하자, 조조의 압력은 더욱 강해졌다. 이에 蜀나라 劉備와 결탁하여 남하한
  조조의 대군을 赤壁에서 대파함으로써 강남에서의 지위를 확립했다. 220년에 曹丕
  가 稱帝하고 魏나라를 건립하자, 형주 탈환을 시도하려는 유비에 대항하기 위해
  손권은 위 문제 조비에게 稱臣했으며, 조비는 그를 吳王에 봉했다. 222년 夷陵
  전투에서 陸遜의 전술에 힘입어 유비의 촉군을 대파했다. 손권은 229년에 마침내
  稱帝하여 연호를 黃龍이라 하고 建業(南京)에 도읍을 정했다.
80) 조위(曹偉)(?~?): 漢末魏初의 山陽 사람. 평소 才名이 있었으며 사람들을 미혹시
  키는 재주가 남달랐다. 기타 행적은 미상.

032-(220년)

공계孔桂[81])는 [위 문제] 황초黃初 원년(220)에 전례에 따라 부마도 위駙馬都尉에 전임되었는데, 사적으로 서역西域의 뇌물을 받았다가 일이 발각되어 조서에 의해 체포되어 심문당한 뒤 처형되었다. 어환魚豢[82])이 말했다.

"윗사람은 근거 없이 주어서는 안 되고 아랫사람도 근거 없이 받아서는 안 되니, 그런 연후에 밖으로 벌단伐檀[83])의 욕심이 없고 안으로 시소尸素[84])의 비판이 없게 된다."

孔桂, 黃初元年, 隨例轉拜駙馬都尉, 私受西域貨賂, 事發, 有詔收問殺之. 魚豢曰: "爲上者不虛授, 爲下者不虛受, 然後外無伐檀之欲[1], 內無尸素之刺."

---

81) 공계(孔桂)(?~?): 자는 叔林. 涼州 天水 사람. 삼국시대 위나라 초기의 신하. 후한 建安 연간(196~220) 초에 장군 楊秋의 사자가 되어 曹操를 찾아갔는데, 조조가 표문을 올려 그를 騎都尉로 삼았다. 공계는 남의 비위를 잘 맞추었고 바둑과 축국에 밝았으므로 조조의 총애를 받았다. 曹丕와 그의 동생들도 공계를 친하게 대했다. 그 후 공계는 조조가 오래토록 태자를 책봉하지 않는 것을 보고 조조가 臨菑侯 曹植을 염두에 두고 있다고 생각했다. 그래서 조식에게 친근하게 붙어 조비를 소홀히 했으므로 조비가 원한을 품었다. 조조가 죽고 조비가 왕위에 올랐으나 미처 공계의 죄를 묻지 못했다. 황초 원년(220)에 공계는 전례에 따라 駙馬都尉에 전임되었다. 하지만 사적으로 서역의 뇌물을 받고 인사에 개입했다가 일이 발각되어 처형당했다.

82) 어환(魚豢)(?~?): 京兆 사람. 삼국시대 위나라의 학자. 위나라 때 郎中을 지냈으며, 晉나라가 들어선 후로는 벼슬하지 않았다. 평생 史學을 좋아하여 개인적으로 『魏略』을 찬했는데, 『위략』은 위나라의 역사를 기록한 紀傳體 史書로 西晉 武帝 太康 연간(280~289)에 지어졌다. 「紀」와 「志」 외에 儒宗・純固・苛吏・知足・淸介・勇俠・西戎・東夷 등의 「列傳」으로 구성되어 있다. 원서는 唐나라 때 망실되어 전하지 않는다. 현재 두 종의 輯佚本이 있는데 원서의 20분의 1에도 미치지 못한다.

83) 벌단(伐檀): 『詩經』 「衛風」의 편명. 관리가 하는 일 없이 녹봉만 받아먹는 것을 꾸짖는 시다.

84) 시소(尸素): 尸位素餐의 줄임말. 尸童[제사지낼 때 조상의 신위에 앉혀놓는 어린아이]이 먹는 제사음식이란 뜻으로, 재덕이나 능력도 없이 높은 자리에 앉아 녹봉만 축내는 관리를 가리킨다. 『漢書』 「朱雲傳」에 나온다.

[1] 欲: 『三國志』 卷3 「魏書・明帝紀」 裴注에 인용된 魚豢의 말에는 "歟"이라
되어 있는데, 문맥상 보다 타당하다.

△ 出典: 『佩文韻府』 卷75 「去聲・十六諫韻」 注.
△ 參考: 『三國志』 卷3 「魏書・明帝紀」 裴注.

• 『三國志』 卷3 「魏書・明帝紀」 裴注
『魏略』以朗與孔桂俱在「佞倖篇」. 桂字叔林, 天水人也. 建安初, 數爲將
軍楊秋使詣太祖, 太祖表拜騎都尉. 桂性便辟, 曉博弈・蹹鞠, 故太祖愛
之, 每在左右, 出入隨從. 桂察太祖意, 喜樂之時, 因言次曲有所陳, 事多
見從, 數得賞賜, 人多餽遺, 桂由此侯服玉食. 太祖旣愛桂, 五官將及諸侯
亦皆親之. 其後桂見太祖久不立太子, 而有意於臨菑侯, 因更親附臨菑侯
而簡於五官將, 將甚銜之. 及太祖薨, 文帝卽王位, 未及致其罪. 黃初元
年, 隨例轉拜駙馬都尉. 而桂私受西域貨賂, 許爲人事. 事發, 有詔收問,
遂殺之. 魚豢曰: "爲上者不虛授, 處下者不虛受, 然後外無伐檀之歟, 內
無尸素之刺, 雍熙之美著, 太平之律顯矣. 而佞倖之徒, 但姑息人主, 至乃
無德而榮, 無功而祿, 如是焉得不使中正日脧, 傾邪滋多乎! 以武皇帝之
愼賞, 明皇帝之持法, 而猶有若此等人, 而況下斯者乎!"

033-(220년 전후)

> 조상曹爽[85])과 명제明帝(曹叡)[86)는 어렸을 때 붓과 벼루를 함께 사용했다.

---

85) 조상(曹爽)(?～249): 자는 昭伯. 沛國 譙縣 사람. 삼국시대 위나라의 宗室이자
權臣. 大司馬 曹眞의 아들이다. 明帝 때 散騎侍郞이 되고 여러 벼슬을 거쳐 城門校
尉에 올랐으며, 散騎常侍를 더해 받고 武衛將軍으로 전임되었다. 명제의 遺詔로
齊王 曹芳이 등극하자 司馬懿와 함께 정치를 보좌했다. 大將軍이 되고 侍中에
임명되었으며 武安侯에 봉해졌다. 何晏과 鄧颺을 심복으로 삼아 조정을 장악했다.
正始 5년(244)에 夏侯玄과 함께 대군으로 촉나라를 공격했지만, 촉군의 강력한
저항에 부딪혀 많은 군사를 잃고 철군했다. 嘉平 원년(249)에 조방과 함께 高平陵
에서 제사를 지내고 돌아오는 도중 사마의가 정변을 일으켜 멸족당했다. 이후부터
司馬氏가 정권을 장악하게 되었다.
86) 명제(明帝): 曹叡(206～239). 삼국시대 위나라의 제2대 황제(227～239 재위). 자
는 元仲. 文帝 曹丕의 아들이다. 문제의 유언에 따라 즉위한 뒤, 曹眞・曹休・司馬
懿・陳群 등의 보좌를 받았다. 여러 차례 촉나라의 諸葛亮과 전투를 벌였다. 즉위

曹爽與明帝, 少同筆硯[1].

[1] 筆硯:『北堂書鈔』注에는 "硯書"라 되어 있고,『天中記』에는 "硯席"이라
되어 있다.

△ 出典:『太平御覽』 卷605 「文部‧硯」.
△ 又見:『北堂書鈔』 卷104 「藝文部‧硯」 注.
　　　　『事類賦』 卷15 「什物部‧硯」 注.
　　　　『天中記』 卷38 「硯‧同硯」.
　　　　『三國志補注』 卷2.

• 『北堂書鈔』 卷104 「藝文部‧硯」 注
　『世語』云 : 曹爽與明帝, 少同硯書.

• 『事類賦』 卷15 「什物部‧硯」 注
　『晉書』曰 : 劉弘嘗居洛陽, 與武帝同閈共硯席書. 又『世語』云 : 曹爽與
　魏明亦同也.

• 『天中記』 卷38 「硯‧同硯」
　曹爽與魏明帝, 少同硯席. (『世語』)

• 『三國志補注』 卷2
　『世語』曰 : 爽與明帝, 少同筆硯.

034-(220년~226년)

위魏 문제文帝(曹丕) 때 주양성周陽成87)이란 자가 있었는데, 괴이한

초에 오나라와 촉나라가 연합하여 공격해오자, 사마의 등 무장을 파견하고 자신도
전투에 참여하여 合肥에서 오나라를 격퇴했다. 또 사마의를 遼東으로 보내 公孫淵
을 살해했다. 죽은 후 양자로 삼은 齊王 曹芳을 보좌한 자들의 내분으로 司馬氏가
실권을 장악하게 되었다.
87) 주양성(周陽成): 미상.

일을 점치는 데 능했다.

魏文帝時有周陽成, 能占異.[1]

---

[1] 본 고사는 『古今姓氏書辯證』에는 "魏文帝時有周陽咸周陽占異"라 되어
있고, 또한 "『世語』有'周陽成能占災異', 此脫悞."라는 案語가 달려 있다.

△ 出典: 『通志』 卷26 「氏族略第二·漢郡國」.
△ 又見: 『古今姓氏書辯證』 卷19 「十八尤·周陽」.

• 『古今姓氏書辯證』 卷19 「十八尤·周陽」
   郭頌『世語』云 : 魏文帝時有周陽咸周陽占異. (案『世語』有"周陽成能占
   災異", 此脫悞.)

035-(220년~226년)

외희陶禧88)는 자가 자아子牙고 경조京兆 사람이다. [위 문제] 황초黃
初 연간(220∼226)에 낭중郎中에 임명되었다. 80여 세가 되자 연
로하여 집에 머물러 있었는데, 그를 찾아와 배우는 자들이 매우
많았다. 어환魚豢이 일찍이 그에게 『좌전左傳』에 대해 물었더니,
외희가 대답했다.
"심오한 이치를 알고 싶다면 『역易』만한 것이 없고, 인륜의 기강
이라면 『예禮』만한 것이 없으며, 산천과 초목의 명칭을 많이 알
고자 한다면 『시詩』만한 것이 없다. 『좌씨左氏(左傳)』는 그저 상작
서相斫書89)일 뿐이니 깊이 생각하기에 부족하다."

---

88) 외희(陶禧)(?∼?): 삼국시대 위나라의 학자. 어려서부터 학문을 좋아했지만 집이
   가난하여 땔감을 팔아 생활했는데, 매일 경서를 짊어지고 땔감을 하러 가서 틈날
   때마다 열심히 공부하여 마침내 학식이 풍부한 선비가 되었다. 일찍이 曹操가 荊州
   를 평정했을 때 그를 軍謀掾으로 삼았으며, 曹丕가 즉위한 후 郎中에 임명되었다.
   그는 경학에 밝고 천문에도 정통하여 당시 학자들의 존경을 받았다. 『諸經解』를
   지었는데 망실되었다.

이어서 어환이 그에게 『시』에 대해 물었더니, 외희는 제시齊詩 ·
한시韓詩 · 노시魯詩 · 모시毛詩90) 사가四家의 뜻을 설명하면서 더 이
상 문장에 집착하지 않고 마치 음송吟誦하는 듯했다. 외희는 또한
『제경해諸經解』 수십만 언을 지었는데, 미처 정리하여 옮겨 적기
전에 귀가 먹었으며, 몇 년 뒤에 병들어 죽었다.

隗禧字子牙, 京兆人. 黃初中, 拜郞中. 年八十餘, 以老處家, 就之學
者甚多. 魚豢嘗從問『左傳』, 禧答曰: "欲知幽微莫若『易』, 人倫之紀
莫若『禮』, 多識山川草木之名莫若『詩』. 『左氏』直相斫書, 不足精意
也." 豢因從問『詩』, 禧說齊 · 韓 · 魯 · 毛四家義, 不復執文, 有如諷
誦. 又撰作『諸經解』數十萬言, 未及繕寫而得聾, 後數歲病亡也.

△ 出典: 『經義考』 卷240 「羣經 · 隗氏(禧)諸經解」.
△ 參考: 『三國志』 卷13 「魏書 · 王肅傳」 裴注.

• 『三國志』 卷13 「魏書 · 王肅傳」 裴注
隗禧字子牙, 京兆人也. 世單家. 少好學. 初平中, 三輔亂, 禧南客荊州,
不以荒擾, 擔負經書, 每以採稆餘日, 則誦習之. 太祖定荊州, 召署軍謀
掾. 黃初中, 爲譙王郞中. 王宿聞其儒者, 常虛心從學. 禧亦敬恭以授王,
由是大得賜遺. 以病還, 拜郞中. 年八十餘, 以老處家, 就之學者甚多. 禧
旣明經, 又善星官, 常仰瞻天文, 歎息謂魚豢曰: "天下兵戈尙猶未息, 如
之何?" 豢又常從問『左氏傳』, 禧答曰: "欲知幽微莫若『易』, 人倫之紀莫
若『禮』, 多識山川草木之名莫若『詩』, 『左氏』直相斫書耳, 不足精意也."
豢因從問『詩』, 禧說齊 · 韓 · 魯 · 毛四家義, 不復執文, 有如諷誦. 又撰作
『諸經解』數十萬言, 未及繕寫而得聾, 後數歲病亡也.

---

89) 상작서(相斫書): 서로 베어 죽이는 일, 즉 전쟁을 기록한 책이란 뜻. 『좌전』의 내용
이 대부분 정벌과 침략에 관한 일을 기록하고 있다고 해서 주로 『좌전』의 별칭으로
쓰인다.

90) 제시(齊詩) · 한시(韓詩) · 노시(魯詩) · 모시(毛詩): 漢나라 때 詩經學은 사가로 나
뉘어져 있었는데, 제나라의 轅固生이 전한 제시, 한나라의 韓嬰이 전한 한시, 노나
라의 申培가 전한 노시, 노나라의 毛亨 · 毛萇이 전한 모시를 四家詩라 했다. 이
중에서 제시 · 한시 · 노시는 今文詩經이라 하는데 이미 망실되어 전해지지 않으며,
모시는 古文詩經이라 하는데 오늘날 전해지는 『시경』이 바로 모시다.

036-(220년~226년)

어환魚豢이 말했다.

"세상 사람들이 학문을 귀하게 여기지 않는 까닭은 틀림없이 '『시詩』 300편을 외우면서도 사방 나라에서 [사신으로서] 독자적으로 응대하지 못하는 경우'91)를 보았기 때문일 것이다. 나는 이런 사람은 하등下等일 뿐이라고 생각한다."

魚豢曰: "世人所以不貴學, 必見夫有'誦『詩』三百而不能專對于四方'故也. 余以爲是則下科耳."

△ 出典: 『佩文韻府』 卷20之4 「下平聲·五歌韻四」 注.
△ 參考: 『三國志』 卷13 「魏書·王肅傳」 裴注.

• 『三國志』 卷13 「魏書·王肅傳」 裴注
魚豢曰: "學之資於人也, 其猶藍之染於素乎! 故雖仲尼, 猶曰'吾非生而知之者', 況凡品哉! 且世人所以不貴學者, 必見夫有誦『詩』三百而不能專對於四方'故也. 余以爲是則下科耳, 不當顧中庸以上, 材質適等, 而加之以文乎! 今此數賢者, 略余之所識也. 檢其事能, 誠不多也. 但以守學不輟, 乃上爲帝王所嘉, 下爲國家名儒, 非由學乎? 由是觀之, 學其胡可以已哉!"

037-(226년 이후)

[위 문제] 황초黃初 연간(220~226) 후에 태학太學의 재 먼지를 청소하고 옛 석비石碑(石經)의 파손 부분을 보수했다.

黃初之後, 埽除太學之灰炭, 補舊石碑之缺壞.

---

91) 『시(詩)』300편을 ~ 응대하지 못하는 경우: 원문은 "誦『詩』三百而不能專對于四方'. 『論語』「子路」의 "誦『詩』三百, 授之以政, 不達, 使於四方, 不能專對, 雖多, 亦奚以爲?" 구절에서 截取한 것이다.

△ 出典: 『經義考』 卷288 「刊石·魏三字石經」.
△ 參考: 『三國志』 卷13 「魏書·王肅傳」 裴注에 인용된 『魏略』 「儒宗傳序」.

- 『三國志』 卷13 「魏書·王肅傳」 裴注에 인용된 『魏略』 「儒宗傳序」
『魏略』以遇及賈洪·邯鄲淳·薛夏·隗禧·蘇林·樂詳等七人爲儒宗, 其「序」曰: "從初平之元, 至建安之末, 天下分崩, 人懷苟且, 綱紀旣衰, 儒道尤甚. 至黃初元年之後, 新主乃復, 始掃除太學之灰炭, 補舊石碑之缺壞, 備博士之員錄, 依漢甲乙以考課. 申告州郡, 有欲學者, 皆遣詣太學. 太學始開, 有弟子數百人. 至太和·靑龍中, 中外多事, 人懷避就. 雖性非解學, 多求詣太學. 太學諸生有千數, 而諸博士率皆麤疎, 無以教弟子. 弟子本亦避役, 竟無能習學, 冬來春去, 歲歲如是. 又雖有精者, 而臺閣舉格太高, 加不念統其大義, 而問字指墨法點注之間, 百人同試, 度者未十. 是以志學之士遂復陵遲, 而末求浮虛者各競逐也. 正始中, 有詔議圜丘, 普延學士. 時郎官及司徒領吏二萬餘人, 雖復分布, 見在京師者尙且萬人, 而應書與議者略無幾人. 又是時朝堂公卿以下四百餘人, 其能操筆者未有十人, 多皆相從飽食而退. 嗟夫! 學業沈隕, 乃至於此. 是以私心常區區貴乎數公者, 各處荒亂之際, 而能守志彌敦者也."

038-(227년~236년)

[위 명제] 태화太和 연간(227~232)과 청룡靑龍 연간(233~236)에 여러 박사博士들은 대부분 모두 학문이 깊지 못해 제자들을 가르치지 못했다. 또 비록 학문이 깊은 자가 있다 하더라도 대각臺閣의 천거 기준이 너무 높았고 게다가 그 대의大義를 통괄할 생각도 하지 않았다. 그래서 학문에 뜻을 둔 선비들이 결국 다시 쇠미해졌다.

太和·靑龍中, 諸博士率皆麤疎, 無以教子弟. 又雖有精者, 而臺閣舉格太高, 加不念統其大義. 是以志學之士, 遂復凌遲.

△ 出典: 『佩文韻府』 卷19之2 「下平聲·四豪韻二」 注.
△ 參考: 『三國志』 卷13 「魏書·王肅傳」 裴注에 인용된 『魏略』 「儒宗傳序」.

- 『三國志』卷13「魏書·王肅傳」裴注에 인용된 『魏略』「儒宗傳序」
  『魏略』以遇及賈洪·邯鄲淳·薛夏·隗禧·蘇林·樂詳等七人爲儒宗, 其「
  序」曰: “從初平之元, 至建安之末, 天下分崩, 人懷苟且, 綱紀旣衰, 儒道
  尤甚. 至黃初元年之後, 新主乃復, 始掃除太學之灰炭, 補舊石碑之缺壞,
  備博士之員錄, 依漢甲乙以考課. 申告州郡, 有欲學者, 皆遣詣太學. 太
  學始開, 有弟子數百人. 至太和·靑龍中, 中外多事, 人懷避就. 雖性非解
  學, 多求詣太學. 太學諸生有千數, 而諸博士率皆粗疏, 無以敎弟子. 弟
  子本亦避役, 竟無能習學, 冬來春去, 歲歲如是. 又雖有精者, 而臺閣擧格
  太高, 加不念統其大義, 而問字指墨法點注之間, 百人同試, 度者未十. 是
  以志學之士遂復陵遲, 而末求浮虛者各競逐也. 正始中, 有詔議圜丘, 普
  延學士. 時郎官及司徒領吏二萬餘人, 雖復分布, 見在京師者尙且萬人,
  而應書與議者略無幾人. 又是時朝堂公卿以下四百餘人, 其能操筆者未
  有十人, 多皆相從飽食而退. 嗟夫! 學業沈隕, 乃至於此. 是以私心常區
  區貴乎數公者, 各處荒亂之際, 而能守志彌敦者也.”

039-(227년~239년)

> 양위楊偉[92]는 자가 세영世英이고 풍익馮翊 사람이다. 명제明帝(曹叡)
> 가 궁실을 축조하자, 양위가 간하여 말했다.
> "지금 궁실을 지으면서 백성들의 묘지 주변의 소나무와 측백나무
> 를 베어내고 묘비와 석수石獸와 석주石柱를 무너뜨려, 그 허물이
> 죽은 사람에게까지 미치고 효자의 마음을 상하게 하니, 후세의
> 따를 만한 법칙으로 삼을 수 없습니다."
>
> [楊]偉字世英, 馮翊人. 明帝治宮室, 偉諫曰: “今作宮室, 斬伐生民

---

92) 양위(楊偉)(?~?): 자는 세영. 삼국시대 위나라의 관리 및 천문학자. 일찍이 曹爽의
  參軍을 지냈다. 齊王 曹芳 正始 5년(244)에 조상이 병사 7만을 모아 長安에 집결한
  뒤 夏侯玄과 함께 漢中으로 진격했는데, 뜻밖에 蜀軍의 저항이 심하여 더 이상
  진격하지 못하고 있을 때, 참군 양위가 속히 철군하는 것이 좋겠다고 건의했다.
  鄧颺과 李勝이 반대했지만, 司馬懿가 하후현에게 편지를 보내 철군을 권함으로써
  결국 조상은 철군을 결정했다. 양위는 특히 曆法에 정통하여 景初 원년(237)에
  『景初曆』을 완성했다.

墓上松柏, 毁壞碑獸石柱, 辜及亡人, 傷孝子心, 不可以爲後世之法
則."

△ 出典:『三國志』卷9「魏書·曹爽傳」裴注.
△ 又見:『騈字類編』卷41「山水門六·石」注.

• 『騈字類編』卷41「山水門六·石」注
『世語』曰 : 偉字世英, 馮翊人. 明帝治宮室, 偉諫曰: "今作宮室, 斬伐生民
墓上松柏, 毁壞碑獸石柱, 辜及亡人, 傷孝子心, 不可以爲後世之法則."

040-(227년 전후)

명제明帝(曹叡)는 조정의 인사들과 평소 접견하지 않았는데, 즉위
한 후에 뭇 신하들이 그의 풍모에 대해 듣고 싶어 했다. 며칠 지
난 후에 시중侍中 유엽劉曄[93]을 독대하고 온종일 얘기를 나누었는
데, 사람들이 귀 기울여 듣고 있다가 유엽이 나온 뒤에 물었다.
"어떠합니까?"
유엽이 말했다.
"진시황秦始皇과 한무제漢武帝에 견줄 만하지만, 재능이 약간 미치
지 못할 뿐입니다."

(明)帝與朝士素不接[1], 卽位之後, 羣下想聞風采. 居數日, 獨見侍
中劉曄, 語盡日, 衆人側聽, 曄旣出, 問[2]: "何如?" 曄曰: "秦始皇
·漢孝武之儔, 才具微不及耳."

---

93) 유엽(劉曄)(?~234): 자는 子揚. 삼국시대 위나라 淮南 成德 사람. 후한 光武帝의
아들인 阜陵王 劉延의 후손. 太祖(曹操)·文帝(曹丕)·明帝(曹叡)를 차례로 섬겼
다. 어려서부터 담력과 식견이 남달랐고 정세 분석이 뛰어났는데, 汝南의 명사
許劭가 전란을 피해 揚州에 왔을 때 그를 평가하여 '佐世之才'를 지녔다고 했다.
문제 때 侍中이 되고 關內侯에 봉해졌으며, 명제 때 東亭侯에 봉해지고 大鴻臚와
太中大夫를 지냈다. 시호는 景侯다.

[1] 與朝士素不接:『佩文韻府』注에는 이 6자가 없다.
[2] 衆人側聽, 曄既出, 問:『佩文韻府』注에는 "既出, 衆問"이라 되어 있다.

△ 出典:『三國志』卷3「魏書・明帝紀」裴注.
△ 又見:『佩文韻府』卷66之5「去聲・七遇韻五」注.

• 『佩文韻府』卷66之5「去聲・七遇韻五」注
『世語』曰 : 帝卽位後, 羣下想聞風采. 居數日, 獨見侍中劉曄, 語盡日. 既出, 衆問: "何如?" 曄曰: "秦始皇・漢孝武之儔, 才具微不及耳."

041-(230년 전후)

유엽劉曄이 선배로서 [명제의] 총애를 받는데, 진교陳矯가 권력을 전횡한다고 참소했다. 진교가 두려워하여 장남 진본陳本94)에게 [어떻게 대처하는 것이 좋을지] 물었지만 진본은 방법을 알지 못했다. 대신 차남 진건陳騫95)이 말했다.

"주상은 성명聖明하시고 아버님은 고명대신顧命大臣이시니, 지금 설

---

94) 진본(陳本)(?~?): 자는 休元. 삼국시대 위나라 臨淮 東陽 사람. 위나라의 장수이자 大臣. 司徒 陳矯의 아들이자 大司馬 陳騫의 형이다. 벼슬은 鎭北將軍에 이르렀으며 부친의 작위를 계승하여 東鄕侯에 봉해졌다. 그는 일찍이 郡守와 廷尉를 역임했는데, 임지에서 대강의 원칙과 규칙만으로도 부하들을 잘 통솔했으며, 사소한 일에는 관여치 않고 법률도 읽지 않았지만 훌륭한 정위라는 칭송을 받았다.

95) 진건(陳騫)(201~281 또는 211~291): 자는 休淵. 晉나라의 개국공신으로, 위나라 司徒 陳矯의 둘째아들이다. 위나라 明帝 때 尙書郞으로 벼슬을 시작하여 中山太守・安平太守를 지냈는데, 임지에서 훌륭한 치적으로 이름이 알려졌다. 그 후로 相國司馬・長史・御史中丞을 거쳐 尙書가 되었으며 安國亭侯에 봉해졌다. 또한 상서의 신분으로 征蜀將軍을 대리하여 蜀軍을 격파했다. 高貴鄕公 甘露 2년(257)에 다시 상서의 신분으로 安東將軍을 대리하여 諸葛誕의 반란을 평정했으며, 그 공으로 이듬해 持節・都督淮北諸軍事・安東將軍에 임명되고 廣陵侯에 봉해졌다. 감로 4년(259)에는 都督豫州諸軍事・豫州刺史를 지낸 뒤, 都督江南諸軍事・荊州諸軍事・征南大將軍에 임명되고 郟侯에 봉해졌다. 265년에 司馬炎이 西晉을 건국하자, 개국공신으로서 車騎將軍에 임명되고 高平郡公에 봉해졌으며, 그 후로 侍中・大將軍・都督揚州諸軍事를 지내고 太尉・大司馬에까지 올랐다.

령 뜻이 맞지 않는다 하더라도 아버님이 삼공三公이 되지 못하시
는 것에 불과할 것입니다."

며칠 뒤에 명제明帝(曹叡)가 진교를 만나려 하자, 진교가 또 두 아
들에게 물었더니 진건이 말했다.

"폐하께서 마음이 풀리셨기 때문에 아버님을 만나시려는 것입니
다."

진교가 입조하여 온종일을 보내고 나서 명제가 말했다.

"유엽이 그대를 모함했지만 짐은 그대를 믿기에 마음속으로 이미
알고 있었소."

그리고는 황금 다섯 덩이를 주었는데, 진교가 사양하자 명제가
말했다.

"혹시 작은 은혜라고 생각하시오? 그대는 이미 짐의 마음을 알고
있지만, 단지 그대의 처자가 아직 모르고 있기 때문이오."

명제가 사직社稷을 걱정하여 진교에 물었다.

"사마공司馬公(司馬懿)은 충성스럽고 정직하니, 사직을 맡길 만한 신
하라 할 수 있겠지요?"

진교가 말했다.

"조정의 명망은 얻을 수 있겠지만, 사직을 맡길 수 있을지는 아
직 모르겠습니다."

劉曄以先進見幸, 因譖(陳)矯專權. 矯懼, 以問長子本, 本不知所出.
次子騫曰:"主上明聖, 大人大臣, 今若不合, 不過不作公耳." 後數
日, 帝見矯, 矯又問二子, 騫曰:"陛下意解, 故見大人也." 旣入, 盡
日, 帝曰:"劉曄構君, 朕有以迹君, 朕心故已了." 以金五餠授之, 矯
辭, 帝曰:"豈以爲小惠? 君已知朕心, 顧君妻子未知故也." 帝憂社
稷, 問矯:"司馬公忠正, 可謂社稷之臣乎?" 矯曰:"朝廷之望, 社稷,
未知也."

△ 出典:『三國志』 卷22 「魏書·陳矯傳」 裴注.

042-(230년 전후)

> 진본陳本은 자가 휴원休元이며, 임회臨淮 동양東陽 사람이다.
>
> (陳)本字休元, 臨淮東陽人.

△ 出典:『世說新語』「方正」7 劉注.

043-(230년)

> 이때에 당시 준걸로서 산기상시散騎常侍 하후현夏侯玄[96], 상서尚書
> 제갈탄諸葛誕[97], 등양鄧颺[98]의 무리가 함께 서로 품제品題하여 치켜
> 세웠는데, 하후현 등 4명을 사총四聰이라 하고, 제갈탄의 무리 8

---

96) 하후현(夏侯玄)(209~254): 자는 太初 또는 泰初. 삼국시대 위나라 沛國 譙縣 사
람. 夏侯尚의 아들이자 曹爽 고모의 아들이다. 젊어서부터 명성을 얻어 약관의
나이에 散騎黃門侍郎이 되었다. 齊王 曹芳이 즉위한 뒤 散騎常侍와 中護軍을 지
냈다. 正始 10년(249)에 조상이 司馬懿에게 살해당한 뒤 大鴻臚와 太常으로 전임
되었다. 嘉平 6년(254)에 中書令 李豐이 光祿大夫 張緝과 함께 司馬師를 제거하고
그에게 정치를 보좌하게 하려 했는데, 일이 누설되어 살해당했다. 그는 박학다식하
고 재능이 출중했으며, 특히 玄學에 정통하여 何晏·王弼 등과 함께 위진현학의
길을 열었다.
97) 제갈탄(諸葛誕)(?~258): 자는 公休. 삼국시대 위나라 琅邪 陽都 사람. 諸葛亮의
사촌동생이다. 처음에 尚書郎으로 벼슬을 시작하여 滎陽令이 되었다. 明帝 때 거
듭 승진하여 御史中丞尚書가 되었지만 너무 浮華하다고 하여 면직되었다. 나중에
東征大將軍으로 재기하여 揚州都督으로서 王淩과 毌丘儉 토벌에 참여했다. 司馬
氏가 정권을 장악하고 하후현 등이 피살당하는 것을 보고 마음이 동요되었다. 高貴
鄕公 甘露 2년(257) 司空에 임명되었지만 나가지 않고, 壽春을 근거로 위나라에
반란을 일으켜 오나라에 신하의 예를 갖추었다. 하지만 이듬해 司馬昭에게 패한
뒤 살해당했다.
98) 등양(鄧颺)(?~249): 자는 玄茂. 삼국시대 위나라 南陽 新野사람. 젊어서부터 洛陽에
서 명성이 높았다. 明帝 때 尚書郎을 거쳐 中書郎을 지내다가 浮華하다는 이유로
면직되었다. 齊王 曹芳이 즉위하고 曹爽이 권력을 보좌했을 때 심복이 되어 潁川太
守와 大將軍長史를 거쳐 侍中尚書가 되었다. 正始 10년(249) 司馬懿가 정변을 일으
켜 권력을 탈취한 뒤 조상·何晏 등과 함께 모반죄로 몰려 삼족이 멸족되었다.

명을 팔달八達이라 했으며, 중서감中書監 유방劉放99)의 아들 유희劉
熙, 손자孫資100)의 아들 손밀孫密, 이부상서吏部尙書 위진衛臻101)의
아들 위열衛烈 3명은 모두 그들에게 견줄 만하지는 못하지만 부
친의 덕택으로 권세와 지위를 얻었기에 이들을 묶어서 삼예三豫
라 했으니, 모두 15명이었다. 명제明帝(曹叡)는 이들이 부화浮華한
기풍을 조장한다고 혐의를 잡아 모두 면직시키고 벼슬길에 나가
지 못하게 만들었다.

是時, 當世俊士散騎常侍夏侯玄[1]·尙書諸葛誕·鄧颺之徒, 共相題
表, 以玄·疇[2]四人爲四聰, 誕·備[3]八人爲八達, 中書監劉放子熙
·孫資子密·吏部尙書衛臻子烈三人, 咸不及比, 以父居勢位, 容之
爲三豫, 凡十五人. 帝以構長浮華, 皆免官廢錮.

---

99) 유방(劉放)(?~250): 자는 子棄. 涿郡 사람. 삼국시대 위나라의 權臣. 후한 말에
   탁군의 綱紀로 있다가 나중에 漁陽의 王松에게 의지하여 왕송에게 曹操에게 귀순
   하라고 권유했는데, 조조에게 보낸 서찰의 문장이 미려했기에 조조가 그를 인정하
   고 司空參事로 삼았다. 武帝 때 孫資와 함께 祕書郞에 임명되었다. 文帝가 즉위
   한 후 中書監에 임명되어 中書令 孫資와 함께 국가의 기밀을 관장했다. 明帝가
   즉위한 후에는 더욱 총애와 신임을 받아 계속 승진했다. 유방은 서신문과 격문에
   뛰어났으며, 무제·문제·명제의 詔命文書의 대부분이 그에 의해 지어졌다.
100) 손자(孫資)(?~251): 字는 彦龍. 太原 中都 사람. 삼국시대 위나라의 重臣. 세
   살 때 부모를 여의고 형수에게 양육되었다. 장성한 뒤 太學에 들어갔는데, 같은
   군의 王允의 인정을 받아 縣令에 천거되었다. 친구 賈逵의 천거로 曹操의 휘하에
   들어가 功曹와 計吏로 지내면서 丞相軍事에 참여했다. 위나라가 건국된 후 祕書
   郞·中書令·給事中을 지내고 關中侯에 봉해졌으며, 劉放과 함께 국가의 기밀을
   관장했다. 明帝 때 中都侯에 봉해지고 左光祿大夫·儀同三司를 더해 받았다. 齊
   王 曹芳 때 衛將軍·中書令·驃騎將軍·侍中을 지냈다. 시호는 貞侯다.
101) 위진(衛臻)(?~?): 자는 公振. 陳留 襄邑 사람. 삼국시대 위나라의 重臣. 부친
   衛茲가 曹操를 따라 참전하여 전사하자 조조의 중시를 받았다. 처음에 黃門侍郞
   으로 있다가 丞相府의 戶曹掾으로 전임되고 關內侯에 봉해졌다. 文帝 때 安國亭
   侯에 봉해지고 尙書·侍中·吏部尙書를 지냈다. 明帝 때 尙書右僕射에 임명되고
   康鄕侯에 봉해졌다. 征南將軍으로서 諸葛亮의 군대를 격퇴했다. 그 후로 光祿大
   夫·司空·司徒를 지내고 長垣侯에 봉해졌다. 죽은 후 太尉에 추봉되었으며, 시호
   는 敬侯다.

[1] 玄: 『骈字類編』注에는 "元"이라 되어 있는데, 避諱하기 위해 고친 것이다. 이하도 마찬가지다.

[2] 玄·疇: 『資治通鑑』 「魏明帝太和四年」의 기사에는 "玄等"이라 되어 있는데, 타당하므로 이것에 따르기로 한다. 한편 "疇"를 田疇(169~214)로 보기도 하는데, 전주는 후한 말 사람으로 위 명제 때 인물이 아니므로 타당하지 않다.

[3] 誕·備: 『資治通鑑』 「魏明帝太和四年」의 기사에는 "誕輩"라 되어 있는데, 타당하므로 이것에 따르기로 한다. "備"는 인명으로 추정되지만 누군지 알 수 없다. 위 명제 때 인물로 이름이 備인 사람은 없다.

△ 出典: 『三國志』 卷28 「魏書·諸葛誕傳」 裴注.
△ 又見: 『巵林』 卷9 「八王八達」.
　　　　 『骈字類編』 卷94 「數目門十七·四」 注.

• 『巵林』 卷9 「八王八達」
『世語』曰: 夏侯玄·諸葛誕·鄧颺之徒, 共相題表, 以玄·疇四人爲四聰, 誕·備八人爲八達.

• 『骈字類編』 卷94 「數目門十七·四」 注
『世語』曰: 是時, 當世俊士夏侯元·諸葛誕·鄧颺之徒, 共相題目, 以元·疇四人爲四聰, 誕·備八人爲八達.

044-(230년 전후)

병주자사幷州刺史 필궤畢軌[102]가 한漢나라의 옛 도료장군度遼將軍 범

---

102) 필궤(畢軌)(?~249): 자는 昭先. 삼국시대 위나라 兗州 東平 사람. 文帝 黃初 연간(220~226)에 曹叡가 태자로 책봉되자 태자의 文學에 임명되었으며, 조예가 즉위한 후 黃門郎에 임명되고 그의 아들이 公主의 남편이 되어 가문이 부유해졌다. 그 후 幷州刺史가 되자 지위를 믿고 교만하고 방종했다. 齊王 正始 연간(240 ~248)에 조정을 장악한 大將軍 曹爽이 그를 中護軍에 임명하고 뒤이어 侍中·尚書·司隷校尉로 전임시켜 자기의 심복으로 삼았다. 그가 조상에게 올린 의견은 대부분 받아들여졌다. 정시 10년(249)에 司馬懿가 정변을 일으켜 조상에게 역모죄를 씌워 주살했을 때, 何晏·鄧颺 등과 함께 조상의 도당으로 지목되어

명우范明友103)의 선비족鮮卑族 노비를 보내왔는데, 그는 나이가 350세였고 말하는 것과 먹고 마시는 것이 보통 사람과 같았다. 그 노비가 말했다.

"곽현霍顯104)은 곽광霍光105)의 후처이고, 범명우의 처는 곽광의 전처의 딸이다."

幷州刺史畢軌送漢故[1]度[2]遼將軍范明友鮮卑奴, 年三[3]百五十歲, 言語飮食如常人. 奴云: "霍顯, 光後小妻. 明友妻, 光前妻女."

[1] 漢故: 『天中記』卷19에는 "故漢"이라 되어 있다.
[2] 度: 『天中記』卷19에는 "渡"라 되어 있다.
[3] 三: 『天中記』卷19에는 "二"라 되어 있다.

△ 出典: 『三國志』 卷3 「魏書・明帝紀」 裴注.
△ 又見: 『天中記』 卷19 「僕婢・長命」, 卷39 「重生・張明友奴」.
　　　　『子史精華』 卷101 「人事部五・眉壽」 注.

• 『天中記』 卷19 「僕婢・長命」

주살되고 삼족이 몰살되었다.

103) 범명우(范明友)(?~?): 전한의 장수로 霍光의 사위다. 漢 武帝 말기에 重用되어 昭帝와 宣帝 시기에 북방을 수비한 중요 장군 가운데 하나다. 처음에 羌騎校尉의 신분으로 강족 토벌에서 공을 세워, 나중에 中郞將으로 승진하고 度遼將軍에 임명되었다. 여러 차례 匈奴와 烏桓을 토벌하는 데 참여하여 공을 세움으로써 平陵侯에 봉해졌다. 宣帝가 즉위한 후 關內侯에 봉해졌다.

104) 곽현(霍顯)(?~기원전 65): 漢 宣帝 때의 외척으로 霍光의 후처다. 막내딸 霍成君을 황후로 만들 욕심에 은밀히 女醫를 시켜 이미 임신하고 있던 선제의 許皇后를 독살하여, 결국 딸을 황후로 만들었다. 곽광이 죽은 후에는 監奴 馮子都와 음란한 짓을 일삼았다. 허황후를 독살한 일이 드러나자 선제를 폐하려고 밀모를 꾸몄지만 실패하여, 기원전 65년에 일문이 멸족 당하고 그녀는 棄市刑에 처해졌다.

105) 곽광(霍光)(?~기원전 68): 자는 子孟. 전한 河東 平陽 사람. 霍去病의 이복동생이다. 武帝 때 奉車都尉를 지냈으며, 昭帝 때는 桑弘羊 등과 함께 무제의 遺詔를 받들어 大司馬大將軍으로서 정사를 보좌하여 博陵侯에 봉해졌다. 소제의 사후에는 宣帝를 황제로 옹립했다. 三朝에 걸쳐 20년 동안 국정을 좌지우지했으나, 나중에 선제가 親政을 하면서 그의 兵權을 회수하고 친족을 주살했다.

幷州刺史畢軌送故漢渡遼將軍范明友鮮卑奴，年二百五十歲，言語飮食
如常人．（『世語』）

- 『天中記』卷39「重生・張明友奴」
  幷州刺史畢軌送漢故度遼將軍范明友鮮卑奴，年三百五十歲，言語飮食
  如常人．奴云："霍顯，光後小妻．明友妻，光前妻女．"（『世語』）

- 『子史精華』卷101「人事部五・眉壽」注
  『世語』曰：幷州刺史畢軌送漢故度遼將軍范明友鮮卑奴，年三百五十歲，
  言語飮食如常人．

045-(231년)

왕릉王淩은 만총滿寵[106]이 연로하고 술을 너무 좋아하므로 한 지방
을 다스릴 중임을 맡을 수 없다고 표문을 올렸다. 그래서 명제明帝
(曹叡)가 만총을 소환하려 했더니, 급사중給事中 곽모郭謀가 말했다.
"만총은 여남태수汝南太守와 예주자사豫州刺史로 20여 년간 있으면서
주군州郡에 공훈을 세웠으며, 회남淮南을 진수할 때는 오나라 사람
들이 그를 두려워했습니다. 만약 표문의 내용과 같지 않다면 장차
오나라에게 넘볼 기회를 주게 될 것입니다. 일단 그를 조정으로 돌
아오게 하여 주군을 일을 물어보면서 살펴보는 것이 좋겠습니다."
명제는 그의 말을 따르기로 했다. 만총은 조정에 도착한 뒤 명제
를 알현했는데, 술을 열 말까지 마셨는데도 전혀 흐트러짐이 없

---

106) 만총(滿寵)(?~242): 자는 伯寧. 山陽 昌邑 사람. 삼국시대 위나라의 名將. 18살
때 郡督郵가 되었다. 曹操가 兗州에 왔을 때 從事가 되었다가 汝南太守로 전임되었
다. 후한 獻帝 建安 13년(208)에 赤壁大戰과 荊州 정벌에 참여했다. 關羽가 襄陽을
포위하자 曹仁을 도와 樊城에 주둔하면서 관우를 물리친 뒤 安昌亭侯에 봉해졌다.
魏 文帝가 즉위한 뒤, 江陵에서 오나라 군대를 격파하고 伏波將軍이 되었다. 黃初
5년(224)에 前將軍이 되었다. 明帝가 즉위한 뒤 昌邑侯에 봉해졌다. 太和 2년(228)
에 豫州刺史가 되었다. 여러 차례 오나라 孫權의 군사를 격퇴했다. 曹休가 죽은
뒤 전장군으로서 都督揚州諸軍事를 대리했다. 태화 4년(230)에 征東將軍이 되었
다. 경초 2년(238)에 太尉에 올랐다. 시호는 景이다.

었다. 명제는 그를 위로하고 임지로 돌려보냈다.

王淩表滿寵年過耽酒, 不可居方任. 帝將召寵, 給事中郭謀曰:“寵爲
汝南太守·豫州刺史二十餘年, 有勳方岳, 及鎭淮南, 吳人憚之. 若
不如所表, 將爲所闞. 可令還朝, 問以方事以察之.”帝從之. 寵旣至,
進見, 飮酒至一石不亂. 帝慰勞, 遣還.

△ 出典:『三國志』卷26「魏書·滿寵傳」裴注.
△ 又見:『淵鑑類函』卷392「食物部五·酒二」.

• 『淵鑑類函』卷392「食物部五·酒二」
『世語』曰 : 王淩表滿寵年過耽酒, 不可居方任. 帝將召寵, 給事中郭謀
曰:“寵爲汝南太守·豫州刺史二十餘年, 有勳方岳, 及鎭淮南, 吳人憚之.
若不如所表, 將爲所闞. 可令還朝, 問以方事以察之.”帝從之. 寵旣至, 進
見, 飮酒至一石不亂. 帝慰勞, 遣還.

046-(231년 이전)

화흠華歆[107]은 과음을 잘했는데 한 섬[10말]이 넘어가도록 흐트러
지지 않았다. 사람들은 가만히 살펴보면서 늘 그가 의관을 가지
런히 하는 것을 남다르다고 여겼다.

華歆能劇飮, 至石餘不亂. 衆人微察, 常以其整衣冠爲異.

---

107) 화흠(華歆)(157~231): 자는 子魚. 平原 高唐 사람. 漢末魏初의 名士이자 위나라
의 重臣. 당시 사람들은 그와 邴原·管寧 세 사람을 한 마리의 용이라 부르면서
그를 용머리라 했다. 후한 말에 孝廉으로 천거되어 郎中에 올랐지만 병으로 사직했
다. 獻帝 초년에 太傅 馬日磾의 속관이 되었다가 豫章太守로 전임되었다. 孫策이
江東을 차지했을 때 그에게 투항해 上賓의 예우를 받았다. 나중에 曹操에게 귀순
하여 신임을 얻었고, 議郎과 侍中을 거쳐 荀彧을 대신해 尙書令을 지냈다. 建安
25년(220)에 조조가 죽자 헌제를 재촉해 조서를 내려 曹丕를 魏王과 丞相·冀州牧
등에 봉하도록 했고, 이어서 조비에게 제위를 선양하도록 했다. 조비가 칭제한 뒤
相國에 오르고 安樂鄕侯에 봉해졌으며, 明帝 때는 太尉를 지내고 博平侯에 봉해졌
다. 시호는 敬이다.

△ 出典: 『淵鑑類函』卷392「食物部五·酒二」.
△ 參考: 『三國志』卷13「魏書·華歆傳」裵注에 인용된 「華嶠譜敍」.

- 『三國志』卷13「魏書·華歆傳」裵注에 인용된 「華嶠譜敍」
  孫策略有揚州, 盛兵徇豫章, 一郡大恐. 官屬請出郊迎, 敎曰: "無然." 策
  稍進, 復白發兵, 又不聽. 及策至, 一府皆造閣, 請出避之. 乃笑曰: "今將
  自來, 何遽避之?" 有頃, 門下白曰: "孫將軍至." 請見, 乃前與歆共坐, 談
  議良久, 夜乃別去. 義士聞之, 皆長歎息而心自服也. 策遂親執子弟之禮,
  禮爲上賓. 是時四方賢士大夫避地江南者甚衆, 皆出其下, 人人望風. 每
  策大會, 坐上莫敢先發言, 歆時起更衣, 則論議讙譁. 歆能劇飮, 至石餘不
  亂. 衆人微察, 常以其整衣冠爲異, 江南號之曰"華獨坐".

047-(234년)

> 제갈무후諸葛武侯(諸葛亮)[108]와 사마선왕司馬宣王(司馬懿)이 위수渭水 가
> 에서 군대를 정비해놓고 교전할 날짜를 정했다. 사마선왕이 갑옷
> 을 입고 사태에 임하면서 사람을 보내 정탐하게 했는데, 제갈무
> 후는 혼자 흰 수레를 타고 갈포 두건을 쓰고 깃털 부채를 들고서
> 지휘하고 있었으며, 대군大軍이 그의 명에 따라 나아가고 멈추고
> 했다. 사마선왕이 [보고를 듣고] 감탄했다.
> "제갈군은 가히 명사라 이를 만하도다!"
>
> 諸葛武侯與司馬宣王治軍渭濱, 克日交戰. 宣王戎服蒞事, 使人視,
> 武侯獨乘素輿, 葛巾毛扇指麾, 三軍隨其進止. 宣王歎曰: "諸葛君,
> 可謂名士矣!"

---

108) 제갈무후(諸葛武侯): 諸葛亮(181~234). 자는 孔明. 徐州 琅琊 陽都 사람. 삼국시
대 蜀漢의 丞相으로, 政治家·軍事家·文學家·發明家이기도 하다. 젊었을 때 南陽
郡에서 농사를 지으며 공부했는데, 당시 사람들이 그를 臥龍 또는 伏龍이라 불렀다.
나중에 劉備의 三顧草廬를 받고 出仕하여, 유비를 도와 荊州와 益州를 평정하고
魏·吳와 함께 三國이 鼎立되는 형세를 이루는 데 결정적인 역할을 했다. 유비가
죽은 후 武鄕侯에 봉해졌고, 遺詔를 받들어 後主 劉禪을 보좌하면서 촉한의 정치
·군사상 실권자가 되었다. 모두 5차례에 걸쳐 위나라를 치기 위한 북벌을 시도했는
데, 마지막 5번째 북벌 때 五丈原에서 전투하다 病死했다. 시호는 忠武侯다.

△ 出典:『北堂書鈔』卷115「武功部·將帥」注.
△ 又見:『淵鑑類函』卷208「武功部三·儒學將一」注.
『蘇詩續補遺』卷上「犍爲王氏書樓」注.
△ 參考: 裴啓『語林』.
殷芸『小說』.

- 『淵鑑類函』卷208「武功部三·儒學將一」注
『世語』云：諸葛武侯與司馬宣王治軍渭濱, 剋日交戰. 宣王戎服蒞事, 使
人視, 武侯獨乘素輿, 葛巾毛扇指揮, 三軍隨其進止. 宣王歎曰:"諸葛君,
可謂名士矣!"

- 『蘇詩續補遺』卷上「犍爲王氏書樓」注
『世語』: 諸葛武侯獨乘素輿, 葛巾毛扇, 指麾三軍.

- 裴啓『語林』
諸葛武侯與宣王在渭濱, 將戰. 宣王戎服蒞事, 使人觀, 武侯乘素輿, 著葛
巾, 持白羽扇, 指麾三軍, 衆軍皆隨其進止. 宣王聞而歎曰:"可謂名士矣!"

- 殷芸『小說』
武侯與宣王治兵, 將戰. 宣王戎服蒞事, 使人密覘, 武侯乃乘素輿, 葛巾,
持白羽扇, 指麾三軍, 衆軍皆隨其進止. 宣王聞而歎曰:"可謂名士矣!"

048-(234년)

제갈량諸葛亮이 위수渭水 가에 진을 치자, 관중關中이 크게 동요했
다. 위魏 명제明帝(曹叡)는 진晉 선왕宣王(司馬懿)이 [진을 나가서] 응전
할까봐 매우 걱정하여, 신비辛毗[109]를 파견하여 군사마軍司馬로 삼

---

109) 신비(辛毗)(?~235): 자는 佐治. 삼국시대 위나라의 大臣. 辛憲英과 辛敞의 부친이
다. 원래 형 辛評과 함께 袁紹의 휘하에 있었는데, 후한 獻帝 建安 8년(203)에
袁譚과 袁尙 형제가 서로 싸워 원담이 패하자 그를 보내 曹操에게 구원을 청한
이후로 조조의 휘하에 있게 되었다. 건안 9년(204) 조조가 鄴城을 공격할 때 표문을
올려 신비를 議郞으로 삼았으며, 나중에 丞相長史로 전임시켰다. 220년 曹丕가
위나라를 건국한 뒤, 侍中에 임명되고 關內侯와 廣平亭侯에 봉해졌다. 明帝 때는

았다. 선왕이 이미 제갈량과 위수를 사이에 두고 진을 치자, 제갈량은 온갖 계략을 동원하여 [선왕이 진 밖으로 나와서 응전하도록] 유인했다. 선왕은 과연 크게 격분하여 장차 대군으로 응전하려고 했다. 제갈량이 첩자를 보내 정탐하도록 했더니, 첩자가 돌아와 보고했다.

"어떤 한 노인이 위풍당당하게 황월黃鉞110)을 들고 군문軍門에 버티고 서 있어서 군대가 출동할 수 없는 상황입니다."

그러자 제갈량이 말했다.

"그 사람은 틀림없이 신좌치辛佐治(辛毗)일 것이다."

諸葛亮之次渭濱也, 關中震動. 魏明帝深懼晉宣王戰, 乃遣辛毗爲軍司馬. 宣王旣與亮對渭而陣, 亮設誘詭譎萬方. 宣王果大忿憤, 將應以重兵. 亮遣間諜覘之, 還曰: "有一老夫, 毅然杖黃鉞, 當軍門立, 軍不得出." 亮曰: "必辛佐治也."

△ 出典:『北堂書鈔』卷130「儀飾部‧鉞」注.
△ 參考:『世說新語』「方正」5.

• 『世說新語』「方正」5
諸葛亮之次渭濱, 關中震動. 魏明帝深懼晉宣王戰, 乃遣辛毗爲軍司馬. 宣王旣與亮對渭而陣, 亮設誘譎萬方. 宣王果大忿, 將欲應之以重兵. 亮遣閒諜覘之, 還曰: "有一老夫, 毅然仗黃鉞, 當軍門立, 軍不得出." 亮曰: "此必辛佐治也."

穎鄕侯에 봉해지고 衛尉에 임명되었다. 靑龍 2년(234)에 諸葛亮이 渭南에 군대를 주둔했을 때 대장군 司馬懿가 출정할 것을 주청하자, 명제가 그를 대장군의 軍師로 삼아 군대를 감독하게 했다. 제갈량이 병사한 후 돌아와 다시 衛尉가 되었다. 시호는 肅侯다.

110) 황월(黃鉞): 황금으로 된 큰 도끼. 천자가 직접 정벌에 나설 때 사용하거나, 전쟁에 나가는 장수에게 내려주는 儀仗 가운데 하나.

049-(234년경)

제갈량諸葛亮과 형 제갈근諸葛瑾[111] 및 사촌동생 제갈탄諸葛誕은 모두 훌륭한 명성이 있었는데, 각자 다른 나라에서 벼슬하고 있었다. 당시 사람들은 그들을 놓고 '촉蜀나라는 용을 얻었고 오吳나라는 범을 얻었으며 위魏나라는 개를 얻었다'고 생각했다.

諸葛亮·兄瑾·弟誕並有令名, 各在一國. 人以爲蜀得其龍, 吳得其虎, 魏得其狗.

△ 出典: 『北堂書鈔』 卷115 「武功部·將帥」 注.
△ 又見: 『淵鑑類函』 卷207 「武功部二·將帥三」 注.
△ 參考: 『世說新語』 「品藻」4.

• 『淵鑑類函』 卷207 「武功部二·將帥三」 注
  『世語』: 諸葛亮·兄瑾·弟誕並有令名, 各在一國. 人以爲蜀得其龍, 吳得其虎, 魏得其狗.

• 『世說新語』 「品藻」4
  諸葛瑾·弟亮及從弟誕, 並有盛名, 各在一國. 于時以爲蜀得其龍, 吳得其虎, 魏得其狗. 誕在魏, 與夏侯玄齊名. 瑾在吳, 吳朝服其弘量.

050-(235년)

또 닭 모양도 하나 있었다.[112]

---

111) 제갈근(諸葛瑾)(174~241): 자는 子瑜. 삼국시대 오나라의 大臣. 諸葛亮의 형이다. 한나라 말에 난을 피해 江東에 있다가 魯肅의 천거로 孫權을 섬겨 그의 심복이 되었다. 주로 東吳와 蜀漢의 외교적인 관계를 위해 노력을 했다. 關羽를 토벌하는 데 종군했으며, 宣城侯에 봉해졌다. 呂蒙이 죽은 후에는 그를 대신하여 南郡太守가 되어 公安 지역을 진수했다. 손권이 稱帝한 후 大將軍에 오르고 豫州牧에 임명되었다.
112) 닭 모양도 하나 있었다: 『三國志』 「魏書·明帝紀」 裴注에 『世語』와 함께 인용된 『魏氏春秋』의 기록에 따르면, 魏 明帝 靑龍 3년(235)에 張掖郡 刪丹縣 金山의 玄川이 용솟음치면서 거대한 돌기둥이 솟아났는데, 거기에 말[馬] 그림 7개와 圖讖

```
又有一雞象.
```

△ 出典:『三國志』 卷3 「魏書・明帝紀」 裴注.
△ 參考:『三國志』 卷3 「魏書・明帝紀」 裴注에 인용된 『魏氏春秋』.
　　『三國志』 卷3 「魏書・明帝紀」 裴注에 인용된 『搜神記』.
　　『三國志』 卷3 「魏書・明帝紀」 裴注에 인용된 『漢晉春秋』.

- 『三國志』 卷3 「魏書・明帝紀」 裴注에 인용된 『魏氏春秋』
  是歲張掖郡刪丹縣金山玄川溢涌, 寶石負圖, 狀象靈龜, 廣一丈六尺, 長
  一丈七尺七寸一寸, 圍五丈八寸, 立于川西. 有石馬七, 其一仙人騎之, 其一羈
  絆, 其五有形而不善成. 有玉匣關蓋於前, 上有玉字, 玉玦二, 璜一. 麒麟
  在東, 鳳鳥在南, 白虎在西, 犧牛在北, 馬自中布列四面, 色皆蒼白. 其南
  有五字, 曰"上上三天王", 又曰"述大金, 大討曹, 金但取之, 金立中, 大金
  馬一匹在中, 大吉開壽, 此馬甲寅述水." 凡"中"字六, "金"字十. 又有若八
  卦及列宿孛彗之象焉.

- 『三國志』 卷3 「魏書・明帝紀」 裴注에 인용된 『搜神記』
  初, 漢元・成之世, 先識之士有言曰, 魏年有和, 當有開石於西三千餘里,
  繫五馬, 文曰"大討曹". 及魏之初興也, 張掖之柳谷, 有開石焉, 始見於建
  安, 形成於黃初, 文備於太和, 周圍七尋, 中高一仞, 蒼質素章, 龍馬・麟
  鹿・鳳皇・仙人之象, 粲然咸著, 此一事者, 魏・晉代興之符也. 至晉泰始
  三年, 張掖太守焦勝上言, 以留郡本國圖校今石文, 文字多少不同, 謹具
  圖上. 按其文有五馬象, 其一有人平上幘, 執戟而乘之, 其一有若馬形而
  不成, 其字有"金", 有"中", 有"大司馬", 有"王", 有"大吉", 有"正", 有"開壽",
  其一成行, 曰"金當取之".

- 『三國志』 卷3 「魏書・明帝紀」 裴注에 인용된 『漢晉春秋』
  氐池縣大柳谷口夜激波涌溢, 其聲如雷, 曉而有蒼石立水中, 長一丈六
  尺, 高八尺, 白石畫之, 爲十三馬, 一牛, 一鳥, 八卦玉玦之象, 皆隆起,
  其文曰"大討曹, 適水中, 甲寅". 帝惡其"討"也, 使鑿去爲"計", 以蒼石窐

성격의 글자와 함께 팔괘와 별자리와 혜성 그림이 그려져 있었다고 한다. 이는
나중에 司馬氏가 새로운 나라를 세울 징조로 이해되었다. 『세어』의 기록은 이 그림
들 중에 닭 모양도 있었다는 뜻이다.

之, 宿昔而白石滿焉. 至晉初, 其文愈明, 馬象皆煥徹如玉焉.

051-(238년)

우송虞松113)은 약관의 나이에 재주가 있었다. [魏 明帝] 경초景初 2년(238)에 사마의司馬懿를 따라 요동遼東을 정벌했을 때, 격문檄文과 노포문露布文114)은 모두 그가 지은 것이었다. 사마의가 돌아온 후 그를 초징하여 속관으로 삼았는데, 그때 그의 나이 24세였다.

虞松弱冠有才. 景初二年, 從司馬懿征遼東, 檄文露布, 皆其所作. 懿還, 辟爲掾, 時年二十四.

△ 出典: 『經典稽疑』 卷上.

052-(238년)

사마선왕司馬宣王(司馬懿)이 요동遼東에서 돌아올 때, 어떤 노인이 길에서 추위에 덜덜 떨면서 군복 윗도리 하나를 구걸했는데, 공公은 노인에게 술만 주었다. 좌우에서 말했다.
"관부에 군복이 적지 않은데 어찌하여 주지 않습니까?"
공이 말했다.

---

113) 우송(虞松)(215~?): 자는 叔茂. 陳留 사람. 삼국시대 위나라의 관리. 九江太守 邊讓의 외손자다. 明帝 景初 2년(238)에 司馬懿를 따라 遼東의 公孫淵 정벌에 참여했다. 齊王 正始 연간(240~248)에 中書郎(『三國志』 「魏書·鍾會傳」 注에 인용된 『世語』와 『魏氏春秋』에는 모두 中書令이라 되어 있음)으로 전임되었고, 太守에까지 이르렀다. 嘉平 4년(252)에 傅嘏와 함께 대장군 司馬師의 謀策에 참여했다. 이듬해(253) 여름에 오나라의 諸葛恪이 新城을 포위하고 촉나라의 姜維가 북쪽 길을 포위했을 때, 사마사가 우송의 계책대로 하여 강유를 隴西로 물러나게 하고 신성도 지켜냈다.
114) 노포문(露布文): 주로 군대의 승전을 신속히 알리는 데 사용한 布告文. 露板이라고도 한다. 봉함하지 않고 노출된 채로 선포했기 때문에 그런 명칭이 붙었다.

"군복은 관부의 물건이니 신하가 사사로이 베풀어서는 안 된다."

司馬宣王從遼東還, 有老人寒凍于路, 乞一襦, 公惟與之酒. 左右曰:
"官不少襦, 何不賜之?" 公曰: "襦, 官物, 人臣無私施."

△ 出典:『北堂書鈔』卷129 「衣冠部·襦」 注.

053-(238년)

유방劉放과 손자孫資가 오랫동안 기밀의 중임을 맡았는데, 하후헌
夏侯獻115)과 조조曹肇116)가 마음속으로 불평했다. 궁전 안에 닭이
깃드는 나무117)가 있었는데, 두 사람이 서로 말했다.
"이것 역시 오래되었지만 또 얼마나 오래 갈 수 있겠는가?"
이는 중서감中書監 유방과 중서령中書令 손자를 두고 한 말이었다.
유방과 손자는 두려워하여 곧장 명제明帝(曹叡)에게 선왕宣王(司馬懿)
을 불러들이라고 권했다. 명제는 손수 조서를 작성하여 급사給使
벽사辟邪에게 가서 선왕에게 전달하라고 명했다. 당시 선왕은 급

---

115) 하후헌(夏侯獻)(?~?): 沛國 譙縣 사람. 曹操의 친족으로 알려져 있다. 삼국시대
   위나라의 장군으로, 中領軍과 領軍將軍을 지냈다. 景初 2년(238) 12월에 위독해진
   明帝는 大將軍인 燕王 曹宇, 領軍將軍 夏侯獻, 武衛將軍 曹爽, 屯騎校尉 曹肇,
   驍騎將軍 秦朗 등에게 曹芳을 보좌하도록 명했다. 그러나 이전부터 진랑 등과 사이
   가 좋지 않았던 명제의 중신 劉放과 孫資는 조조 등의 대두를 못마땅해 했다. 마침
   조우가 자리를 뜬 사이에 유방과 손자는 명제를 알현하고 조우 일당을 폄훼했는데,
   명제가 분노하자 유방 등은 하후헌 등을 대신하여 조상만을 등용하고 새로 司馬懿
   를 후견으로 지목할 것을 권했다. 명제는 갈팡질팡했으나 결국 하후헌 등은 실각하
   여 면직되었다.
116) 조조(曹肇)(?~?): 자는 長思. 沛國 譙縣 사람. 삼국시대 위나라의 종실이자 장군.
   大司馬·長平侯·揚州都督을 지낸 曹休의 장남이다. 散騎常侍와 屯騎校尉를 지냈으
   며, 長平侯에 襲封되었다. 正始 연간(240~248)에 죽은 후 衛將軍에 추증되었다.
117) 닭이 깃드는 나무: 원문은 "雞棲樹". 쥐엄나무. 雞樹라고도 한다. 劉放과 孫資가
   근무하던 中書省에 이 나무가 있었기 때문에 나중에 중서성의 별칭으로 쓰였는데,
   그 유래가 이 고사에서 비롯되었다.

현汲縣에 있었는데, 하후헌 등이 조서보다 먼저 선왕에게 지관軹關의 서쪽을 통해 장안長安으로 돌아오라고 했다. 그런데 벽사가 또 도착하자, 선왕은 변고가 생겼다고 의심하여 벽사를 불러 자세히 묻고 나서, 곧바로 추봉거追鋒車118)를 타고 치달려 도성에 도착했다. 명제가 유방과 손자에게 물었다.

"태위太尉(司馬懿)와 맞설 수 있는 사람은 누구요?"

유방이 말했다.

"조상曹爽입니다."

명제가 말했다.

"그 일을 감당할 수 있겠소?"

그 옆에 있던 조상은 땀만 흘리면서 대답하지 못했다. 유방이 그의 발을 밟자, 조상이 명제의 귀에 대고 말했다.

"신은 죽음으로 사직을 받들겠나이다."

조조의 동생 조찬曹纂119)은 대장군大將軍(曹宇)의 사마司馬로 있었는데, 연왕燕王(曹宇)120)은 명제의 뜻을 크게 잃은 상태였다. 조조가 [연왕과 함께] 나오자 조찬이 보고 놀라며 말했다.

"황상께서 불안해하시는데, 어찌하여 모두 함께 나오십니까? 마땅히 돌아가셔야 합니다."

이미 날이 저문 뒤에 유방과 손자는 궁문에서 조서를 선포하여,

118) 추봉거(追鋒車): 작고 가벼운 역참 수레. 속도가 빨랐기 때문에 그런 이름이 붙었다.
119) 조찬(曹纂)(?~?): 자는 德思. 삼국시대 위나라의 종실이자 장군. 曹休의 차남이자 曹肇의 친동생이다. 힘이 장사였으며 明帝의 총애를 받았다. 太和 2년(228)에 부친 조휴가 죽자 명제는 조휴의 봉토에 속한 300호를 조찬에게 주고 列侯에 봉했다. 殄吳將軍에 임명되었으며, 사후에 前將軍에 추증되었다.
120) 연왕(燕王): 曹宇(?~278). 자는 彭祖. 삼국시대 위나라의 종실이자 장군. 曹操의 아들이자 元帝 曹奐의 부친이다. 일찍이 후한 말에 都鄕侯와 魯陽侯에 봉해졌다. 魏 文帝 黃初 3년(222)에 下邳王에 봉해졌으며, 明帝 太和 6년(232)에 燕王에 봉해졌다. 명제는 어려서부터 조우와 친하게 지냈기에 즉위한 후 그를 총애했다. 景初 2년(238) 12월에 위독해진 명제가 조우를 大將軍에 임명하고 後事를 부탁했는데, 그가 극구 사양하자 명제도 마음을 바꾸어 그를 면직시켰다. 泰始 원년(265)에 司馬炎이 晉나라를 건국한 뒤 燕公으로 강등되었다.

조조 등을 다시 들어오지 못하게 하고 연왕을 [대장군 직에서] 파직시켰다. 조조는 다음날 궁문에 도착했지만 들어갈 수 없자 두려운 나머지 스스로 정위廷尉를 찾아가서 일처리를 잘못했으니 면직됨이 마땅하다고 했다. 명제가 [궁중에 남아 있던] 하후헌에게 말했다.

"나는 이미 차사差使를 보냈으니, 어서 나가시오."

하후헌은 눈물을 흘리면서 나왔고, 역시 면직되었다.

(劉)放·(孫)資久典機任[1], (夏侯)獻·(曹)肇心內不平. 殿中有雞棲樹, 二人相謂: "此亦久矣, 其能復幾?" 指謂中書監劉放·中書令孫資[2]. 放·資懼, 乃勸帝召宣王. 帝作手詔, 令給使辟邪至, 以授宣王. 宣王在汲, 獻等先詔令於軹關西還長安. 辟邪又至, 宣王疑有變, 呼辟邪具問, 乃乘追鋒車馳至京師. 帝問放·資: "誰可與太尉對者?" 放曰: "曹爽." 帝曰: "堪其事不?" 爽在左右, 流汗不能對. 放蹹其足, 耳之曰: "臣以死奉社稷." 曹肇弟纂爲大將軍司馬, 燕王頗失指. 肇出, 纂見, 驚曰: "上不安, 云何悉共出? 宜還." 已暮, 放·資宣詔宮門, 不得復內肇等, 罷燕王. 肇明日至門, 不得入, 懼, 詣廷尉, 以處事失宜免. 帝謂獻曰: "吾已差, 便出." 獻流涕而出, 亦免.

[1] 久典機任: 『初學記』注·『太平御覽』·『事類賦』·『南部新書』·『翰苑新書前集』注·『古今合璧事類備要後集』注·『古今事文類聚遺集』·『韻府羣玉』注·『山堂肆考』·『淵鑑類函』卷83注/卷425·『御選唐詩』卷26注·『說郛』輯佚本·『子史鉤沉』輯佚本·『舊小說』輯佚本·『五朝小說大觀』輯佚本에는 모두 "共典樞要"라 되어 있고, 『墨莊漫錄』에는 "共領樞要", 『海錄碎事』에는 "共典機任", 『職官分紀』注에는 "共典樞密"이라 되어 있다.

[2] 中書監劉放·中書令孫資: 『三國志』注에는 원래 "放·資"라 되어 있지만, 지금 『初學記』注·『太平御覽』·『南部新書』·『翰苑新書前集』注·『古今合璧事類備要後集』注·『古今事文類聚遺集』·『山堂肆考』·『淵鑑類函』卷83注·『御選唐詩』卷26注·『說郛』輯佚本·『子史鉤沉』輯佚本·『舊小說』輯佚本·『五朝小說大觀』輯佚本에 의거하여 보충했다.

△ 出典:『三國志』卷14「魏書·劉放孫資傳」裴注.
△ 又見:『初學記』卷11「職官部·中書令」注.
　　　　『太平御覽』卷220「職官部·中書令」.
　　　　『事類賦』卷18「禽部·雞」.
　　　　『南部新書』卷9「雞樹」.
　　　　『墨莊漫錄』卷7.
　　　　『海錄碎事』卷9下「譏嘲門·鷄棲樹」.
　　　　『職官分紀』卷7「中書令」注.
　　　　『翰苑新書前集』卷8「中書舍人」注.
　　　　『古今合璧事類備要後集』卷21「給舍門·中書舍人」注.
　　　　『古今事文類聚遺集』卷7「省屬部遺·鷄棲木」.
　　　　『韻府羣玉』卷17「入聲·一屋」注.
　　　　『山堂肆考』卷44「臣職·雞樹」.
　　　　『淵鑑類函』卷83「設官部二十三·中書總載二」注, 卷425「鳥部
　　　　八·雞二」.
　　　　『分類字錦』卷32「職官·宰執」注.
　　　　『御選唐詩』卷15「蔣渙·和徐侍郎中書叢篠韻」注, 卷26「張說
　　　　·奉裴中書酒」注.
　　　　『說郛』輯佚本.
　　　　『子史鉤沉』輯佚本.
　　　　『舊小說』輯佚本.
　　　　『五朝小說大觀』輯佚本.

* 『初學記』卷11「職官部·中書令」注
　郭頒『魏晉世語』曰:劉放·孫資共典樞要, 夏侯獻·曹肇心內不平. 殿中
　有雞棲樹, 二人相謂:"此亦久矣, 其能復幾?"指謂中書監劉放·中書令孫
　資.

* 『太平御覽』卷220「職官部·中書令」
　郭頒『魏晉世語』曰:劉放·孫資共典樞要, 夏侯獻·曹肇心內不平. 殿中
　有雞棲樹, 二人相謂:"此亦久矣, 其能復幾?"指謂中書監劉放·中書令孫
　資.

* 『事類賦』卷18「禽部·雞」
　『魏晉世語』曰:劉放·孫資共典樞要, 夏侯獻·曹肇心內不平. 殿中有雞

棲樹, 二人相謂: "此亦久矣, 其能復幾?" 以指資·放.

- 『南部新書』 卷9 「雞樹」
  郭頒『晉魏世語』曰: 劉放·孫資共典樞要, 夏侯獻·曹肇心內不平. 殿中有雞樹, 二人相謂: "此亦久矣, 其能復幾?" 指謂中書令孫資·中書監劉放.

- 『墨莊漫錄』 卷7
  『晉世語』云: 劉放爲中書監, 孫資爲中書令, 共領樞要, 侯獻·曹肇心內不平. 殿中有雞棲樹, 二人相謂曰: "此亦久矣, 其能復幾?" 指放·資也.

- 『海錄碎事』 卷9下 「譏嘲門·鷄棲樹」
  『世語』: 劉放·孫資共典機任, 夏侯獻·曹肇心內不平. 殿中省有鷄棲樹, 二人相謂: "此已久矣, 其能復幾?" 以指資·放.

- 『職官分紀』 卷7 「中書令」 注
  郭頒『魏晉世語』: 劉放·孫資共典樞密, 夏侯獻·曹肇心內不平. 殿中有雞棲樹, 二人相謂: "此亦能幾?" 指謂放·資也.

- 『翰苑新書前集』 卷8 「中書舍人」 注
  『魏晉世語』曰: 劉放·孫賀共典樞要, 夏侯獻·曹肇心內不平. 殿中有雞棲樹, 二人相謂: "此亦久矣, 其能復幾?" 時謂中書監劉放·中書令孫賀.

- 『古今合璧事類備要後集』 卷21 「給舍門·中書舍人」 注
  『魏晉世語』曰: 劉放·孫賀共典樞要, 夏侯獻·曹肇心內不平. 殿中有雞棲木, 二人相謂: "此亦久矣, 其能復幾?" 指謂中書監劉放·中書令孫賀.

- 『古今事文類聚遺集』 卷7 「省屬部遺·鷄棲木」
  『魏晉世語』曰: 劉放·孫資共典樞要, 夏侯獻·曹肇心內不平. 殿中有雞棲木, 二人相謂: "此亦久矣, 其能復幾?" 指謂中書監劉放·中書令孫資.

- 『韻府羣玉』 卷17 「入聲·一屋」 注
  『魏晉世語』曰: 劉放·孫賀共典樞要, 夏侯獻·曹肇內不平. 殿中有七雞棲木, 二人相謂: "此亦久矣, 其能復幾?" 指謂劉·孫也.

- 『山堂肆考』卷44「臣職·雞樹」
  『魏晉世語』: 劉放·孫資共典樞要, 夏侯獻·曹肇心內不平. 殿中有雞棲樹, 二人相謂曰: "此亦久矣, 其能復幾?" 蓋指中書監劉放·中書令孫資也.

- 『淵鑑類函』卷83「設官部二十三·中書總載二」注
  郭頒『魏晉世語』曰: 劉放·孫資共典樞要, 夏侯獻·曹肇心內不平. 殿中有雞棲樹, 二人相謂: "此亦久矣, 其能復幾?" 指謂中書監劉放·中書令孫資.

- 『淵鑑類函』卷425「鳥部八·雞二」
  郭頒『魏世語』曰: 劉放·孫資共典樞要, 夏侯獻·曹肇心內不平. 殿中有雞栖樹, 二人相謂: "此亦久矣, 其能復幾?"

- 『分類字錦』卷32「職官·宰執」注
  『世語』曰: 放·資久典機任, 獻·肇心內不平. 殿中有雞棲樹, 二人相謂: "此亦久矣, 其能復幾?" 指謂放·資.

- 『御選唐詩』卷15「蔣渙·和徐侍郎中書叢篠韻」注
  『世語』: 劉放·孫資久典機任, 獻·肇心內不平. 殿中有雞栖樹, 二人相謂: "此亦久矣, 其能復幾?" 指謂放·資.

- 『御選唐詩』卷26「張說·奉裴中書酒」注
  郭頒『魏晉世語』: 劉放·孫資共典樞要, 夏侯獻·曹肇心內不平. 殿中有雞棲樹, 二人相謂: "此亦久矣, 其能復幾?" 指謂中書監劉放·中書令孫資.

- 『說郛』輯佚本
  劉放·孫資共典樞要, 夏侯獻·曹肇心內不平. 殿中有雞棲樹, 二人相謂: "此亦久矣, 其能復幾?" 指謂中書監劉放·中書令孫資.

- 『子史鉤沉』輯佚本
  劉放·孫資共典樞要, 夏侯獻·曹肇心內不平. 殿中有雞棲樹, 二人相謂: "此亦久矣, 其能復幾?" 指謂中書監劉放·中書令孫資.

- 『舊小說』輯佚本

  劉放・孫資共典樞要, 夏侯獻・曹肇心內不平. 殿中有雞棲樹, 二人相謂: "此亦久矣, 其能復幾?" 指謂中書監劉放・中書令孫資.

- 『五朝小說大觀』輯佚本

  劉放・孫資共典樞要, 夏侯獻・曹肇心內不平. 殿中有雞棲樹, 二人相謂: "此亦久矣, 其能復幾?" 指謂中書監劉放・中書令孫資.

054-(238년 전후)

> 조조曹肇는 자가 장사長思다.
>
> (曹)肇字長思.

△ 出典:『三國志』卷9「魏書・曹休傳」裴注.

055-(240년 전후)

> 처음에 형주자사荊州刺史 배잠裴潛[121])이 주태州泰[122])를 종사從事로 삼았는데, 사마선왕司馬宣王(司馬懿)이 완성宛城을 진수하고 있을 때 배잠이 여러 차례 주태를 보내 사마선왕을 찾아가게 했기에, 이로 말미암아 사마선왕이 그를 알게 되었다. 사마선왕이 맹달孟

---

121) 배잠(裴潛)(?~244): 자는 文行. 河東 聞喜 사람. 삼국시대 위나라의 大臣. 曹操가 荊州를 평정했을 때, 曹操에게 귀의하여 丞相府의 참모가 되었다가 나중에 도성으로 들어와 丞相府倉曹掾을 거쳐 沛國相과 兗州刺史를 지냈다. 文帝 때는 散騎侍郎・魏郡太守・潁川典農中郎將・荊州刺史를 지내고 關內侯에 봉해졌으며, 明帝 때는 尙書・太尉軍師・大司農・尙書令・光祿大夫를 지내고 淸陽亭侯에 봉해졌다. 죽은 후 太常에 추증되었으며, 시호는 貞侯다.

122) 주태(州泰)(?~261): 荊州 南陽郡 사람. 삼국시대 위나라의 武將. 용병술에 뛰어났다. 新城太守・兗州刺史・豫州刺史를 거쳐 征虜將軍・假節都督江南諸軍事에 올랐다. 諸葛誕・東吳・西蜀과의 전쟁에서 여러 차례 戰功을 세웠다. 元帝 景元 2년 (261)에 죽자 衛將軍에 추증되었으며, 시호는 壯侯다.

達[123])을 정벌할 때, 주태가 또 군대를 선도하여 마침내 사마선왕이 주태를 초징했다. 주태가 부친·모친·조부의 상을 자주 당해 9년간 상중에 있었는데, 사마선왕은 주태의 자리를 결원으로 남겨두고 그를 기다렸다가, [그가 상을 마치자] 36일 만에 신성태수新城太守로 발탁했다. 사마선왕이 주태를 위해 연회를 열었을 때, 상서尚書 종요鍾繇에게 주태를 놀리게 했다.

"그대는 처음 벼슬길에 나아가[124) 재상의 관부에 오르더니, 36일 만에 휘개麾蓋[125)를 가진 채 병마兵馬를 관장하며 군郡을 맡게 되었소. 걸아乞兒가 작은 수레를 타고[126) 어찌 이렇게 빨리 달린단 말이오!"

그러자 주태가 말했다.

"정말로 그런 점이 있지요. 당신은 명공名公의 자제로서 어려서부터 문재文才가 있었기 때문에 관리의 직임을 맡았습니다. 그런데 나는 원숭이가 토우土牛를 타듯이[127) 또한 어찌 이렇게 느려 터졌단 말이오!"

뭇 빈객들이 모두 즐거워했다. 나중에 연주자사兗州刺史와 예주자사豫州刺史를 역임했는데, 부임하는 곳마다 훌륭한 모책과 공적을 남겼다.

---

123) 맹달(孟達)(?~228): 자는 子度. 扶風郡 郿縣 사람. 처음에 劉璋의 휘하에 있다가 나중에 劉備에게 귀항하여 宜都太守가 되었다. 유비가 漢中을 차지한 뒤부터 上庸關을 지켰는데, 關羽를 위기에서 구해주지 않은 일 때문에 처벌이 두려워 위나라에 항복했다. 魏 文帝 때 散騎常侍·建武將軍를 지내고 平陽亭侯에 봉해졌으며, 다시 新城太守가 되어 서남 지역을 관리했다. 明帝 太和 2년(288)에 諸葛亮이 북벌을 진행할 때 호응하려 했다가 司馬懿에게 간파되어 申耽에게 죽임을 당했다.
124) 처음 벼슬길에 나아가: 원문은 "釋褐". 평민이 입는 갈옷을 벗는다는 뜻으로, 처음 관직에 부임하는 것을 말한다.
125) 휘개(麾蓋): 의장용 깃발과 수레 덮개. 太守의 의장을 가리킨다.
126) 걸아(乞兒)가 작은 수레를 타고: 관직의 승진이 굉장히 빠른 것을 비유하는 "乞兒乘小車"라는 成語가 이 고사에서 비롯되었다.
127) 원숭이가 토우(土牛)를 타듯이: 관직의 승진이 너무 느린 것을 비유하는 "彌猴騎土牛"라는 성어가 이 고사에서 비롯되었다.

初, 荆州刺史裴潛以(州)泰[1]爲從事, 司馬宣王鎭宛, 潛數遣詣宣王, 由此爲宣王所知. 及征孟達, 泰又導軍, 遂辟泰. 泰頻喪考·妣·祖, 九年居喪, 宣王留缺待之, 至三十六日, 擢爲新城太守. 宣王爲泰[2]會, 使尙書鍾繇[3]調泰[4]: "君釋褐登宰府, 三十六日擁麾蓋, 守兵馬典[5]郡, 乞兒乘小車, 一何駛[6]乎!" 泰曰: "誠有此. 君, 名公之子, 少有文采, 故守吏職. [7]獼猴騎[8]土牛, 又[9]何遲也!" 衆賓咸悦[10]. 後歷兗·豫州刺史, 所在有籌算績效.

[1] (州)泰: 『初學記』注·『太平御覽』卷259/卷910·『猗覺寮雜記』·『淵鑑類函』注·『子史精華』注·『佩文韻府』卷26之7注/卷34之6注·『庾開府集箋註』·『李太白集注』에는 모두 "周泰"라 잘못 되어 있다.

[2] 泰: 『太平御覽』卷259·『庾開府集箋註』에는 모두 "大"라 되어 있다.

[3] 鍾繇: 『初學記』注·『太平御覽』卷259/卷910·『淵鑑類函』注·『佩文韻府』卷26之7注/卷34之6注·『庾開府集箋註』에는 모두 "鍾毓"이라 되어 있다.

[4] 調泰: 『初學記』注·『太平御覽』卷910·『猗覺寮雜記』·『淵鑑類函』注·『佩文韻府』卷26之7注/卷34之6注에는 모두 "謂泰曰"이라 되어 있고, 『太平御覽』卷259·『庾開府集箋註』에는 모두 "嘲之曰"이라 되어 있다.

[5] 典: 『三國志』注에는 이 자가 없지만, 『太平御覽』卷259와 『庾開府集箋註』에 의거하여 보충했다.

[6] 駛: 『初學記』注·『太平御覽』卷910·『韻府羣玉』注並引作"駃", 『太平御覽』卷259·『庾開府集箋註』에는 모두 "快"라 되어 있다.

[7] 『韻府羣玉』注에는 이곳에 "我"자가 있는데, 문맥이 보다 분명하다.

[8] 騎: 『初學記』注·『太平御覽』卷910·『韻府羣玉』注·『淵鑑類函』注에는 모두 "乘"이라 되어 있다.

[9] 又: 『初學記』注·『太平御覽』卷259/卷910·『猗覺寮雜記』·『淵鑑類函』注·『佩文韻府』卷26之7注에는 모두 "一"이라 되어 있다.

[10] 咸悦: 『初學記』注·『太平御覽』卷910·『淵鑑類函』注에는 모두 "悦服"되어 있다.

△ 出典: 『三國志』 卷28 「魏書·鄧艾傳」 裴注.
△ 又見: 『初學記』 卷29 「獸部·猴」 注.
　　　　『文選』 卷49 「晉紀總論」 注.

『太平御覽』 卷259 「職官部·太守」, 卷910 「獸部·猴」.
『猗覺寮雜記』 卷上.
『四六標準』 卷3 「代回楊評事洪之謝求薦」 注.
『韻府羣玉』 卷2 「上平聲·四支」 注.
『駢志』 卷8 「丁部下」.
『何氏語林』 卷27 「排調」 注.
『淵鑑類函』 卷432 「獸部四·獼猴三」 注.
『子史精華』 卷131 「言語部七·詼諧上」 注.
『佩文韻府』 卷4之4 「上平聲·四支韻四」 注, 卷26之7 「下平聲·
十一尤韻七」 注, 卷34之6 「上聲·四紙韻六」 注.
『庾開府集箋註』 卷5 「傷王司徒」.
『李太白集注』 卷12 「贈宣城趙太守悅」.

- 『初學記』 卷29 「獸部·猴」 注
  郭頒『魏晉世語』曰︰司馬宣王辟周泰爲新城太守, 鍾毓謂泰曰︰"君釋褐
  登宰府, 乞兒乘小車, 一何馱?" 泰曰︰"君, 明公之子, 少有文彩, 故守吏
  職. 獼猴乘土牛, 一何遲!" 衆賓悅服.

- 『文選』 卷49 「晉紀總論」 注
  郭頒『世語』曰︰初, 荊州刺史裴潛以州泰爲從事, 司馬宣王鎭宛, 潛數遣
  詣宣王, 由此爲宣王所知. 歷兗·豫州刺史.

- 『太平御覽』 卷259 「職官部·太守」
  『世語』曰︰荊州刺史裴潛以南陽周泰爲從事, 使詣司馬宣王. 宣王知之,
  辟泰. 泰九年居喪, 留缺待之, 後三十六日, 擢爲新城太守. 宣王爲大會,
  使尚書鍾毓嘲之曰︰"君釋褐登宰府, 三十六日擁麾蓋, 守兵馬典郡, 乞兒
  乘小車, 一何快耶!" 泰曰︰"君, 貴公之子, 故守吏職. 獼猴騎土牛, 一何遲
  也!"

- 『太平御覽』 卷910 「獸部·猴」
  郭頒『魏晉世語』曰︰司馬宣王辟周泰爲新城太守, 尚書鍾毓謂泰曰︰"君
  釋褐登宰府, 乞兒乘小車, 一何馱!" 泰曰︰"君明公之子, 少有文彩, 故守
  吏職. 獼猴乘土牛, 一何遲!" 衆賓悅服.

- 『猗覺寮雜記』 卷上

『世語』: 尙書鍾繇謂周泰: "君釋褐登宰府, 乞兒乘小車, 一何駛也!" 泰曰: "君, 名公之子, 少有文彩, 故守吏職. 獼猴騎土牛, 一何遲耶!"

- 『四六標準』卷3「代回楊評事洪之謝求薦」注
  『魏晉世語』: 司馬宣王辟州泰, 三十六日擢爲新城太守. 宣王爲泰會, 使尙書鍾繇調泰: "君釋褐登宰府, 三十六日擁麾蓋, 守兵馬郡. 乞兒乘小車, 一何駛乎!" 泰曰: "誠有此. 君, 名公之子, 少有文采, 故守吏職. 獼猴騎土牛, 又何遲也!" 衆賓咸悅.

- 『韻府羣玉』卷2「上平聲·四支」注
  鍾繇調州泰云: "君釋褐登宰府, 三十六日擁麾盖, 守兵馬郡. 乞兒乘小車, 一何駛乎!" 泰曰: "君少有文采, 故守吏. 我獼猴乘土牛, 又何遲也!" (『魏晉世語』)

- 『駢志』卷8「丁部下」
  『世語』: 南陽州泰頻喪考·妣·祖, 九年居喪, 宣王留缺待之, 至三十六日, 擢爲新城太守. 宣王爲泰會, 使尙書鍾繇調泰: "君釋褐登宰府, 三十六日擁麾蓋, 守兵馬郡. 乞兒乘小車, 一何駛乎!" 泰曰: "誠有此. 君, 名公之子, 少有文采, 故守吏職. 獼猴騎土牛, 又何遲也!" 衆賓咸服. 後歷兗·豫州刺史, 所在有籌筭績效.

- 『何氏語林』卷27「排調」注
  『世語』曰: 初, 荊州刺史裴潛以泰爲從事. 司馬宣王鎭宛, 潛數遣詣宣王, 由此爲宣王所知. 及征孟達, 泰又導軍, 遂辟泰.

- 『淵鑑類函』卷432「獸部四·獼猴三」注
  郭須『魏晉世語』曰: 司馬宣王辟周泰爲新城太守, 尙書鍾毓謂泰曰: "君釋褐登宰府, 乞兒乘小車, 一何駛!" 泰曰: "君, 明公之子, 少有文彩, 故守吏職. 獼猴乘土牛, 一何遲!" 衆賓悅服.

- 『子史精華』卷131「言語部七·詼諧上」注
  『世語』: 周泰擢爲新城太守, 宣王爲泰會, 使尙書鍾繇調泰: "君釋褐登宰府, 三十六日擁麾盖, 守兵馬郡. 乞兒乘小車, 一何駛乎!" 泰曰: "誠有此. 君, 名公之子, 少有文采, 故守吏職. 獼猴騎土牛, 又何遲也!" 衆賓咸悅.

- 『佩文韻府』卷4之4「上平聲·四支韻四」注
  『魏晉世語』: 鍾繇調州泰: "君釋褐登宰府, 三十六日擁麾蓋, 守兵馬郡. 乞兒乘小車, 一何駛乎!" 泰曰: "君, 名公之子, 少有文采, 故守吏職. 獼猴騎土牛, 又何遲也!"

- 『佩文韻府』卷26之7「下平聲·十一尤韻七」注
  『魏晉世語』: 司馬宣王辟周泰爲新城太守, 尙書鍾毓謂泰曰: "君釋褐登宰府, 乞兒乘小車, 一何駛!" 泰曰: "君, 明公之子, 少有文采, 故守吏職. 獼猴騎土牛, 一何遲!"

- 『佩文韻府』卷34之6「上聲·四紙韻六」注
  『魏晉世語』: 司馬宣王辟周泰爲新城太守, 尙書鍾毓謂泰曰: "君釋褐登宰府, 乞兒乘小馬, 一何駛!"

- 『庾開府集箋註』卷5「傷王司徒」
  『世語』: 司馬宣王辟周泰, 泰九年居喪, 留缺待之, 三十六日擢爲新城太守. 宣王爲大會, 使鍾毓嘲之曰: "君釋褐登宰府, 三十六日擁麾蓋, 守兵馬典郡. 乞兒乘小車, 一何快耶!"

- 『李太白集注』卷12「贈宣城趙太守悅」
  『世語』曰: 司馬宣王辟周泰, 泰頻喪考·妣·祖, 九年居喪, 宣王留缺待之, 至三十六日, 擢爲新城太守. 宣王爲泰會, 使尙書鍾繇調泰: "君釋褐登宰府, 三十六日擢麾蓋, 守兵馬郡. 乞兒乘小車, 一何駛乎!" 泰曰: "誠有此. 君, 名公之子, 少有文采, 故守吏職. 獼猴騎土牛, 又何遲也!"

056-(240년 전후)

하안何晏[128]이 이부랑吏部郎으로 있을 때 빈객이 자리에 가득했는

---

[128] 하안(何晏)(?~249): 자는 平叔. 南陽 宛縣 사람. 삼국시대 위나라의 大臣이자 玄學家. 후한 대장군 何進의 손자다. 부친이 죽은 뒤, 曹操가 그의 모친 尹氏를 부인으로 맞이하면서 그를 함께 양육했으며, 秀才로서 이름이 알려졌다. 용모가 준수하고 꾸미기를 좋아하여 평상시에도 늘 화장을 했다. 조조의 딸 金鄕公主에게 장가들었으며, 齊王 曹芳 때 曹爽이 권력을 잡자 그의 심복이 되어 散騎常侍와 吏部尙書를

데, 왕필王弼129)이 왔다는 소리를 듣고는 신발을 거꾸로 신을 정
도로 급히 나가 그를 맞이했다.

何晏爲吏部郎時, 賓客盈坐, 聞王弼來, 倒履[1]迎之.

[1] 履: 『淵鑑類函』注에는 "屣"라 되어 있다.

△ 出典: 『北堂書鈔』 卷34 「政術部·禮賢」 注.
△ 又見: 『淵鑑類函』 卷130 「政術部九·禮賢四」 注.

• 『淵鑑類函』 卷130 「政術部九·禮賢四」 注
  『世語』云 : 何晏爲吏部郎時, 賓客盈坐, 聞王弼來, 倒屣迎之.

057-(240년 전후)

하후현夏侯玄은 자가 태초太初다. 하후현은 인물을 잘 알아보는 것으
로 세상에 명성이 있었다. 그가 중호군中護軍으로 있을 때 무관을
발탁하여 창을 들고 군문軍門을 지키도록 했는데, 이들은 한결같이
준걸들이었으며 나중에 대부분 주와 군을 다스렸다. 그가 세운
도리와 베푼 가르침은 지금까지 모두 후세의 모범이 되고 있다.

夏侯玄字太初[1]. 玄, 世名知人. 爲中護軍, 拔用武官, 參戟牙門, 無
非俊傑, 多牧州典郡. 立法垂教, 于今皆爲後式.

지냈다. 나중에 司馬懿가 정변을 일으켰을 때 조상과 함께 살해당했다. 老莊을
좋아하여 夏侯玄·王弼 등과 함께 魏晉玄學을 창도하고 淸談을 숭상했다. 저서에
『論語集解』 등이 있다.
129) 왕필(王弼)(226~249): 자는 輔嗣. 山陽 高平 사람. 삼국시대 위나라의 大臣이자
玄學家. 타고난 재능이 탁월했고 유복한 학문적 환경에서 자랐기 때문에 일찍 학계
에서 두각을 나타냈다. 何晏 등에게 인정받아 젊은 나이에 尙書郎에 등용되었고,
하안과 함께 魏晉玄學의 시조로 일컬어진다. 齊王 曹芳 正始 10년(249)에 司馬懿
가 정변을 일으켜 정권을 장악하고 曹爽을 살해했을 때 파직되었다가, 그 해에
역병에 걸려 24세에 요절했다. 저서에 『老子注』와 『周易注』 등이 있다.

[1] 夏侯玄字太初:『三國志』注에는 이 6자가 없지만,『北堂書鈔』卷64 注에
    의거하여 보충했다.

△ 出典:『三國志』卷9「魏書·夏侯玄傳」裴注.
△ 又見:『北堂書鈔』卷34「政術部·任賢」注, 卷64「設官部·護軍將軍」注.
      『太平御覽』卷240「職官部·雜號將軍」.
      『職官分紀』卷49「上將軍護軍」注.
      『何氏語林』卷15「識鑒」注.
      『淵鑑類函』卷102「設官部四十二·護軍將軍三」注, 卷130「政術
      部九·任賢」注.

- 『北堂書鈔』卷34「政術部·任賢」注
  『世語』云:夏侯玄, 世名知人. 爲中護軍, 拔用武官, 參戟衙門, 無非俊傑.

- 『北堂書鈔』卷64「設官部·護軍將軍」注
  『世語』曰:夏侯玄字太初. 玄, 世名知人. 爲中護軍, 拔用武官, 參戟牙
  門, 無非俊傑.

- 『太平御覽』卷240「職官部·雜號將軍」
  『世語』曰:夏侯玄, 世名知人. 爲中護軍, 拔用武官, 無非俊傑, 多牧州典
  郡.

- 『職官分紀』卷49「上將軍護軍」注
  『世語』:夏侯玄, 世名知人. 爲護軍, 拔用武官, 無非俊傑, 多牧州典郡.

- 『何氏語林』卷15「識鑒」注
  『世語』曰:玄, 世名知人. 爲中護軍, 拔用武官, 粂戟牙門, 無非俊傑, 牧
  州典郡. 立法垂教, 皆爲後式.

- 『淵鑑類函』卷102「設官部四十二·護軍將軍三」注
  『世語』曰:夏侯元字太初. 元, 世名知人. 爲中護軍, 拔用武官, 參戟牙
  門, 無非俊傑.

- 『淵鑑類函』卷130「政術部九·任賢」注
  『世語』云:夏侯元, 世名知人. 爲中護軍, 拔用武官, 參戟衙門, 無非俊傑.

사마경왕司馬景王(司馬師)이 중서령中書令 우송虞松에게 표문表文을 지으라고 명하여, 우송이 두 번이나 표문을 상정했으나 마음에 들지 않아서 우송에게 다시 고치라고 명했다. 한참 동안 우송은 생각을 다 짜냈으나 고칠 수가 없어서 마음속의 근심이 안색에 드러났다. 그때 종회鍾會[130]가 그의 근심을 알아차리고 우송에게 물었더니, 우송이 사실대로 대답했다. 종회가 우송의 초안을 가져다가 살펴보고 다섯 자를 고치자, 우송이 기뻐 감복하면서 사마경왕에게 상정했더니, 사마경왕이 말했다.

"분명 그대의 솜씨가 아닌 것 같은데! 누가 고친 것이오?"
우송이 말했다.

"종회입니다. 방금 전에 아뢰려고 했습니다만 때마침 공께서 먼저 물어보셨습니다. 감히 그의 재능을 탐한 것은 아닙니다."
이에 사마경왕이 말했다.

"이와 같다면 크게 쓸 만하니 불러오도록 하시오."
종회가 우송에게 사마경왕의 뛰어난 점에 대해 물었더니, 우송이 말했다.

"넓은 학문과 밝은 식견으로 관통하지 못하는 것이 없습니다."
종회는 곧장 빈객을 끊고 열흘 동안 생각을 깊이 하고 나서, 다음날 날이 밝는 대로 입조하여 사마경왕을 알현하고 이경二更이 되어서야 나왔다. 종회가 나간 뒤에 사마경왕이 손뼉을 치면서 감탄하며 말했다.

"이 사람은 진실로 군왕을 보좌할 인재로다!"

---

130) 종회(鍾會)(225~264): 자는 사계. 삼국시대 위나라 潁川 長社 사람. 太傅 鍾繇의 아들이자 鍾毓의 동생이다. 어릴 때부터 총명했고 名理에 정통했다. 司馬昭의 측근 謀士로서 그를 따라 諸葛誕을 토벌하여 征西將軍에 임명되었으며, 蜀이 평정된 뒤 司徒에 올랐다. 나중에 蜀將 姜維와 함께 모반을 꾀하다가 衛瓘에게 살해당했다.

司馬景王命中書令[1]虞松作表, 再呈, 輒不可意, 命松更定. 以經時, 松思竭不能改, 心苦之, 形於顏色[2]. (鍾)會察其有憂[3], 問松, 松以實答[4]. 會取視[5], 爲定五字, 松悅服, 以呈景王, 王曰: "不當爾邪! 誰所定也?" 松曰: "鍾會. 向亦欲啓之, 會公見問. 不敢蒿其能." 王曰: "如此, 可大用, 可令來." 會問松王所能, 松曰: "博學明識, 無所不貫." 會乃絶賓客, 精思十日, 平旦入見, 至鼓二乃出. 出後, 王獨拊手歎息曰: "此眞王佐材也!"[6]

[1] 中書令: 『初學記』注·『丹鉛總錄』·『升庵集』·『山堂肆考』·『李義山詩集注』·『御選唐詩』注·『說郛』輯佚本·『子史鉤沉』輯佚本·『五朝小說大觀』輯佚本에는 모두 "中書郎"이라 되어 있고, 『淵鑑類函』卷83注에는 "中書侍郎"이라 되어 있으며, 『藝文類聚』에는 "尙書令"이라 되어 있다.

[2] 心苦之, 形於顏色: 『北堂書鈔』注·『淵鑑類函』卷197注에는 모두 "心存之, 形於顏色"이라 되어 있고, 『初學記』注·『淵鑑類函』卷83注에는 모두 "心存形色"이라 되어 있으며, 『說郛』輯佚本에는 "心有形色", 『子史鉤沉』輯佚本에는 "心□□色", 『五朝小說大觀』輯佚本에는 "心有憂色"이라 되어 있다.

[3] 其有憂: 『初學記』注·『山堂肆考』·『淵鑑類函』卷83注·『說郛』輯佚本·『子史鉤沉』輯佚本·『五朝小說大觀』輯佚本에는 모두 "有憂色"이라 되어 있고, 『淵鑑類函』卷197注에는 "其所憂"라 되어 있다.

[4] 答: 『北堂書鈔』注에는 "告"라 되어 있고, 『初學記』注·『山堂肆考』·『淵鑑類函』卷83注·『說郛』輯佚本·『子史鉤沉』輯佚本·『五朝小說大觀』輯佚本에는 모두 "對"라 되어 있다.

[5] 視: 『初學記』注·『山堂肆考』·『淵鑑類函』卷83注·『李義山詩集注』·『說郛』輯佚本·『子史鉤沉』輯佚本·『五朝小說大觀』輯佚本에는 모두 "草視"라 되어 있고, 『丹鉛總錄』·『升庵集』에는 모두 "草"라 되어 있다.

[6] 이 뒤에 『說郛』輯佚本에는 "卞伯玉「赴中書詩」曰: 躍鱗龍鳳池, 揮翰紫宸裏", 『子史鉤沉』輯佚本에는 "卞伯二「赴中書□」曰: "躍鱗龍鳳池, 揮翰紫宸裏", 『五朝小說大觀』輯佚本에는 "卞伯□□□□曰: 躍鱗龍鳳池, 揮翰紫宸裏" 구절이 각각 들어 있는데, 이는 본 고사와 관련이 없으므로 삭제하는 것이 마땅하다.

△ 出典: 『三國志』 卷28 「魏書·鍾會傳」 裴注.

△ 又見: 『北堂書鈔』 卷103 「藝文部・表」 注.

             『藝文類聚』 卷48 「職官部・中書令」.

             『初學記』 卷11 「職官部・中書令」 注.

             『太平御覽』 卷220 「職官部・中書令」.

             『丹鉛總錄』 卷20 「詩話類・五字」.

             『升庵集』 卷57 「五字」.

             『山堂肆考』 卷45 「臣職・回五字妙」.

             『淵鑑類函』 卷83 「設官部二十三・中書侍郎三」 注, 卷197 「文學部六・表二」 注.

             『韻府拾遺』 卷47 「上聲・十七篠韻」 注.

             『李義山詩集注』 卷3上 「和馬郎中移白菊見示」.

             『御選唐詩』 卷22 「李商隱・和馬郎中移白菊見示」 注.

             『說郛』 輯佚本.

             『子史鉤沉』 輯佚本.

             『五朝小說大觀』 輯佚本.

- 『北堂書鈔』 卷103 「藝文部・表」 注

『世語』曰：司馬景王命中書令虞松作表, 再呈, 輒不可意, 命松更定. 經時, 松思竭不能改, 心存之, 形於顏色. 鍾會察其有憂, 問松, 松以實告. 會取視, 爲定五字. 松悅服, 以呈景王, 王曰:"不當爾耶! 誰所定也?"松曰:"鍾會. 向亦欲啓之, 會公見問, 不敢饕其能."王曰:"如此, 可大用, 可令來."會問松王所能, 松曰:"博學明識, 無所不貫."會乃絶賓客, 精思十日, 平旦入見, 至二鼓乃出. 出後, 王獨拊手歎息曰:"此眞王佐材也!"

- 『藝文類聚』 卷48 「職官部・中書令」

『世語』曰：司馬景王令尙書令虞松作表, 輒不可意, 令更定. 松思竭不能改, 鍾會爲定五字, 松悅服焉.

- 『初學記』 卷11 「職官部・中書令」 注

郭頒『魏晉世語』曰：司馬景王命中書郎虞松作表, 再呈, 不可意, 令松更定之. 經時, 竭思不能改, 心存形色. 中書郎鍾會察有憂色, 問松, 松以實對. 會取草視, 爲定五字. 松悅服, 以呈景王, 景王曰:"不當爾耶!"松曰:"鍾會也."王曰:"如此, 可大用. 眞王佐才也!"

- 『太平御覽』 卷220 「職官部・中書令」

又[郭頒『魏晉世語』]曰：司馬景王令中書令虞松作表, 輒不可意, 令松更定. 思竭不能改, 鍾會爲定五字, 松深悅服.

- 『丹鉛總錄』 卷20 「詩話類·五字」
  郭頒『世語』曰：司馬景王命中書郎虞松作表, 再呈, 不可意. 鍾會取草, 爲定五字. 松悅服, 以呈景王, 景王曰："不當爾耶!"松曰："鍾會也."景王曰："如此, 可大用."

- 『升庵集』 卷57 「五字」
  郭頒『世語』曰：司馬景王命中書郎虞松作表, 再呈, 不可意. 鍾會取草, 爲定五字. 松悅服, 以呈景王, 景王曰："不當爾耶!"松曰："鍾會也."景王曰："如此, 可大用."

- 『山堂肆考』 卷45 「臣職·回五字妙」
  『魏晉世語』：司馬景王命中書郎虞松作表, 再呈, 不可意, 令松更定之. 經時, 竭思不能改, 中書郎鍾會察有憂色, 問松, 松以實對. 會取草視, 爲定五字. 松悅服, 以呈景王, 景王曰："不當爾耶!"松曰："鍾會所爲也."王曰："如此, 可大用, 眞王佐才也!"

- 『淵鑑類函』 卷83 「設官部二十三·中書侍郎三」 注
  郭頒『魏晉世語』曰：司馬景王命中書侍郎虞松作表, 再呈, 不可意, 令松更定之. 經時, 竭思不能改, 心存形色. 中書郎鍾會察有憂色, 問, 松以實對. 會取草視, 爲定五字. 松悅服, 以呈景王, 景王曰："不當爾耶!"松曰："鍾會耳."王曰："如此, 可大用. 眞王佐才也!"

- 『淵鑑類函』 卷197 「文學部六·表二」 注
  『世語』曰：司馬景王命中書令虞松作表, 再呈, 輒不可意, 命松更定. 經時, 松思竭不能改, 心存之, 形於顏色. 鍾會察其所憂, 問松, 松以實答. 會取視, 爲定五字. 松悅服, 以呈景王, 王曰："不當爾耶!"

- 『韻府拾遺』 卷47 「上聲·十七篠韻」 注
  『世語』：司馬景王命中書令虞松作表, 再呈, 輒不可意, 命松更定.

- 『李義山詩集注』 卷3上 「和馬郎中移白菊見示」
  郭頒『魏晉世語』：司馬景王命中書郎虞松作表, 再呈, 不可意, 令松更定

之. 經時, 竭思不能改, 中書郎鍾會取草視, 爲定五字. 松悅服, 以呈景王,
王曰: "不當爾耶!" 松曰: "鍾會也." 王曰: "如此, 可大用."

- 『御選唐詩』 卷22 「李商隱・和馬郎中移白菊見示」 注
  『魏晉世語』: 司馬景王命中書郎虞松作表, 再呈, 不可意, 令松更定之.
  中書郎鍾會爲定五字, 以呈景王, 王曰: "不當爾耶!"

- 『說郛』 輯佚本
  司馬景王命中書郎虞松作表, 再呈, 不可意, 令松更定之. 經時, 竭思不能
  改, 心有形色. 中書郎鍾會察有憂色, 問松, 松以實. 會取草視, 爲定五
  字. 松悅服, 以呈景王, 景王曰: "不當爾耶!" 松曰: "鍾會也." 王曰: "如此,
  可大用. 眞王佐才也!" 卞伯玉「赴中書詩」曰: "躍鱗龍鳳池, 揮翰紫宸裏."

- 『子史鉤沉』 輯佚本
  司馬景王命中書郎虞松作表, 再呈, 不可意, 令松更定之. 經時, 竭思不能
  改, 心□□色. 中書郎鍾會察有憂色, 問松, 松以實對. 會取草視, 爲定五
  字. 松悅服, 以呈景王, 景王曰: "不當爾耶!" 松曰: "鍾會也." 王曰: "如此,
  可大用. 眞王佐才也!" 卞伯二「赴中書□」曰: "躍鱗龍鳳池, 揮翰紫宸裏."

- 『五朝小說大觀』 輯佚本
  司馬景王命中書郎虞松作表, 再呈, 不可意, 令松更定之. 經時, 竭思不能
  改, 心有憂色. 中書郎鍾會察有憂色, 問松, 松以實對. 會取草視, 爲定五
  字. 松悅服, 以呈景王, 景王曰: "不當爾耶!" 松曰: "鍾會也." 王曰: "如此,
  可大用. 眞王佐才也!" 卞伯□□□□□曰: "躍鱗龍鳳池, 揮翰紫宸裏."

059-(249년)

> 조상曹爽 형제는 예전에 자주 함께 궁성 밖으로 출행했는데, 환범
> 桓範[131]이 말했다.

---

131) 환범(桓範)(?~249): 자는 元則. 沛國 龍亢 사람. 삼국시대 위나라의 大臣으로,
  文才가 있었고 회화에 뛰어났다. 후한 獻帝 建安 연간 말에 丞相府에 들어가 王象
  등과 함께 『皇覽』을 편찬했으며, 延康 원년(220)에 羽林左監이 되었다. 魏 明帝
  때 中領軍・尙書・征虜將軍・東中郎將・兗州刺史 등을 지냈다. 齊王 正始 연간

"만기萬機132)를 총괄하는 사람과 금병禁兵을 관장하는 사람이 함께 나가는 것은 옳지 않습니다. 만약 성문을 닫아버리는 자가 있다면 어느 누가 다시 안으로 들어올 수 있겠습니까?"
조상이 말했다.
"누가 감히 그럴 수 있겠는가!"
그로부터 조상 형제는 다시는 함께 나가지 않았으나, 이때133)에 이르러 모두 궁성을 나갔다.

(曹)爽兄弟先是數俱出游, 桓範謂曰: "總萬機, 典禁兵, 不宜並出. 若有閉城門, 誰復內入者?" 爽曰: "誰敢爾邪!" 由此不復並行, 至是乃盡出也.

△ 出典:『三國志』卷9「魏書·曹爽傳」裴注.

060-(249년)

당초에 조상曹爽이 꿈을 꾸었는데, 호랑이 두 마리가 2되들이 사발만한 천둥을 물고 와서 뜰 안에 놓아두는 것이었다. 조상은 이를 꺼림칙하여 점치는 자에게 물어보았더니, 영대승靈臺丞134) 마훈馬訓이 말했다.

(240~249)에 大司農에 임명되었으며, 曹爽의 謀士로서 '智囊'이라 불렸다. 정시 10년(249)에 司馬懿가 정변을 일으켜 조상을 토벌할 때, 조상에게 천자를 모시고 許昌으로 피신하여 후일을 도모하라고 건의했지만 조상이 듣지 않았다. 결국 사마의에게 조상과 함께 주살되었다. 그는 회화에도 조예가 깊어서 唐나라 張彦遠의 『歷代名畫記』에서 中品으로 평가되었다.
132) 만기(萬機): 임금의 政務, 또는 나라의 여러 가지 중요한 政事.
133) 이때: 魏 齊王 正始 10년(249) 정월에 齊王 曹芳이 高平陵을 참배할 때를 말한다. 이때 조상 형제는 모두 조방을 수행했고, 司馬懿는 병마를 이끌고 먼저 무기고를 점거한 뒤 도성을 나와 洛水의 浮橋에 주둔해 있다가 정변을 일으켜 조상 일파를 제거했다.
134) 영대승(靈臺丞): 官名. 太史令의 속관으로, 일월성신의 움직임을 관찰하고 天象을 관측하는 일을 담당했다.

"병란이 우려됩니다."
마훈이 물러간 뒤 자기 부인에게 말했다.
"조상은 장차 병란으로 망할 것이니, 열흘을 넘기지 못할 것이오."

初, (曹)爽夢二虎銜雷公, 雷公若二升碗[1], 放著庭中. 爽惡之, 以問占者, 靈臺丞馬訓曰: "憂兵." 訓退, 告其妻曰: "爽將以兵亡, 不出旬日."[2]

[1] 碗: 諸書에는 모두 "椀"이라 되어 있다.
[2] 以問占者, 靈臺丞馬訓曰: "憂兵." 訓退, 告其妻曰: "爽將以兵亡, 不出旬日.": 『玉芝堂談薈』에는 "以問卜者馬訓, 訓曰: '憂兵, 不出旬日.' 爽果以兵亡."이라 되어 있다.

△ 出典: 『三國志』 卷9 「魏書 · 曹爽傳」 裴注.
△ 又見: 『北堂書鈔』 卷152 「天部 · 雷篇」 注.
　　　　『玉芝堂談薈』 卷9 「占驗風角」.
　　　　『天中記』 卷2 「雷 · 虎銜」.
　　　　『淵鑑類函』 卷8 「天部八 · 雷三」 注.
　　　　『駢字類編』 卷12 「天地門十二 · 雷」 注.
　　　　『子史精華』 卷114 「靈異部四 · 夢」 注.

• 『北堂書鈔』 卷152 「天部 · 雷篇」 注
　『世語』云 : 曹爽夢二虎銜雷公, 雷公若二升椀, 放著庭中. 爽惡之, 以問占者, 靈臺丞馬訓曰: "憂兵." 訓退, 告其妻曰: "爽將以兵亡, 不出旬日."

• 『玉芝堂談薈』 卷9 「占驗風角」
　『世語』: 曹爽夢二虎銜雷公, 若二升椀, 放着廷中. 爽惡之, 以問卜者馬訓, 訓曰: "憂兵, 不出旬日." 爽果以兵亡.

• 『天中記』 卷2 「雷 · 虎銜」
　曹爽夢二虎銜雷公, 若二升椀, 放着庭中. 以問占者, 馬訓曰: "憂兵." 訓退, 告妻曰: "爽將以兵亡, 不出旬日." (『世語』)

• 『淵鑑類函』 卷8 「天部八 · 雷三」 注

『世語』云：曹爽夢二虎銜雷公, 雷公若二升椀, 放著庭中. 爽惡之, 以問占者, 靈臺丞馬訓曰：“憂兵.” 訓退, 告其妻曰：“爽將以兵亡, 不出旬日.”

- 『騈字類編』卷12「天地門十二·雷」注
  『世語』曰：初, 爽夢二虎銜雷公, 雷公若二升椀, 放著庭中. 爽惡之, 以問占者, 靈臺丞馬訓曰：“憂兵.” 訓退, 告其妻曰：“爽將以兵亡, 不出旬日.”

- 『子史精華』卷114「靈異部四·夢」注
  『世語』曰：初, 爽夢二虎銜雷公, 雷公若二升椀, 放着庭中. 爽惡之, 以問占者, 靈臺丞馬訓曰：“憂兵.” 訓退, 告其妻曰：“爽將以兵亡, 不出旬日.”

061-(249년)

당초에 선왕宣王(司馬懿)이 군사를 이끌고 궐하闕下[135]를 따라 무기고로 급히 가면서 조상曹爽의 부문府門에 당도했을 때, 사람들이 몰려들어 수레가 멈추었다. 조상의 부인 유씨劉氏가 두려움에 떨며 밖으로 나와 청사에 이르러 장하수독帳下守督에게 말했다.
“공께서 밖에 계시는데 지금 병란이 일어났으니 어찌한단 말이오?”
장하수독이 말했다.
“부인께서는 걱정하지 마십시오.”
그리고는 문루門樓로 올라가 쇠뇌를 당겨 화살을 장전하고 쏘려 했는데, 부장部將 손겸孫謙[136]이 뒤에서 그를 끌어당겨 제지하며 말했다.
“세상일은 아직 알 수 없소이다!”
이렇게 세 번을 제지하는 중에 선왕은 마침내 그곳을 무사히 지나갈 수 있었다.

初, 宣王勒兵從闕下趨武庫, 當(曹)爽門, 人逼車住. 爽妻劉怖, 出至廳事, 謂帳下守督曰：“公在外, 今兵起, 如何?” 督曰：“夫人勿憂.”

---

135) 궐하(闕下): 대궐 아래라는 뜻으로, 임금이 거처하는 궁궐의 정문 앞을 가리킨다.
136) 손겸(孫謙)(?~?): 삼국시대 위나라의 장수. 曹爽의 部將. 기타 행적은 미상.

乃上門樓, 引弩注箭欲發, 將孫謙在後牽止之曰: "天下事[1]未可知!" 如此者三, 宣王遂得過去.

[1] 事: 『駢字類編』 注에는 이 자가 없다.

△ 出典:『三國志』 卷9「魏書‧曹爽傳」 裴注.

△ 又見:『駢字類編』 卷60「居處門四‧門」 注.

• 『駢字類編』 卷60「居處門四‧門」 注
『世語』曰: 初, 宣王勒兵從闕下趨武庫, 當爽門, 人逼車住. 爽妻劉怖, 出至廳事, 謂帳下守督曰: "公在外, 今兵起, 如何?" 督曰: "夫人勿憂." 乃上門樓, 引弩注箭欲發, 將孫謙在後牽止之曰: "天下未可知!" 如此者三, 宣王遂得過去.

062-(249년)

처음에 장제(蔣濟[137])가 사마선왕司馬宣王(司馬懿)을 따라 낙수洛水의 부교浮橋에 군대를 주둔시키고 있었는데, 장제가 조상曹爽에게 편지를 보내 사마선왕의 뜻을 전했다.
"오직 당신을 면직시키는 것일 뿐입니다."
하지만 결국 조상이 주살되자, 장제는 자신의 말이 믿음을 잃어버린 것을 근심하다가 병이 나서 죽었다.

初, (蔣)濟隨司馬宣王屯洛水浮橋, 濟書與曹爽, 言宣王旨: "惟免官

---

137) 장제(蔣濟)(188～249): 자는 子通. 楚國 平阿 사람. 삼국시대 위나라의 重臣. 武帝‧文帝‧明帝‧齊王의 4대에 걸쳐 벼슬을 했으며 太尉에까지 올랐다. 후한 말에 九江郡吏와 揚州別駕를 지내다가, 나중에 曹操에 의해 丹陽太守에 임명되었다. 얼마 후에는 丞相府主薄와 西曹屬이 되어 조조의 심복 謀士가 되었다. 文帝가 즉위하자 『萬機論』을 올려 散騎常侍가 되고 右中郞將을 지냈다. 明帝 때는 中護軍에 임명되고 關內侯에 봉해졌으며, 齊王 때는 領軍將軍에 임명되고 昌陵亭侯에 봉해지고 太尉에 올랐다. 正始 10년(249)에 司馬懿를 위해 曹爽이 모반했다는 표문을 올려 사마의가 정변에 성공하고 조상 일파를 제거하는 데 기여함으로써 都鄕侯에 봉해졌다. 같은 해에 죽었으며, 시호는 景侯다.

而已." 爽遂[1]誅滅, 濟病其言之失信, 發病卒.

[1] 遂:『何氏語林』注에는 이 자가 없다.

△ 出典:『三國志』卷14「魏書·蔣濟傳」裴注.
△ 又見:『何氏語林』卷18「品藻」注.

- 『何氏語林』卷18「品藻」注
  『世語』曰 : 濟隨司馬宣王屯洛水浮橋, 濟書與曹爽, 言宣王旨:"唯免官
  而已." 爽誅滅, 濟病其言之失信, 發病卒.

063-(249년)

선왕宣王(司馬懿)은 허윤許允138)과 진태陳泰139)로 하여금 조상曹爽을
설득하게 했으며, 장제蔣濟 또한 조상에게 서찰을 보내 선왕의 뜻
을 전달했다. 선왕은 또 조상이 신임하는 전중교위殿中校尉 윤대목

138) 허윤(許允)(?∼254): 자는 士宗. 高陽 사람. 삼국시대 위나라의 신하이자 名士.
    中領軍과 鎭北將軍을 역임했다. 권문세족 출신으로 젊었을 때 같은 군의 崔贊과
    함께 冀州에서 이름을 날렸다. 魏 明帝 때 尚書選曹郞을 지냈다. 齊王 正始 10년
    (249)에 司馬懿가 정변을 일으켰을 때 侍中으로 있었는데, 尚書 陳泰와 함께 조상
    에게 죄를 인정하라고 설득했다. 허윤은 李豐·夏侯玄과 사이가 좋았는데, 사마의
    가 죽은 뒤 嘉平 6년(254)에 이풍 등이 司馬師를 주살하기로 모의하고 황제 曹芳에
    게 司馬氏의 병권을 빼앗아 토벌하라고 권했지만 조방이 결행하지 못했다. 결국
    일이 발각되어 이풍과 하후현 등은 멸족되었다. 나중에 허윤도 사마사에 의해 樂浪
    으로 유배되어 유배지로 가던 도중에 죽었다.
139) 진태(陳泰)(?∼260): 자는 玄伯. 潁川 許昌 사람. 삼국시대 위나라의 名將. 司空
    陳群의 아들이다. 明帝 때 散騎侍郞을 지냈다. 齊王 正始 10년(249)에 司馬懿가
    정변을 일으켰을 때 尚書로 있었는데, 侍中 許允과 함께 조상에게 죄를 인정하라고
    설득했다. 이로 인해 사마씨의 신임을 받게 되었다. 高貴鄉公 正元 2년(255)에
    蜀將 姜維가 공격해오자 병사를 이끌고 가서 狄道를 구하고 강유를 격퇴시켰다.
    이듬해에는 尚書右僕射에 올라 관리 임용을 담당했다. 甘露 5년(260)에 고귀향공
    曹髦가 司馬昭를 토벌하고자 거병했다가 賈充의 명을 받은 成濟에게 살해당했는
    데, 진태가 고귀향공의 靈殿에 나아가 통곡하다가 비통함이 지나쳐 피를 토하고
    죽었다.

尹大目[140]을 보내 조상에게 말했다.

"다만 관직에서 파면할 뿐이니, 이를 낙수洛水에 대고 맹세합니다."

조상은 그 말을 믿고 군사를 해산했다.

> 宣王使許允·陳泰解語(曹)爽, 蔣濟亦與書達宣王之旨. 又使爽所信
> 殿中校尉尹大目謂爽: "唯免官而已, 以洛水爲誓." 爽信之, 罷兵.

△ 出典:『三國志』卷9「魏書·曹爽傳」裴注.

064-(249년)

> 당초 조상曹爽이 궁성을 나갔을 때, 사마司馬 노지魯芝[141]는 관부에
> 남아 있다가 변고가 생겼다는 말을 듣고 군영의 기병을 이끌고
> 진문津門[142]을 부수고 나와 조상에게 갔다. 노지는 조상이 주살된

---

140) 윤대목(尹大目)(?~?): 삼국시대 위나라의 관리. 일찍이 殿中校尉를 지냈다. 어렸
을 때 曹氏 집안의 家奴였다가 나중에 大將軍 曹爽의 신임을 받았다. 조상이 司馬
懿에게 살해된 후, 늘 원수를 갚을 마음을 품고 있었다. 高貴鄕公 正元 2년(255)에
文欽과 毌丘儉이 반란을 일으켰을 때, 司馬師가 위독한 상태에 있음을 알고 사마사
에게 문흠을 투항시키겠다고 거짓말을 한 뒤, 문흠에게 사마사의 영채를 공격하라고
암시했지만 문흠이 알아듣지 못해 결국 가슴을 치며 사마사에게 돌아갔다.
141) 노지(魯芝)(190~273): 자는 世英. 扶風 郿縣 사람. 魏晉代의 大臣. 魏 文帝 때
郭淮에 의해 孝廉에 천거되어 벼슬길에 나아갔다. 明帝 太和 2년(228)에서 3년
(229)까지 촉나라의 諸葛亮이 3차례에 걸쳐 위나라를 공격하여 關中을 놓고 쟁탈전
을 벌일 때, 곽회가 출병하면서 그를 別駕로 삼았다. 전쟁이 끝난 후 곽회의 추천으
로 大司馬 曹眞의 속관이 되었으며, 그 후로 騎都尉·參軍事·尙書郎 등을 지냈다.
齊王이 즉위하자 大將軍 曹爽이 정치를 보좌하면서 그를 大將軍府의 司馬로 삼았
다. 正始 10년(249)에 司馬懿가 정변을 일으켰을 때, 그는 성안에 남아 있다가
조상을 구하러 달려갔지만, 결국 조상은 참수되고 그는 하옥되었다. 하지만 사마의
는 그의 충성과 용기를 가상히 여겨 그를 발탁하여 중임을 맡겼다. 高貴鄕公 때는
關內侯에 봉해지고 揚武將軍·荊州刺史를 지냈으며, 다시 武亭侯에 봉해지고 大尙
書로 승진했다. 元帝 때는 平東將軍에 임명되고 陰平伯에 봉해졌다. 265년에 司馬
炎이 晉나라를 건국한 뒤, 鎭東將軍에 임명되고 光祿大夫에 제수되었으며 特進의
반열에 올랐다.
142) 진문(津門): 나루터 입구에 설치한 關門.

후 어사중승御史中丞으로 발탁되었다. 조상이 인장 끈을 풀어 내주려고 하자, 주부主簿 양종楊綜[143]이 제지하며 말했다.

"공께서는 군주를 보좌하며 권력을 장악하고 계신데, 이것을 버리고 [처형장인] 동시東市로 가시렵니까?"

하지만 조상은 그 말을 따르지 않았다. 담당관리가 양종이 조상의 모반을 이끌었다고 상주하자, 선왕宣王(司馬懿)이 말했다.

"각자 자기 주인을 위해서 한 일이다."

그리고는 그를 용서하고 상서랑尙書郎으로 삼았다.

노지는 자가 세영世英이고 부풍扶風 사람이다. 이후에 벼슬이 특진광록대부特進光祿大夫에 이르렀다. 양종은 자가 초백初伯이고, 나중에 안동장군安東將軍 사마문왕司馬文王(司馬昭)[144]의 장사長史가 되었다.

初, (曹)爽出, 司馬魯芝留在府, 聞有事, 將營騎斫津門出赴爽. 爽誅, 擢爲御史中丞. 及爽解印綏, 將出, 主簿楊綜止之曰: "公挾主握權[1], 捨此以至東市乎?" 爽不從. 有司奏綜導爽反, 宣王曰: "各爲其主也." 宥之, 以爲尙書郎. 芝字世英, 扶風人也. 以後仕進至特進光祿大夫. 綜字初伯, 後爲安東將軍司馬文王長史.

---

143) 양종(楊綜)(?~?): 자는 初伯. 삼국시대 위나라의 文臣. 大將軍 曹爽의 참모였는데, 司馬懿가 정변을 일으켜 조상을 살해한 뒤 그를 사면해주었다. 나중에 司馬昭의 參軍이 되었다.

144) 사마문왕(司馬文王): 司馬昭(211~265). 자는 子上. 삼국시대 위나라 河內 溫縣 사람. 司馬懿의 아들이자 司馬師의 동생이다. 齊王 曹芳 正始 연간 초에 洛陽典農 中郎將이 되었다. 曹爽이 촉나라를 공격할 때 征蜀將軍이 되어 군사를 이끌고 촉장 姜維가 隴右를 공격하는 것을 막았다. 제왕 조방을 폐하고 高貴鄕公 曹髦를 옹립하는 데 참여하여 高都侯에 봉해졌다. 형 사마사가 죽자 그를 이어 대장군이 되었으며, 얼마 후 大都督에 올라 晉公에 봉해지고 相國이 되어 국정을 장악했다. 고귀향공 甘露 5년(260)에 조모가 궁중의 宿衛를 모아 그를 토벌하려 하자, 護軍 賈充에게 成濟를 시켜 조모를 살해하게 하고, 성제에게 죄를 뒤집어 씌워 죽였다. 이어 曹奐을 옹립하여 元帝로 즉위하게 했다. 원제 景元 4년(263)에 군대를 일으켜 촉나라를 멸했다. 나중에 晉王으로 봉해졌다. 원제 咸熙 2년(265)에 죽었으며, 몇 달 후 아들 司馬炎이 제위를 찬탈해 晉나라를 세운 뒤 文帝로 추존되었다.

[1] 權: 『三國志』注에는 "灌"이라 되어 있지만 뜻이 통하지 않으므로, 『職官分紀』 卷33 注에 의거하여 고쳤다.

△ 出典: 『三國志』 卷9 「魏書·曹爽傳」 裴注.
△ 又見: 『太平御覽』 卷215 「職官部·總敘尚書郎」.
　　　　 『職官分紀』 卷8 「尚書郎」 注, 卷33 「主簿」 注.

• 『太平御覽』 卷215 「職官部·總敘尚書郎」
　又[『世語』]曰: 曹爽解印綬, 將出, 主簿楊綜止之, 爽不從. 有司奏綜導爽反, 宣王曰: "各爲其主也." 宥之, 爲郎.

• 『職官分紀』 卷8 「尚書郎」 注
　『晉世語』: 曹爽解印綬, 將出, 主簿楊綜止之, 爽不從. 有司奏曰: "綜導爽反." 宣王曰: "各爲其主." 宥之, 爲郎.

• 『職官分紀』 卷33 「主簿」 注
　『世語』: 楊綜爲大將軍曹爽主簿, 爽將誅, 及解印綬, 將出, 綜止之曰: "公挾主握權, 舍此以至東市乎?" 不從. 有司奏綜導爽反, 宣王曰: "各爲其主也." 宥之, 以爲尚書郎.

065-(249년)

곽회郭淮145)의 부인은 왕릉王淩의 누이동생이다. 왕릉이 주살되자146) 누이동생도 응당 연좌되어 어사御史가 그녀를 체포하러 갔

---

145) 곽회(郭淮)(?~255): 자는 伯濟. 太原 陽曲 사람. 삼국시대 위나라의 名將. 후한 獻帝 建安 연간(196~220) 孝廉에 천거된 후 平原府丞, 丞相府의 兵曹議令史, 夏侯淵의 司馬 등을 지냈다. 夏侯淵이 전사했을 때, 殘兵을 수습하여 杜襲과 함께 張郃을 主將으로 추대하여 사태를 안정시켰다. 曹丕가 칭제했을 때, 關內侯에 봉해지고 鎭西長史에 임명되었다. 諸葛亮이 위나라를 정벌했을 때 그에 맞서 여러 차례 戰功을 세웠다. 齊王 正始 원년(240)에 蜀將 姜維를 격퇴시켜 左將軍과 前將軍으로 승진했으며, 嘉平 2년(250)에는 다시 車騎將軍으로 승진하고 陽曲侯에 봉해졌다. 사후에 大將軍에 추증되었으며, 시호는 貞侯다.

146) 왕릉이 주살되자: 魏 齊王 嘉平 원년(249)에 왕릉은 외조카 令狐愚와 공모하여 당시 천자였던 齊王 曹芳을 폐위하고 曹操의 아들인 楚王 曹彪를 옹립하려 했다가

다. 그러자 독장督將 및 강족羌族과 호족胡族의 우두머리 수천 명이 머리를 조아리며 곽회에게 부인을 놓아달라는 표문을 올리라고 청했으나, 곽회는 따르지 않았다. 부인이 압송의 길에 오르자 눈물을 흘리지 않는 자가 없었으며, 사람들마다 주먹을 불끈 쥐고 분노하면서 그녀가 가는 길을 막으려 했다. 곽회의 다섯 아들이 머리를 찧어 피를 흘리면서 곽회에게 청원하자, 곽회는 차마 이를 볼 수가 없어서 마침내 좌우에 명하여 부인을 뒤쫓아 가라고 했다. 이에 수천 명의 기병이 추격하여 며칠 만에 [부인을 다시 모시고] 돌아왔다. 곽회는 곧 사마선왕司馬宣王(司馬懿)에게 서찰을 보내 호소했다.

"다섯 아들이 어미를 불쌍히 여겨 자신의 목숨도 아끼지 않으니, 만일 그 어미가 죽는다면 다섯 아들은 살 수 없을 것이고 다섯 아들이 죽는다면 저 또한 살 수 없을 것입니다. 지금 급히 뒤쫓아 가서 다시 데려온 것이 만약 국법에 어긋나는 일이라면, 사법관으로부터 죄받음이 마땅합니다. 가까운 시일에 배알하겠습니다."
서찰이 도착하자 사마선왕도 그녀를 사면해주었다.

(郭)淮妻, 王淩之妹. 淩誅, 妹當從坐, 御史[1]往收. 督將及羌·胡渠帥數千人叩頭, 請淮表[2]留妻, 淮不從. 妻上道, 莫不流涕, 人人扼腕, 欲劫留之. 淮五子叩頭流血請淮, 淮不忍視, 乃命左右追妻[3]. 於是追者數千騎數日而還[4]. 淮以書白司馬宣王曰: "五子哀母, 不惜其身, 若無其母, 是無五子, 無五子[5], 亦無淮也. 今輒追還, 若於法未通, 當受罪於主者. 覲展在近[6]." 書至, 宣王亦宥之[7].

[1] 御史: 『世說新語』注에는 "侍御史"라 되어 있다.
[2] 表: 『世說新語』注에는 "上表"라 되어 있다.
[3] 左右追妻: 『世說新語』注에는 "追之"라 되어 있다.
[4] 追者數千騎數日而還: 『世說新語』注에는 "數千騎往追還"이라 되어 있다.

일이 실패하여 주살되었다.

[5] 無五子: 『世說新語』注에는 "五子若亡"이라 되어 있다.
[6] 覲展在近: 『世說新語』注에는 이 4자가 없다.
[7] 亦宥之: 『世說新語』注에는 "乃表原之"라 되어 있다.

△ 出典: 『三國志』 卷26 「魏書・郭淮傳」 裴注.
△ 又見: 『世說新語』 「方正」4 劉注.

• 『世說新語』 「方正」4 劉注
『世語』曰: 淮妻當從坐, 侍御史往收. 督將及羌・胡渠帥數千人叩頭, 請
淮上表留妻, 淮不從. 妻上道, 莫不流涕, 人人扼腕, 欲劫留之. 淮五子叩
頭流血請淮, 淮不忍視, 乃命追還. 於是數千騎往追還. 淮以書白司馬宣
王曰: "五子哀母, 不惜其身, 若無其母, 是無五子, 五子若亡, 亦無淮也.
今輒追還, 若於法未通, 當受罪於主者." 書至, 宣王乃表原之.

066-(249년)

> 하후패夏侯霸[147])가 촉蜀나라로 망명하자 촉나라 조정에서 그에게
> 물었다.
> "사마공司馬公(司馬懿)은 덕망이 어떠합니까?"
> 하후패가 말했다.
> "스스로 응당 가문을 세울 만합니다."
> [다시 물었다.]
> "도성의 준걸은 누구입니까?"
> 하후패가 말했다.

---

147) 하후패(夏侯霸)(188?～259?): 자는 仲權. 沛國 譙縣 사람. 삼국시대 위나라와 촉나
라의 중요 장수로, 夏侯淵의 둘째아들이다. 위나라에서는 右將軍과 討蜀護軍 등을
지냈고 博昌亭侯에 봉해졌다. 魏 齊王 曹芳 正始 10년(249)에 司馬懿가 정변을
일으켜 曹爽을 주살했으며, 征西將軍 夏侯玄이 조정으로 소환되고 그 대신 雍州刺
史 郭淮가 정서장군에 임명되었는데, 하후현・조상과 친척지간이었던 하후패는 조
상의 후대를 받았지만 곽회와는 줄곧 사이가 좋지 않았다. 그래서 조상이 사마의에
게 피살되자 신변에 불안을 느껴 촉나라로 망명했다. 촉나라에서 車騎將軍에 임명
되었으며, 일찍이 姜維를 따라 위나라 정벌에 참여했다.

"종사계鍾士季(鍾會)가 있는데, 그 사람이 조정을 장악하고 있어서 오나라와 촉나라의 근심거리입니다."

夏侯霸奔蜀, 蜀朝問: "司馬公如何德?" 霸曰: "自當作家門.""京師俊士?" 曰: "有鍾士季, 其人管朝政, 吳·蜀之憂也."

△ 出典:『三國志』 卷28 「魏書·鍾會傳」 裴注.

067-(249년)

하후위夏侯威[148]는 자가 계권季權이고 의협심을 귀하게 여겼으며, 형주자사荊州刺史와 연주자사兗州刺史를 역임했다. 장남 하후준夏侯駿[149]은 병주자사幷州刺史를 지냈고, 차남 하후장夏侯莊[150]은 회남태수淮南太守를 지냈다. 하후장의 아들 하후담夏侯湛은 자가 효약孝若이고, 박식한 재주와 뛰어난 문장으로 벼슬이 남양상南陽相과 산기상시散騎常侍에 이르렀다. 하후장은 진晉 경양황후景陽皇后(羊徽瑜)[151]의

---

148) 하후위(夏侯威)(201?~249?): 자는 季權. 沛國 譙縣 사람. 삼국시대 위나라의 장수. 夏侯淵의 넷째아들이다. 평소 曹丕·曹植 등과 교분이 두터웠다. 일찍이 羊祜의 재주를 매우 높이 여겨 자기 형 夏侯霸의 딸을 그에게 시집보냈는데, 나중에 양호는 과연 한 시대의 名將이 되었다. 49세에 兗州刺史가 되었으며, 같은 해에 병으로 죽었다.

149) 하후준(夏侯駿)(?~?): 자는 長容. 魏晉代의 장수. 夏侯淵의 손자로, 兗州刺史 夏侯威의 장남이자 淮南太守 夏侯莊의 형이다. 汝南王 司馬亮, 司徒 魏舒와 인척관계를 맺었다. 豫州大中正·尙書·少府·安西將軍·幷州刺史를 역임했다. 晉 惠帝 元康 6년(296) 서북방의 氐族과 羌族 등이 반란을 일으켜 그 우두머리 齊萬年이 칭제하자, 진나라 조정에서 司馬肜을 征西大將軍·都督關中諸軍事에 임명하고 周處를 建威將軍으로 삼고 安西將軍 夏侯駿을 그 휘하에 두었는데, 사마융이 하후준과 함께 주처에게 出戰을 강요해놓고는 후방의 지원을 거절하여 주처를 전사하게 만들었다.

150) 하후장(夏侯莊)(?~?): 자는 仲容. 魏晉代의 관리. 夏侯淵의 손자로, 兗州刺史 夏侯威의 차남이자 幷州刺史 夏侯駿의 동생이다. 부인 羊氏는 晉 景獻皇后 羊徽瑜의 사촌자매였다. 딸 夏侯光姬는 晉 琅邪王 司馬覲의 妃가 되어 元帝 司馬睿를 낳았다.

151) 경양황후(景陽皇后): 景羊皇后('陽'과 '羊'은 통한다), 즉 景獻皇后 羊徽瑜(214~278)를 말한다. 泰山 南城 사람. 晉 景帝 司馬師의 셋째 부인. 上黨太守 羊衛의

자부姊夫였다. 이 때문에 온 가문이 당시에 과분하게 흥성했다.

> (夏侯)威字季權, 任俠貴, 歷荊·兗二州刺史. 子駿, 幷州刺史, 次莊,
> 淮南太守. 莊子湛字孝若, 以才博文章, 至南陽相·散騎常侍. 莊,
> 晉景陽皇后姊夫也. 由此一門侈盛於時.

△ 出典:『三國志』 卷9 「魏書·夏侯淵傳」 裴注.

068-(250년 전후)

> 정효程曉[152)는 자가 계명季明이며, 사리에 통달한 식견을 지니고
> 있었다.
>
> (程)曉字季明, 有通識.

△ 出典:『三國志』 卷14 「魏書·程曉傳」 裴注.

069-(254년)

> 이풍李豐[153)이 아들 이도李韜[154)를 보내 [사마사를 제거하려는] 모

딸이자 羊祜의 누나다. 모친은 漢나라의 名士로 左中郎將을 지낸 蔡邕의 딸이다.
魏 明帝 靑龍 2년(234)에 사마사가 본 부인인 夏侯徽를 독살하고 나서 다시 결혼했
다가 이혼한 후에 才女 양휘유를 부인으로 얻었다. 그녀는 총명하고 도량이 넓었다.
진나라가 건국된 후 사마사를 景帝로 추존했으며, 武帝 咸寧 4년(278)에 양휘유가
65세로 죽자 景獻皇后로 추존했다.

152) 정효(程曉)(220?~264): 자는 계명. 東郡 東阿 사람. 삼국시대 위나라의 학자. 衛尉
程昱의 손자다. 文帝 黃初 연간(220~226)에 列侯에 봉해졌다. 齊王 曹芳 嘉平
연간(249~254)에 黃門侍郎이 되었는데, 당시 관리의 감찰을 맡은 校事官이 전횡
을 일삼자 장문의 상소문을 올려 그 폐단을 지적함으로써 결국 교사관을 폐지하게
만들었다. 나중에 汝南太守가 되었다. 그는 儒家의 名敎를 적극 옹호하고 三綱五倫
의 교화와 가정윤리의 수립을 제창하여 『女典篇』을 지어 부녀자의 품덕을 강조했
다. 40여 세에 죽었다.

의 사실을 하후현夏侯玄에게 알렸더니, 하후현이 말했다.
"마땅히 치밀하게 해야 합니다."
그래서 더는 고하지 못했다.

(李)豐遣子韜以謀報玄, 玄曰: "宜詳之耳." 而不以告也.

△ 出典:『三國志』卷9「魏書·夏侯玄傳」裵注.

070-254년

대장군大將軍(司馬師)[155]이 이풍李豐의 모의 소식을 들었을 때, 사인

153) 이풍(李豐)(?~254): 자는 安國 또는 宣國. 馮翊 東縣 사람. 삼국시대 위나라의
    大臣. 文帝 黃初 연간(220~226)에 부친 衛尉 李義를 따라 종군하여 이름을 알렸
    다. 明帝 때 黃門郎과 給事中을 지냈다. 齊王 正始 연간(240~248)에 侍中과 尙書
    僕射가 되었으며, 嘉平 4년(252)에 中書令이 되었다. 아들 李韜가 齊長公主와 결혼
    했다. 가평 6년(254)에 司馬師가 조정에서 권력을 전횡하자, 이에 불만을 품고 太常
    夏侯玄, 光祿大夫 張緝 등과 함께 은밀히 그를 제거하려고 모의했다. 하지만 일이
    누설되어 결국 사마사에게 모두 처형되었다.
154) 이도(李韜)(?~254): 삼국시대 위나라의 中書令 李豐의 아들. 일찍이 明帝의 딸
    齊長公主에게 장가들었다. 齊王 嘉平 6년(254)에 부친 이풍이 夏侯玄·張緝 등과
    함께 司馬師를 제거하려다 실패하여 부친과 함께 살해당했다. 다만 부인 제장공주
    와 세 아들은 皇親이라는 이유로 화를 면했다.
155) 대장군(大將軍): 司馬師(208~255). 자는 子元. 河內 溫縣 사람. 삼국시대 위나라
    의 權臣. 司馬懿의 장남이자 司馬昭의 형이며, 晉나라를 개국한 司馬炎의 백부다.
    웅대한 지략을 지니고 있었으며, 夏侯玄·何晏과 이름을 나란히 했다. 明帝 景初
    연간(237~239)에 散騎常侍가 되었다가 中護軍으로 전임되었다. 齊王 正始 10년
    (249)에 부친을 도와 曹爽을 살해하고, 그 공으로 長平鄕侯에 봉해졌다. 사마의가
    죽은 후 撫軍大將軍으로서 국정을 보좌했으며, 嘉平 4년(252)에 대장군으로 전임되
    고 侍中에 올라 조정의 권력을 장악했다. 가평 6년(254)에 齊王 曹芳이 中書令
    李豐 등과 사마사를 제거하기로 密謀했는데, 일이 누설되어 밀모에 참여했던 사람
    들이 모두 살해되었다. 사마사는 제왕 조방을 폐위하고 文帝 曹丕의 손자인 高貴鄕
    公 曹髦를 황제로 옹립했다. 正元 2년(255)에 揚州刺史 文欽과 鎭東將軍 毌丘儉이
    반란을 일으키자, 친히 군대를 이끌고 반란을 평정하러 가던 도중에 병사했다. 사마소
    가 晉王에 봉해진 뒤 景王에 추증되었으며, 진나라가 건국된 후 景皇帝로 추존되었다.

_{舍人} 왕양王羨156)이 대장군에게 이풍을 불러들이라는 명을 내리라고 청하며 말했다.

"이풍이 만약 대비하지 않고 있다면, 형세가 급박해질 경우 반드시 올 것입니다. 만약 오지 않는다면 저 혼자서도 충분히 제압할 수 있습니다. 만약 모의가 누설된 것을 알았다면, 무리를 거느리고 어가御駕를 모시고 장창으로 호위하면서 곧장 운룡문雲龍門으로 들어간 다음 천자를 모시고 능운대凌雲臺로 올라갈 것입니다. 능운대 위에는 3천 명이 쓸 병장기가 있으니 북을 울려 군사들을 모아 그렇게 된다면 저도 어쩔 수가 없습니다."

대장군은 곧 왕양을 파견하여 수레로 이풍을 모셔오게 했다. 이풍은 협박당하자 왕양을 따라 도착했다.

> 大將軍聞(李)豐謀, 舍人王羨請以命請豐: "豐若無備, 情屈勢迫, 必來. 若不來, 羨一人足以制之. 若知謀泄, 以眾挾輪, 長戟自衛, 徑入雲龍門, 挾天子登凌雲臺. 臺上有三千人仗, 鳴鼓會眾, 如此, 羨所不及也." 大將軍乃遣羨以車迎之. 豐見劫迫, 隨羨而至.

△ 出典: 『三國志』 卷9 「魏書·夏侯玄傳」 裴注.

071-(254년)

하후현夏侯玄은 정위廷尉에게 인도되었으나 결코 입을 열려고 하지 않았다. 그래서 정위 종육鍾毓157)이 직접 나서서 하후현을 심문하

---

156) 왕양(王羨)(?~?): 기타 자세한 행적은 미상. 한편 『晉書』 권2 「世宗景帝師紀」에는 수레로 이풍을 모셔온 사람이 "王羨"으로 되어 있다.

157) 종육(鍾毓)(?~263): 자는 稚叔. 潁川 長社 사람. 삼국시대 위나라의 大臣. 太傅 鍾繇의 아들이자 司徒 鍾會의 형이다. 사람됨이 機敏하여 부친 종요의 기풍을 지니고 있었다. 14살 때 散騎侍郎이 되었으며, 明帝 太和 연간(227~232) 초에 黃門侍郎으로 전임되었다. 나중에 軍功으로 靑州刺史·都督徐州荊州諸軍事에 임명되었다. 죽은 후 車騎將軍에 추증되었으며, 시호는 惠侯다.

자, 하후현이 정색하고 종육을 질책하며 말했다.

"나에게 무슨 말을 하란 말이오? 그대는 영사令史가 되어 사람을 다그치려 하니,158) 그대가 내 대신 진술서를 작성하시오."

종육은 하후현이 명사로서 절조가 높아 꺾을 수 없다고 생각했지만 옥사獄事를 어떻게 해서든지 끝내야 했으므로, 밤에 사실과 서로 부합하도록 진술서를 작성하여 눈물을 흘리면서 하후현에게 보여주었다. 하후현은 그것을 보고 고개를 끄덕일 뿐이었다. 종육의 동생 종회鍾會는 하후현보다 나이가 적었으며 하후현과는 친분이 없었는데, 이날 종육의 옆에서 하후현에게 친한 척했지만 하후현은 받아주지 않았다.

(夏侯)玄至廷尉, 不肯下辭. 廷尉鍾毓自臨治[1]玄, 玄正色責毓[2]曰: "吾當何辭? 卿[3]爲令史責人也, 卿便爲吾作." 毓以其名士, 節高不可屈, 而獄當竟, 夜爲作辭, 令與事相附, 流涕以示玄. 玄視, 頷之而已[4]. 毓弟會[5], 年少於玄, 玄不與交, 是日於毓坐狎玄, 玄不受[6].

---

[1] 治: 『世說新語』注에는 "履"라 되어 있다.

[2] 責毓: 『世說新語』注에는 이 2자가 없다.

[3] 卿: 『世說新語』注에는 이 자가 없다.

[4] 玄視, 頷之而已: 『世說新語』注에는 "玄視之曰: '不當若是邪!'"라 되어 있다.

[5] 毓弟會: 『世說新語』注에는 "鍾會"라 되어 있다.

[6] 玄不受: 『世說新語』注에는 "玄正色曰: '鍾君, 何得如是?'"라 되어 있다.

△ 出典: 『三國志』卷9 「魏書·夏侯玄傳」 裴注.

△ 又見: 『世說新語』 「方正」6 劉注.

• 『世說新語』 「方正」6 劉注

---

158) 영사(令史)가 되어 사람을 다그치려 하니: 令史는 公府에서 문서를 관장하는 관리다. 九卿의 서열에 있는 鍾毓이 令史나 하는 일을 하려 한다는 뜻이다.

『世語』曰 : 玄至廷尉, 不肯下辭. 廷尉鍾毓自臨履玄, 玄正色曰: "吾當何辭? 爲令史責人邪? 卿便爲吾作." 毓以玄名士, 節高不可屈, 而獄當竟, 夜爲作辭, 令與事相附, 流涕以示玄. 玄視之曰: "不當若是邪!" 鍾會年少於玄, 玄不與交, 是日於毓坐狎玄, 玄正色曰: "鍾君, 何得如是?"

072-(254년)

이익李翼[159]의 후처는 산기상시散騎常侍 순이荀廙[160]의 손윗누이였는데, 그녀가 이익에게 말했다.

"중서령中書令(李豐)의 일이 발각되었으니, 소환장이 도착하기 전에 오나라로 도망가는 것이 좋겠습니다. 어찌 앉아서 죽음을 맞이할 수 있겠습니까! 주변에서 위험한 지경에 함께 뛰어들만한 사람이 누구입니까?"

이익이 생각하면서 미처 대답하기 전에 부인이 말했다.

"당신은 지금 큰 주州를 차지하고 있는데 생사를 함께 할만한 사람을 알지 못한다면, 가더라도 화를 면하지는 못할 것입니다."

그러자 이익이 말했다.

"두 아들이 아직 어리니 나는 떠나지 않겠소. 내가 지금 이 자리에 있기만 하면 내 자신은 죽겠지만 두 아들은 반드시 화를 면할 것이오."

과연 이익의 말대로 되었다. 이익의 아들 이빈李斌[161]은 양준楊駿[162]의 외조카다. 진晉나라 혜제惠帝(司馬衷)[163] 초에 하남윤河南尹

---

159) 이익(李翼)(?~254): 馮翊 東縣 사람. 삼국시대 위나라의 관리. 衛尉 李義의 아들이자 中書令 李豐의 동생. 齊王 嘉平 연간(249~254)에 兗州刺史를 지냈다. 가평 6년(254)에 형 李豐이 司馬師를 제거하려는 밀모를 세우면서 이익에게 은밀히 입조하라고 요청하여 그와 힘을 합칠 생각이었는데 황제의 윤허를 받지 못했다. 결국 이풍의 계획이 실패로 끝나자 이익은 하옥되었다가 처형되었다.

160) 순이(荀廙)(?~?): 자세한 행적은 미상.

161) 이빈(李斌)(?~291): 西晉의 관리. 惠帝 때 河南尹을 지냈다. 永平 원년(291)에 賈后가 정변을 일으켰을 때 외숙부 양준과 함께 처형되었다. 기타 행적은 미상.

162) 양준(楊駿)(?~291): 자는 文長. 弘農 華陰 사람. 西晉의 大臣. 처음에 高陸縣令으

을 지냈으며 양준과 함께 죽었다. 『진서晉書』에 보인다.[164]

(李)翼後妻, 散騎常侍荀廣姊, 謂翼曰: "中書事發, 可及書未至赴吳. 何爲坐取死亡! 左右可共同赴水火者誰?" 翼思未答, 妻曰: "君在大州, 不知可與同死生者, 去亦不免." 翼曰: "二兒小, 吾不去. 今但從坐, 身死, 二兒必免." 果如翼言. 翼子斌, 楊駿外甥也. 晉惠帝初, 爲河南尹, 與駿俱死. 見『晉書』.

△ 出典: 『三國志』 卷9 「魏書·夏侯玄傳」 裴注.

073-(254년)

이 해 가을[165]에 강유姜維[166]가 농우隴右를 침입했다. 당시 안동장

로 있다가 여러 벼슬을 거쳐 車騎將軍에 이르고 臨晉侯에 봉해졌다. 딸이 武帝의 황후가 되자 무제의 총애를 받아 동생 楊珧·楊濟와 함께 권세를 휘둘러 당시 '三楊'으로 불렸다. 太熙 원년(290)에 무제가 위중해지자, 무제를 含章殿에 연금시키고 주변의 侍衛를 자신의 심복으로 채웠다. 무제는 본래 양준과 汝南王 司馬亮에게 함께 국정을 보좌하게 할 생각이었는데, 평소 사마량을 꺼려하던 양준이 무제의 정신이 혼미한 틈을 타 황후와 함께 조서를 고쳐, 스스로 太尉·太子太傅·都督中外諸軍事·侍中·錄尙書事에 오르고 사마량을 許昌으로 가라고 독촉했다. 惠帝가 즉위하자, 국정을 장악하고 親黨만을 등용하고 宗室을 멀리하는 등 정권을 전횡했다. 永平 원년(291)에 賈后가 정변을 일으켜 양준 일파를 제거하고 그의 삼족을 멸했다. 그 일에 연루되어 죽은 자가 수천 명에 달했다.

163) 혜제(惠帝): 司馬衷(259~307). 자는 正度. 晉나라의 제2대 황제(290~306 재위). 武帝 司馬炎의 아들이다. 어리석고 우매하여 황제가 될 재목이 아니었지만, 무제 泰始 3년(267)에 황태자로 책봉되고 290년에 황제로 즉위했다. 즉위 초에는 太傅 楊駿의 보좌를 받았지만, 이듬해에 賈后가 양준을 살해하고 대권을 장악했다. 뒤이어 八王의 亂이 일어나 趙王 司馬倫이 혜제의 제위를 찬탈하고 그를 金墉城에 감금했다. 그러자 齊王 司馬冏과 成都王 司馬穎이 군대를 일으켜 혜제를 복위시키고 사마륜과 그 당여를 주살했다. 혜제는 諸王들에 의해 鄴으로 갔다가 長安으로 옮겨졌으며, 光熙 원년(306)에 마침내 東海王 司馬越에 의해 洛陽으로 돌아왔다. 이듬해에 죽었는데, 일설에는 사마월에게 독살당했다고 한다.
164) 『진서(晉書)』에 보인다: 『晉書』 권40 「楊駿傳」에 나온다.
165) 이 해 가을: 魏 齊王 曹芳 嘉平 6년(254) 가을 9월이다.

군安東將軍 사마문왕司馬文王(司馬昭)은 허창許昌을 진수하고 있었는데, 강유를 격퇴하기 위해 소환되어 도성에 도착했다. 황제[제왕 조방]는 평락관平樂觀에서 군대가 지나가는 것을 참관했다. 중령군中領軍 허윤許允은 좌우의 소신小臣들과 모의하여, 사마문왕이 사직辭職을 청하는 때를 틈타 그를 살해하고 그 군대를 통솔하여 대장군大將軍(司馬師)을 물리치려고 했다. 어전에서 이미 조서를 작성했을 때, 사마문왕이 들어왔다. 그때 황제는 밤을 먹고 있었는데, 배우 운오雲午 등이 노래했다.

"푸른 머리 닭! 푸른 머리 닭!"

'푸른 머리 닭'이란 오리[鴨]167)를 뜻한다. 황제는 두려워서 감히 결행하지 못했다. 사마문왕은 병사를 이끌고 성으로 들어갔고, 사마경왕司馬景王(司馬師)은 이로 말미암아 황제를 폐위할 계획을 세웠다.

此秋, 姜維寇隴右. 時安東將軍司馬文王鎭許昌, 徵還擊維, 至京師. 帝於平樂觀以臨軍過. 中領軍許允與左右小臣謀, 因文王辭, 殺之, 勒其衆以退大將軍. 已書詔于前, 文王入. 帝方食栗, 優人雲午等唱曰: "靑頭雞! 靑頭雞!" 靑頭雞者, 鴨也. 帝懼不敢發. 文王引兵入城,

---

166) 강유(姜維)(202~264): 자는 伯約. 天水 冀縣 사람. 삼국시대 촉나라의 名將. 벼슬은 大將軍에까지 이르렀다. 일찍이 諸葛亮이 북벌했을 때 촉한에 귀항하여 제갈량에게 重用되었다. 제갈량이 죽은 후에 그의 군사적인 후계자로서 두각을 나타냈고, 줄곧 갈등을 겪었던 文臣 費禕가 죽은 후에 비로소 軍權을 장악하여, 계속 북벌을 시도했다. 위나라의 名將 鄧艾·陳泰·郭淮 등과 여러 차례 전쟁을 치렀는데, 뚜렷한 공을 세우지 못하고 매년 진퇴를 반복했다. 나중에는 촉나라의 大臣들도 강유의 북벌에 반대했다. 魏 元帝 景元 4년(263)에 사마소가 대대적으로 촉나라 정벌에 나서자, 강유는 劍閣을 고수하며 鍾會의 대군을 막아냈는데, 등애가 成都를 기습하는 바람에 결국 蜀帝 劉禪이 투항하고 강유도 귀순했다. 그러나 강유는 종회에게 귀순하여 그를 추켜세우면서 몰래 촉한의 재건을 도모했다. 마침 종회도 등애를 시기하여 그를 축출하고 西蜀을 장악할 야심이 있었기에, 강유와 결탁하고 사마소에 대항하여 반란을 일으켰으나, 내부 장수들의 모반으로 죽임을 당하고 강유 역시 피살되었다.

167) 오리[鴨]: '鴨'은 押과 諧音字다. 押은 手決을 뜻한다. 배우들이 "靑頭雞!"를 거듭 외친 것은 曹芳에게 司馬昭의 살해를 지시한 조서에 수결하라고 암암리에 재촉한 것이다.

景王因是謀廢帝.

△ 出典:『三國志』 卷4 「魏書·齊王芳紀」 裴注.

074-(255년)

관구검册丘儉[168]이 반란을 일으켰을 때, 혜강稽康[169]은 힘이 있었
고 또한 기병하여 그에게 호응하고자 했다. 그래서 산도山濤[170)]에

---

168) 관구검(册丘儉)(?~255): 자는 仲恭. 河東 聞喜 사람. 삼국시대 위나라의 장수.
처음에 부친 册丘興의 高陽鄕侯 작위를 이어받았으며, 平原侯의 文學이 되었다.
明帝 때 尙書郎·羽林監·荊州刺史를 지냈다. 景初 2년(238)에 司馬懿를 따라 公
孫淵 토벌에 참여했다. 齊王 正始 5년(244)에서 이듬해까지 두 차례에 걸쳐 高句麗
를 침공하여 丸都城을 함락시켰지만, 고구려 장군 紐由의 기습작전으로 회군했다.
嘉平 5년(253)에 鎭東將軍으로서 吳將 諸葛恪의 대대적인 공격을 격퇴하여 전공을
세웠다. 高貴鄕公 正元 2년(255)에 司馬氏가 정권을 전횡하는 것에 불만을 품고
揚州刺史 文欽과 함께 司馬師를 토벌하려다가 실패하여 살해당했다. 그의 반란은
王淩(251년)·諸葛誕(257~258년)의 반란과 함께 이른바 '淮南三叛' 또는 '壽春三
叛' 가운데 하나로 기록된다.

169) 혜강(稽康)(224~263 또는 223~262): 字는 叔夜. 譙郡 銍 사람. 삼국시대 위나라
의 사상가·음악가·문학가. 竹林七賢 가운데 한 사람으로서, 풍모가 준일하고 박학
다식했으며 淸廉寡欲하여 老莊을 좋아했다. 詩文과 琴 연주에 뛰어났으며 음악의
이치에 정통했다. 曹操의 증손녀인 長樂亭公主에게 장가들었다. 齊王 正始 연간에
郎中으로 있다가 中散大夫에 임명되었기에 세간에서 '稽中散'이라 불렸다. 司馬氏
가 조정의 정권을 장악했을 때 選曹郎으로 있던 山濤가 자신의 후임자로 혜강을
추천하자 혜강은 거절의 답신을 보냈다. 나중에 친구 呂安이 무고를 당하자 이를
변론하다가 鍾會의 모함에 빠져 司馬昭에게 살해당했다. 저작에「琴賦」·「養生論」
·「聲無哀樂論」·「與山巨源絶交書」 등이 있다.

170) 산도(山濤)(205~283): 자는 巨源. 河內 懷縣 사람. 魏晉代의 名士이자 정치가.
竹林七賢 가운데 하나. 어렸을 때부터 기량이 남달랐고, 성품이 호방하여 老莊의
학문을 즐겼다. 40세에 비로소 郡主簿가 되었다. 司馬懿와 曹爽이 권력 다툼을
벌일 때는 은거하며 出仕하지 않았다. 나중에 司馬氏 밑에서 벼슬을 지냈기에 은자
의 길을 고집한 稽康으로부터 절교당했다. 司馬師가 정권을 장악했을 때, 郎中을
거쳐 尙書吏部郎과 相國左長史를 지냈다. 晉나라가 건국된 후, 大鴻臚에 임명되고
新沓伯에 봉해졌으며, 侍中·吏部尙書·太子少傅·左僕射 등을 지냈다. 매번 관리
를 선발할 때마다 武帝의 뜻을 받들고 또한 직접 해당 인물을 평론했는데, 당시에

게 물었더니, 산도가 말했다.
"안됩니다."
결국 관구검 역시 실패했다.

毌丘儉反, (嵇)康有力, 且欲起兵應之. 以問山濤, 濤曰: "不可." 儉
亦已敗.

△ 出典:『三國志』 卷21 「魏書·嵇康傳」 裴注.

075-(255년)

대장군大將軍(司馬師)이 천자[고귀향공]를 모시고 관구검毌丘儉 정벌
에 나섰는데. 항성項城에 이르렀을 때 관구검이 이미 격파되었기
에 천자가 먼저 환궁했다.

大將軍奉天子征(毌丘)儉, 至項, 儉旣破, 天子先還.

△ 出典:『三國志』 卷4 「魏書·高貴鄕公髦紀」 裴注.

076-(255년)

관구검毌丘儉이 주살당하고 그의 당여黨與 700여 명이 시어사侍御史
두우杜友171)에게 넘겨져 판결을 받았는데, 두우는 오직 주동자 10
명만 검거하고 나머지는 모두 풀어주도록 상주했다. 두우는 자가
계자季子고 동군東郡 사람이며, 진晉나라에서 벼슬하여 기주자사冀
州刺史와 하남윤河南尹을 지냈다. 그의 아들 두묵杜默은 자가 세현世
玄이고, 이부랑吏部郎과 위위衛尉를 역임했다.

이를 '山公啓事'라고 했다. 나중에 司徒에 제수되었지만 고사하고 집으로 돌아갔다
가 얼마 후 죽었다. 시호는 康이다.
171) 두우(杜友): 기타 자세한 행적은 미상.

毌丘儉之誅, 黨與七百餘人, 傳侍御史杜友治獄, 惟舉首事十人, 餘皆奏散. 友字季子, 東郡人, 仕晉冀州刺史·河南尹. 子默, 字世玄, 歷吏部郎·衛尉.

△ 出典:『三國志』 卷28 「魏書·毌丘儉傳」 裴注.

077-(255년)

관구전毌丘甸172)은 자가 자방子邦이고, 도성에서 명성이 있었다. 제왕齊王(曹芳)이 폐위되자 관구전이 관구검毌丘儉에게 말했다.
"대인께서는 한 지방을 다스리는 중임173)을 맡고 계신데, 나라가 무너지는데도 편안히 자신만을 지키고 있다면, 장차 사해의 질책을 받게 될 것입니다."
관구검은 그 말을 옳다고 여겼다. 대장군大將軍(司馬師)은 관구전의 사람됨을 싫어했는데, 관구검이 거병했을 때 '구불구불 구레나룻'174)의 소재를 묻고 나서 말했다.
"[관구전이] 오지 않았다면 [관구검은] 할 수 있는 게 없을 것이다."
관구검은 처음 거병했을 때, 아들 관구종毌丘宗 등 4명을 오나라로 들여보냈다. [진 무제] 태강太康 연간(280~289)에 오나라가 평정되자, 관구종 형제는 모두 중국中國(晉)으로 되돌아왔다. 관구종은 자가 자인子仁이고 부친 관구검의 기풍을 지니고 있었으며,

---

172) 관구전(毌丘甸)(?~255): 자는 子邦. 鎭東將軍 毌丘儉의 장남. 삼국시대 위나라의 관리로, 治書侍御史를 지냈다. 齊王 嘉平 6년(254)에 황제 曹芳이 司馬師에게 폐위 당하자, 부친에게 반란을 일으키라고 권했다. 高貴鄕公 正元 2년(255)에 관구검이 마침내 거병했는데, 그 전날 밤에 관구전은 가족들을 데리고 新安의 靈山 위로 도망갔지만 체포되어 주살당했다.
173) 한 지방을 다스리는 중임: 毌丘儉이 당시 鎭東將軍으로서 揚州를 都督한 것을 가리킨다.
174) 구불구불 구레나룻: 원문은 "屈頯". 屈鬢과 같다. 문맥상 관구전의 별명으로 보인다.

영릉태수零陵太守에까지 이르렀다. 관구종의 아들 관구오毌丘奧는 파동감군巴東監軍과 익주자사益州刺史를 지냈다.

(毌丘)甸字子邦, 有名京邑. 齊王之廢也, 甸謂儉曰: "大人居方嶽重任, 國傾覆而晏然自守, 將受四海之責." 儉然之. 大將軍惡其爲人也. 及儉起兵, 問屈頓所在, 云: "不來, 無能爲也." 儉初起兵, 遣子宗四人入吳. 太康中, 吳平, 宗兄弟皆還中國. 宗字子仁, 有儉風, 至零陵太守. 宗子奧, 巴東監軍·益州刺史.

△ 出典:『三國志』卷28「魏書·毌丘儉傳」裴注.

078-(255년)

사마경왕司馬景王(司馬師)은 병이 심해지자, 조정의 정사를 부하傅嘏[175])에게 맡겼는데 부하가 감히 받지 못했다. 사마경왕이 죽자, 부하는 이를 비밀로 하고 초상을 알리지 않은 채 사마경왕의 명으로 허창許昌에서 사마문왕司馬文王(司馬昭)을 불러 사마경왕의 군대를 통솔하게 했다.

景王疾甚, 以朝政授傅嘏, 嘏不敢受. 及薨, 嘏祕不發喪, 以景王命召文王於許昌, 領公軍焉.

---

175) 부하(傅嘏)(209~255): 자는 蘭石 또는 昭先. 北地 泥陽 사람. 삼국시대 위나라의 重臣. 약관의 나이에 이미 이름이 알려져 司空 陳群의 속관으로 초징되었다. 노련한 재주로 軍政에 식견이 있었다. 齊王 正始 연간(240~248) 초에 尙書郎으로 있다가 黃門侍郎으로 전임되었는데, 何晏을 비난하다가 면직되었다. 司馬懿가 曹爽을 주살한 후에 그를 河南尹으로 삼았는데, 재직하는 동안 백성들에게 많은 편익을 제공했다. 그 후 尙書가 되었다. 高貴鄕公 正元 2년(255)에 司馬師를 따라 毌丘儉과 文欽의 반란을 토벌하는 데 참여했다. 같은 해에 사마사가 죽고 뒤를 이어 司馬昭가 洛陽으로 돌아와 정치를 보좌할 때 陽鄕侯에 봉해졌다. 부하도 같은 해에 47세로 죽었다. 太常에 추증되었으며, 시호는 元侯다. 부하는 才性論에 뛰어났는데, 才性四本論 중 才性同論을 주장했다.

△ 出典: 『三國志』 卷21 「魏書·傅嘏傳」 裴注.

079-(257년)

사마문왕司馬文王(司馬昭)이 조정의 정권을 장악한 뒤, 장사長史 가충
賈充176)은 참모를 파견하여 사정장군四征將軍177)을 위로하는 것이
마땅하다고 생각했다. 그래서 사마문왕이 가충을 수춘壽春으로
파견했는데, 가충이 돌아와서 사마문왕에게 아뢰었다.
"제갈탄諸葛誕이 다시 양주揚州에 있게 되면, 그가 높은 명성을 지
니고 있기 때문에 백성들의 신망이 그에게 돌아갈 것입니다. 지
금 그를 불러들인다면 반드시 오지는 않는다 하더라도 화는 작고
일은 가벼울 것입니다. 하지만 그를 불러들이지 않는다면 일은
지체되고 화는 커질 것입니다."
그래서 제갈탄을 사공司空에 임명했다. 임명문서가 도착하자 제
갈탄이 말했다.
"내가 삼공三公이 되는 것은 마땅히 왕문서王文舒(王昶)178)의 뒤라야

---

176) 가충(賈充)(217~282): 자는 公閭. 平陽 襄陵 사람. 魏晉代의 重臣. 위나라 豫州刺
史 賈逵의 아들이다. 일찍이 司馬師를 따라 毌丘儉과 文欽의 반란 진압(255년
정월)에 참여하고, 司馬昭를 따라 諸葛誕의 반란 진압(257년 5월~258년 2월)에
참여했으며, 高貴鄕公 曹髦의 시해(260년)를 사주함으로써, 司馬氏의 깊은 신임을
받았다. 또한 두 딸을 司馬炎의 동생 司馬攸와 아들 司馬衷(惠帝)에게 시집보내
사마씨와 인척관계를 맺음으로써 막강한 권세를 누렸다. 晉나라가 건국된 후, 車騎
將軍·散騎常侍·尙書僕射를 지냈으며, 魯郡公에 봉해졌다. 武帝 咸寧 연간(275~
279) 말에 使持節·假黃鉞·大都督으로서 吳나라 정벌에 나섰다. 오나라가 멸망되
고(281년) 천하가 통일된 이듬해에 죽었다. 太宰에 추증되었으며, 시호는 武다.
177) 사정장군(四征將軍): 征東·征西·征南·征北 四將軍의 合稱.
178) 왕문서(王文舒): 王昶(?~259). 자는 문서. 太原 晉陽 사람. 삼국시대 위나라의
大臣이자 장수. 젊어서부터 이름이 알려서 曹丕의 文學侍從이 되었으며, 曹丕가
위나라를 건국한 후 散騎侍郎에서 洛陽典農과 兗州刺史로 전임되었다. 明帝 때는
揚烈將軍과 徐州刺史에 임명되고, 關內侯와 武觀亭侯에 봉해졌다. 齊王 嘉平 2년
(250)에 長江을 건너 吳나라를 공격한 후, 征南大將軍으로 승진하고 京陵侯에 봉해
졌다. 高貴鄕公 正元 2년(255)에 毌丘儉·文欽의 반란을 토벌한 후 驃騎將軍으로

하는데, 지금 바로 사공에 임명하다니! 또한 사자를 파견하지 않고, 건보健步179)가 임명문서를 가져왔으며, 병권을 악침樂綝180)에게 넘겨주라고 하니, 이는 필시 악침이 꾸민 짓이다."

그리고는 부하 수백 명을 거느리고 양주에 도착했는데, 양주 사람이 성문을 닫으려고 하자, 제갈탄이 꾸짖어 말했다.

"그대는 나의 옛 속관이 아니더냐!"

곧바로 들어갔더니, 악침이 도망쳐 누대로 올라가자 쫓아가서 그를 참했다.

司馬文王既秉朝政, 長史賈充以爲宜遣參佐慰勞四征. 于是遣充至壽春, 充還啓文王: "(諸葛)誕再在揚州, 有威名, 民望所歸. 今徵, 必不來, 禍小事淺. 不徵, 事遲禍大." 乃以爲司空. 書至, 誕曰: "我作公當在王文舒後, 今便爲司空! 不遣使者, 健步齎書, 使以兵付樂綝, 此必綝所爲." 乃將左右數百人至揚州, 揚州人欲閉門, 誕叱曰: "卿非我故吏邪!" 徑入, 綝逃上樓, 就斬之.

△ 出典:『三國志』 卷28 「魏書·諸葛誕傳」 裴注.

080-(257년 전후)

> [魏 文帝] 황초黃初 연간(220∼226) 말에 오吳나라 사람들이 장사왕長沙王 오예吳芮181)의 무덤을 파서 그 벽돌을 가지고 임상臨湘에

승진했으며, 甘露 2년(257)에 諸葛誕의 반란을 토벌하는 데 공을 세워 司空으로 승진했다. 시호는 穆侯다.

179) 건보(健步): 빠르게 잘 달리는 사람. 편지를 전달하거나 급한 일을 처리하는 데 이용되었다.

180) 악침(樂綝)(195∼257): 陽平 衛國 사람. 삼국시대 위나라의 武將. 樂進의 아들이다. 벼슬은 揚州刺史에 이르렀으며 廣昌亭侯에 봉해졌다. 高貴鄕公 甘露 2년(257)에 諸葛誕이 壽春에서 반란을 일으켜 먼저 揚州를 공격했을 때 살해당했다. 衛尉에 추증되었으며, 시호는 愍侯다.

181) 오예(吳芮)(기원전 241?∼기원전 201): 漢나라의 개국 공신. 秦나라 말 陳勝과 吳廣

서 손견孫堅[182]을 위한 사당을 세웠는데, [무덤을 팠을 때] 오예의 시체를 보았더니 오예의 용모가 살아 있는 듯했으며 의복도 썩지 않았다. 오나라가 평정된 후에 무덤 파는 일에 참여했던 사람이 수춘壽春에서 남만교위南蠻校尉 오강吳綱[183]을 보고 말했다.

"당신의 모습은 장사왕 오예와 어쩌면 그리도 닮았습니까? 다만 당신은 귀가 약간 짧을 뿐입니다."

오강이 깜짝 놀라며 말했다.

"그 분은 나의 선조이신데 당신이 어떤 연유로 보았습니까?"

그 사람이 연유를 말해주었더니 오강이 말했다.

"이장移葬은 했습니까?"

그 사람이 대답했다.

"즉시 이장했습니다."

오예가 죽은 해로부터 그 무덤을 팠을 때까지는 400여 년이 흘렀으며, 그 사람이 오강을 만나기까지는 또 40여 년이 되었다. 오강은 오예의 16대손이다.

의 봉기 때 자신의 군대를 이끌고 거병했다. 진나라가 멸망한 후, 西楚覇王 項羽에 의해 衡山王에 봉해졌다. 초한전쟁 때 劉邦을 도와 천하를 통일하고 한나라를 세우는 데 큰 공을 세웠다. 한나라가 건국된 후, 長沙王에 봉해졌다. 시호는 文王이다.

182) 손견(孫堅)(155~191): 자는 文臺. 吳郡 富春 사람. 후한 말기 지방 군벌이자 명장. 삼국시대 오나라 大帝 孫權의 부친이다. 후한 靈帝 中平 원년(184)에 朱儁을 따라 黃巾軍을 진압하고 別部司馬에 올랐다. 중평 4년(187)에 長沙太守로 있다가 司空 張溫의 부하로서 區星 등의 반란을 진압한 공으로 烏程侯에 봉해졌다. 중평 6년 (189)에 영제가 죽은 후로 董卓이 권력을 잡고 전횡하자 그를 토벌하려는 군사가 일어났는데, 손견은 袁術과 병사를 합쳐 破虜將軍으로서 豫州刺史가 되어 동탁의 군대를 격파하고 洛陽으로 진격했다. 獻帝 初平 2년(191)에 荊州牧 劉表에게 대승을 거뒀지만, 자신의 용맹만 믿고 단기로 峴山에 출전했다가 화살에 맞아 전사했다. 둘째아들 손권이 칭제하고 오나라를 건국한 뒤 武烈皇帝로 추봉되었다.

183) 오강(吳綱)(?~?): 彭城 사람. 삼국시대 위나라의 관리. 후한 長沙王 吳芮의 후손이다. 魏將 諸葛誕의 심복으로 그의 長史를 지냈다. 高貴鄕公 甘露 2년(257)에 제갈탄이 壽春에서 반란을 일으켰을 때, 오나라에 사신으로 가서 援軍을 요청하면서 제갈탄의 아들 諸葛靚을 볼모로 삼아 오나라의 원군을 얻어냈다.

黃初末, 吳人發長沙王吳芮冢, 以其塼於臨湘爲孫堅立廟[1], 見芮
屍[2], 芮容貌如生, 衣服不朽[3]. 吳平後[4], 預發冢人於壽春見南蠻
校尉吳綱[5]曰: "君形貌[6]何類長沙王吳芮乎[7]? 但君[8]微短耳."
綱瞿然曰: "是先祖也, 君何由見之?"見者言所由, 綱曰: "更葬否?"
答曰: "卽更葬矣."自芮之卒年至冢發四百餘年, 至見綱又四十餘年
矣[9]. 綱, 芮之十六世孫矣.

[1] 以其塼於臨湘爲孫堅立廟:『水經注』에는 "取木, 於縣立孫堅廟"이라 되
어 있다.
[2] 見芮屍:『三國志』注에는 이 3자가 없지만,『水經注』・『續博物志』에 의
거하여 보충했다.
[3] 芮容貌如生, 衣服不朽:『水經注』에는 "容貌衣服並如故"라 되어 있고,『
續博物志』에는 "容貌衣服並如生"이라 되어 있다.
[4] 吳平後:『三國志』注에는 "後"라고 되어 있지만,『水經注』・『續博物志』
에 의거하여 보충했다.
[5] 預發冢人於壽春見南蠻校尉吳綱:『三國志』注에는 "豫發者見吳綱"이라
되어 있지만,『水經注』・『續博物志』에 의거하여 고쳤다.
[6] 形貌:『三國志』注에는 이 2자가 없지만,『水經注』・『續博物志』에 의거하
여 보충했다.
[7] 乎:『三國志』注에는 이 자가 없지만,『水經注』・『續博物志』에 의거하여
보충했다.
[8] 君:『三國志』注에는 이 자가 없지만,『水經注』・『續博物志』에 의거하여
보충했다.
[9] 至見綱又四十餘年矣:『三國志』注에는 이 9자가 없지만,『水經注』・『續
博物志』에 의거하여 보충했다.

△ 出典:『三國志』卷28「魏書・諸葛誕傳」裴注.
△ 又見:『水經注』卷38「湘水」.
　　　　『續博物志』卷7.
　　　　『駢志』卷11「己部上」.
　　　　『義門讀書記』卷26「三國志」.

• 『水經注』卷38「湘水」
　　郭頒『世語』云：魏黃初中, 吳人發芮塚, 取木, 於縣立孫堅廟, 見芮屍,

容貌衣服並如故. 吳平後, 預發塚人於壽春見南蠻校尉吳綱曰："君形貌
何類長沙王吳芮乎? 但君微短耳." 綱瞿然曰："是先祖也." 自芮卒至塚發
四百年, 至見綱又四十餘年矣.

- 『續博物志』卷7
  郭頒『世語』云 : 魏黃初, 盜發吳芮冢, 見芮屍, 容貌衣服並如生. 吳平,
  發冢人于壽春見南蠻校尉吳綱曰："君形貌何類長沙王吳芮乎? 但君微短
  耳." 綱瞿然曰："是先祖也." 自芮卒至冢發四百年, 至綱又四十年矣.

- 『駢志』卷11「己部上」
  『世語』曰 : 黃初末, 吳人發長沙王吳芮冢, 以其塼于臨湘爲孫堅立廟. 芮
  容貌如生, 衣服不朽. 後, 與發者見吳綱曰："君何類長沙王吳芮? 但微短
  耳." 綱瞿然曰："是先祖也. 君何由見之?"見者言所由, 綱曰："更葬否?"
  答曰："卽更葬矣." 自芮之卒年至冢發四百餘年. 綱, 芮十六世孫.

- 『義門讀書記』卷26「三國志」
  『世語』曰 : 黃初末, 吳人發長沙王吳芮冢, 以其塼于臨湘爲孫堅立廟.

081-(258년~260년)

> 만위滿偉[184]는 자가 공형公衡이다. 만위의 아들 만장무滿長武[185]는
> [조부] 만총滿寵의 풍모를 지니고 있었는데, 24세에 대장군연大將軍
> 掾이 되었다. 그는 고귀향공高貴鄉公(曹髦)[186]의 난難 때, 대장군연으

---

184) 만위(滿偉)(?~?): 자는 公衡. 山陽 昌邑 사람. 삼국시대 위나라의 관리. 太尉 滿寵
    의 아들이다. 齊王 正始 3년(242)에 부친 만총이 죽자 만총의 昌邑侯 작위를 襲封했
    다. 품격과 도량이 뛰어나 세상에 이름이 알려졌으며, 벼슬은 衛尉에까지 이르렀다.
    高貴鄉公 甘露 3년(258)에 司馬昭가 壽春에서 諸葛誕을 토벌하는 데 참여했는데,
    도중에 병이 나서 許昌에 머물렀다. 나중에 아들 滿長武의 일에 연루되어 庶人으로
    강등되었다.
185) 만장무(滿長武)(?~?): 기타 자세한 행적 미상.
186) 고귀향공(高貴鄉公): 曹髦(241~260). 자는 彦士. 삼국시대 위나라의 제4대 황제
    (254~260 재위). 曹丕의 손자다. 齊王 正始 5년(244)에 고귀향공에 봉해졌다.
    嘉平 6년(254)에 司馬師에 의해 황제로 등극했다. 詩文 창작과 회화예술에 뛰어났
    다. 甘露 5년(260)에 司馬昭가 相公과 晉公이 되어 정권을 전횡하는 것을 저지하기

로서 창합액문閶闔掖門[187])을 지키고 있었는데, 사마문왕司馬文王(司馬昭)의 동생인 안양정후安陽亭侯 사마간司馬幹[188])이 그곳으로 들어오려고 했다. 사마간의 비妃는 만위의 여동생이었다. 만장무가 사마간에게 말했다.

"이 문이 가깝고 공께서 또한 오셨지만, 이곳으로 들어간 사람이 없으니 동액문東掖門으로 가십시오."

사마간은 결국 그 말을 따랐다. 사마문왕이 사마간에게 왜 늦게 들어왔는지 물었더니, 사마간이 그 이유를 말했다. 참군參軍 왕선王羨[189])도 들어올 수 없어서 원한을 품었다. 얼마 후에 왕선은 사마문왕의 측근을 통해 사마문왕에게 아뢰길, 만연滿掾(滿長武)이 궁문을 차단하고 사람을 들여보내지 않았으니 추궁하여 탄핵함이 마땅하다고 했다. 수춘壽春의 전쟁 때, 만위가 사마문왕을 따라 허창許昌에 이르렀다가 병이 나서 더 이상 나아가지 못했다. 만위의 아들도 종군했었는데, 되돌아가서 부친의 병을 보살피겠다고 청하고는 사태가 진정되자마자 바로 돌아갔다. 이로 말미암아 사마문왕은 마음속으로 괘씸하게 생각하고 있다가, 만장무를 잡아들여 심문한 끝에 곤장을 쳐서 죽였으며, 만위는 면직되고 서인庶人으로 강등되었다. 당시 사람들은 이를 원통하게 생각했다. 만위의 동생의 아들 만분滿奮[190])은 진晉나라 [혜제] 원강元康 연간

위해 군대를 일으켰다가 王業과 王沈의 밀고로 실패했으며, 결국 中護軍 賈充의 부하 成濟에게 살해당했다.

187) 창합액문(閶闔掖門): 閶闔은 궁궐의 정문. 掖門은 정문 옆에 있는 夾門. 쪽문.

188) 사마간(司馬幹)(232~311): 자는 子良. 河內郡 溫縣 사람. 宣王 司馬懿의 셋째아들이자, 景王 司馬師와 文王 司馬昭의 친동생이다. 위나라 때 安陽亭侯·平陽鄕侯·定陶伯에 봉해졌으며, 晉나라 건국된 후 平原王에 봉해졌다. 武帝 때 撫軍中郎將·光祿大夫·衛將軍 등을 역임했으며, 惠帝 때 侍中과 太保를 지냈다.

189) 왕선(王羨)(?~?): 기타 자세한 행적은 미상.

190) 만분(滿奮)(?~?): 자는 武秋. 山陽 昌邑 사람. 滿偉의 동생인 滿炳의 아들이다. 성품이 온화하고 재주와 식견이 뛰어났으며, 조부 滿寵의 풍모를 지니고 있었다. 晉나라 때 吏部郎·冀州刺史·尙書令·司隷校尉를 지냈다. 나중에 苗願에게 살해당했다. '吳牛喘月' 고사성어의 주인공이다.

(291～299)에 상서령尙書令과 사례교위司隷校尉가 되었다. 만총·만위·만장무·만분은 모두 키가 8척이었다.

(滿)偉字公衡. 偉子長武, 有寵風, 年二十四, 爲大將軍掾. 高貴鄉公之難, 以掾守闓闓掖門, 司馬文王弟安陽亭侯幹欲入. 幹妃, 偉妹也. 長武謂幹曰: "此門近, 公且來, 無有入者, 可從東掖門." 幹遂從之. 文王問幹入何遲, 幹言其故. 參軍王羨亦不得入, 恨之. 旣而羨因王左右啓王, 滿掾斷門不內人, 宜推劾. 壽春之役, 偉從文王至許, 以疾不進. 子從, 求還省疾, 事定乃從歸. 由此內見恨, 收長武考死杖下, 偉免爲庶人. 時人冤之. 偉弟子奮, 晉元康中至尙書令·司隷校尉. 寵·偉·長武·奮, 皆長八尺.

△ 出典:『三國志』卷26「魏書·滿寵傳」裴注.

082-(260년)

처음 [위 명제] 청룡靑龍 연간(233～236)에 석포石苞는 장안長安에서 철을 팔다가 사마선왕司馬宣王(司馬懿)을 만나게 되어 사마선왕이 그를 알게 되었다. 나중에 석포는 상서랑尙書郞으로 발탁되고 청주자사靑州刺史와 진동장군鎭東將軍을 역임했다. [고귀향공] 감로甘露 연간(256～260)에 조정에 들어왔다가 돌아갈 때, 고귀향공高貴鄉公(曹髦)에게 작별인사를 올리면서 온종일 궁중에 머물렀다. 그러자 사마문왕司馬文王(司馬昭)이 사람을 보내 석포에게 자기를 찾아오라고 했다. 사마문왕이 석포에게 물었다.

"어찌하여 그리 오래 머물렀습니까?"

석포가 말했다.

"[폐하는 정말로] 비범한 분이시더군요."

이튿날 석포는 도성을 떠나 형양滎陽에 도착했으며, 며칠 뒤에 난難[191]이 일어났다.

初, 青龍中, 石苞鬻鐵於長安, 得見司馬宣王, 宣王知焉. 後擢爲尙
書郎, 歷青州刺史・鎭東將軍. 甘露中入朝, 當還, 辭高貴鄕公, 留中
盡日. 文王遣人要令過. 文王問苞: "何淹留也?" 苞曰: "非常人也."
明日發至滎陽, 數日而難作.

△ 出典: 『三國志』 卷4 「魏書・高貴鄕公髦紀」 裴注.
△ 又見: 『太平御覽』 卷215 「職官部・總敍尙書郎」.
　　　　『庾子山集』 卷16 「周冠軍公夫人烏石蘭氏墓誌銘」 注.

• 『太平御覽』 卷215 「職官部・總敍尙書郎」
『世語』曰 : 青龍中, 石苞鬻鐵於長安, 得見司馬宣王, 知焉, 擢爲郎.

• 『庾子山集』 卷16 「周冠軍公夫人烏石蘭氏墓誌銘」 注
『世語』曰 : 初, 青龍中, 石苞鬻鐵於長安, 得見司馬宣王, 宣王知焉. 後擢
爲尙書郎, 歷青州刺史・鎭東將軍.

083-(260년)

왕경王經192)은 자가 언위彦偉[緯]다. 처음 강하태수江夏太守로 있을
때, 대장군 조상曹爽이 비단 20필을 보내주면서 오吳나라에서 시
장에 내다팔라고 했다. 왕경은 조상의 편지를 열어보지도 않은
채 관직을 버리고 집으로 돌아갔다. 모친이 왕경에게 집으로 돌

---

191) 난(難): 魏 甘露 5년(260)에 高貴鄕公 曹髦가 司馬昭를 토벌하고자 거병한 일을
　　말한다. 고귀향공은 거사에 실패하여, 결국 賈充의 명을 받은 成濟에게 살해당했다.
192) 왕경(王經)(?~260): 자는 彦偉 또는 彦緯. 冀州 淸河郡 사람. 삼국시대 위나라의
　　大臣. 농민 출신으로 동향 사람 崔林의 인정을 받아 관리로 발탁되었다. 高貴鄕公
　　때 雍州刺史로 있다가 尙書가 되었다. 甘露 5년(260)에 고귀향공 曹髦가 왕경과
　　王沈・王業을 은밀히 불러 권력을 전횡하는 司馬昭를 토벌할 계획을 제시했다. 왕
　　경이 간언했지만 고귀향공은 듣지 않았다. 그 사이에 왕침과 왕업이 그 일을 사마소
　　에게 밀고하면서 왕경에게 함께 하자고 했으나 왕경은 따르지 않았다. 결국 거사는
　　실패했고, 고귀향공과 왕경은 체포되어 처형되었다. 그때 왕경의 어머니도 함께
　　처형되었다.

아온 경위를 물었더니, 왕경이 사실대로 대답했다. 모친은 왕경이 병마를 관장하면서 자기 멋대로 임지를 떠났다고 여겨, 관리에게 고발하여 왕경에게 곤장 50대를 맞게 했다. 조상은 그 일을 듣고 더 이상 죄를 묻지 않았다. 왕경은 사례교위司隸校尉로 있을 때 하내河內 사람 상웅向雄193)을 불러 도관종사都官從事로 삼았다. 왕업王業194)이 [황제를 배신하고 사마소에게] 가면서 왕경의 뜻을 전달하지 않아 화를 당하게 되었다. 왕경이 동시東市에서 처형되자 상웅이 슬피 통곡하여 온 시장사람들을 감동시켰다. 왕경의 모친도 함께 처형되었다. 옹주雍州의 옛 관리 황보안皇甫晏195)이 가산을 털어 그들의 시체를 수습하고 장례를 치러주었다.

(王)經字彦偉[1]. 初爲江夏太守, 大將軍曹爽附絹[2]二十匹, 令交市于吳. 經不發[3]書, 棄官歸. 母問歸狀, 經以實對. 母以經典兵馬而擅去, 對送吏杖經五十. 爽聞, 不復罪. 經爲司隸校尉, 辟河內向雄爲都官從事. 王業之出, 不申經意以及難. 經刑於東市, 雄哭之, 感動一市. 刑及經母. 雍州故吏皇甫晏以家財收葬焉.

---

193) 상웅(向雄)(?~286?): 자는 茂伯. 河內 山陽 사람. 魏晉代의 文臣. 彭城太守 向韶의 아들이다. 처음에 하내군의 主簿가 되어 하내태수 王經을 모셨다. 高貴鄕公의 難 때 왕경이 司馬昭에게 처형되자, 슬피 통곡하여 사람들에게 감동을 주었다. 나중에 과실로 인해 하옥되었을 때, 司隸校尉 鍾會가 감옥에서 그를 꺼내 都官從事로 삼았다. 종회가 반역죄로 피살되었을 때, 감히 종회의 시체를 거두려는 사람이 없었지만, 그가 종회의 시체를 수습하여 장례를 치러주었다. 晉 武帝 太康 연간(280~289) 초에 河南尹이 되고 關內侯에 봉해졌다.

194) 왕업(王業)(?~?): 武陵 사람. 魏晉代의 大臣. 魏 高貴鄕公 때 散騎常侍를 지냈다. 晉 武帝 때 中護軍에 임명되었으며, 그 후 尙書左僕射와 尙書右僕射를 지냈다.

195) 황보안(皇甫晏)(?~272): 魏晉代의 인물. 魏 高貴鄕公 甘露 5년(260)에 가산을 털어 司馬昭에게 처형된 왕경과 그 모친의 장례를 치러주었다. 晉나라가 건국된 후 益州刺史에 임명되었다. 武帝 泰始 8년(272) 여름에 汶山의 胡人이 침략하자, 다른 신하들의 반대에도 불구하고 한여름에 출병을 강행했는데, 문산의 길이 험하고 호인의 세력이 의외로 강하다고 판단한 牙門 張弘 등이 밤에 반란을 일으켜 황보안을 살해했다.

[1] 偉: 『三國志』點校本에서는 錢大昕의 설을 좇아 "緯"로 교정해놓았다.
    『太平御覽』 卷817과 『天中記』에는 모두 "律"이라 되어 있다.
[2] 絹: 『太平御覽』 卷814에는 "絳"이라 되어 있다.
[3] 發: 『太平御覽』 卷814에는 "納"이라 되어 있다.

△ 出典: 『三國志』 卷9 「魏書‧夏侯玄傳」 裵注.
△ 又見: 『太平御覽』 卷814 「布帛部‧彩」, 卷817 「布帛部‧絹」.
    『天中記』 卷49 「絹‧附絹擅去」.

• 『太平御覽』 卷814 「布帛部‧彩」
  『世語』曰 : 王經彦偉, 初爲江夏太守, 大將軍曹爽附絳二十匹, 令交市於
  吳. 經不納書, 棄官歸.

• 『太平御覽』 卷817 「布帛部‧絹」
  『世語』曰 : 王經字彦律. 初爲江夏太守, 大將軍曹爽附絹二十匹, 令交市
  於吳. 經不發書, 棄官歸. 母問歸狀, 經以實對. 母以經典兵馬而擅去, 對
  送吏杖經五十. 爽聞, 不復罪經.

• 『天中記』 卷49 「絹‧附絹擅去」
  王經字彦律. 初爲江夏太守, 大將軍曹爽附絹二十疋, 令交市於吳. 經不
  發書, 棄官歸. 母問歸狀, 經以實對. 母以經典兵馬而擅去, 對送吏杖經
  五十. 爽聞, 不復罪經. (『世語』)

084-(260年)

> 상웅向雄은 절의와 기개가 있었으며, 벼슬은 황문랑黃門郞‧호군장
> 군護軍將軍에 이르렀다.
>
> (向)雄有節槩, 仕至黃門郞‧護軍將軍[1].

[1] 護軍將軍: 『晉書』 권48 「向雄傳」에는 "征虜將軍"이라 되어 있다.

△ 出典: 『世說新語』 「方正」16 劉注.
△ 又見: 『何氏語林』 卷4 「言語」 注.

- 『何氏語林』 卷4 「言語」 注
  『世語』曰 : 雄有節槩, 仕至護軍將軍.

085-(260년)

왕경王經은 자가 언위彦偉[緯]며 청하淸河 사람이다. 고귀향공高貴鄕公(曹髦)의 난難 때, 왕침王沈과 왕업王業은 달려가 문왕文王(司馬昭)에게 밀고했지만, 상서尙書 왕경은 바르고 곧은 절의를 지켜 문왕에게 나아가지 않았으며, 왕침과 왕업을 통해 문왕에게 자신의 뜻을 전달했다. 나중에 문왕이 왕경과 그의 모친을 주살했다.

(王)經字彦偉, 淸河人. 高貴鄕公之難[1], 王沈・王業馳告文王, 尙書王經以正直不出, 因沈・業申意. 後誅經及其母[2].

[1] 經字彦偉, 淸河人. 高貴鄕公之難:『三國志』注에는 이 13자가 없지만, 『世說新語』注에 의거하여 보충했다.
[2] 後誅經及其母:『三國志』注에는 이 6자가 없지만,『世說新語』注에 의거하여 보충했다.

△ 出典:『三國志』 卷4 「魏書・高貴鄕公髦紀」 裴注.
△ 又見:『世說新語』「賢媛」10 劉注.
　　　　『文選』 卷47 「三國名臣序贊」 注.
　　　　『何氏語林』 卷4 「言語」 注.

- 『世說新語』「賢媛」10 劉注
  『世語』曰 : 經字彦偉, 淸河人. 高貴鄕公之難, 王沈・王業馳告文王, 經以正直不出, 因沈・業申意. 後誅經及其母.

- 『文選』 卷47 「三國名臣序贊」 注
  『世語』曰 : 王沈・王業馳告文王, 尙書王經以正直不出, 遂被文王殺之.

- 『何氏語林』 卷4 「言語」 注
  『世語』曰 : 王經字彦偉, 淸河人.

086-(260年)

왕업王業은 무릉武陵 사람이다. 나중에 진晉나라의 중호군中護軍이
되었다.

(王)業, 武陵人. 後爲晉中護軍.

△ 出典:『三國志』卷4「魏書·高貴鄕公髦紀」裴注.

087-(262년)

여소呂昭196)는 자가 자전子展이고 동평東平 사람이다. 그의 맏아들
여손呂巽197)은 자가 장제長悌고 상국연相國掾을 지냈으며 사마문왕司
馬文王(司馬昭)에게 총애를 받았다. 둘째아들 여안呂安198)은 자가 중제
仲悌고 혜강嵇康과 친한 사이였으며 혜강과 함께 주살당했다. 셋째
아들 여수呂粹199)는 자가 계제季悌고 하남윤河南尹을 지냈다. 여수의
아들 여예呂預200)는 자가 경우景虞고 어사중승御史中丞을 지냈다.

---

196) 여소(呂昭)(?~?): 자는 子展. 兗州 東平國 사람. 삼국시대 위나라의 관리. 여러
벼슬을 거쳐 鎭北將軍과 冀州牧을 지냈다.
197) 여손(呂巽)(?~?): 자는 長悌. 呂昭의 장남이다. 일찍이 司馬昭의 長史를 지냈다.
처음에는 嵇康과 교유했지만, 나중에 그가 동생 呂安의 부인을 범한 뒤 오히려
여안이 어머니를 때렸다고 불효죄로 무고하여 여안이 하옥되자, 혜강이 그에게「與
呂長悌絶交書」를 보내고 절교했다.
198) 여안(呂安)(?~262): 자는 仲悌, 아명은 阿都. 呂昭의 둘째아들이다. 성품이 강직하
고 호방하여 꺼리는 바가 없었으며, 세상을 구제할 뜻을 품고 있었다. 嵇康과 친하여
생각이 나면 천리 길을 달려가 그를 만났다고 한다. 형 呂巽이 여안의 부인을 범한
뒤 보복이 두려워서 여안이 불효했다고 무고했는데, 혜강은 여안을 위해 변호하다가
權臣 司馬昭의 노여움을 샀다. 결국 元帝 景元 3년(262) 사마소는 혜강과 사이가
좋지 않았던 鍾會의 무고를 듣고 여안을 처형하고 혜강까지 참수했다.
199) 여수(呂粹)(?~?): 자는 季悌. 呂昭의 셋째아들이다. 일찍이 河南尹을 지냈다. 기타
자세한 행적은 미상.
200) 여예(呂預)(?~?): 자는 景虞. 呂昭의 손자이자 呂粹의 아들이다. 일찍이 御史中丞
을 지냈다. 기타 자세한 행적은 미상.

△ 出典: 『三國志』 卷16 「魏書・杜恕傳」 裴注.
△ 又見: 『何氏語林』 卷10 「言志」 注.

• 『何氏語林』 卷10 「言志」 注
『世語』曰: 呂昭字子展, 東平人. 長子巽, 字長悌, 爲相國掾, 有寵於司馬文王. 次子安, 字仲悌, 與嵇康厚善, 與康俱被誅.

088-(249년/262년)

신창辛敞[201]은 자가 태옹泰雍이고, 관직은 위위衛尉에 이르렀다. 신비辛毗의 딸 신헌영辛憲英[202]은 태상太常인 태산泰山 사람 양탐羊耽[203]에게 시집갔는데, 외손자 하후담夏侯湛이 그녀의 전(傳[204])을 지어 다음과 같이 말했다.
신헌영은 총명하고 뛰어난 통찰력을 지녔다. 예전에 문제文帝(曹丕)가 진사왕陳思王(曹植)과 태자 자리를 놓고 다투었는데, 나중에 문제가 태자로 책봉되자 신비의 목을 끌어안고 기뻐하며 말했다.
"신군辛君(辛毗)은 내가 얼마나 기쁜지 아시오?"

---

201) 신창(辛敞)(?~?): 자는 泰雍, 潁川 陽翟 사람. 삼국시대 위나라의 관리. 衛尉 辛毗의 아들이자 辛憲英의 동생이다. 河內太守와 衛尉를 지냈다.
202) 신헌영(辛憲英)(191~269): 삼국시대 위나라 사람. 衛尉 辛毗의 딸로, 河內太守 辛敞의 누나고, 泰山太守 羊耽의 부인이며, 西晉 太傅 羊祜의 숙모다. 평소에 뛰어난 예지력과 통찰력으로 칭송을 받았다. 예로부터 辛憲英의 智, 曹娥의 孝, 木蘭의 貞, 曹令女의 節, 蘇若蘭의 才, 孟姜의 烈로 병칭되었다.
203) 양탐(羊耽)(?~?): 삼국시대 위나라의 관리. 후한 南陽太守 羊續의 아들로, 辛憲英의 남편이다. 일찍이 泰山太守를 지냈으며 太常에까지 올랐다.
204) 전(傳): 夏侯湛이 지은 「羊太常辛夫人傳」을 말한다. 본문의 내용은 『晉書』 권96 「列女傳・羊耽妻辛氏傳」에도 나온다.

신비가 그 일을 신헌영에게 일러주었더니, 신헌영이 탄식하며 말했다.

"태자는 군왕을 대신해 종묘와 사직을 주관하는 사람입니다. 군왕을 대신하면 근심하지 않을 수가 없고, 나랏일을 주관하면 두려워하지 않을 수가 없는데, 마땅히 근심해야 하는데도 기뻐했으니 어떻게 오래 갈 수 있겠습니까? 위魏나라는 아마도 창성하지 못할 것입니다!"

[魏 齊王 正始 10년(249)] 동생 신창이 대장군大將軍 조상曹爽의 참군參軍으로 있었는데, 사마선왕司馬宣王(司馬懿)이 장차 조상을 주살하고자 조상이 궁성을 나간 틈을 타서 성문을 닫아버렸다. 그러자 대장군의 사마司馬 노지魯芝가 조상의 부병府兵을 이끌고 명을 어긴 채 빗장을 부수고 성문을 나가 조상에게 가면서 신창을 불러내 함께 가고자 했다. 신창이 두려워하며 신헌영에게 물었다.

"천자께서 도성 밖에 계신데 태부太傅(司馬懿)가 성문을 닫아버렸습니다. 사람들은 장차 나라에 이롭지 못할 것이라 하는데, 사태가 어떻게 될 것 같습니까?"

신헌영이 말했다.

"세상일은 알 수 없지만 내가 헤아려보니 태부는 어쩔 수 없이 그렇게 한 것이다! 명황제明皇帝(曹叡)께서 붕어하실 때 태부의 팔을 붙잡고 후사를 그에게 부탁하셨는데, 그 말씀이 아직도 조정 신하들의 귀에 남아 있다. 또한 조상은 태부와 함께 고명顧命을 의탁한 임무를 받았는데, 조상이 홀로 권세를 독차지하고 교만과 사치를 자행하면서 왕실에 불충하고 사람의 도리에도 바르지 않으니, 이번 거사는 조상을 주살하는 것에 불과할 뿐일 것이다."

신창이 말했다.

"그렇다면 거사는 성공할까요?"

신헌영이 말했다.

"어찌 성공하지 못하겠느냐! 조상의 재주는 태부의 상대가 되지 않는다."

신창이 말했다.

"그렇다면 내가 나가지 않아도 될까요?"

신헌영이 말했다.

"어떻게 나가지 않을 수 있겠느냐? 직분을 지키는 것은 사람의 대의大義다. 무릇 다른 사람이 어려운 지경에 있어도 오히려 그를 딱하게 여기기 마련이다. 그런데 남을 위해 일을 하면서 그 맡은 일을 방기한다면 상서롭지 못하니 그렇게 해서는 안 된다. 또한 남을 위해 죽을 각오를 하고 남을 위해 임무를 수행하는 것은 심복의 직분이지만, [너는 조상의 심복이 아니니] 너는 대중의 뜻에 따르기만 하면 된다."

신창은 결국 [노지와 함께] 궁성을 나갔다. 사마선왕은 과연 조상을 주살했다. [하지만 신창은 사면을 받았다.] 사태가 안정된 후에 신창이 감탄하며 말했다.

"내가 누님과 의논하지 않았다면 하마터면 도의를 얻지 못할 뻔했다."

[魏 元帝 景元 3년(262)] 종회鍾會가 진서장군鎭西將軍이 되었을 때, 신헌영이 조카 양호羊祜205)에게 말했다.

"종사계鍾士季(鍾會)는 무슨 이유로 서쪽으로 출정한다더냐?"

양호가 말했다.

"장차 촉蜀나라를 정벌하기 위해서라고 합니다."

---

205) 양호(羊祜)(221~278): 자는 叔子. 泰山 平陽 사람. 魏晉代의 이름난 戰略家·軍事家·政治家이자 文學家. 蔡邕의 외손자로 司馬師의 처남이다. 처음에 위나라에서 上計吏로 있다가 中領軍으로 승진하여 宿衛를 통솔하면서 병권을 장악했다. 司馬昭가 五等爵制를 제정했을 때 鉅平子에 봉해졌으며, 荀勖과 함께 국가의 기밀을 관장했다. 진나라가 들어선 뒤 尙書左僕射가 되었다. 武帝 泰始 5년(269)에 都督荊州諸軍事가 되어 襄陽을 10년 동안 진수하면서, 屯田을 실시하고 농경지를 개간하여 군량을 비축하는 등 오나라를 정벌하기 위한 준비를 착실히 했다. 吳將 陸抗이 죽자 양호는 즉시 오나라를 정벌해야 한다고 주청했지만, 대신들의 반대에 부딪쳐 실현하지 못했다. 결국 咸寧 4년(278)에 양호는 병든 몸으로 洛陽으로 돌아와서 죽었다. 임종 전에 자신의 후임으로 杜預를 천거했다. 侍中과 太傅에 추증되었기에 '羊太傅'로 불린다.

신헌영이 말했다.

"종회는 일을 처리하면서 제멋대로 함부로 하는데, 이는 남의 밑에서 오랫동안 처하는 태도가 아니니, 나는 그가 다른 뜻을 품고 있을까봐 두렵다."

양호가 말했다.

"숙모님은 더는 말씀하지 마십시오."

그 후에 종회가 양탐의 아들 양수羊琇206)를 불러 참군으로 삼자, 신헌영이 근심하며 말했다.

"지난날 종회가 출정하는 것을 보았을 땐, 나는 나라를 위해 걱정했었다. 그런데 오늘은 환난이 우리 집안에 닥쳤고, 이는 또한 나라의 큰일이니, 필시 막지 못할 것 같다."

양수는 사마문왕司馬文王(司馬昭)에게 한사코 사퇴를 청했지만 사마문왕은 들어주지 않았다. 그러자 신헌영이 양수에게 말했다.

"가거라. 조심해라! 옛날의 군자는 집에 들어와서는 부모님께 효도를 다하고, 집을 나가서는 나라에 충절을 다하며, 직위에 있을 때는 자신의 책임을 생각하고, 도의에 직면했을 때는 자신의 입장을 생각하여, 부모님께 우환을 끼쳐드리지 않았을 따름이다. 군대에서 너 자신을 구제할 수 있는 것은 오직 인仁과 서恕의 마음뿐이다! 너는 이것을 신중하게 생각해라!"

양수는 결국 자신을 보전할 수 있었다. 신헌영은 79세에 이르러 [晉 武帝] 태시泰始 5년(269)에 죽었다.

---

206) 양수(羊琇)(236~282): 자는 稚舒. 西晉의 外戚이자 大臣. 위나라 太常 羊耽과 辛憲英의 아들로, 尙書右僕射 羊瑾의 동생이자 景獻皇后(司馬師의 부인) 羊徽瑜와 名將 羊祜의 사촌동생이다. 鎭西將軍 鍾會의 參軍이 되어 촉나라 정벌에 참여했다. 나중에 종회가 모반했을 때 바른말로 충간했지만 말리지 못했으며, 조정으로 돌아온 뒤 關內侯에 봉해졌다. 司馬炎이 동생 司馬攸를 물리치고 태자의 지위를 확보하는 데 공을 세웠으며, 사마염이 晉王에 오른 후 左衛將軍에 임명되고 甘露亭侯에 봉해졌다. 사마염이 진나라를 건국한 뒤에는 中護軍과 散騎常侍가 되어 禁兵을 관장하고 機密을 담당하면서 무제의 총애를 받았다. 죽은 후 輔國大將軍과 開府儀同三司에 추증되었으며, 시호는 威다.

(辛)敞字泰雍, 官至衛尉. 毗女憲英, 適太常泰山羊耽, 外孫夏侯湛
爲其傳, 曰: 憲英聰明有才鑒. 初, 文帝與陳思王爭爲太子, 旣而文
帝得立, 抱毗頸而喜[1]曰:"辛君知我喜不?"毗以告憲英, 憲英歎曰:
"太子代君主宗廟社稷者也. 代君不可以不戚, 主國不可以不懼, 宜
戚而喜, 何以能久? 魏其不昌乎!"弟敞爲大將軍曹爽參軍, 司馬宣
王將誅爽, 因爽出, 閉城門. 大將軍司馬魯芝將爽府兵, 犯門斬關,
出城門赴爽, 來呼敞俱去. 敞懼, 問憲英曰:"天子在外, 太傅閉城門.
人云將不利國家, 於事可得爾乎?"憲英曰:"天下有不可知, 然以吾
度之, 太傅殆不得不爾! 明皇帝臨崩, 把太傅臂, 以後事付之, 此言
猶在朝士之耳. 且曹爽與太傅俱受寄託之任, 而獨專權勢, 行以驕
奢, 於王室不忠, 於人道不直, 此擧不過以誅曹爽耳."敞曰:"然則事
就乎?"憲英曰:"得無殆就! 爽之才非太傅之偶也."敞曰:"然則敞可
以無出乎?"憲英曰:"安可以不出? 職守, 人之大義也. 凡人在難, 猶
或恤之. 爲人執鞭而棄其事, 不祥, 不可也. 且爲人死, 爲人任, 親昵
之職也, 從衆而已."敞遂出. 宣王果誅爽. 事定之後, 敞歎曰:"吾不
謀於姊, 幾不獲於義."逮鍾會爲鎮西將軍, 憲英謂從子羊祜曰:"鍾
士季何故西出?"祜曰:"將爲滅蜀也."憲英曰:"會在事縱恣, 非特久
處下之道, 吾畏其有他志也."祜曰:"季母勿多言."其後會請子琇爲
參軍, 憲英憂曰:"他日見鍾會之出, 吾爲國憂之矣. 今日難至吾家, 此
國之大事, 必不得止也."琇固請司馬文王, 文王不聽. 憲英語琇曰:
"行矣. 戒之! 古之君子, 入則致孝於親, 出則致節於國, 在職思其所
司, 在義思其所立, 不遺父母憂患而已. 軍旅之間, 可以濟者, 其惟仁
恕乎! 汝其愼之!"琇竟以全身. 憲英年至七十有九, 泰始五年卒.

[1] 喜:『太平御覽』에는 "告之"라 되어 있다.

△ 出典:『三國志』卷25「魏書·辛毗傳」裴注.
△ 又見:『太平御覽』卷148「皇親部·太子」.
　　　　『何氏語林』卷15「識鑒」注.
　　　　『淵鑑類函』卷59「儲宮部·太子三」注.

- 『太平御覽』 卷148 「皇親部·太子」
  『世語』曰：辛毗女憲英, 適太常羊耽, 外孫夏侯湛爲其傳, 曰：“憲英聰明有才鑒. 初, 文帝與陳思王爭爲太子, 旣而文帝得立, 抱毗頸而告之曰：‘辛君知我喜不?’ 毗以告憲, 憲歎曰：‘太子代君主宗廟社稷也. 代君不可以不戚, 主國不可以不懼, 宜戚而喜, 何以能久? 魏其不昌乎!”

- 『何氏語林』 卷15 「識鑒」 注
  『世語』曰：憲英適泰山羊耽.

- 『淵鑑類函』 卷59 「儲宮部·太子三」 注
  『世語』：初, 文帝與陳思王爭爲太子, 旣而文帝得立, 抱辛毗頸而喜曰：“辛君知我喜否?” 毗以告女憲英, 憲英歎曰：“太子代君主宗廟社稷者也. 代君不可以不戚, 主國不可以不懼, 宜戚而喜, 何以能久!”

089-(263년 이전)

종육鍾毓 형제는 민첩하게 깨달음이 남보다 뛰어났기에, 매번 조롱의 말을 할 때마다 한 번도 꺾인 적이 없었다. 종육이 종회鍾會에게 말했다.

“안륙安陸 사람이 조롱을 잘 한다고 들었으니, 시험 삼아 함께 살펴보자.”

그래서 동생과 더불어 성대하게 차리고 함께 수레를 타고 동문으로부터 서문에 이르렀는데, 그때 한 여인이 웃으면서 말했다.

“수레 중앙이 몹시 높구나!”

종육 형제는 전혀 알아차리지 못했는데, 수레 뒤를 따라오던 한 문하생이 말했다.

“방금 전에 이미 조롱을 당했습니다.”

종육이 깜짝 놀라자 문하생이 말했다.

“중앙이 높다는 것은 두 마리의 숫양207)을 뜻하는 것입니다.”

---

207) 두 마리의 숫양: 원문은 “兩頭羝”. ‘羝’는 ‘低’와 음이 같다. 겉으로는 중앙이 높으므

종육 형제가 수염이 많았기 때문에 그것으로 조롱한 것이었다.

鍾毓兄弟警悟過人, 每有嘲語, 未嘗屈蹜. 毓語會:"聞安陸[1]能作
調, 試共視之." 於是與弟盛飾共載, 從東門至西門, 一女子笑曰:"車
中央殊高." 二鍾[2]都不覺, 車後一門生云:"向已被嘲." 鍾愕然, 門
生曰:"中央高者, 兩頭羝." 毓兄弟多鬚, 故以此調之.

[1] 安陸:『太平御覽』에 인용된『世說』에는 "安陵"이라 되어 있다.
[2] 鍾:『天中記』에는 "種"이라 되어 있지만 誤字가 분명하므로,『太平御覽』
　　에 인용된『世說』에 의거하여 고쳤다.

△ 出典:『天中記』卷22「髭鬚·兩頭羝」.
△ 參考:『太平御覽』卷374「人事部·鬚髯」에 인용된『世說』.

• 『太平御覽』卷374「人事部·鬚髯」에 인용된『世說』
　鍾毓兄弟警悟過人, 每有嘲語, 未嘗屈蹜. 毓語曾(會):"聞安陵能作調,
　試共視之." 於是與弟盛飾共載, 從東門至西門, 一女子笑曰:"車中央殊
　高!" 二鍾都不覺, 車後一門生云:"向已被嘲." 鍾愕然, 門生曰:"中央高
　者, 兩頭羶(羝)." 毓兄弟多鬚, 故以此調之.

090-(263년)

종회鍾會는 남의 글씨체를 잘 모방했다. 촉나라를 정벌할 때[208)

로 '양쪽이 낮다'는 뜻으로 '兩頭低'라고 말했지만, 속뜻은 종육 형제를 털 많은 두
　마리 숫양에 빗댄 것이다.
208) 촉나라를 정벌할 때: 촉나라 장수 姜維가 자주 위나라 국경을 침범하자, 위나라의
　司馬昭(文王)가 촉나라를 정벌할 기회를 엿보고 있다가 元帝(曹奐) 景元 4년(263)
　가을에 鄧艾·鍾會 등을 파견하여 촉나라를 정벌하게 했다. 등애와 종회 등의 공격
　을 받은 蜀帝 劉禪이 항복하자, 촉나라를 평정한 공으로 등애는 太尉에 임명되고
　종회는 司徒에 임명되었다. 한편 위나라 조정에 대해 모반의 뜻을 갖고 있던 종회는,
　권세를 쥐고 전횡을 시작한 등애가 역모를 꾀하고 있다고 은밀히 상주한 뒤, 劍閣에
　서 등애에게 조정에 올리는 章表를 쓰게 하여 그 말을 자기가 의도한 대로 고쳤으며,
　위나라 조정에서는 호송수레를 보내 등애를 소환했다. 그 후 종회는 꺼리는 바가

검각劍閣에서 등애鄧艾에게 장표章表를 써서 일을 아뢰라고 요청한 뒤, 전체적으로 그 말을 바꾸어 글 뜻을 지나치게 거만하게 하고 대부분 스스로를 자랑하는 것으로 만들어버렸다. 또한 문왕文王(司馬昭)의 답신을 버리고 그것을 모방하여 자신이 직접 작성했다. 등애는 이 때문에 체포당했다.

> (鍾)會善效[1]人書. 伐蜀之役[2], 於劍閣要(鄧)艾章表白事, 皆易[3] 其言, 令辭指悖[4]傲, 多自矜伐. 又毀文王報書, 手作以疑之. 艾由 此被收也[5].

[1] 效: 『世說新語』注와 『佩文韻府』注에는 모두 "學"이라 되어 있다.
[2] 伐蜀之役: 『三國志』注에는 이 4자가 없지만, 『世說新語』注와 『佩文韻府』注에 의거하여 보충했다.
[3] 易: 『世說新語』注와 『佩文韻府』注에는 모두 "約"이라 되어 있다.
[4] 悖: 『世說新語』注에는 "倨"라 되어 있다.
[5] 艾由此被收也: 『三國志』注에는 이 6자가 없지만, 『世說新語』注에 의거하여 보충했다.

△ 出典: 『三國志』 卷28 「魏書·鍾會傳」 裴注.
△ 又見: 『世說新語』 「巧藝」4 劉注.
　　　　『駢志』 卷5 「丙部上」.
　　　　『子史精華』 卷69 「文學部五·書法」 注.
　　　　『佩文韻府』 卷6之1 「上平聲·六魚韻一」 注.

• 『世說新語』 「巧藝」4 劉注
　『世語』曰 : 會善學人書, 伐蜀之役, 於劍閣要鄧艾章表, 皆約其言, 令詞旨倨傲, 多自矜伐. 艾由此被收也.

• 『駢志』 卷5 「丙部上」
　『世語』: 鍾會善效人書, 于劍閣要鄧艾章表白事, 皆易其言, 令辭指悖傲, 多自矜伐. 又毀文王報書, 手作以疑之.

없어지자 마침내 成都에서 모반했다.

- 『子史精華』 卷69「文學部五·書法」 注
  『世語』曰：會善效人書, 於劍閣要艾章表白事, 皆易其言, 令辭指悖傲,
  多自矜伐. 又毀文王報書, 手作以疑之也.

- 『佩文韻府』 卷6之1「上平聲·六魚韻一」 注
  郭頒『世語』：會善學人書, 伐蜀之役, 于劍閣要鄧艾章表, 皆約其言, 令
  辭旨悖傲, 多自矜伐.

091-(263년)

당시 촉나라의 관속들은 모두 천하의 영준英俊이었으나, 강유姜維
보다 나은 자는 없었다.

時蜀官屬皆天下英俊, 無出(姜)維右.

△ 出典：『三國志』 卷44「蜀書·姜維傳」 裴注.
△ 又見：『諸葛忠武書』 卷6「北伐」.

- 『諸葛忠武書』 卷6「北伐」
  『世語』曰：時蜀官屬皆天下英俊, 無出維右.

092-(264년)

강유姜維가 죽었을 때 해부해 보았더니, 쓸개의 크기가 말[斗]만
했다.

(姜)維死時, 見剖[1], 膽如斗大[2].

[1] 見剖：『玉芝堂談薈』에는 "魏人剖之"라 되어 있다.
[2] 如斗大：『駢志』·『諸葛忠武書』에는 모두 "大如斗"라 되어 있다. 한편『三
    國志集解』에서는 "胡三省曰：'斗非身所能容, 恐當作升.' 何焯曰：'古升
    字, 與斗字相類.' 亭林(顧炎武)亦云."이라고 하여, "升"이 타당하다고 했
    다.『三國志』點校本에서는 胡三省과 顧炎武의 설을 좇아 "升"으로 교정

해놓았다.

△ 出典:『三國志』卷44「蜀書·姜維傳」裴注.
△ 又見:『蒙求集註』卷上.
　　　　『山谷別集詩注』卷下「觀秘閣蘇子美題壁及中人張侯家墨跡十九
　　　　紙率同舍錢才翁學士賦之」注.
　　　　『玉芝堂談薈』卷5「古今事相類」.
　　　　『天中記』卷23「膽·如斗」.
　　　　『騈志』卷17「壬部上」.
　　　　『諸葛忠武書』卷6「北伐」.
　　　　『格致鏡原』卷12「身體類·膽」.
　　　　『分類字錦』卷15「肢體·膽」注.
　　　　『子史精華』卷123「形色部一·形體」注.
　　　　『佩文韻府』卷55之3「上聲·二十五有韻三」注.

• 『蒙求集註』卷上
　『世語』曰：維死時, 見剖, 膽如斗大.

• 『山谷別集詩注』卷下「觀秘閣蘇子美題壁及中人張侯家墨跡十九紙率
　同舍錢才翁學士賦之」注
　『世語』曰：維死時, 見剖, 膽如斗大.

• 『玉芝堂談薈』卷5「古今事相類」
　郭頒『世語』：姜維死, 魏人剖之, 膽如斗大.

• 『天中記』卷23「膽·如斗」
　維死時, 見剖, 膽如斗大. (『世語』)

• 『騈志』卷17「壬部上」
　『世語』曰：姜維死時, 見剖, 膽大如斗.

• 『諸葛忠武書』卷6「北伐」
　『世語』曰：維死, 見剖, 膽大如斗.

• 『格致鏡原』卷12「身體類·膽」

『世語』：姜維死時, 見剖, 膽如斗大.

- 『分類字錦』 卷15 「肢體·膽」 注
  『世語』曰：維死時, 見剖, 膽如斗大.

- 『子史精華』 卷123 「形色部一·形體」 注
  『世語』曰：維死時, 見剖, 膽如斗大.

- 『佩文韻府』 卷55之3 「上聲·二十五有韻三」 注
  『世語』：姜維死時, 見剖, 膽如斗大.

093-(264년)

사찬(師纂[209]) 역시 등애(鄧艾)와 함께 살해되었다. 사찬은 성격이 급하고 은혜를 베푼 일이 적었기에 죽었을 때 [난도질당해] 몸에 온전한 살갗이 없을 정도였다.

師纂亦與(鄧)艾俱死. 纂性急少恩, 死之日體無完皮.

△ 出典:『三國志』 卷28 「魏書·鄧艾傳」 裴注.

094-(265년 전후)

진(晉) 문왕(文王)(司馬昭) 시대에 거대한 물고기가 맹진(孟津)에 나타났는데, 길이는 수백 보(步)였고 높이는 5장(丈)이었으며, 머리는 남쪽 강기슭에 있었고 꼬리는 강 가운데 모래섬의 하평후사(河平侯祠)에 있었다.

---

209) 사찬(師纂)(?~264): 삼국시대 위나라 武將으로, 鄧艾의 심복 部將. 등애를 따라 촉나라 정벌에 참여하여 鄧忠과 함께 촉장 諸葛瞻이 지키는 綿竹關을 점령했다. 촉나라가 멸망한 후 益州刺史에 임명되었다. 나중에 鍾會가 대장군 司馬昭에게 등애를 모함할 때 사찬도 가담했다. 264년에 衛瓘이 田續을 보내 등애 부자를 죽일 때 사찬도 살해되었다.

晉文王之世, 大魚見孟津, 長數百步, 高五丈, 頭在南岸, 尾在中渚河平侯祠.

△ 出典:『水經注』 卷5「河水」.
△ 又見:『駢字類編』 卷98「數目門二十一・五」注, 卷124「方隅門十二・中」注.
　　　『子史精華』 卷138「動植部四・鱗」注.
　　　『大淸一統志』 卷161「懷慶府二」.

• 『駢字類編』 卷98「數目門二十一・五」注
  郭頒『世語』曰：晉文王之世, 大魚見孟津, 長數百步, 高五丈, 頭在南岸, 尾在中渚河平侯祠.

• 『駢字類編』 卷124「方隅門十二・中」注
  郭頒『世語』曰：晉文王之世, 大魚見孟津, 長數百步, 高五丈, 頭在南岸, 尾在中渚河平侯祠.

• 『子史精華』 卷138「動植部四・鱗」注
  郭頒『世語』曰：晉文王之世, 大魚見孟津, 長數百步, 高五丈, 頭在南岸, 尾在中渚.

• 『大淸一統志』 卷161「懷慶府二」
  郭頒『世語』曰：晉文公之世, 大魚見孟津, 長數百步, 高五丈. 河平侯祠, 卽斯祠也.

095-(265년 전후)

곽가郭嘉210)의 손자 곽창郭敞211)은 자가 태중泰中이고, 재주와 식

---

210) 곽가(郭嘉)(170～207): 자는 奉孝. 潁川 陽翟 사람. 후한 말 천하가 어지러울 때 袁紹의 부하로 있다가 나중에 荀彧의 추천으로 曹操에게 귀의했다. 조조가 북방을 통일하는 데 공훈을 세워 司空軍祭酒에 임명되고 洧陽亭侯에 봉해졌다. 조조가 烏丸을 정벌할 때 참여했다가 병이 들어 38세로 요절했다. 시호는 貞이다.

견을 지니고 있었으며, 벼슬은 산기상시散騎常侍를 지냈다.

(郭)嘉孫敞, 字泰中, 有才識, 位散騎常侍.

△ 出典:『三國志』卷14「魏書·郭嘉傳」裴注.

096-(265년 전후)

완씨阮氏 집안사람들212)은 모두 술을 잘 마셨는데, 늘 종친들과 함께 모일 때마다 보통 술잔은 쓰지 않고 커다란 옹기에 술을 담아놓고 빙 둘러앉아 서로 맞대고서 마구 마셨다.

諸阮皆能飲酒, 常與宗人共集, 不復用常栖, 以大甕盛酒, 圍坐相向大酌.

△ 出典:『北堂書鈔』卷148「酒食部·酒」注.
△ 又見:『淵鑑類函』卷392「食物部五·酒二」.
△ 參考:『世說新語』「任誕」12.

• 『淵鑑類函』卷392「食物部五·酒二」
『世語』曰：諸阮皆能飲酒, 常與宗人共集, 不復用常杯, 以大甕盛酒, 圍坐相向大酌.

• 『世說新語』「任誕」12
諸阮皆能飲酒. 仲容至宗人閒共集, 不復用常栖斟酌, 以大甕盛酒, 圍坐相向大酌. 時有羣猪來飲, 直接去上, 便共飲之.

---

211) 곽창(郭敞)(?~?): 부친은 위나라의 太子文學을 지낸 郭奕이다. 본문의 내용 외에 기타 자세한 행적은 미상.
212) 완씨(阮氏) 집안사람들: 西晉 때의 陳留 阮氏를 말한다. 竹林七賢으로 꼽히는 阮籍 (210~263)과 그의 조카 阮咸이 대표적인 인물이다.

097-(서진 초, 265년경)

> 손초孫楚213)가 대사마大司馬 석포石苞의 기실참군記室參軍이 되었는
> 데, 부주府主(石苞)를 공경하지 않았다. 손초가 자신의 재주를 자부
> 하여 석포에게 읍揖하며 말했다.
> "천자께서 나에게 그대의 군사軍事로 참여하라 명하셨소이다."
>
> 孫楚爲大司馬石苞記室參軍, 不敬府主. 楚負才[1], 揖[2]苞曰: "天
> 子命我參卿軍事[3]也."

[1] 不敬府主. 楚負才: 『淵鑑類函』注에는 "負才不敬府主"라 되어 있다.
[2] 揖: 『北堂書鈔』注에는 "檄"이라 되어 있는데, 문맥이 통하지 않으므로 『淵
　　鑑類函』注에 의거하여 고쳤다.
[3] 參卿軍事: 『北堂書鈔』注에는 이 4자가 없지만, 『淵鑑類函』注에 의거하
　　여 보충했다.

△ 出典: 『北堂書鈔』 卷69 「設官部·記室參軍」 注.
△ 又見: 『淵鑑類函』 卷68 「設官部八·記室參軍」 注.

• 『淵鑑類函』 卷68 「設官部八·記室參軍」 注
　『世語』云: 孫楚爲大司馬石苞記室參軍, 負才不敬府主, 揖苞曰: "天子
　命我參卿軍事."

---

213) 손초(孫楚)(221?~293): 자는 子荊이며 太原 中都 사람. 魏晉代의 관리이자 문학
　　자. 驃騎將軍 孫資의 손자이자 南陽太守 孫弘의 아들이다. 동향 사람인 大中正
　　王濟가 일찍이 그에 대한 品狀을 지어, "天才英特, 亮拔不羣"이라고 품평했다. 40여
　　세에 비로소 鎭東將軍 石苞의 軍事가 되었다가 著作佐郎으로 전임되었다. 晉나라
　　가 건국된 후 武帝 때 征西將軍參軍·梁縣令·衛將軍司馬를 지냈으며, 惠帝 때
　　馮翊太守에 이르렀다.

손자형孫子荊(孫楚)이 젊었을 때 은거하고 싶었는데, 왕무자王武子(王濟)214)에게 당연히 '돌로 베개 삼고 냇물로 양치한다[枕石漱流]'215) 고 말해야 할 것을 '돌로 양치하고 냇물로 베개 삼는다[漱石枕流]' 고 잘못 말했다. 그러자 왕무자가 말했다.
"냇물로 베개 삼을 수 있고 돌로 양치할 수 있습니까?"
손자형이 말했다.
"냇물로 베개 삼는 것은 귀를 씻고자 함이고, [돌로 양치하는 것은 치아를 갈고자 함이지요.]"

孫子荊年少時欲隱, 語王武子當'枕石漱流', 誤曰'漱石枕流'. 王曰: "流可枕, 石可漱乎?" 孫曰: "所以枕流, 欲洗其耳.[1]"

[1] 欲洗其耳: 이 고사는 『世說新語』 「排調」편에도 실려 있는데, 거기에는 이 뒤에 "所以漱石, 欲礪其齒" 두 구절이 더 있다.

△ 出典: 『天中記』 卷22 「耳·枕流」.
△ 參考: 『世說新語』 「排調」 6.

• 『世說新語』 「排調」 6
  孫子荊年少時欲隱, 語王武子當'枕石漱流', 誤曰'漱石枕流'. 王曰: "流可枕, 石可漱乎?" 孫曰: "所以枕流, 欲洗其耳, 所以漱石, 欲礪其齒."

---

214) 왕무자(王武子): 王濟(246?~291). 자는 武子. 太原 晉陽 사람. 西晉의 名士이자 장수. 司徒 王渾의 둘째 아들이고, 晉 武帝의 딸 常山公主의 남편이다. 재주가 뛰어나고 풍모가 빼어났으며 淸談에 능했다. 中書郞으로 벼슬을 시작하여 여러 벼슬을 거쳐 太僕에 이르렀다. 당시에 명성이 높아서 和嶠·裵楷와 이름을 나란히 했다. 사치가 너무 심하여 세간의 비난을 받기도 했다.
215) 돌로 베개 삼고 냇물로 양치한다[枕石漱流]: 산림에서의 은거생활을 뜻한다. 『三國志』 권40 「蜀書·彭羕傳」에서 彭羕이 太守 許靖에게 秦宓을 추천하면서 "枕石漱流, 吟詠縕袍."라는 말을 했다.

숭산嵩山 북쪽에 큰 동굴이 있었다. 진晉나라 초에 어떤 사람이 잘
못하여 그 동굴 속으로 떨어졌는데, 10여 일을 갔더니 초가집이
나타났고 그 안에서 두 사람이 바둑을 두고 있었으며, 옆에는 흰
색의 음료 한 잔이 있었다. 동굴에 떨어진 사람이 배가 고프고
목이 마르다고 했더니, 바둑을 두던 사람이 말했다.
"이것을 마셔보시오."
동굴에 떨어진 사람이 그것을 마셨더니 기력이 10배나 솟았다.
그 사람이 돌아와 장화張華216)에게 물었더니, 장화가 말했다.
"그것은 옥장玉漿217)이오."

嵩山北有大穴. 晉初有一人, 誤墜穴中, 行十許日[1], 有草屋[2], 中
有二人[3]圍棋, 傍有白漿一杯[4]. 墜者告以飢渴, 碁者曰: "可飮此."
墜者飮之[5], 氣力十倍. 歸問張華, 華曰: "此[6]玉漿也."

[1] 行十許日: 『淵鑑類函』注에는 "緣行十許里"라 되어 있다.
[2] 『淵鑑類函』注에는 이곳에 "一區" 2자가 있다.
[3] 『淵鑑類函』注에는 이곳에 "對坐" 2자가 있다.
[4] 傍有白漿一杯: 『淵鑑類函』注에는 "局下有一杯白漿"이라 되어 있다.
[5] 碁者曰: "可飮此." 墜者飮之: 『格致鏡原』에는 "棋者與飮之"라 되어 있다.
[6] 此: 『淵鑑類函』注에는 "所飮者"라 되어 있다.

△ 出典: 『北堂書鈔』 卷144 「酒食部·漿篇」 注.
△ 又見: 『格致鏡原』 卷22 「飮食類·漿」.
　　　　『淵鑑類函』 卷391 「食物部四·漿二」 注.

---

216) 장화(張華)(232~300): 자는 茂先. 范陽 方城 사람. 서진의 정치가이자 문학가. 박학
다식하고 문장에 뛰어났다. 阮籍에게 재주를 인정받아 出仕하여 魏나라 때 太常博士
·河南尹丞·佐著作郎·中書郎을 역임했다. 晉나라에 들어와서는 武帝 때 黃門侍郎
·中書令·散騎常侍를 지냈다. 吳나라 멸망에 공을 세워 光武縣侯에 봉해졌다. 惠帝
때 太子少傅에 임명되었으며, 楚王 司馬瑋를 제거하는 데 공을 세워 侍中에 오르고
司空을 거쳐 壯武郡公에 봉해졌다. 나중에 趙王 司馬倫에게 살해당했다.
217) 옥장(玉漿): 전설상의 신선이 마신다고 하는 음료.

△ 參考: 殷芸 『小說』.

- 『格致鏡原』 卷22 「飲食類·漿」
  『世語』: 嵩山北有大穴. 晉初有一人, 誤墜穴中, 行十許日, 有草屋, 中有
  二人圍棋, 傍有白漿一杯. 墜者告以飢渴, 棋者與飲之. 氣力十倍. 歸問
  張華, 華曰: "此玉漿."

- 『淵鑑類函』 卷391 「食物部四·漿二」 注
  『世語』曰 : 嵩山北有大穴. 晉初有一人, 誤墜穴中, 緣行十許里, 有草屋
  一區, 中有二人對坐圍碁, 局下有一杯白漿. 墜者告以飢渴, 碁者曰: "可
  飲此." 墜者飲之, 氣力十倍. 歸問張華, 華曰: "所飲者玉漿."

- 殷芸 『小說』
  嵩高山北有大穴空, 莫測其深, 百姓歲時, 每遊其上. 晉初, 嘗有一人, 誤
  墜穴中, 同輩冀其儻不死, 試投食於穴. 墜者得之爲糧, 乃緣穴而行. 可
  十許日, 忽曠然見明, 又有草屋一區. 中有二人, 對坐圍碁, 局下有一杯白
  飲. 墜者告以飢渴, 碁者曰: "可飲此." 墜者飲之, 氣力十倍. 碁者曰: "汝
  欲停此不?" 墜者曰: "不願停." 碁者曰: "汝從西行數十步, 有一井. 其中
  多怪異, 愼勿畏, 但投身入中, 當得出. 若飢, 即可取井中物食之." 墜者如
  其言. 井多蛟龍, 然見墜者, 輒避其路. 墜者緣井而行, 井中有物若靑泥,
  墜者食之, 了不覺飢. 可半年許, 乃出蜀中, 因歸洛下, 問張華, 華曰: "此
  仙館, 所飲者玉漿, 所食者龍穴石髓也."

100-(서진 초)

> 왕혼王渾[218]은 자가 장원長源이며, 낭야瑯琊 임기臨沂 사람이다. 재
> 주와 덕망이 있었으며, 상서尙書와 양주자사涼州刺史를 역임했다.
>
> (王)渾字長源[1], 瑯琊臨沂人[2]. 有才望, 歷尙書·涼州刺史.

---

218) 왕혼(王渾)(?~?): 자는 長源. 西晉의 관리. 幽州刺史 王雄의 아들이자 竹林七賢
    가운데 하나인 戎의 부친이다. 벼슬은 涼州刺史에 이르렀으며 貞陵亭侯에 봉해
    졌다.

[1] 源: 『何氏語林』注에는 "原"이라 되어 있다.
[2] 瑯琊臨沂人: 『世說新語』注에는 이 5자가 없지만, 『何氏語林』注에 의거
하여 보충했다.

△ 出典: 『世說新語』 「德行」21 劉注.
△ 又見: 『何氏語林』 卷15 「識鑒」 注.

• 『何氏語林』 卷15 「識鑒」 注
『世語』曰 : 王渾字長原, 瑯琊臨沂人. 有才望, 歷尙書·涼州刺史.

101-(272년)

> 장취張就[219]의 아들 장효張敩[220]는 자가 조문祖文이고, 넓고 굳센
> 의지에 곧고 바른 성품을 지녔으며, 진晉 무제武帝(司馬炎)[221] 시대
> 에 광한태수廣漢太守가 되었다. 왕준王濬[222]이 익주자사益州刺史로

---

219) 장취(張就)(?~?): 涼州 敦煌郡 사람. 삼국시대 위나라의 관리. 벼슬은 金城太守에
이르렀으며, 부친 張恭과 함께 西州에서 이름이 알려졌다.

220) 장효(張敩)(?~?): 張勃이라고도 한다. 자는 祖文. 西晉 초의 관리. 張恭의 손자이
자 張就의 아들이다. 晉 武帝 때 廣漢太守와 匈奴中郎將을 지냈다.

221) 무제(武帝): 司馬炎(236~290). 자는 安世. 河內 溫縣 사람. 晉나라의 초대 황제
(266~290 재위). 위나라의 權臣 司馬昭의 장남이다. 처음에 魏나라에서 北平亭侯
에 봉해지고 給事中을 지냈다. 元帝 咸熙 2년(265)에 부친의 작위를 계승하여 相國
과 晉王이 되었으며, 같은 해에 칭제하고 진나라를 건국했다. 咸寧 6년(280)에 吳나
라를 정벌하고 천하를 통일했다. 宗室을 두루 제후에 봉하고 士族의 문벌제도를
강화시키면서, 새로 제정한 律令을 반포하고 관품제도를 정비했다. 또한 屯田制를
폐지하고 屯田民을 州郡의 民戶로 편입시켰다. 하지만 오나라를 멸한 이후로 정사
에 태만하고 사치와 향락에 빠졌으며, 태자 책봉을 둘러싸고 많은 갈등을 조성했다.
결국 무제의 사후에 諸王들이 황권을 놓고 쟁탈하면서 16년 동안 이른바 '八王의
亂'이 일어났다. 시호는 武皇帝, 묘호는 世祖다.

222) 왕준(王濬)(206~286): 자는 士治, 어릴 적 자는 阿童. 弘農郡 湖縣 사람. 西晉의
관리. 박학다식하고 용모가 준수했으며 활달한 성격에 큰 뜻을 품어 羊祜의 인정을
받았다. 처음에 河東從事로 있다가, 武帝 泰始 8년(272)에 廣漢太守로 전임되었으
며 양호의 추천으로 益州刺史가 되었다. 그때부터 함선을 건조하여 은밀히 오나라
를 정벌할 준비를 하다가, 마침내 咸寧 5년(279)에 龍讓將軍에 임명되어 오나라

있을 때, 직접 황제의 조서[223]를 받고 오吳나라를 토벌하기 위한 병사를 모집했는데, 호부虎符[224]가 없었기에 장효가 왕준의 종사從事를 체포하여 죄상을 열거하고 상부에 보고했다. 이 때문에 장효를 소환하여 무제가 장효를 질책하며 말했다.

"어찌하여 은밀히 아뢰지 아니하고 곧바로 종사를 체포했는가?"
장효가 말했다.

"촉한蜀漢은 멀리 떨어져 있지만, 유비劉備가 일찍이 그를 등용했었습니다. 곧장 체포한 것도 신은 오히려 가볍다고 생각합니다."
무제는 그를 훌륭하다고 여겼다. 장효는 벼슬이 흉노중랑장匈奴中郎將에 이르렀다. 장효의 아들 장고張固는 자가 원안元安이고 부친 장효의 풍모를 지녔으며 황문랑黃門郎을 지냈는데 일찍 죽었다. ('斅'는 어떤 판본에는 '勃'이라 되어 있기도 하다.)

(張)就子斅, 字祖文, 弘毅有幹正, 晉武帝世爲廣漢太守. 王濬在益州, 受中制募兵討吳, 無虎符, 斅收濬從事列上. 由此召斅還, 帝責斅: "何不密啓而便收從事?" 斅曰: "蜀漢絶遠, 劉備嘗用之. 輒收, 臣猶以爲輕." 帝善之. 官至匈奴中郎將. 斅子固, 字元安, 有斅風, 爲黃門郎, 早卒. (斅, 一本作勃.)

△ 出典: 『三國志』 卷18 「魏書·張就傳」 裴注.
△ 又見: 『玉海』 卷85 「器用·符節」.

• 『玉海』 卷85 「器用·符節」
『世語』曰 : 晉武帝世, 張斅爲廣漢太守. 王濬在益州, 受中制募兵討吳,

정벌에 나섰다. 成都에 이른 뒤 吳軍이 강에 설치해놓은 쇠사슬과 철추를 제거하고 진격하여 西陵·夏口·武昌을 잇달아 점령한 뒤 建康까지 탈취하니, 오나라 군주 孫皓가 항복했다. 鎭軍大將軍과 散騎常侍로 승진했다. 太康 6년(285) 撫軍大將軍이 되었으며, 이듬해 죽었다. 시호는 武侯다.
223) 황제의 조서: 원문은 "中制". 황제가 다른 신하를 거치지 않고 직접 내리는 조서.
224) 호부(虎符): 구리로 호랑이 모양을 본떠 만든 徵兵의 표지. 당시 王濬은 武帝로부터 직접 밀명을 받았기에 공식적인 호부가 없었다.

無虎符, 敕收濬從事列上.

102-(278년)

> 노흠盧欽[225]은 자가 자약子若이고, [동생] 노정盧珽[226]은 자가 자홀
> 子笏이다. 노흠은 [晉 武帝] 태시泰始 연간(265~274)에 상서복야
> 尙書僕射가 되어 인재선발을 주관했다. 함녕咸寧 4년(278)에 죽자,
> 위장군衛將軍과 개부의동삼사開府儀同三司에 추증되었다.
>
> (盧)欽字子若, 珽字子笏. 欽泰始中爲尙書僕射, 領選, 咸寧四年卒,
> 追贈衛將軍, 開府.

△ 出典:『三國志』卷22「魏書·盧毓傳」裴注.

103-(278년 전후)

> 왕순王恂[227]은 자가 양부良夫다. 통달된 식견을 지니고 있었으며,

---

225) 노흠(盧欽)(?~278): 자는 子若. 涿郡 涿縣 사람. 西晉의 大臣이자 장수. 후한 名儒
   盧植의 손자이자 위나라 司空 盧毓의 아들이다. 그는 文武를 겸비하여 內外職을
   두루 지냈으며, 서진 때 吏部尙書·侍中·奉車都尉를 역임하고 大梁侯에 봉해졌다.
   武帝 咸寧 4년(278)에 죽자, 衛將軍과 開府儀同三司에 추증되었으며, 시호는 元이
   다.
226) 노정(盧珽)(?~?): 자는 子笏. 西晉의 관리. 위나라 司空 盧毓의 아들이자 東晉
   尙書 盧志의 부친이다. 일찍이 魏나라에서 泰山太守를 지냈다. 晉나라에서는 衛尉
   卿을 거쳐 尙書에 이르렀다.
227) 왕순(王恂)(?~278): 자는 良夫. 東海郡 郯縣 사람. 西晉의 外戚이다. 조부 王朗은
   위나라 司徒를 지냈고, 부친 王肅은 유명한 經學者였으며, 누나 王元姬는 司馬昭의
   부인으로 나중에 晉 武帝가 된 司馬炎을 낳았다. 魏 元帝 景元 4년(263)에 부친의
   작위를 습봉하여 蘭陵侯가 되었고, 이듬해 五等爵制가 시행되자 永子에 봉해졌다.
   여러 벼슬을 거쳐 河南尹이 되었는데, 재임하는 동안 학교를 세우고 유가의 五經을
   선양했다. 위나라 말에는 많은 사람들이 노역에 징집되는 것을 두려워하여 公卿의
   佃客이 되었는데, 일부 공경의 전객은 수천 명에 달하기도 했다. 나중에 司馬炎이
   진나라를 건국한 후, 전객을 금지하는 법령을 내리자 왕순이 엄격하게 법을 집행하

조정에서는 충직했다. 하남윤河南尹과 시중侍中을 역임했는데, 재임하는 동안 칭송을 받았다. 늘 공정함에 마음을 두었으며, 자신의 이해를 돌아보지 않는 절조를 지녔다. 격현령鬲縣令 원의袁毅228)가 그에게 준마를 보내주었는데, 원의가 재물을 탐하는 것을 알고 그것을 받지 않았다. 원의는 결국 부정한 재물 축적으로 패망했다. [하남윤으로 재임하는 동안] 두 개의 학관을 세우고 오경五經을 존숭한 것은 모두 왕순이 이룩한 것이었다. 죽었을 때 나이는 40여 세였으며, 거기장군車騎將軍에 추증되었다. 왕숙王肅229)의 딸은 사마문왕司馬文王(司馬昭)에게 시집갔는데, 그녀가 바로 문명황후文明皇后로서 진晉 무제武帝(司馬炎)와 제헌왕齊獻王 사마유司馬攸230)를 낳았다.

여 감히 이를 어기는 자가 없었다. 진 무제 咸寧 4년(278)에 죽자 車騎將軍에 추증되었다.

228) 원의(袁毅)(?~?): 西晉 때 사람. 일찍이 鬲縣令으로 있을 때 부정한 재물을 축적하고 조정의 공경대부에게 뇌물을 바쳐 명성을 얻고자 했는데, 나중에 일이 발각되어 그에게 뇌물을 받은 자들은 모두 폐출되었다.

229) 왕숙(王肅)(195~256): 자는 子雍. 東海郡 郯縣 사람. 삼국시대 위나라의 저명한 經學者. 重臣 王朗의 아들이자 司馬昭의 장인이다. 18살 때 宋忠에게서 『太玄經』을 배웠으며, 今文經學과 古文經學의 학설을 융합하여 자기의 학설로 만들었다. 『尙書』·『詩經』·『孔子家語』에 주석을 달았다. 왕숙은 賈逵와 馬融의 학문을 추숭했으며 鄭玄의 학문은 좋아하지 않았다. 나중에 스스로 門戶를 세워 당시에 '王學'으로 불렸다. 魏 文帝 때 散騎黃門侍郎이 되었고, 明帝 때 蘭陵侯에 습봉되고 散騎常侍·秘書監·崇文觀祭酒를 역임했으며, 齊王 때 廣平太守·侍中·太常을 지냈다. 嘉平 6년(254)에 제왕 曹芳이 피살되자, 元城으로 가서 曹髦를 모셔왔다. 正元 2년(255)에 毌丘儉과 文欽이 반란을 일으키자, 왕숙의 건의로 司馬師가 즉시 토벌에 나섰으며, 반란이 진압된 후 中領軍과 散騎常侍에 임명되었다. 甘露 원년(256)에 죽었으며, 시호는 景侯다.

230) 사마유(司馬攸)(248~283): 자는 大猷. 西晉의 皇族. 司馬懿의 손자로 司馬昭의 차남이자 진 무제 司馬炎의 친동생이다. 백부 司馬師가 후사가 없어서 그의 양자로 입적됐다. 賢人을 좋아하고 문장을 잘 지었으며 서간문에 뛰어났다. 일찍이 위나라에서 衛將軍을 지냈다. 사마소가 후계자를 정하려 했을 때, 사마소는 저돌적인 성격의 사마염보다는 온유한 성격의 사마유를 후계자로 삼고자 했다. 그러나 賈充을 비롯한 여러 신료들의 반대로 결국 장자인 사마염이 晉王을 계승했고 진나라를 개국했다. 진나라가 건국된 후, 사마유는 齊王에 봉해졌으며, 咸寧 2년(276)에 司空

(王)恂字良夫. 有通識, 在朝忠正. 歷河南尹・侍中, 所居有稱. 乃心
存公, 有匪躬之節. 鬲令袁毅餽以駿馬, 知其貪財, 不受. 毅竟以贓
貨而敗. 建立二學, 崇明五經, 皆恂所建. 卒時年四十餘, 贈車騎將
軍. 肅女適司馬文王, 即文明皇后, 生晉武帝・齊獻王攸.

△ 出典:『三國志』卷13「魏書・王肅傳」裴注.

104-(280년 전후)

반양중潘陽仲(潘滔)[231]이 어린 시절의 왕돈王敦[232]을 보고 평했다.
"자네는 벌 같은 눈은 이미 튀어나왔지만 승냥이 같은 목소리는
아직 내지 못하니, 틀림없이 남을 잡아먹을 수도 있지만 또한 남
에게 잡아먹힐 수도 있네."

潘陽仲見王敦小時, 謂曰:"君蜂目已露, 但豺聲未振耳, 必能食人,
亦當爲人所食."

이 되었다. 무제 만년에 그의 장남 司馬衷이 무능하기 때문에 대신 사마유가 제위를
계승해야 한다는 여론이 일어났는데, 무제의 총신이었던 荀勖과 馮紞이 무제에게
사마유를 모함하여 사마유는 封地로 떠나게 되었다. 이때 병이 났던 사마유는 울분
을 참지 못해 피를 토하고 죽었다. 시호는 獻이다.
231) 반양중(潘陽仲): 潘滔(?~311). 자는 陽仲. 榮陽 사람. 西晉의 관리. 太常 潘尼의
조카다. 文才와 學識을 갖추고 있었다. 학적 재능이 뛰어났다. 처음에 愍懷太子의
洗馬로 있다가 나중에 東海王 司馬越의 심복이 되어 劉輿・裴邈과 함께 '越府三才'
로 일컬어졌다. 黃門侍郞・散騎常侍를 거쳐 懷帝 永嘉 4년(310)에 河南尹이 되었
다. 영가 5년(311) 前趙의 石勒이 도성 洛陽을 점령했을 때 살해당했다.
232) 왕돈(王敦)(266~324): 자는 處仲, 어릴 적 자는 阿黑. 琅邪 臨沂 사람. 東晉의
權臣이자 장수. 王導의 사촌 형이며, 武帝 司馬炎의 딸 襄城公主의 남편이다. 元帝
司馬睿가 강남으로 건너왔을 때 사촌 동생 왕도와 함께 충심으로 보좌하여, 東晉이
세워진 후 鎭東大將軍에 제수되고 六州諸軍事都督・江州刺史에 임명되었으며 漢
安侯에 봉해졌다. 나중에는 병권을 장악하고서 조정을 위협했다. 永昌 원년(322)에
劉隗 등을 토벌한다는 명목으로 군사를 일으켜 石頭를 공략하고 周顗・刁協・戴淵
등 大臣들을 살해한 뒤 스스로 丞相이 되었다. 明帝 司馬紹 때 다시 반란을 일으켰
다가 도중에 병으로 죽었다.

△ 出典:『天中記』 卷22「目·眼多白」.
△ 參考:『世說新語』「識鑒」6.

• 『世說新語』「識鑒」6
潘陽仲見王敦小時, 謂曰: "君蜂目已露, 但豺聲未振耳, 必能食人, 亦當爲人所食."

105-(285년 이전)

왕융王戎[233]과 화교和嶠[234]가 동시에 친상親喪을 당했는데, 모두 효성으로 이름이 나 있었다. 왕융은 슬퍼서 뼈만 남은 채 침상에 의지하고 있었으나, 화교는 곡읍哭泣하면서 예를 갖추었다. 무제武帝(司馬炎)가 유중웅劉仲雄(劉毅)[235]에게 말했다.

"경은 왕융과 화교를 자주 보았을 테니, 화교가 애통함이 예에 지나쳐 사람들을 걱정케 한다는 말을 듣지 못했소?"

그러자 유중웅이 말했다.

"화교는 비록 예는 갖추었지만 정신과 기력은 손상되지 않았고,

233) 왕융(王戎)(234~305): 자는 濬沖. 琅邪 臨沂 사람. 魏晉代의 名士. 어려서부터 총명하고 談論에 뛰어나 15세에 阮籍과 함께 '忘年之交'를 맺어 竹林七賢 가운데 한 사람이 되었다. 晉 武帝 때 荊州刺史·侍中·中書令·尙書左僕射 등을 역임했고, 惠帝 때 司徒에 이르렀다. 吳나라를 평정하는 데 공을 세워 安豐縣侯에 봉해졌다. 禮俗에 구애받지 않고 마음대로 행동하여 모친상을 당했을 때에도 술과 음식을 즐겼다. 지나치게 인색하여 세상 사람들이 '膏肓之疾'이라 비난했다.
234) 화교(和嶠)(?~292): 字는 長興. 汝南 西平 사람. 魏末晉初의 大臣. 太子舍人으로 벼슬을 시작하여, 潁川太守를 거쳐 給事黃門侍郎과 中書令을 역임했다. 武帝 太康 연간(280~289) 말에 尙書가 되었으나 모친상을 당해 그만 두었다. 일찍이 惠帝가 태자로 있을 때 무제에게 태자는 성품이 순박하여 남의 말을 곧이곧대로 믿으므로 군왕의 재목이 아니라고 간언했다. 혜제 때 太子太傅·散騎常侍·光祿大夫를 역임했다.
235) 유중웅(劉仲雄): 劉毅(216~285). 자는 仲雄. 東萊 掖縣 사람. 西晉의 관리. 漢나라 城陽景王 劉章의 후손이다. 성품이 정직하고 청렴하여 옳지 못한 일이 있으면 반드시 비판했다. 그래서 王公과 大人들이 그의 풍격을 우러러 경외했다. 陽平에 거할 때 태수 杜恕가 그를 초청하여 功曹로 삼았는데, 군의 관리 중 3백여 명을 파직시켰다. 여러 벼슬을 거쳐 尙書左僕射와 司隷校尉에 기용되었다.

왕융은 비록 예는 갖추지 않았지만 애통함이 몸을 망쳐 뼈만 남았습니다. 신이 생각건대 화교는 살아서 효도를 하고 왕융은 죽더라도 효도를 하겠다는 것이니, 폐하께서는 화교를 걱정하실 게 아니라 응당 왕융을 걱정하셔야 합니다."

王戎・和嶠同時遭大喪, 俱以孝稱. 王雞骨支床, 和哭泣備禮. 武帝謂劉仲雄曰: "卿數省王・和, 不聞和哀苦過禮, 使人憂之?" 仲雄曰: "和嶠雖備禮, 神氣不損, 王戎雖不備禮, 而哀毁骨立. 臣以和嶠生孝, 王戎死孝, 陛下不應憂嶠, 而應憂戎."

△ 出典:『天中記』卷21「瘦・雞骨」.
△ 參考:『世說新語』「德行」17.

• 『世說新語』「德行」17
　　王戎・和嶠同時遭大喪, 俱以孝稱. 王雞骨支牀, 和哭泣備禮. 武帝謂劉仲雄曰: "卿數省王・和, 不聞和哀苦過禮, 使人憂之?" 仲雄曰: "和嶠雖備禮, 神氣不損, 王戎雖不備禮, 而哀毁骨立. 臣以和嶠生孝, 王戎死孝, 陛下不應憂嶠, 而應憂戎."

106-(285년)

완혼(阮渾236)은 자가 장성長成이다. 성품이 담백하고 욕심이 적어 도성에 이름이 알려졌다. 태자서자太子庶子를 지냈으며, 일찍 죽었다.

(阮)渾字長成[1]. 以閒澹寡欲知名京邑[2]. 爲太子庶子, 早卒.

[1] 字長成:『三國志』注에는 이 3자가 없지만,『世說新語』注에 의거하여 보충했다.

---

236) 완혼(阮渾)(?~285?): 자는 長成. 陳留 尉氏 사람. 阮籍의 아들이다. 부친의 풍모를 지녔으며, 젊어서부터 放達한 기풍을 흠모하여 자질구레한 예절을 차리지 않았다. 晉 武帝 太康 연간(280~290)에 太子庶子가 되었다.

[2] 以閒澹寡欲知名京邑: 『世說新語』注에는 "淸虛寡慾"이라 되어 있다.

△ 出典: 『三國志』 卷21 「魏書·阮瑀傳」 裴注.
△ 又見: 『世說新語』 「賞譽」 29 劉注.

• 『世說新語』 「賞譽」 29 劉注
  『世語』曰 : 渾字長成, 淸虛寡慾. 位至太子·中庶子.

107-(286년)

진晉 무제武帝 태강太康 7년(286)에 교단郊壇237) 아래에 키가 3척이
고 털 빛깔이 선명한 백구 한 마리가 있었다. 그 개는 늘 교단
옆에 누워 있었는데, 사람이 다가가는 기척을 느끼면 가버리곤
했다. 기독騎督238) 왕완王琬239)이 준마를 타고 그 개를 아갔는
데, 개가 천천히 가는데도 말이 따라잡지 못했으며, 활을 쏘자 또
도망쳤다가 왕완이 떠나자 다시 돌아왔다. 교단의 언덕은 개가
지키는 곳이 아니었기에, 나중에 결국 나라가 크게 어지러워졌
다. 또한 무제 때 유주幽州에 어떤 개가 있었는데, 코로 땅을 300
여 보나 걸어갔다. 무제는 화교和嶠의 말을 고려하지 않고 혜제惠
帝(司馬衷)를 태자로 책봉하여, 나라가 쇠하고 어지러운 지경에 이
르렀다.

晉武帝太康七年, 郊壇[1]下有一白狗, 高三尺, 光色鮮明. 恒臥壇側,
覺見人前則去. 騎督王琬以駿馬追之, 狗徐行, 馬不可及, 射又逃,
琬去復還. 郊丘非狗所守, 後遂大亂. 又武帝時, 幽州有狗, 鼻行地
三百餘步. 帝不思和嶠之言而立惠帝, 以致衰亂.

---

237) 교단(郊壇): 天地에 지내는 제사인 郊祭를 지내기 위해 쌓은 단.
238) 기독(騎督): 騎兵을 引率·監督하는 軍官.
239) 왕완(王琬)(?~?): 자세한 행적은 미상.

[1] 郊壇: 『初學記』注에는 "天郊壇"이라 되어 있고, 『太平御覽』에는 "郊天壇"이라 되어 있다.

△ 出典: 『太平廣記』 卷139 「徵應五 · 王琬」.
△ 又見: 『初學記』 卷29 「獸部 · 狗」 注.
『太平御覽』 卷904 「獸部 · 狗」.
『廣博物志』 卷47 「鳥獸 · 獸」.
『格致鏡原』 卷87 「獸類 · 犬」.

• 『初學記』 卷29 「獸部 · 狗」 注
郭頒『魏晉俗語』曰 : 太康七年, 天郊壇下有白犬, 高三尺, 光色鮮明, 恒臥, 見人則去.

• 『太平御覽』 卷904 「獸部 · 狗」
郭頒『魏晉世語』曰 : 郊天壇下有白狗, 高三尺, 光色鮮明, 恒臥, 見人則去.

• 『廣博物志』 卷47 「鳥獸 · 獸」
晉武帝太康七年, 郊壇下有一白狗, 高三尺, 光色鮮明, 恒臥壇側, 覺見人前則去. 騎督王琬以駿馬追之, 狗徐行, 馬不可及, 射又逃, 琬去復還. 郊丘非狗所守, 後遂大亂. 又武帝時, 幽州有狗, 鼻行地三百餘步. 帝不思和嶠之言而立惠帝, 以致衰亂. (郭頒『世語』)

• 『格致鏡原』 卷87 「獸類 · 犬」
郭頒『世語』 : 武帝時, 幽州有狗, 鼻行地三百餘步.

108-(287년)

[晉 武帝] 태강太康 8년(287)에 능운대凌雲臺[240] 위에서 구리가 자라났다.

太[1]康八年, 凌[2]雲臺上生銅.

240) 능운대(凌雲臺): 삼국시대 魏 文帝 曹丕가 黃初 2년(221)에 지은 누대. 위나라 도성인 洛陽城 궁성의 서쪽에 있었으나 지금은 존재하지 않는다.

[1] 太: 『太平御覽』에는 "元"이라 되어 있다.
[2] 凌: 『太平御覽』에는 "陵"이라 되어 있다.

△ 出典: 『藝文類聚』 卷84 「寶玉部下·銅」.
△ 又見: 『太平御覽』 卷813 「珍寶部·銅」.
　　　　 『淵鑑類函』 卷362 「珍寶部二·銅一」.
　　　　 『格致鏡原』 卷34 「珍寶類·銅」.
　　　　 『分類字錦』 卷50 「珍寶·銅」 注.
　　　　 『韻府拾遺』 卷1上 「上平聲·一東韻上」 注.

- 『太平御覽』 卷813 「珍寶部·銅」
  『世語』曰 : 元康八年, 陵雲臺上生銅.

- 『淵鑑類函』 卷362 「珍寶部二·銅一」
  『世語』曰 : 太康八年, 凌雲臺上生銅.

- 『格致鏡原』 卷34 「珍寶類·銅」
  『世語』 : 太康八年, 凌雲臺上生銅.

- 『分類字錦』 卷50 「珍寶·銅」 注
  『世語』 : 太康八年, 凌雲臺上生銅.

- 『韻府拾遺』 卷1上 「上平聲·一東韻上」 注
  『世語』 : 太康八年, 凌雲臺上生銅.

109-(290년 전후)

유표劉表가 죽은 후로 80여 년이 지난 진晉나라 [武帝] 太康 연간
(280~290)에 유표의 무덤이 발굴되었는데, 유표와 그 부인의 시
신의 모습이 살아있는 듯했으며 향긋한 향기가 몇 리까지 퍼졌다.

(劉)表死後八十餘年, 至晉太康中, 表冢見發. 表及妻身形如生, 芬
香聞數里.

△ 出典:『三國志』卷6「魏書‧劉表傳」裴注.

110-(290년 전후)

> 위관衛瓘241)은 [晉 武帝] 태강大康‧영희永熙 연간(280~290)에 집
> 안사람이 밥을 짓다가 밥알이 땅에 떨어졌는데, 그것이 모두 소
> 라로 변하더니 이내 다리가 생겨나 걸어갔다. 위관은 결국 [賈后
> 에게] 주살당했다.
>
> 衛瓘, 大康‧永熙中, 家人炊飯墮地, 盡化爲螺, 出足而行. 瓘終見誅.

△ 出典:『太平御覽』卷941「鱗介部‧螺」.
△ 參考:『太平廣記』卷359「妖怪‧衛瓘」에 인용된『五行記』.

* 『太平廣記』卷359「妖怪‧衛瓘」에 인용된『五行記』
  衛瓘家人炊, 飯墮地, 悉化爲螺, 出足而行. 尋爲賈后所誅.

111-(290년 전후)

> 순우荀寓242)는 젊어서부터 배해裵楷243)‧왕융王戎‧두묵杜默244)과

---

241) 위관(衛瓘)(220~291): 자는 伯玉. 河東 安邑 사람. 魏晉代의 장수이자 重臣으로
    이름난 書法家. 위나라 尙書 衛覬의 아들이다. 젊은 시절에 위나라에서 벼슬하여
    尙書郞‧散騎常侍‧侍中‧廷尉 등을 역임했다. 나중에 鎭西軍司‧監軍의 신분으로
    촉나라 정벌에 참여했다. 촉나라가 망한 뒤 鍾會와 함께 鄧艾를 체포하여 하옥시켰
    으며, 얼마 후 종회가 모반하자 군대를 이끌고 가서 진압하고 田續에게 명하여
    등애 부자를 살해하게 했다. 회군한 뒤 都督徐州諸軍事‧鎭東將軍에 임명되고 菑
    陽侯에 봉해졌다. 晉나라가 건국된 후, 靑州刺史‧幽州刺史‧征東大將軍 등을 역
    임했으며, 북방 변방의 위협을 해소하여 그 공으로 菑陽公에 봉해졌다. 조정으로
    돌아온 뒤 尙書令‧侍中‧司空‧太子少傅를 지냈다. 惠帝가 즉위한 후에는 賈后와
    대립했는데, 결국 永平 원년(291) 가후의 사주를 받은 楚王 司馬瑋에게 一門이
    멸족당했다. 나중에 蘭陵郡公에 추봉되었으며, 시호는 成이다. 위관은 서법에 뛰어
    났는데, 일찍이 상서령으로 있을 때 같은 관서의 尙書郞 索靖과 함께 초서에 뛰어나
    당시 '一臺二妙'라 불렸다. 난릉군공(蘭陵郡公)에 추봉되고, 시호는 성(成)이다.

함께 모두 도성에서 명성을 얻었다. 진晉나라에서 벼슬하여 상서尚書에 이르렀으며, 명성이 크게 드러났다. 아들 순우荀羽245)가 대를 이었으며, 벼슬은 상서에 이르렀다.

(荀)寓[1]少與裴楷·王戎·杜默俱有名京邑. 仕晉, 位至尙書, 名見顯著. 子羽嗣, 位至尙書.

[1] 寓: 『世說新語』注에는 "寓"라 되어 있다.

△ 出典: 『三國志』 卷10 「魏書·荀彧傳」 裴注.
△ 又見: 『世說新語』 「排調」7 劉注.
　　　　『冊府元龜』 卷783 「總錄部·世德」 注.

• 『世說新語』 「排調」7 劉注
　『世語』曰 : 寓少與裴楷·王戎·杜默俱有名, 仕晉, 至尙書.

• 『冊府元龜』 卷783 「總錄部·世德」 注
　『世語』曰 : 寓少與裴楷·王戎·杜默俱有名京邑, 仕晉, 位至尙書, 名甚

---

242) 순우(荀寓)(?~?): 자는 景伯. 潁川 潁陰 사람. 西晉의 大臣. 후한 말 太尉 荀彧의 손자다.

243) 배해(裴楷)(237~291): 자는 叔則. 河東 聞喜 사람. 魏晉代의 大臣이자 名士. 西晉의 개국공신 裴秀의 사촌동생이다. 젊어서부터 세상에 이름이 알려졌으며, 『老子』와 『易經』의 담론에 뛰어났다. 처음에 鍾會의 추천으로 司馬昭의 相國掾이 되었다가 尙書郎으로 전임되었으며, 나중에 定科郎에 임명되어 賈充 등과 함께 『晉律』을 제정했다. 吏部郎·散騎常侍·河內太守·右軍將軍·侍中 등을 역임했다. 太保 衛瓘과 汝南王 司馬亮의 추천으로 臨海侯에 봉해졌으며 北軍中候에 임명되었지만, 楚王 司馬瑋를 두려워하여 감히 부임하지 못했다. 다시 尙書로 전임되었다. 배해는 혼란한 시국에 부담을 느껴 外任을 자청하여 安南將軍에 임명되었는데, 그때 사마위가 조서를 위조하여 위관과 사마량을 살해하자, 단신으로 장인 王渾의 집으로 도망쳐 가까스로 화를 모면했다. 사마위가 주살된 후 中書令과 侍中이 되어 王戎 등과 함께 주요 국정을 관장했다. 惠帝 元康 원년(291) 55세로 죽었다. 시호는 元이다.

244) 두묵(杜默)(?~?): 기타 행적은 미상.

245) 순우(荀羽)(?~?): 기타 행적은 미상.

顯著. 子嗣, 位至尙書.

112-(265년~290년)

> 환계桓階의 손자 환릉桓陵246)은 자가 원휘元徽다. 진晉 무제武帝(司馬炎) 시대에 이름이 알려져 형양태수滎陽太守에 이르렀으며, 임지에서 죽었다.
>
> (桓)階孫陵, 字元徽. 有名於晉武帝世, 至滎陽太守, 卒.

△ 出典:『三國志』 卷22 「魏書·桓階傳」 裴注.

113-(291년)

> 장사왕長沙王 사마예司馬乂247)가 상산왕常山王에 봉해져, 봉국에 도착하여 우물을 파려고 땅속으로 4장丈쯤 들어갔을 때 백옥白玉이 나왔는데, 백옥 아래에 커다란 바위가 있었고 그 위에 2척 남짓한 길이의 신령한 거북이 있었다. 이는 장사왕이 주살될 징조였다.
>
> 長沙王乂[1]封常山王, 至國, 掘井入地四丈, 得白玉, 玉下有大石,

---

246) 환릉(桓陵)(?~?): 본문의 내용 외에 기타 자세한 행적은 미상.
247) 사마예(司馬乂)(277~303): 자는 士度. 晉 武帝 司馬炎의 6째 아들, 惠帝와 楚王 司馬瑋의 동생, 成都王 司馬穎과 懷帝의 형, 愍帝의 백부다. 西晉의 宗室로, 八王의 亂에 참여한 팔왕 가운데 하나다. 무제 太康 10년(289) 長沙王에 봉해졌으며 員外散騎常侍에 임명되었다. 太熙 원년(290)에 步兵校尉가 되었다. 惠帝 永平 원년(291)에 형 사마위의 견제를 받아 常山王왕으로 폄적되었다. 永寧 원년(301)에 본국의 군대를 통솔하여 齊王 司馬冏 등과 함께 趙王 司馬倫을 토벌하여, 그 공으로 撫軍大將軍에 임명되고 다시 長沙王에 봉해졌다. 太安 2년(303)에 張方이 部將 郅輔를 파견하여 병사 3천을 거느리고 金墉城으로 가서 사마예를 체포하고 불태워 죽였는데, 그때 그의 나이 28세였다. 懷帝가 즉위한 후 厲王에 追諡되었고, 그의 아들 司馬碩이 작위를 襲封했다.

其上[2]有靈龜, 長二尺餘. 長沙王誅之象也[3].

[1] 乂: 『初學記』 注 원문에는 "艾"라 되어 있는데, 誤記가 분명하므로 『晉書』 「孝惠帝紀」에 의거하여 고쳤다.
[2] 上: 『唐開元占經』에는 "中"이라 되어 있다.
[3] 長沙王誅之象也: 『初學記』 注에는 이 7자가 없지만, 『唐開元占經』에 의거하여 보충했다.

△ 出典: 『初學記』 卷5 「地理部·石」 注.
△ 又見: 『唐開元占經』 卷120 「穿井得龜」.

• 『唐開元占經』 卷120 「穿井得龜」
  『世語』曰: 晉長沙王從封長沙, 至國, 穿井入地四丈, 得大石, 其中有靈龜, 而長二尺餘. 長沙王誅之象也.

114-(291년 전후)

위관衛瓘과 부풍내사扶風內史인 돈황燉煌 사람 색정索靖248)은 모두 초서에 뛰어났다. 위관의 아들 위항衛恒249)은 자가 거산巨山이고

---

248) 색정(索靖)(239~303): 자는 幼安. 敦煌 龍勒 사람. 西晉의 장수이자 이름난 書法家로, '敦煌五龍' 가운데 하나다. 무제 때 州別駕·駙馬都尉·尙書郎·雁門太守 등을 지냈으며, 惠帝가 즉위한 후 關內侯에 봉해졌다. 또 征西大將軍左司馬·蕩寇將軍에 임명되어 西羌의 반군을 격퇴하여 始平內史로 전임되었다. 趙王 司馬倫이 반란을 일으키자 左衛將軍으로 孫秀를 토벌하는 데 공을 세워 散騎常侍에 임명되고 後將軍으로 전임되었다. 八王의 난 때 河間王 司馬顒의 반군을 진압하던 중 상처를 입고 전사했다. 太常과 司空에 추증되고 安樂亭侯에 추봉되었으며, 시호는 莊이다. 韋誕에게 글씨를 배워 특히 초서와 八分書에 뛰어났고 峻險한 맛이 있었다. 衛瓘과 함께 초서로 이름을 떨쳐 '二妙'로 불린다.
249) 위항(衛恒)(?~291): 자는 巨山. 西晉의 이름난 書法家. 衛瓘의 아들이다. 젊어서 司空齊王府로 초징되었으며, 太子舍人과 黃門郎을 지냈다. 惠帝 때 賈后의 사주를 받은 楚王 司馬瑋에게 一門이 멸족당할 때 부친과 함께 살해당했다. 그러나 아들 衛璪와 衛玠는 다행히 화를 면했다. 나중에 長水校尉에 추증되었으며, 시호는 蘭陵貞世子다. 서법은 후한의 張芝를 본받았고, 초서와 章草·隷書·散隷 등 4종의 서체에 뛰어났다. 그가 지은 『四體書勢』는 중국서법사상 중요한 저작이다.

황문시랑黃門侍郞을 지냈다. 위항의 아들 위개衛玠250)는 자가 숙보
叔寶고 훌륭한 명성을 지녔으며 태자세마太子洗馬가 되었는데 일찍
죽었다.

(衛)瓘與扶風內史燉煌索靖, 並善草書. 瓘子恒, 字巨山, 黃門侍郞.
恒子玠, 字叔寶, 有盛名, 爲太子洗馬, 早卒.

△ 出典:『三國志』卷21「魏書·衛覬傳」裵注.

115-(291년~299년)

허윤許允의 두 아들 가운데 허기許奇251)는 자가 자태子泰고 허맹許
猛252)은 자가 자표子豹인데, 모두 정치에 대한 재주와 학식이 있
었다. 진晉나라 [惠帝] 원강元康 연간(291~299)에 허기는 사례교
위司隸校尉가 되었고 허맹은 유주자사幽州刺史가 되었다.

(許)允二子, 奇字子泰, 猛字子豹, 並有治理才學. 晉元康中, 奇爲司
隸校尉, 猛幽州刺史.

△ 出典:『三國志』卷9「魏書·夏侯玄傳」裵注.
△ 又見:『世說新語』「賢媛」8 劉注.

• 『世說新語』「賢媛」8 劉注
  『世語』: 允二子, 奇字子太, 猛字子豹, 並有治理.

---

250) 위개(衛玠)(286~312): 자는 叔寶. 西晉의 관리이자 玄學者. 衛恒의 아들이다. 식
    견이 뛰어나고 사리에 통달했으며 타고난 자질이 빼어났다. 魏晉 시기에 何晏과
    王弼의 뒤를 이은 유명한 淸談의 名士였다. 당시 품평가들은 그를 王玄·王澄·
    王濟보다 우위에 있다고 여겼다. 벼슬은 太子洗馬를 지냈다. 평소 몸이 허약했는데
    과로로 병이 들어 懷帝 永嘉 6년(312)에 27세로 요절했다.
251) 허기(許奇)(?~?): 기타 자세한 행적은 미상.
252) 허맹(許猛)(?~?): 기타 자세한 행적은 미상.

116-(300년)

민회태자愍懷太子(司馬遹)253)는 조그만 닭, 작은 말, 작은 소를 좋아
하고, 궁중에 농가를 만들어놓았으며, 좌우 시종들에게 재갈과
굴레가 끊어진 말을 타게 하여 말에서 떨어지게 했다.

愍懷太子好卑雞·小馬·小牛, 置田舍, 令左右騎斷羈勒令墜馬.

△ 出典:『太平御覽』卷359「兵部·羈」.
△ 又見:『北堂書鈔』卷126「武功部·羈」.

• 『北堂書鈔』卷126「武功部·羈」
  『世語』云 : 愍懷太子好卑雞·小馬·小牛, 置田舍, 令左右騎斷羈勒令墜馬.

117-(300년)

배복야裴僕射(裴頠)254)는 담론에 뛰어났는데, 당시 사람들이 그를
'담론의 숲'이라고 평했다.

---

253) 민회태자(愍懷太子): 司馬遹(278~300). 자는 熙祖, 어릴 적 자는 沙門. 晉 武帝
  司馬炎의 손자이자 晉 惠帝 司馬衷의 장자다. 어렸을 때는 총명하고 지혜로워서
  司馬懿의 기풍을 지녔다고 여겨졌지만, 장성한 후로는 德業을 닦지 않고 사치와
  포악을 일삼았으며, 궁중에서 酒肉과 잡화를 팔아 그 이득을 챙겼다. 또한 占과
  巫術을 좋아하여 꺼리는 것이 많았다. 賈皇后는 그가 자기 소생이 아니고 성정이
  포악하므로 나중에 그가 제위에 오르게 되면 자기의 지위를 지키기 어렵다고 걱정하
  여, 賈謐 등과 함께 태자가 모반을 했다고 무고했다. 이어서 태자를 金墉城에 가뒀
  다가 다시 許昌宮으로 옮겼으며, 결국 黃門 孫慮를 보내 태자를 살해했다. 나중에
  愍懷太子로 追謚되었다.

254) 배복야(裴僕射): 裴頠(267~300). 자는 逸民. 河東 聞喜 사람. 西晉의 大臣이자
  철학자. 司空 裴秀의 아들이다. 일찍이 尙書僕射를 지냈기에 裴僕射라고 부른다.
  晉 武帝 太康 연간(280~290) 초에 太子中庶子로 초징되었으며, 그 후로 散騎常侍
  ·國子祭酒·右軍將軍·侍中·尙書僕射 등을 역임했다. 나중에 趙王 司馬倫에게
  살해당했다. 그는 王弼과 何晏의 '貴無論'을 반대하여 '崇有論'을 주장했다. 그래서
  현실에 존재하는 모든 사물을 중시했으며, 事功을 경시하는 放達한 풍기에 불만을
  품었다. 저서에 『崇有論』이 있다.

裴僕射善談, 時人謂之'談林'.

△ 出典:『北堂書鈔』 卷98 「藝文部·談講」 注.
△ 又見:『續編珠』 卷1 「歲時部·翰藪談林」.
△ 參考:『世說新語』 「賞譽」18.

• 『續編珠』 卷1 「歲時部·翰藪談林」
  『世語』云 : 裴僕射善談, 時人謂之談林.

• 『世說新語』 「賞譽」18
  裴僕射, 時人謂: "爲言談之林藪."

118-(300년 전후)

진랑秦朗[255]의 아들 진수秦秀[256]는 성품이 강직하고 엄정하여 직언을 잘했으며, 진晉 무제武帝(司馬炎) 때 박사博士가 되었다.

(秦)朗子秀, 勁厲能直言, 爲晉武帝博士.

---

255) 진랑(秦朗)(?~?): 자는 元明, 어릴 적 자는 阿穌(또는 阿蘇). 新興 雲中 사람. 삼국시대 위나라의 장수. 어머니가 曹操의 측실로 들어가 조조의 양자가 되었다. 魏明帝 때 驍騎將軍·給事中을 지냈다. 靑龍 원년(233)에 군대를 통솔하여 鮮卑族 軻比能과 步度根의 도발을 토벌했다. 景初 2년(238)에 명제는 병이 위중해지자 燕王 曹宇를 大將軍으로 삼고 夏侯獻·曹爽·曹肇·秦朗에게 함께 정치를 보좌하게 할 생각이었는데, 하후헌 등과 사이가 좋지 않았던 中書監 劉放과 中書令 孫資가 명제를 설득하여 조상을 대장군으로 삼고 太尉 司馬懿와 함께 정치를 보좌하게 했으며, 진랑 등은 모두 면직되어 궁성에 들어갈 수 없었다.

256) 진수(秦秀)(?~?): 자는 玄良. 西晉의 관리. 위나라 驍騎將軍 秦朗의 동생이다. 어려서부터 學行이 돈독했다. 晉 武帝 咸寧 연간(275~280)에 博士가 되었다. 성격이 강직해서 악행을 원수처럼 미워하여, 何曾과 賈充의 시호를 논의할 때 하증은 繆醜라 하고 가충은 荒이라 하자고 했다. 비록 무제가 윤허하지 않았지만 듣는 사람들이 모두 두려워했다. 劉曒과 함께 齊王 司馬攸의 일을 논의하다가 무제의 뜻에 거슬려 파면되었다가, 얼마 후 다시 박사에 임명되어 20여 년간 재직하다가 죽었다.

119-(302년)

> 동우(董遇)[257]의 아들 동수(董綏)[258]는 벼슬이 비서감(秘書監)에 이르렀
> 으며, 또한 재학(才學)을 갖추고 있었다. 제왕(齊王) 사마경(司馬冏)[259]의
> 공신 동애(董艾)[260]가 바로 동수의 아들이다.

---

257) 동우(董遇)(?~?): 자는 季直. 弘農 사람. 漢末魏初의 儒學者. 後漢 獻帝 興平
연간(194~195)에 關中이 어지러워지자, 형 董季中과 함께 將軍 段煨에게 의탁했
다. 벼 이삭을 주워 생계를 유지하는 가난한 환경에서도 항상 經書를 손에서 놓지
않고 공부했다. 建安 연간(196~220) 초에 孝廉에 천거되어 黃門侍郎에 임명되었
다. 魏 文帝 黃初 연간(220~226)에 지방의 郡守로 나갔다가, 明帝 때 조정으로
들어와 侍中과 大司農이 되었다. 『老子』를 깊이 연구하여 주석을 달았으며, 『春秋
左氏傳』에도 정통하여 『朱墨別異』를 지었다. 사람들이 그에게 배우기를 청하면
반드시 먼저 책을 100번 읽으라고 하면서 "讀書百遍, 其義自見"이란 유명한 말을
했다. 또한 공부할 시간이 부족하다는 사람들에게 "三餘"(한 해의 여가인 겨울, 하루
의 여가인 밤, 시간의 여가인 비오는 때)를 활용하라고 충고했다.

258) 동수(董綏)(?~?): 西晉의 관리. 삼국시대 위나라 侍中 董遇의 아들. 일찍이 秘書監
을 지냈다. 기타 자세한 행적은 미상.

259) 사마경(司馬冏)(?~302): 자는 景治. 河內 溫縣 사람. 晉나라의 종실. 文王 司馬昭
의 손자, 齊獻王 司馬攸의 둘째아들, 晉 武帝 司馬炎의 조카다. 八王의 亂에 참여했
던 팔왕 가운데 하나다. 齊王에 습봉되었다. 일찍이 散騎常侍·左將軍·翊軍校尉
등을 지냈다. 팔왕의 난 때 趙王 司馬倫과 함께 賈皇后를 폐위시켜 죽였는데, 나중
에 실권에서 배제되었다. 사마륜이 제위를 찬탈하자, 다시 河間王 司馬顒 등과
연합하여 사마륜을 토벌하고 惠帝를 복위시켰으며, 자신은 大司馬에 올랐다. 永寧
2년(302)에 사마옹이 長史 李含과 함께 표문을 올려 사마경의 죄상을 열거했다.
그해 8월에 사마경은 8살 된 淸河王 司馬覃을 太子로 세우고, 자신은 太子太師가
되었다. 12월에 長沙王 司馬乂가 洛陽을 공격하여 兩軍이 성안에서 사흘 동안
격전을 벌인 끝에 사마경이 패하여 참수당했다. 그의 당여들은 모두 삼족이 멸족되
었고 죽은 자가 천여 명에 달했다.

260) 동애(董艾)(?~302): 자는 叔智. 홍농弘農사람이다. 조부 董遇는 위나라 侍中을
지냈고, 부친 董綏는 秘書監을 지냈다. 동애는 젊어서부터 공명을 좋아했으며 선비
로서의 예절을 닦지 않았다. 齊王 司馬冏이 趙王 司馬倫 토벌 군대를 일으켰을
때 新汲令으로 있던 동애가 군대에 참여하자, 사마경은 그를 右將軍으로 기용했다.
사마경이 패했을 때 함께 주살당했다.

> (董)遇子綏, 位至祕書監, 亦有才學. 齊王冏功臣董艾, 即綏之子也.

△ 出典: 『三國志』 卷13 「魏書·王肅傳」 裴注.

120-(304년)

> 왕돈王敦은 자가 처중處仲이다. 태부太傅 동해왕東海王 사마월司馬越
> 이 널리 인재를 구할 때, 그의 명성을 듣고 불러서 주부主簿로 삼
> 았다.
>
> 王敦字處仲. 太傅東海王越收羅士物, 聞其名, 召以爲主簿.

△ 出典: 『北堂書鈔』 卷69 「設官部·主簿」 注.

121-(290년~306년)

> 가모賈模261)는 진晉 혜제惠帝(司馬衷) 때 산기상시散騎常侍와 호군장군
> 護軍將軍이 되었다. 가모의 아들 가윤賈胤262)과 가윤의 동생 가감賈
> 龕263)과 사촌동생 가아賈疋264)는 모두 고관에 이르렀으며, 진나라

---

261) 가모(賈模)(?~?): 武威 姑臧 사람. 삼국시대 위나라 太尉 賈詡의 손자이자 賈穆의
아들. 기타 자세한 행적은 미상. 賈充의 아들인 賈模와는 다른 사람이다.
262) 가윤(賈胤)(?~?): 賈模의 아들. 晉 惠帝가 太子로 있을 때 측근에서 모셨다. 懷帝
永嘉 연간(307~313)에 護軍將軍에 임명되어 洛陽에서 劉聰의 군대를 대파하고
呼延顥를 참수했다.
263) 가감(賈龕)(?~?): 賈模의 아들. 晉 惠帝 때 벼슬하여 秦國內史와 秦州刺史를 지냈
다.
264) 가아(賈疋)(?~312): 자는 彥度. 西晉의 관리. 賈龕의 사촌형제. 일찍이 安定太守
를 지내다가 懷帝 永嘉 연간(307~313)에 驃騎將軍·雍州刺史에 임명되고 酒泉公
에 봉해졌다. 영가 6년(312)에 前趙의 劉曜가 洛陽을 함락하고 長安으로 진격하자,
그는 麴允·閣鼎 등과 함께 군대를 통솔하여 유요의 군대를 여러 차례 격파했으며,
武帝의 손자인 秦王 司馬鄴을 皇太子로 옹립하고 장안에 行宮을 세웠다. 征西大將

에서 명성을 드러냈다.

(賈)模, 晉惠帝時爲散騎常侍·護軍將軍. 模子胤, 胤弟龕, 從弟疋, 皆至大官, 並顯於晉也.

△ 出典:『三國志』卷10「魏書·賈詡傳」裴注.

122-(309년)

[晉 懷帝 永嘉 3년(309)] 중모현中牟縣에 있던 옛 위魏 임성왕任城王 (曹彰)265)의 누대 아래 연못에 한漢나라 때의 철추가 있었는데, 길 이가 6척이고 땅속으로 3척이 박혀 있었으며, 머리를 서남쪽으로 향한 채 꼼짝도 하지 않다가 매달 초하루가 되면 저절로 방향을 똑바로 했다. 사람들은 이를 진나라가 중흥할 상서로운 조짐으로 여겼는데, 지금은 그것이 어디에 있는지 알지 못한다. 혹자는 그 것이 중양성中陽城의 못가 둔대에 있었다고도 하는데, 어느 쪽이 맞는지 알 수 없다.

[1]中牟縣故魏任城王[2]臺下池中有漢時鐵錐, 長六尺, 入地三尺, 頭西南指不可動, 至[3]月朔自正. 以爲晉氏中興之瑞, 而今不知所 在. 或言在中陽城池臺, 未知焉是.

軍에 임명되었다. 그 후 盧水의 胡族 수령 彭天護(彭夫護라고도 함)를 토벌하다가 밤에 계곡에 떨어져 팽천호에게 살해당했다.

265) 임성왕(任城王): 曹彰(?~223). 자는 子文. 沛國 譙縣 사람. 삼국시대 위나라의 宗室. 文帝 曹丕의 동생이자 曹植의 형이다. 무예가 출중하여 일찍이 조조의 칭찬 을 받았다. 수염이 노랬기에 조조가 그를 "黃鬚兒"라고 불렀다. 후한 獻帝 建安 21년(216) 鄢陵侯에 봉해졌다. 건안 23년(218) 北中郎將과 驍騎將軍으로서 烏桓 정벌에 참여하여 공을 세웠다. 위 文帝 黃初 3년(222) 任城王에 봉해졌다. 이듬해 황제를 알현하러 도성 洛陽에 왔다가 병이 나서 府邸에서 죽었다. 시호가 威였기에 任城威王이라고도 불린다.

[1] 『太平御覽』卷763「器物部 · 椎」에 인용된 『世說』에도 본 고사가 실려 있는데, 맨 처음에 "永嘉三年" 4자가 들어 있다.
[2] 中牟縣故魏任城王: 『月令輯要』에는 "中牟城北有層臺"라 되어 있다.
[3] 至: 『駢字類編』注 · 『子史精華』注에는 모두 "止"라 되어 있고, 『月令輯要』에는 "每"라 되어 있다.

△ 出典: 『水經注』卷22「渠水」.
△ 又見: 『駢字類編』卷74「珍寶門九 · 鐵」注.
　　　　『月令輯要』卷3「每月令 · 雜紀」.
　　　　『子史精華』卷115「靈異部五 · 怪異」注.
△ 參考: 『太平御覽』卷763「器物部 · 椎」에 인용된 『世說』.

• 『駢字類編』卷74「珍寶門九 · 鐵」注
　郭濱『世語』及干寶『晉紀』並言 : 中牟縣故魏氏任城王臺下池中有漢時鐵錐, 長六尺, 入地三, 頭西南指不可動, 止月朔自正.

• 『月令輯要』卷3「每月令 · 雜紀」
　『魏晉世語』: 中牟城北有層臺, 臺下池中有漢時鐵錐, 長六尺, 入地三尺, 頭西南指不可動, 每月朔自正, 以爲晉氏中興之瑞.

• 『子史精華』卷115「靈異部五 · 怪異」注
　郭公『世語』及干寶『晉紀』並言 : 中牟縣故魏任城王臺下池中有漢時鐵錐, 長六尺, 入地三尺, 頭西南指不可動, 止月朔自正, 以爲晉氏中興之瑞, 而今不知所在.

• 『太平御覽』卷763「器物部 · 椎」에 인용된 『世說』
　『世說』曰 : 永嘉三年, 中牟縣故魏任城王臺下池, 有漢時鐵椎, 長六尺, 入地三尺, 頭西南指不動.

123-(310년)

유식劉寔266)은 이치를 널리 궁구하여 논변했지만, 여전히 배해裴楷

---

266) 유식(劉寔)(220~310): 자는 子眞. 平原 高唐 사람. 西晉의 重臣이자 학자. 어려서

> ·하안何晏의 무리와 함께 하기에는 부족했다.
>
> (劉)寔博辯, 猶不足以並裴·何之流也.

△ 出典:『三國志』 卷29 「魏書·管輅傳」 裴注.

124-(310년 전후)

> [晉 武帝] 함녕咸寧 연간(275~280)에 적사장군積射將軍 번진樊震[267]
> 이 서융아문西戎牙門이 되어 황제를 알현하고 작별인사를 할 때,
> 무제武帝(司馬炎)가 번진에게 어디를 거쳐 진격할 것인지를 물었는
> 데, 번진이 [대답하던 중에] 일찍이 등애鄧艾가 촉을 정벌할 때 자
> 신이 그의 휘하의 장수였다고 스스로 진술했다. 그래서 무제가
> 등애에 대해 캐물었더니, 번진이 등애의 충심을 자세히 아뢰면서
> 눈물을 흘렸다. 이전에 등애의 손자 등랑鄧郎[268]을 단수현령丹水縣
> 令에 임명했었는데, 이로 말미암아 그를 정릉현령定陵縣令으로 승
> 진시켰다. 등애의 둘째 손자 등천추鄧千秋[269]는 당시의 명망이 있

부터 가난했지만 공부를 좋아하여 일하면서도 항상 서책을 외웠다. 廣博한 식견으
로 古今에 통달했으며, 스스로 고결한 품덕을 지켰다. 처음에 計吏 신분으로 洛陽에
갔다가 河南尹丞에 발탁되었고, 이후 尙書郎·廷尉正·吏部郎을 지냈다. 武帝 때
少府·太常·尙書·國子祭酒·散騎常侍 등을 지냈고, 惠帝 때 侍中·司空·太保·
太傅 등을 역임했다. 91세로 죽었으며, 시호는 元이다. 『춘추』에 대해 연구하여
『春秋條例』·『左氏牒例』·『春秋公羊達義』·『集解春秋序』를 지었다.

267) 번진(樊震)(?~?): 본문의 내용 외에 기타 행적은 미상.
268) 등랑(鄧郎)(?~?): 義陽 棘陽 사람. 西晉의 관리. 삼국시대 위나라 名將 鄧艾의
嫡孫. 등랑은 조부 등애가 魏 元帝 景元 5년(264)에 모반죄로 무고당해 살해된
후 가족과 함께 西域으로 유배당했다가, 晉 武帝 泰始 9년(273)에야 비로소 명예가
회복되어 郎中에 임명되었다. 그 후 丹水縣令과 定陵縣令을 거쳐 永嘉 연간에
新都太守에 임명되었는데, 부임하기 전에 襄陽의 집에서 불이 나 온 집안 식구들이
타 죽었다.
269) 등천추(鄧千秋)(?~?): 鄧艾의 둘째 손자. 일찍이 명망이 높아서 晉 武帝 咸寧 연간
(275~280)에 王戎에 의해 속관으로 초징되었다. 일찍 죽었다.

었으므로 광록대부光祿大夫 왕융王戎이 그를 속관으로 초징했다. [懷帝] 영가永嘉 연간(307～313에 등랑을 신도태수新都太守로 삼았는데, 미처 부임하기 전에 양양襄陽에서 불이 나 등랑과 그의 모친과 처자 등 온 집안이 불에 타 죽고 말았으며, 오직 등랑의 아들인 등도鄧韜의 아들 등행鄧行만이 화를 면했다. 등천추는 이전에 먼저 죽었고, 그의 두 아들 또한 그 화재 때 불에 타 죽었다.

咸寧中, 積射將軍樊震爲西戎牙門, 得見辭, 武帝問震所由進, 震自陳曾爲鄧艾伐蜀時帳下將. 帝遂尋問艾, 震具申艾之忠, 言之流涕. 先是以艾孫朗爲丹水令, 由此遷爲定陵令. 次孫千秋有時望, 光祿大夫王戎辟爲掾. 永嘉中, 朗爲新都太守, 未之官, 在襄陽失火, 朗及母妻子擧室燒死, 惟子韜子行得免. 千秋先卒, 二子亦燒死.

△ 出典:『三國志』卷28「魏書·鄧艾傳」裴注.
△ 又見:『太平御覽』卷239「職官部·雜號將軍」.
　　　『職官分紀』卷34「積射將軍」注.

• 『太平御覽』卷239「職官部·雜號將軍」
　『世語』曰 : 積射將軍樊震對武帝稱鄧艾之忠.

• 『職官分紀』卷34「積射將軍」注
　『世語』: 積射將軍樊震對武帝稱鄧艾之忠.

125-(311년 이전)

어떤 사람이 왕태위王太尉(王衍)[270)를 찾아갔다가, 마침 그 자리에

---

270) 왕태위(王太尉): 王衍(256～311). 자는 夷甫. 琅邪 臨沂 사람. 西晉의 大臣이자 이름난 淸談家·書法家. 平北將軍 王乂의 아들, 司徒 王戎의 사촌동생, 王玄의 부친이다. 용모가 준수하고 재능이 출중했으며, 老莊을 좋아하고 玄談에 뛰어나 당시에 명성이 높았다. 여러 요직을 두루 거친 뒤 尙書令·太尉에까지 올랐다. 懷帝 永嘉 5년(311)에 東海王 司馬越이 죽자 그의 靈柩를 모시고 東海郡으로 가던 도중

있던 왕안풍王安豊(王戎)·왕대장군王大將軍(王敦)·왕승상王丞相(王導)을 만났으며, 별채로 가서 왕후王詡271)와 왕평자王平子(王澄)272)를 보았는데, 돌아와서 사람들에게 말했다.

"오늘의 방문에서 눈에 보이는 것은 모두 임랑琳琅273)의 주옥珠玉이었소."

有人詣王太尉, 遇安豊·大將軍·丞相在, 往別屋見繡[1]·平子, 還, 語人曰: "今日之行, 觸目琳琅珠玉."

[1] 繡: "詡" 또는 "季胤"으로 고쳐야 한다. 『世說新語』「容止」15에도 본 고사가 실려 있는데, "季胤"이라 되어 있다. 季胤은 王詡의 字다.

△ 出典: 『錦繡萬花谷前集』 卷23 「才德·觸目琳琅珠玉」.
△ 參考: 『世說新語』「容止」15.

• 『世說新語』「容止」15
有人詣王太尉, 遇安豊·大將軍·丞相在坐, 往別屋見季胤·平子, 還, 語人曰: "今日之行, 觸目見琳琅珠玉."

126-(311년)

왕기王頎274)는 자가 공석孔碩이며 동래東萊 사람이다. 진晉나라 [懷帝]

에 石勒의 공격을 받아 포로로 잡혔는데, 자신의 책임을 떠넘기면서 석륵에게 稱帝하라고 권하다가 석륵의 분노를 사서 생매장당해 죽었다.

271) 왕후(王詡)(?～?): 자는 季胤. 琅琊 臨沂 사람. 西晉의 관리. 太尉 王衍의 둘째동생이다. 일찍이 脩武縣令을 지냈다. 기타 자세한 사항은 미상.

272) 왕평자(王平子): 王澄(269～312). 자는 平子. 琅琊 臨沂 사람. 西晉의 名士. 太尉 王衍의 동생, 司徒 王戎의 사촌동생, 大將軍 王敦의 族弟다. 처음엔 成都王 司馬穎의 從事中郎을 지냈고, 이어서 東海王 司馬越의 司空長史가 되었으며, 建威將軍·雍州刺史를 역임하고 南鄕侯에 봉해졌다. 나중에 江州刺史로 있던 왕돈을 모욕했는데, 왕돈이 몰래 力士를 보내 그를 목 졸라 죽이게 했다.

273) 임랑(琳琅): 美玉의 명칭으로 훌륭한 인물을 비유한다. 등장인물이 모두 琅邪 臨沂 王氏이기 때문에 '琳琅'을 들어 비유한 것이다.

영가永嘉 연간(307~313)의 대적大賊 왕미王彌[275]가 왕기의 손자다.

(王)頎字孔碩, 東萊人. 晉永嘉中大賊王彌, 頎之孫[1].

[1] 晉永嘉中大賊王彌, 頎之孫: 『資治通鑑』注에는 "彌, 魏玄菟太守王頎之孫"이라 되어 있다.

△ 出典: 『三國志』 卷28 「魏書·毌丘儉傳」 裴注.
△ 又見: 『資治通鑑』 卷80 「晉紀二·世祖武皇帝上之下」 注.

• 『資治通鑑』 卷80 「晉紀二·世祖武皇帝上之下」 注
  『世語』曰 : 彌, 魏玄菟太守王頎之孫.

127-(311년 전후)

양준楊俊[276]의 두 손자 가운데 양람楊覽[277]은 자가 공질公質이고

---

274) 왕기(王頎)(?~?): 자는 孔碩. 東萊 사람. 삼국시대 위나라의 武將이자 西晉의 관리. 魏 齊王 正始 6년(245)에 玄菟太守의 신분으로 毌丘儉을 따라 高句麗 정벌에 참여했는데, 沃沮를 지나 천여 리까지 진격하여 肅愼氏의 남쪽 경계에 이르러 비석에 공을 새기고 돌아왔다. 元帝 景元 4년(263)에는 天水太守의 신분으로 촉나라 정벌에 참여하여 촉나라를 멸망시켰다. 晉 武帝 때 汝南太守가 되었다.

275) 왕미(王彌)(?~311): 西晉 汝南太守 王頎의 손자다. 惠帝 永興 3년(306)에 家僮을 이끌고 劉伯根을 따라 반란을 일으켜 長史가 되었다. 유백근이 죽자 무리를 이끌고 산으로 들어가 靑州·徐州·兗州·豫州 등지에서 전투를 벌였는데, 그 무리가 수만 명에 이르렀고 '飛豹'로 불렸다. 懷帝 永嘉 원년(307)에 漢趙(前趙)의 劉淵에게 귀순하여 戰功으로 征西大將軍에 임명되고 東萊公에 봉해졌다. 영가 2년(308)에 군대를 이끌고 洛陽을 공격했다가 晉軍에게 패했다. 영가 5년(前趙 光興 2년)(311)에 劉曜·石勒과 함께 낙양을 공격해 함락시킨 후, 靑州로 회군하던 도중에 석륵에게 살해당했다.

276) 양준(楊俊)(?~222): 자는 季才. 河內 獲嘉 사람. 漢末魏初의 관리. 일찍이 邊讓에게서 수학하여 변양의 인정을 받았다. 曹操의 발탁으로 曲梁長·丞相掾屬·安陵令·南陽太守 등을 지냈는데, 재직하는 동안 도덕교화를 선양하고 학교를 건립하여 사람들의 칭송을 받았다. 조조가 魏公이 된 후 中尉로 전임되었다. 위나라가 건국된 후 다시 南陽太守가 되었다. 散騎常侍 王象이 文帝 曹丕에게 양준을 천거했지만 양준은 중용되지 못했다. 그 전에 曹丕와 曹植이 태자 자리를 놓고 대립할 때,

여음태수汝陰太守를 지냈으며, 양의楊猗[278])는 자가 공언公彦이고 상서尙書를 지냈고 진晉나라 동해왕東海王 사마월司馬越[279])의 장인이다. 양람의 아들 양침楊沈[280])은 자가 선홍宣弘이고 산기상시散騎常侍를 지냈다.

(楊)俊二孫, 覽字公質, 汝陰太守. 猗字公彦, 尙書, 晉東海王越舅也. 覽子沈, 字宣弘, 散騎常侍.

△ 出典:『三國志』卷23「魏書·楊俊傳」裴注.

128-(312년)

노지盧志[281])는 자가 자통子通이며 범양范陽 사람으로, 상서尙書 노정盧挺[282])의 막내아들이다. 젊어서부터 이름이 알려졌으며, 업현령

조식과 사이가 좋았던 양준은 조조에게 조식을 칭찬했다. 나중에 그 사실이 조비에게 알려져 조비는 양준에게 원한을 품고 있었는데, 나중에 양준이 남양태수 직을 제대로 수행하지 못했다고 하옥시켰고, 양준은 결국 자살했다.

277) 양람(楊覽)(?~?): 본문의 내용 외에 기타 자세한 행적은 미상.

278) 양의(楊猗)(?~?): 본문의 내용 외에 기타 자세한 행적은 미상.

279) 사마월(司馬越)(?~311): 자는 元超. 晉 東武城侯 司馬馗의 손자이자 高密文獻王 司馬泰의 장자다. 西晉의 宗室로, 惠帝·懷帝 때의 權臣. 八王의 亂에 참여한 팔왕 가운데 하나로 최종 승리자다. 처음에 散騎尉로 있다가 楊駿을 토벌하는 데 공을 세워 東海王에 봉해졌다. 팔왕의 난 때 太傅가 되어 太宰 河間王 司馬顒과 함께 정사를 보필했다. 惠帝 太安 2년(303) 長沙王 司馬乂를 토벌하여 살해했다. 나중에 혜제가 독살 당했는데 그가 살해한 것이라고 전해진다. 懷帝가 즉위한 뒤, 丞相이 되어 정권을 장악한 그는 賢者와 名將을 자기 수하에 두고서 覇業을 도모했으나 독단과 전횡으로 民心을 크게 잃었다. 永嘉 5년(311)에 石勒 토벌에 나섰다가 軍營에서 죽었다. 시호는 孝獻이다.

280) 양침(楊沈)(?~?): 본문의 내용 외에 기타 자세한 행적은 미상.

281) 노지(盧志)(?~312): 자는 子道 또는 子通. 范陽 涿縣 사람. 西進의 重臣. 후한 大儒 盧植의 증손자, 위나라 司空 盧毓의 손자, 泰山太守 盧珽의 아들이다. 일찍이 成都王 司馬穎의 심복이 되어 그의 諮議參軍으로 八王의 亂에 참여했으며, 永嘉의 亂 때 匈奴族이 세운 漢國(나중에 前趙)의 포로로 잡혀갔다가 얼마 후 살해되었다.

282) 노정(盧挺)(?~?): 자는 子笏. 魏末晉初의 관리. 盧志의 부친. 魏 元帝 咸熙 연간

鄴縣令으로 벼슬을 시작하여 성도왕成都王(司馬穎)283)의 장사長史, 위위경衛尉卿, 상서랑尙書郎을 역임했다.

(盧)志字子通[1], 范陽人, 尙書挺小子. 少知名, 起家鄴令, 歷成都王長史·衛尉卿·尙書郎.

[1] 子通: 『晉書』 권44 「盧志傳」에는 "子道"라 되어 있다.

△ 出典: 『世說新語』 「方正」 18 劉注.

129-(서진 말)

최염崔琰의 형의 손자 최량崔諒284)은 자가 사문士文이고 대범함과

(264~265)에 泰山太守가 되었으며, 나중에 尙書에 이르렀다.

283) 성도왕(成都王): 司馬穎(279~306). 자는 章度. 河內 溫縣 사람. 西晉의 宗室. 晉 武帝 司馬炎의 16째 아들, 惠帝 司馬衷의 동생, 懷帝 司馬熾의 형, 愍帝 司馬鄴의 숙부다. 八王의 亂에 참여했던 팔왕 가운데 하나다. 무제 太康 10년(289) 成都王에 봉해졌다. 혜제 元康 9년(299)에 賈謐과 반목하게 되자, 賈皇后가 조서를 내려 그를 平北將軍으로 내보내 鄴을 진수하게 했다. 永寧 원년(301) 趙王 司馬倫이 제위를 찬탈하자, 齊王 司馬冏이 격문을 전하고 사마륜을 토벌했다. 太安 원년(302) 사마경이 권력을 전횡하자, 河間王 司馬顒이 표문을 올려 그의 죄상을 열거했는데, 사마영이 군대를 일으켜 이에 호응했다. 태안 2년(303) 사마옹과 사마영이 연합하여 長沙王 司馬乂 토벌에 나섰다. 永興 원년(304) 東海王 司馬越이 사마예를 구금하고 사마영·사마옹의 연합군에 투항했다. 사마영은 丞相에 임명되고 皇太弟로 책봉되었다. 그해 8월에 王浚과 司馬騰이 사마영 토벌에 나서자, 사마영 등은 혜제를 데리고 洛陽으로 도망쳤다. 12월에 사마옹이 皇太弟 사마영을 폐하고 번국으로 돌려보냈다. 光熙 원년(306) 9월에 頓丘太守 馮嵩이 사마영과 그의 두 아들을 붙잡아 鄴으로 압송했는데, 范陽王 司馬虓가 차마 죽이지 못하고 유폐시켰다. 그해 10월에 사마효가 갑자기 죽자, 사마효의 長史 劉輿가 조서를 위조하여 사마영과 그의 두 아들을 죽였다.

284) 최량(崔諒)(?~?): 자는 士文. 西晉의 관리. 荀綽의 『冀州記』에서는 최량이 최염의 손자라고 했다. 『三國志演義』에 등장하는 崔諒과는 다른 인물이다. 그의 아들 崔遇는 後趙의 特進이 되었고, 최우의 아들 崔瑜는 黃門郎을 지냈으며, 최우의 아들 崔逞은 前秦의 齊郡太守와 北魏의 御史中丞을 역임했다.

소탈함으로 칭송을 받았으며, 진晉나라에서 벼슬하여 상서尙書와 대홍려大鴻臚가 되었다.

琰兄孫諒, 字士文, 以簡素稱, 仕晉爲尙書·大鴻臚.

△ 出典:『三國志』卷12「魏書·崔琰傳」裵注.

130-(317년)

화회華薈[285]는 성품이 고귀하고 엄정했다.

(華)薈貴正.

△ 出典:『三國志』卷13「魏書·華歆傳」裵注.

131-(317년 전후)

유초劉超[286]는 자사 세유世踰며, 중서사인中書舍人으로 전임되었다.

---

285) 화회(華薈)(?~317): 자는 敬叔. 平原 高唐 사람. 西晉의 관리. 증조부 華歆은 위나라의 司徒·太尉를 지냈고, 조부 華表는 위나라의 散騎侍郎과 서진의 太子少傅·太常을 지냈으며, 부친 華廙는 尙書令과 太子少傅를 지냈다. 서진 말 愍帝 때 大司農·太常·河南尹·衛將軍을 지냈다. 민제 建興 5년(317)에 前趙의 劉聰이 臨潁에서 위장군 화회를 급습했는데, 화회는 패하여 도주하다가 체포되어 아들과 함께 살해당했다.
286) 유초(劉超)(?~329): 자는 世瑜 또는 世踰. 琅邪 臨沂 사람. 前漢 城陽王 劉章의 후손이다. 東晉의 관리로 元帝의 측근에서 총애를 받았다. 일찍이 縣의 小吏로 있다가 琅邪國記室掾이 되었는데, 충실하고 謹愼하며 청렴하여 당시 琅邪王 司馬睿에게 발탁되었다. 그 후 사마예를 좇아 강남으로 건너가 安東將軍府舍人이 되어 檄文을 담당했다. 東晉이 건립된 후, 中書舍人·騎都尉·奉朝請을 역임했다. 明帝 太寧 2년(324)에 王敦의 난을 평정하는 데 공을 세워 零陵伯에 봉해졌다. 成帝 咸和 2년(327)에 蘇峻이 난을 일으키자, 左衛將軍으로 승진하여 진압에 나섰으나 패했으며, 右衛將軍이 되어 성제를 모셨다. 소준이 성제를 石頭城으로 옮기자 몰래 성제를 탈출시키려다가 탄로가 나 살해되었다. 시호는 忠이다.

당시 대성臺省이 막 설치되었기에 안팎으로 일이 많았다. 유초는 조서와 황명의 출납을 맡는데, 충직함과 신중함으로 칭송받았으며, 매우 청렴하게 자신을 관리하여 비단옷을 겹쳐 입지 않았다.

劉超字世踰[1], 遷中書舍人. 時臺省初建, 內外多事. 超出納書命, 以忠愼稱, 理身淸苦, 衣不重帛.

[1] 世踰:『晉書』卷70「劉超傳」에는 "世瑜"라 되어 있는데 타당한 것으로 보인다.

△ 出典:『說郛』輯佚本.
△ 又見:『子史鉤沉』輯佚本.
　　　『五朝小說大觀』輯佚本.

• 『子史鉤沉』輯佚本
　劉超字世踰, 遷中書舍人. 時臺省初建, 內外多事. 超出納書命, 以忠愼稱, 理身淸苦, 衣不重帛.

• 『五朝小說大觀』輯佚本
　劉超字世踰, 遷中書舍人. 時臺省初建, 內外多事. 超出納書命, 以忠愼稱, 理身淸苦, 衣不重帛.

132-(318년)

곽박郭璞287)이 [東晉 元帝] 태흥太興 원년(318)에 「남교부南郊賦」를

---

287) 곽박(郭璞)(276~324): 자는 景純. 河東 聞喜 사람. 東晉의 학자. 西晉 建平太守 郭瑗의 아들이다. 박학다식하여 天文·古文奇字·曆算·卜筮 등에 정통했고, 특히 詩賦에 뛰어났다. 서진 말에 宣城太守 殷祐의 參軍이 되었다. 晉 元帝 때 著作佐郞이 되어 王隱과 함께 『晉史』를 편찬하고 尙書郞으로 전임되었다. 나중에 王敦의 記室參軍이 되었는데, 점을 쳐서 불길하다며 왕돈의 모반 계획을 만류했다가 왕돈에게 피살당했다. 나중에 弘農太守에 추증되었다. 저서에 『爾雅注』·『三蒼注』·『方言注』·『山海經注』·『穆天子傳注』·『水經注』·『楚辭注』 등이 있고, 문집에 『郭弘農集』이 있다.

상주했는데, 중종中宗(元帝 司馬睿)이 그 재주를 훌륭히 여겨 그를 저작좌랑著作佐郎으로 삼았다.

郭璞, 太興元年奏「南郊賦」, 中宗嘉其才, 以爲著作佐郎.

△ 出典: 『說郛』 輯佚本.
△ 又見: 『子史鉤沉』 輯佚本.
　　　 『五朝小說大觀』 輯佚本.

• 『子史鉤沉』 輯佚本
　郭璞, 太興元年奏「南郊賦」, 中宗嘉其才, 以爲著作佐郎.

• 『五朝小說大觀』 輯佚本
　郭璞, 太興元年奏「南郊賦」, 中宗嘉其才, 以爲著作佐郎.

133-(318년 전후)

조협刁恊[288]이 상서령尙書令으로 전임되었을 때, 황제가 조서를 내려 말했다.
"상서령 조협은 높은 뜻이 고상하고 밝으며, 재주 있는 식견이 넓고 분명하니, 짐이 그를 매우 좋아한다."

刁恊遷尙書令, 詔曰: "尙書令恊, 抗志高亮, 才鑒博朗, 朕甚喜之."

---

288) 조협(刁恊)(?~322): 자는 玄亮. 渤海 饒安 사람. 조부 刁恭은 위나라의 齊郡太守를 지냈다. 조협은 일찍이 成都王 司馬穎, 趙王 司馬倫, 長沙王 司馬乂의 휘하에 있다가 나중에 東瀛公을 따랐으며, 벼슬은 潁川太守에 이르렀다. 강남으로 피난했다가, 晉 元帝가 즉위하자 尙書左僕射가 되었다. 동진 초기 조정의 典章制度는 대부분 그에 의해 제정되었다. 그 후 鎭東軍咨祭酒와 長史를 지냈다. 원제가 王導 형제의 권세를 견제하기 위해 太興 연간(318~321) 초에 그를 尙書令에 임명했다. 永昌 원년(322)에 王敦이 劉隗를 토벌한다는 명분으로 군대를 이끌고 建康을 공격하자, 원제는 劉隗·刁恊·周顗를 파견하여 대항하게 했다. 그 결과 유외는 패하여 後趙로 망명했고, 왕돈은 건강으로 진격했으며, 조협은 도망치던 도중에 부하의 손에 살해되었다.

△ 出典: 『說郛』 輯佚本.
△ 又見: 『子史鉤沉』 輯佚本.
　　　　『五朝小說大觀』 輯佚本.

- 『子史鉤沉』 輯佚本
　丿協遷尚書令, 詔曰: "尚書令協, 抗志高亮, 才鑒博朗, 朕甚喜之."

- 『五朝小說大觀』 輯佚本
　丿恊遷尚書令, 詔曰: "尚書令恊, 抗志高亮, 才鑒博朗, 朕甚喜之."

134-(319년 전후)

오흥吳興의 서장徐長[289]은 오래 전부터 포남해鮑南海(鮑靚)[290]와 정신적인 교유를 했는데, 포남해가 비술秘術을 전해주려고 하면서 먼저 서장에게 반드시 맹세하라고 말하자, 서장은 벼슬하지 않겠다고 맹세했다. 그리하여 부록符籙을 받았더니, 항상 8명의 대인이 곁에 있는 것이 보였다. 서장은 미래와 과거의 일을 알 수 있어서 재주와 식견이 날로 뛰어나게 되었다. 현縣의 사람들은 한결같이 훌륭한 일이라고 여겨 그를 현의 주부主簿로 기용하려고 했다. 서장이 마음속으로 기뻐했더니, 하루아침에 8명의 신 중에

---

289) 서장(徐長): 미상.
290) 포남해(鮑南海): 鮑靚(?~?). 자는 太玄. 東海 陳留 사람. 東晉 초의 관리이자 도사. 漢나라 司徒 鮑宣의 후손이다. 일찍이 南海太守를 지냈기에 '포남해'라 불렸다. 葛洪의 장인으로 仙道에 정통했기 때문에 당시 사람들이 그를 神仙太守라고 불렀다. 어려서부터 총명하고 학문을 좋아하여 道學와 儒學을 섭렵했고, 天文·『河圖』·『洛書』에도 밝았다. 젊은 시절에 龍山에서 仙人 陰長生을 만나 그를 스승으로 모시고 煉丹術과 屍解術 등을 배웠다. 동진 왕조가 세워지자 가족을 모두 데리고 江蘇의 丹陽으로 가서 도관을 열고 제자들을 받았다. 제자 중에서 葛洪이 진중하고 열심히 배우며 名利를 추구하지 않자, 자기 딸 鮑姑를 그에게 시집보냈다. 나중에 廣東의 南海太守가 되었는데, 葛洪도 廣東의 羅浮山으로 와서 함께 신선술을 연마했다. 元帝 太興 2년(319)에 딸 포고를 위해 도를 수행하고 의술을 행하는 데 사용하도록 越崗院을 세워주었다. 100여 세까지 살다가 得仙했다고 한다.

서 7명이 보이지 않았으며 남아 있던 1명도 예전과는 달리 거만했다. 서장이 그 까닭을 물었더니 신이 대답했다.

"그대가 맹세를 어겼기 때문에 더 이상 도와줄 수 없소. 나 혼자 남아 부록을 지키고 있는 것이오."

그래서 서장이 부록을 돌려주었더니 마침내 물러갔다.

> 吳興徐長夙與鮑南海有神明之交, 欲授以秘術, 先謂徐宜有約誓, 徐誓以不仕. 於是受籙, 常見八大人在側. 能知來見往, 才識日異. 縣鄕翕然有美談, 欲用爲縣主簿. 徐心悅之, 八神一朝不見七神, 餘一神倨傲不如常. 徐問其故, 答云:"君違誓, 不復相爲. 使身一人留衛籙耳." 徐乃還籙, 遂退.

△ 出典:『廣博物志』卷14「靈異三・神」.
△ 參考:『太平御覽』卷882「鬼神部・神」에 인용된『世說』.
　　　『太平廣記』卷294「神・徐長」에 인용된『世說』.

- 『太平御覽』卷882「鬼神部・神」에 인용된『世說』.
  吳興徐長風(夙)與鮑南海有神明之交, 欲授以祕術, 先謂徐宜有約誓, 徐誓以不仕. 於是受籙, 常見八大神在側. 能知來見往, 才識日異. 縣鄕翕然有美談, 欲用爲縣主簿. 徐心悅之, 八神一朝不見七人, 餘一人倨傲不如常. 徐問其故, 答云:"君違誓, 不復相爲. 使身一人留衛籙耳." 徐乃還籙, 遂退.

- 『太平廣記』卷294「神・徐長」에 인용된『世說』.
  吳興徐長夙與鮑靚有神明之交, 欲授以祕術, 先請徐宜有約, 誓以不仕. 於是授籙, 以常見八大神在側. 能知來見往, 才識日異. 州鄕翕然美談, 欲用爲州主簿. 徐心悅之, 八神一朝不見七人, 餘一人倨傲不如常. 徐問其故, 答云:"君違誓, 不復相爲. 使身一人留衛籙耳." 徐乃還籙, 遂退.

135-(320년 이전)

> 공연孔演[衍]291)은 자가 원서元舒[舒元]다. 동진東晉이 세워진 후 유량

庾亮292)과 함께 중서시랑中書侍郎에 보임되었다. 당시는 나라가 다시 일어나 막 세워졌을 때라 많은 일이 처음 시작되었는데, 공연은 경학에 두루 정통하고 옛 전례典禮에도 익숙했으므로, 조정 의례와 제도의 대부분을 바로잡았다. 이 때문에 원제元帝(司馬睿)293)와 명제明帝(司馬紹)294) 두 황제가 그를 친애했다.

> 孔演字元舒[1]. 晉國建, 與庾亮俱補中書侍郎. 于時中興肇建, 庶事草創, 演經學博通, 又練舊典, 朝儀軌制, 多取正焉. 由是元·明二年[2]帝親愛之.

[1] 孔演字元舒: 『北堂書鈔』卷57 注에 인용된 『晉中興書』에는 "孔演"이라

---

291) 공연(孔演)(268~320): 孔衍이라고도 한다. 자는 元舒(또는 舒元). 魯國 사람. 孔子의 22대손이다. 어려서부터 학문을 좋아하여 12살 때 『詩』·『書』에 통달했다. 약관의 나이에 강남으로 피난하여, 元帝 때 安東參軍으로 발탁되었다가 中書郎에 임명되었다. 明帝가 태자로 있을 때 太子中庶子가 되었다. 王敦이 그를 싫어하여 廣陵郡으로 전출되었다가, 元帝 太興 3년(321)에 임지에서 53세로 죽었다. 왕연은 文才로 이름을 드러내지는 못했지만, 학문이 넓어서 저술을 많이 남겼다. 『春秋時國語』·『春秋後國語』·『漢尚書』·『漢春秋』·『後漢尚書』·『後漢春秋』·『後魏尚書』·『後魏春秋』·『漢魏春秋』·『公羊集解』 등을 지었다.

292) 유량(庾亮)(289~340): 자는 元規. 潁川 鄢陵 사람. 東晉시기의 외척이자 명사. 晉 明帝 庾皇后의 큰오라비다. 용모가 준수하고 품행이 엄정했으며 담론에 뛰어났다. 元帝·明帝·成帝 3朝에 걸쳐 벼슬했는데, 太寧 3년(325)에 명제가 죽자 외척의 신분으로 王導 등과 함께 성제를 옹립하고 中書令이 되어 조정을 장악했다. 蘇峻이 난을 일으키자 潯陽으로 피난했다가 溫嶠와 함께 陶侃을 맹주로 추대하여 소준을 토벌했다. 도간이 죽은 뒤 그를 대신하여 武昌을 다스렸으며, 征西將軍으로서 병권을 쥐고 中原 회복을 시도했지만 이루지 못한 채 52세로 죽었다. 太尉에 추증되었으며, 시호는 文康이다.

293) 원제(元帝): 司馬睿(276~322). 東晉의 초대 황제. 자는 景文. 西晉 懷帝 永嘉 원년(306)에 安東將軍·都督揚州諸軍事를 역임했다. 서진이 망한 뒤 建業에서 황제에 올라 동진의 기틀을 다졌다. 나중에 王敦의 반란으로 인해 근심 끝에 재위 7년(317~323)만에 죽었다.

294) 명제(明帝): 司馬紹(299~325). 東晉의 제2대 황제. 자는 道畿. 元帝의 장자. 文武의 才略을 겸비했으며 賢士를 존대하고 문학을 애호했다. 내우외환의 와중에서도 賢能한 인물을 등용하여 결국 王敦의 亂을 평정했다. 단명하여 재위 4년(323~326)만에 27세로 죽었다.

되어 있고, 『初學記』卷11 注와 『太平御覽』卷220에 인용된 『晉中興書』
에도 모두 "孔演字元舒"라 되어 있다. 하지만 『晉書』「孔衍傳」에는 "孔衍
字舒元"이라 되어 있고, 『隋書』「經籍志」와 『舊唐書』「經籍志」, 『新唐
書』「藝文志」에도 모두 "孔衍"이라 되어 있다.

[2] 年: 문맥상 衍字가 분명하므로 삭제하는 것이 마땅하다.

△ 出典: 『說郛』 輯佚本.
△ 又見: 『子史鉤沉』 輯佚本.
　　　　 『五朝小說大觀』 輯佚本.
△ 參考: 『晉書』 卷91「孔衍傳」.
　　　　 『北堂書鈔』 卷57「設官部 · 中書侍郎」注에 인용된 『晉中興書』.
　　　　 『初學記』 卷11「職官部 · 中書侍郎」注에 인용된 『晉中興書』.
　　　　 『太平御覽』 卷220「職官部 · 中書侍郎」에 인용된 『晉中興書』.

- 『子史鉤沉』 輯佚本
  孔演字元舒. 晉國建, 與庾亮俱補中書侍郎. 于時中興肇建, 庶事草創,
  演經學博通, 又練舊典, 朝儀軌制, 多取正焉. 由是元 · 明二年帝親愛之.

- 『五朝小說大觀』 輯佚本
  孔演字元舒. 晉國建, 與庾亮俱補中書侍郎. 于時中興肇建, 庶事草創,
  演經學博通, 又練舊典朝儀, 朝廷多取正焉. 由是元 · 明二年帝親愛之.

- 『晉書』 卷91「孔衍傳」
  孔衍字舒元, 魯國人, 孔子二十二世孫也. 祖文[乂], 魏大鴻臚. 父毓, 征
  南軍司. 衍少好學, 年十二, 能通詩書. 弱冠, 公府辟, 本州擧異行直言,
  皆不就. 避地江東, 元帝引爲安東參軍, 專掌記室. 書令殷積, 而衍每以
  稱職見知. 中興初, 與庾亮俱補中書郎. 明帝之在東宮, 領太子中庶子.
  於時庶事草創, 衍經學深博, 又練識舊典, 朝儀軌制, 多取正焉. 由是元
  · 明二帝並親愛之.

- 『北堂書鈔』 卷57「設官部 · 中書侍郎」注에 인용된 『晉中興書』
  孔演與庾亮俱補中書侍郎. 于時中興肇建, 庶事草創, 演經學博通, 又練
  悉舊典, 朝儀軌制, 多取正焉. 元 · 明二帝親愛之.

- 『初學記』 卷11「職官部 · 中書侍郎」注에 인용된 『晉中興書』

孔演字元舒. 晉國建, 與庾亮俱補中書侍郞. 于時中興肇建, 庶事草創, 演經學博通, 又練悉舊典, 朝儀軌制, 多所取正焉. 由是元·明二帝親愛之.

- 『太平御覽』卷220 「職官部·中書侍郞」에 인용된 『晉中興書』
  孔演字元舒. 晉國初建, 與庾亮俱補中書侍郞. 於時中興肇建, 庶事草創, 演經學博通, 又練識舊典, 朝儀軌制, 多取正焉. 由是元·明二帝並親愛之.

136-(322년 이전)

> 유공庾公(庾亮)이 주백인周伯仁(周顗)[295]을 만나보러 갔는데, 주백인이 말했다.
> "그대는 무엇이 그리도 기쁘고 즐겁기에 부쩍 살이 쪘소?"
> 유공이 말했다.
> "그대는 무엇이 그리도 근심되고 걱정되기에 부쩍 살이 빠졌소?"
> 그러자 주백인이 말했다.
> "나는 근심하는 것은 없소. 다만 청허함이 날로 쌓이고 더러운 찌꺼기가 날로 빠져나갈 뿐이오."
>
> 庾公造周伯仁, 伯仁曰: "君何所欣說而忽肥?" 庾曰: "君復何所憂慘而忽瘦?" 伯仁曰: "吾無所憂. 直是淸虛日來, 滓穢日去耳."

△ 出典:『天中記』卷21 「肥·忽肥」.
△ 參考:『世說新語』「言語」30.

---

295) 주백인(周伯仁): 周顗(269~322). 자는 伯仁. 汝南 安城 사람. 西晉末 東晉初의 관리. 揚州刺史 周浚의 장자다. 부친의 武城侯 爵位를 襲封했기 때문에 '周侯'라고 불렸다. 풍류와 재기를 지녔으며 엄정한 기품이 빼어나 젊어서부터 이름이 알려졌다. 서진 말에 尙書吏部郞을 지냈고, 동진 초에 尙書左僕射를 역임했다. 元帝 永昌 원년(322)에 王敦이 반란을 일으키자, 황명을 받들고 가서 大義로 왕돈을 질책하다가 결국 石頭城에서 왕돈에게 피살당했다. 明帝 太寧 2년(324)에 왕돈의 난이 평정된 후 左光祿大夫·儀同三司에 추증되었으며, 시호는 康侯다.

- 『世說新語』「言語」30

  庾公造周伯仁, 伯仁曰: "君何所欣說而忽肥?" 庾曰: "君復何所憂慘而忽
  瘦?" 伯仁曰; "吾無所憂. 直是清虛日來, 滓穢日去耳."

137-(322년 이전)

전대 사람들은 기일忌日에는 술을 마시거나 음악을 연주하지 않
았다. 왕세장王世將(王廙)296)이 기일에 손님을 전송하느라 신정新
亭297)에 이르렀는데, 연회를 마련한 주인이 음악을 연주하려고
하자 왕세장은 곧바로 일어나 떠나 탄궁彈弓을 들고 위세마衛洗馬
(衛玠)의 묘 아래로 가서 새를 쏘았다.

前輩人忌日不飮酒作樂. 王世將以忌日送客, 至新亭, 主人欲作音
樂, 王便起去, 持彈往衛洗馬墓下彈鳥.

△ 出典:『北堂書鈔』卷124「武功部·彈」注.

138-(322년 이전)

두이(杜夷298)는 자가 행제行齊며, 유림좨주儒林祭酒를 지냈다. 황태자

---

296) 왕세장(王世將): 王廙(276~322). 자는 世將. 琅邪 臨沂 사람. 東晉의 이름난 書法
家·畫家·文學家·音樂家. 王導와 王敦의 사촌동생, 晉 元帝 司馬睿의 이종사촌동
생, 王羲之의 숙부다. 처음 서진 惠帝 때 太傅掾이 되었다가 參軍으로 전임되었다.
동진 원제 建武 원년(317)에 輔國將軍으로 발탁되고 武陵縣侯에 봉해졌으며, 그
후로 尙書郞·散騎常侍·左衛將軍 등을 역임했다. 永昌 원년(322)에 모반을 일으킨
王敦에 의해 平南將軍과 荊州刺史에 임명되었기에 세간에서 그를 '王平南'이라
부르기도 한다. 같은 해에 47세로 죽었다. 시호는 康이다. 그의 서화는 강남의 으뜸
으로 인정받았으며, 일찍이 明帝에게 서화를 가르치기도 했다.
297) 신정(新亭): 지금의 江蘇省 江寧縣 남쪽에 있던 정자. 東晉 때 조정의 관리나 명사
들이 연회나 餞別宴을 자주 열던 장소다.
298) 두이(杜夷)(258~323): 자는 行齊. 廬江 灊縣 사람. 三國·西晉·東晉에 걸쳐 생존
한 고명한 隱士다. 경전에 박통했으며, 算法·曆法·圖緯書 등 여러 분야에 조예가

皇太子(明帝 司馬紹)가 세 번이나 두이의 집을 찾아가서 경서를 들고 뜻을 물었다.

杜夷字行齊, 爲儒林祭酒. 皇太子凡三至夷舍, 執經問義.

△ 出典: 『說郛』 輯佚本.
△ 又見: 『子史鉤沉』 輯佚本.
　　　　『五朝小說大觀』 輯佚本.

• 『子史鉤沉』 輯佚本
杜夷字行齊, 爲儒林祭酒. 皇太子凡三至夷舍, 執經問□.

• 『五朝小說大觀』 輯佚本
杜夷字行齊, 爲儒林祭酒. 皇太子凡三至夷舍, 執經問義.

139-(325년 이전)

부선(傅宣299))은 공정함으로 이름이 알려졌으며, 벼슬은 어사중승御史中丞에 이르렀다. 부선의 동생 부창(傅暢300))은 자가 세도世道고 비

　　　　있었다. 汝潁에 우거하면서 10년 동안 두문불출한 채 학문에 전념했다. 40세 무렵에
　　　　고향으로 돌아와 제자를 모아 경학을 전수했는데, 그 수가 천여 명에 이르렀다.
　　　　조정에서 여러 차례 초빙했지만 나가지 않았다. 元帝 司馬睿가 丞相으로 있을 때
　　　　비로소 國子祭酒에 올랐으며, 원제는 나라에 큰 일이 있으면 항상 그에게 자문을
　　　　구했다. 明帝가 즉위하자 표문을 올려 은퇴를 청했다. 죽은 후 大鴻臚에 추증되었으
　　　　며, 시호는 貞子다. 저서에 『幽求子』 20편이 있다.
299) 부선(傅宣)(?~?): 자는 世弘. 北地 泥陽 사람. 西晉의 관리. 傅嘏의 손자고, 傅祇의
　　　　아들이며, 傅暢의 형이다. 6살 때 繼母의 상을 당했는데, 어른처럼 곡을 하여 친척들
　　　　이 그를 남달리 여겼다. 장성해서는 학문을 좋아하여 趙王 司馬倫이 相國掾으로
　　　　삼았다. 尙書郞과 太子中舍人을 거쳐 秘書丞과 驃騎從事中郞을 지냈다. 惠帝 때
　　　　黃門郞을 지냈고, 懷帝 때 吏部郞과 御史中丞을 지냈다. 49세에 죽었는데 아들이
　　　　없어서 동생 부창의 아들 傅沖을 후사로 삼았다.
300) 부창(傅暢)(?~330): 자는 世道. 西晉과 後趙의 관리. 서진의 司徒 傅祇의 차남이
　　　　다. 약관의 나이가 되기 전에 이미 명성이 높아 侍講東宮에 선발되고 秘書丞에
　　　　이르렀으며, 武鄕亭侯에 봉해졌다. 나중에 後趙의 石勒에게 포로로 잡혀갔는데,

서승秘書丞을 지냈으며 호중胡中(後趙)에 포로로 잡혀 있었다. 『진제
공찬晉諸公贊』과 『진공경예질고사晉公卿禮秩故事』를 지었다.

(傳)宣以公正知名, 位至御史中丞. 宣弟暢, 字世道, 祕書丞, 沒在胡
中. 著『晉諸公贊』及『晉公卿禮秩故事』.

△ 出典:『三國志』卷21「魏書‧傅嘏傳」裴注.
△ 又見:『職官分紀』卷16「祕書丞」注.

- 『職官分紀』卷16「祕書丞」注
  『世語』: 傅暢字世道, 爲秘書丞, 沒在胡中. 著『晉諸公讚』及『晉公卿禮
  秩故事』.

140-(미상)

원종爰宗[301)]이 군수郡守로 있을 때, 군의 남쪽 경계에 비석이 있었
는데 원종이 그 아래에 이르러 주연을 벌렸다. 그때 어떤 사람이
비석 아래에서 가위를 발견하자, 사람들이 모두 이상하게 생각했
다. [원종이 물었더니] 주부主簿가 대답했다.

"옛날에 장사환왕長沙桓王(孫策)[302)]이 전별연을 벌렸을 때, 손주孫洲
의 나이 많은 마을 어른이 '이 곳은 지형이 좁고 길쭉하니 당신은

석륵이 그를 大將軍右司馬로 삼았다. 조정의 의례에 밝고 항상 기밀을 담당했기에
석륵이 그를 매우 중시했다. 成帝 咸和 5년(330)에 죽었다.

301) 원종(爰宗): 미상.

302) 장사환왕(長沙桓王): 孫策(175~200). 자는 伯符. 吳縣 富春 사람. 孫堅의 아들이
자 吳 大帝 孫權의 형이다. 어렸을 때 壽春에서 살아 강남의 士族들과 폭넓게 교유
했다. 부친이 죽자 장인인 丹陽太守 吳景에게 의탁했다. 후한 獻帝 興平 연간(194
~195) 초에 袁術에게 의지하여 折衝校尉가 되었으며, 渡江하여 여러 곳에서 전투
를 벌이며 劉繇를 격파했다. 또 浙江으로 들어가 嚴白虎 등을 격파하고 스스로
會稽太守가 되었다. 나중에 廬江郡을 점거하여 江東에 손씨 정권을 세웠다. 曹操가
그를 討逆將軍에 임명하고 吳侯에 봉했다. 나중에 평소 그에게 원한을 품고 있던
吳郡太守의 측근에게 살해당했다. 동생 孫權이 稱帝한 후 長沙桓王에 追諡되었다.

틀림없이 장사왕이 될 것이오'라고 했는데, 과연 그 말대로 되었습니다. 대저 '도刀'자 셋이 모여 '주州'자가 되는데, 지금 가위를 얻었으니 당신은 또한 틀림없이 교주자사交州刺史가 될 것입니다." 나중에 원종은 과연 교주자사가 되었다.

爰宗爲郡守, 南界有刻石, 爰至其下醮. 有人於石下得剪刀者, 衆咸異之. 主簿對曰: "昔長沙桓王嘗飮餞, 孫洲父老云: '此洲狹而長, 君當爲長沙.' 事果應. 夫三刀爲州, 今得交刀, 君亦當爲交州." 後果作交州.

△ 出典:『駢志』卷13「庚部上」.

141-(미상)

백자고白子高303)는 젊었을 때 은륜술隱淪術304)을 좋아했으며, 늘 맛있는 술을 만들어 길가는 나그네들에게 주었다. 어느 날 아침에 4명의 선인仙人이 약을 가지고 그의 집에 모여서 술을 달라고 했다. 백자고는 그들이 비범한 사람임을 알아보고, 다른 약을 가져와 술에 섞으려 했는데, 선인들이 말했다.
"우리도 선약仙藥을 가지고 있소."
그래서 손님과 주인이 각자 자신의 약을 꺼냈더니, 선인들이 백자고에게 말했다.
"그대의 약은 너무 오래 묵었으니, 우리의 약을 먹는 것이 좋겠소."
백자고는 그 약을 먹고 선인들을 따라 날아갔다. 백자고의 선주

---

303) 백자고(白子高): 미상.
304) 은륜술(隱淪術): 神仙術을 말한다. '隱淪'은 형체를 숨겨서 보이지 않게 한다는 뜻으로, 神人의 다섯 등급 가운데 두 번째에 해당한다. 桓譚의『新論』에서 "天下神人五: 一曰神仙, 二曰隱淪, 三曰使鬼物, 四曰先知, 五曰鑄凝."이라 했다.

仙酒는 지금까지 사람들이 칭송한다.

> 白子高少好隱淪之術, 嘗爲美酒給道客. 一旦有四仙人齎藥[1], 集
> 其舍求酒. 子高知非凡, 乃欲取他藥雜之, 仙人云:“吾亦有仙藥.” 於
> 是賓主各出其藥, 仙人謂子高曰:“卿藥陳久, 可服吾藥.” 子高服之,
> 因隨仙人飛去. 子高仙酒至今稱之.

[1] 藥: 『御選唐詩』注에는 “酒”라 되어 있다.

△ 出典: 『北堂書鈔』 卷148 「酒食部·酒」 注.
△ 又見: 『淵鑑類函』 卷392 「食物部五·酒二」.
　　　　『庾開府集箋註』 卷5 「蒙賜酒」.
　　　　『御選唐詩』 卷21 「張籍·題韋郎中新亭」 注.

- 『淵鑑類函』 卷392 「食物部五·酒二」
  『世語』曰: 白子高少好隱淪之術, 嘗爲美酒給道客. 一旦有四仙人齎藥,
  集其舍求酒. 子高知非凡, 乃欲取他藥雜之, 仙人云:“我亦有仙藥.” 於是
  賓主各出其藥, 仙人謂子高曰:“卿藥陳久, 可服吾藥.” 子高服之, 因隨仙
  人飛去. 子高仙酒至今稱之.

- 『庾開府集箋註』 卷5 「蒙賜酒」
  『世語』曰: 子高少好隱淪之術, 嘗爲美酒給遣客. 一旦有四仙人齎藥, 集
  其舍求酒. 子高知非凡, 乃取他藥雜之, 仙人云:“我亦有仙藥.” 於是賓主
  各出其藥, 仙人謂子高曰:“卿藥陳久, 可服吾藥.” 子高服之, 因隨仙人飛
  去. 子高仙酒至今傳之.

- 『御選唐詩』 卷21 「張籍·題韋郎中新亭」 注
  『世語』: 子高少好隱淪之術, 嘗爲美酒給道客. 一旦四仙人齎酒, 集其
  舍, 謂子高曰:“卿藥陳久, 可服吾藥.” 子高服之, 因隨仙人飛去.

142-(미상)

> 성법제盛法濟라는 사람에게 아들이 있었는데, 20세에 병이 들어

해를 넘기도록 낫지 않았다. 어느 날 어떤 신이 와서 말했다.
"자리가 깨끗하지 않으니 신이 어느 곳에 앉으란 말이냐?"
성법제가 말했다.
"아주 깨끗한 옷칠한 건상巾箱305)이 있는데, 신은 어찌하여 그 속
으로 들어가지 않으십니까?"
신이 말했다.
"그게 정말 좋겠군!"
그래서 성법제가 건상 속의 물건을 꺼내고 대신 건상 속에 새 과
일을 담았는데, 무슨 소리가 나는 것이 약간 느껴지자 곧장 덮개
를 덮었다. 건상 속에서 요동치는 소리가 들리자 즉시 그것을 들
었더니 쌀 닷 되 정도의 무게였다. 곧바로 과일을 꺼내고 그 상
자를 무쇠 솥에서 삶아 백여 번을 끓인 후에 꺼냈더니 재가 되어
있었다. 성법제의 아들이 그 재를 먹었더니 즉시 병이 나았다.

盛法濟者有男, 年二十歲得疾, 經年不愈. 有神來語言: "床席不淨,
神何處坐?" 濟曰: "有漆巾箱甚淨, 神何不入中?" 神曰: "大佳!" 乃出
箱中物, 因內新果於箱中, 微覺有聲, 以蓋覆之. 聞箱中動搖, 卽持
之, 可五升米重. 便取果出, 于鐵鑊煮之百餘沸, 出乃成灰. 其男服
灰卽愈.

△ 出典: 『北堂書鈔』 卷135 「儀飾部·巾箱」 注.
△ 又見: 『淵鑑類函』 卷382 「器物部一·巾箱二」 注.

• 『淵鑑類函』 卷382 「器物部一·巾箱二」 注
  『世語』云 : 盛法濟者有男, 年二十歲得疾, 經年不愈. 有神來語言: "牀席
  不淨, 神何處坐?" 濟曰: "有漆巾箱甚淨, 神何不入箱中?" 神曰: "大佳!" 乃
  出箱中物, 因內新果于箱中, 微覺有聲, 以蓋覆之. 聞箱中動搖, 卽持之,
  可五升米重. 便取果出, 於鐵鑊煮之百餘沸, 出乃成灰. 其男服灰卽愈.

---

305) 건상(巾箱): 두건이나 서책 등을 담아두는 작은 상자.

143-(미상)

동호東胡306) 오환烏桓307)의 민간에서는 백주白酒를 만들 수는 있었지만, 누룩을 만들 줄 몰라서 늘 중국을 부러워했다.

烏桓東胡俗能作白酒, 而不知作麴蘗, 常仰中國.

△ 出典:『淵鑑類函』 卷392 「食物部五·酒二」.

144-(미상)

북해北海의 고사高士 교응矯應308).

北海[1]高士矯應.

[1] 『通志』에는 이곳에 "有"자가 있다.

△ 出典:『元和姓纂』 卷7 「三十小·矯」.
△ 又見:『通志』 卷27 「氏族略第三·晉人字」.

- 『通志』 卷27 「氏族略第三·晉人字」
  郭頌『世語』 : 北海有高士矯應.

---

306) 동호(東胡): 春秋시대에서 漢나라 초기에 몽골고원의 동부에서 생활한 유목민족. 『史記』「匈奴傳」에 기록이 보이며, 몽골계를 중심으로 하여 퉁구스계가 혼혈된 종족이라는 설이 유력하다. 처음에는 흉노보다 강세했으나 나중에 흉노의 冒頓單于에게 복속되었다. 후대의 오환·선비·거란 등이 모두 동호의 후예라고 한다. 동호란 호(흉노) 동쪽의 민족이라는 뜻으로 보기도 하며, 퉁구스의 音譯이라는 설도 있다.
307) 오환(烏桓): 오환(烏丸)이라고도 쓴다. 漢나라 초기에 흉노에게 패하여 남쪽 熱河 지방으로 밀려나 그곳을 중심으로 활동하던 東胡의 한 부족. 207년 魏나라 曹操에게 멸망당했다.
308) 교응(矯應): 미상

145-(미상)

푸른 꿩이 울면 시대가 태평하다.

靑鸛[1]鳴時太平.

[1] 鸛:『佩文韻府』卷27之3注에는 “鸇”라 되어 있고,『佩文韻府』卷99之4注
  에는 “鶴”이라 되어 있다.

△ 出典:『拾遺記』卷1.
△ 又見:『駢字類編』卷134「采色門一·靑」注.
　　　　『分類字錦』卷63「偶字·鐘磬笙竽」注.
　　　　『分類字錦』卷64「祥瑞·諸瑞」注.
　　　　『子史精華』卷135「動植部一·鳥」注.
　　　　『佩文韻府』卷23之2「下平聲·八庚韻二」注, 卷27之3「下平聲
　　　　·十二侵韻三」注, 卷92之3「入聲·三覺韻三」注, 卷99之4「入聲
　　　　·十藥韻四」注.

- 『駢字類編』卷134「采色門一·靑」注
  『世語』曰 : 靑鸛鳴時太平.

- 『分類字錦』卷63「偶字·鐘磬笙竽」注
  『世語』曰 : 靑鸛鳴時太平.

- 『分類字錦』卷64「祥瑞·諸瑞」注
  『世語』曰 : 靑鸛鳴時太平.

- 『子史精華』卷135「動植部一·鳥」注
  『世語』曰 : 靑鸛鳴時太平.

- 『佩文韻府』卷23之2「下平聲·八庚韻二」注
  『世語』曰 : 靑鸛鳴時太平.

- 『佩文韻府』卷27之3「下平聲·十二侵韻三」注
  『世語』曰 : 靑鸇鳴時太平.

- 『佩文韻俯』 卷92之3 「入聲·三覺韻三」 注
  『世語』曰 : 靑鸛鳴時太平.

- 『佩文韻府』 卷99之4 「入聲·十藥韻四」 注
  『世語』曰 : 靑鶴鳴時太平.

01-(춘추시대)

> 진秦나라 목공穆公309)이 상인에게 위衛나라에서 소금을 실어오게 했는데, 상인들이 백리해百里奚310)에게 소금수레를 끌게 했다. 진나라 목공이 소금을 살펴보다가 백리해를 만나볼 수 있었다.
>
> 秦穆公使賈人載鹽于衛, 諸賈人使百里奚引車. 秦穆公觀鹽, 因得見百里奚.*

* 본 고사의 내용은 춘추시대의 일이므로 『魏晉世語』의 佚文이 아닌 것으로 보인다.

△ 出典:『北堂書鈔』卷146「酒食部·鹽」注.
△ 參考:『說苑』卷2「臣術」.

• 『說苑』卷2「臣術」
  秦穆公使賈人載鹽, 徵諸賈人, 賈人買百里奚以五羖羊之皮, 使將車之

---

309) 목공(穆公)(?~기원전 621): 繆公이라고도 한다. 춘추시대 秦나라의 제9대 군주(기원전 660~기원전 621). 春秋五覇 가운데 하나이다. 재위기간 동안 어진 인재를 힘써 구해 百里奚·蹇叔·조豹·公孫枝 등의 賢臣의 보좌를 받을 수 있었으며, 국세가 날로 강해졌다.

310) 백리해(百里奚): 자는 井伯. 초국 사람. 젊어서 虞나라에서 벼슬하여 大夫가 되었다. 晉나라가 우나라에서 길을 빌어 虢나라를 치려했을 때, 백리해가 간했으나 듣지 않자 우나라를 떠났다. 秦 穆公이 상인들에게 소금을 실어오게 했는데, 상인들이 양가죽 다섯 장을 주고 백리해를 사서 노비로 부렸다. 실어온 소금을 목공이 보다가 수레를 끄는 소가 살쪄 있는 것을 이상하게 여겨 그 까닭을 물었더니 백리해가 "때에 맞춰 물과 먹이를 주고 난폭하지 않게 부렸더니 이 때문에 살이 쪘습니다"라고 했다. 이에 목공이 담당관리에게 명하여 그를 목욕시키고 의관을 입히게 했다. 公孫支가 자기의 卿 지위를 백리해에게 양보하고 그를 五羖大夫라고 불렀다.

秦. 秦穆公觀鹽, 見百里奚牛肥, 曰: "任重道遠以險, 而牛何以肥也?" 對曰: "臣飮食以時, 使之不以暴, 有險, 先後之以身, 是以肥也." 穆公知其君子也, 令有司其沐浴爲衣冠, 與坐, 公大悅.

02-(전국시대)

왕자교王子喬311)의 묘는 경릉京陵에 있었다. 전국시대에 어떤 사람이 그곳을 도굴했더니, 보이는 것은 아무 것도 없고 단지 검 하나만 무덤 안에 놓여 있었다. 그 사람이 잡으려고 다가갔더니, 검이 용이 울부짖고 호랑이가 포효하는 소리를 내는 바람에 결국 감히 접근하지 못했다. 얼마 후 그 검은 곧장 하늘로 날아 올라갔다.

王子喬墓在京陵[1]. 戰國時人有盜發之者, 覩[2]無所見, 惟有一劍, 停在穴中[3]. 欲進取之, 劍作龍鳴虎吼, 遂不敢進[4]. 俄而徑飛上天.*

* 본 고사의 내용은 전국시대의 일이므로 『魏晉世語』의 佚文이 아닌 것으로 보인다.

[1] 京陵: 『續談助』卷4에 인용된 殷芸의 『小說』에는 "京茂陵"이라 되어 있는데, 茂陵은 漢 武帝의 능으로, 지금의 陝西省 興平縣 동북쪽에 있었다.
[2] 覩: 『廣博物志』에는 "都"라 되어 있다.
[3] 停在穴中: 『續談助』卷4에 인용된 殷芸의 『小說』에는 "縣在空中"이라 되어 있다.
[4] 進: 『淵鑑類函』注에는 "近"이라 되어 있다.

△ 出典: 『北堂書鈔』卷122 「武功部・劍」注
△ 又見: 『廣博物志』卷32 「武功下」.

---

311) 왕자교(王子喬): 전국시대 周 靈王의 태자 晉. 笙簧을 불어 봉황 울음소리를 잘 냈다. 伊水와 洛水 사이에서 도사 浮丘公을 만나 그를 따라 嵩山으로 들어갔다. 나중에 백학을 타고 緱氏山 정상에 나타나 당시 사람들에게 작별을 고하고 며칠 뒤 떠나갔다.

『格致鏡原』 卷42 「武備類‧劍」.
『淵鑑類函』 卷223 「武功部十八‧劍三」 注.
△ 參考: 殷芸 『小說』.

- 『廣博物志』 卷32 「武功下」
  王子喬墓在京陵. 人有盜發之者, 都無所見, 惟有一劍, 停在穴中. 欲進取之, 劍作龍鳴虎吼, 遂不敢進. 俄而徑飛上天. (『世語』)

- 『格致鏡原』 卷42 「武備類‧劍」
  『世語』: 王子喬墓在京陵. 戰國時人有盜發之者, 覩無所見, 惟有一劍, 停在穴中. 欲進取之, 劍作龍鳴虎吼, 遂不敢進. 俄而徑飛上天.

- 『淵鑑類函』 卷223 「武功部十八‧劍三」 注
  『世語』: 王子喬墓在京陵. 戰國時人有盜, 所見惟有一劍, 停在穴中. 欲進取之, 劍作龍鳴虎吼, 遂不敢近. 俄而徑飛上天.

- 殷芸 『小說』
  王子喬墓在京茂陵. 戰國時有人盜發之, 睹之無所見, 唯有一劍, 縣在空中. 欲取之, 劍便作龍鳴虎吼, 遂不敢近. 俄而徑飛上天.

03-(338년)

왕장사王長史(王濛)312)와 사인조謝仁祖(謝尙)313)가 함께 왕승상王丞相(王

---

312) 왕장사(王長史): 王濛(309~347). 자는 仲祖. 太原 晉陽 사람. 東晉의 名士이자 외척. 哀帝 司馬丕 王皇后의 부친이다. 그 선조는 周에서 漢‧魏에 걸쳐 대대로 권문세족이었다. 조부 王佑는 北軍中侯였으며, 부친 王訥은 葉令이었다. 왕몽은 기품이 청초했으며 10여 세 때 이미 무리에서 뛰어났다. 약관의 나이에는 품행이 고상하고 풍류가 아정하여, 밖으로는 영달에 힘쓰지 않고 안으로는 사욕을 절제했다. 劉惔과 명성을 나란히 했으며 친하게 지냈다. 司徒 王導의 속관으로 초징되어 中書郞에 전임되었으며, 簡文帝 司馬昱이 會稽王으로서 정치를 보좌할 때 그의 총애를 받아 司徒左長史에 올랐다. 39세에 죽었으며, 光祿大夫에 추증되었다.
313) 사인조(謝仁祖): 謝尙(308~357). 자는 仁祖. 陳郡 陽夏 사람. 東晉의 名士이자 장수. 謝鯤의 아들이자 謝安의 사촌형. 司徒 王導의 속관으로 벼슬을 시작하여, 會稽王友‧給事黃門侍郞‧建武將軍‧歷陽太守‧西中郞將‧豫州刺史‧都督揚州

導)314)의 속관이 되었는데, 한번은 모임자리에서 왕장사가 말했다.

"사연謝掾(謝尚)은 색다른 춤을 잘 춘답니다."

그래서 왕공王公(王導)이 춤을 춰보라고 명했더니, 사인조가 곧바로 일어나 춤을 추었는데, 그 정신적인 기품이 매우 여유로웠다. 왕공이 찬찬히 둘러보며 손님들에게 말했다.

"사람들에게 왕안풍王安豊(王戎)을 생각나게 하는군!"

王長史·謝仁祖同爲王丞相掾, 在坐長史云: "謝掾能作異舞." 王公命爲之, 謝便起舞, 神意甚暇. 王公熟顧謂諸客: "使人思安豊!"*

---

* 본 고사의 내용은 東晉 成帝 때의 일이므로 『魏晉世語』의 佚文이 아닌 것으로 보인다.

△ 出典:『職官分紀』 卷5「掾屬」注.
△ 參考:『世說新語』「任誕」32.

• 『世說新語』「任誕」32
　王長史·謝仁祖同爲王公掾. 長史云: "謝掾能作異舞." 謝便起舞, 神意甚暇. 王公熟視, 謂客曰: "使人思安豊!"

六郡諸軍事·尚書僕射를 지냈으며, 鎭西將軍을 역임했기에 "謝鎭西"라고도 불렀다. '淸簡'한 정치를 펼쳐서 명성을 얻었다. 음악에도 정통했는데, 일찍이 진서장군으로 壽陽에 있을 때 樂工을 불러 모아 石磬을 제작하여 太樂을 완비했다.

314) 왕승상(王丞相): 王導(276～339). 자는 茂弘. 琅邪 臨沂 사람. 東晉 초의 權臣. 西晉 말에 司馬睿가 琅邪王으로 있을 을 때 安東司馬가 되어 군사 전략 수립에 참여했다. 서진이 무너지자 남북의 土族들을 연합하고 元帝 사마예를 옹립해 동진 왕조를 건립하는 데 공을 세웠다. 나중에 사촌형 王敦이 병권을 장악하자 長江 상류를 지켰다. 明帝가 즉위하자 遺詔를 받들어 정치를 보좌했으며, 司徒에 오르고 始興郡公에 봉해졌다. 成帝가 즉위하자 庾亮과 함께 어린 군주를 보필했다. 咸和 2년(327)에 蘇峻이 반란을 일으켰을 때, 궁중에서 끝까지 황제를 지켰는데, 소준이 그를 존경하여 해치지 않았다. 반란이 평정된 후 太傅와 丞相에 올랐다. 元帝(司馬睿)·明帝(司馬紹)·成帝(司馬衍)를 차례로 섬기면서, 동진 왕조의 강남 통치를 공고하게 다졌다. 시호는 文獻이다.

04-(345년)

> 학륭郝隆315)이 환공桓公(桓溫)316)의 남만참군南蠻參軍으로 있을 때 삼
> 월삼짇날317)에 시를 지었는데, 짓지 못하는 자는 벌주 석 되를
> 마셨다. 학륭이 맨 처음 시를 짓지 못하여 벌주를 받았는데, 다
> 마시고 나더니 붓을 쥐고서 곧바로 시를 지었다. 그 한 구절은
> 이러했다.
> "추우娵隅가 맑은 연못에서 뛰노네."
> 환공이 물었다.
> "추우가 무슨 말인가?"
> 학륭이 대답했다.
> "남만南蠻에서는 물고기를 추우라고 합니다."
> 다시 환공이 말했다.
> "시를 짓는 데 어찌하여 남만의 말을 쓰는가?"
> 학륭이 대답했다.

---

315) 학륭(郝隆)(?~?): 자는 佐治. 汲郡 사람. 東晉의 名士. 성품이 명랑하고 식견이
   탁월했다. 젊었을 때 읽지 않은 책이 없을 정도여서 博學으로 이름이 알려졌다.
   穆帝 永和 원년(345)에 桓溫이 南蠻校尉로 있을 때 그의 參軍이 되었다.
316) 환공(桓公): 桓溫(312~373). 字는 子元. 譙國 龍亢 사람. 東晉의 權臣이자 장수.
   젊어서부터 호매한 기풍을 지니고 있어서 溫嶠의 인정을 받았다. 穆帝 永和 원년(345)
   에 庾翼이 병으로 죽자, 安西將軍·持節都督荊司雍益梁寧六州諸軍事·領護南蠻校
   尉·荊州刺史가 되어 유익을 이어 荊州를 진수했다. 영화 4년(348)에 成漢을 평정한
   공훈으로 征西大將軍·開府儀同三司에 임명되고 臨賀郡公에 봉해졌다. 그 후로 여러
   차례 북벌에 나섰으나 끝내 성공하지 못했다. 그는 본래 천자가 되려는 야망을 품고
   있었는데, 북벌의 실패로 인해 명성이 실추되자 이를 만회하기 위해 군대를 일으켰다.
   太和 6년(371)에 廢帝 司馬奕을 海西公으로 폐하고 會稽王을 簡文帝로 옹립했으며,
   자신은 大司馬로서 姑孰에 주둔하면서 조정을 장악했다. 은밀히 제위를 찬탈하려고
   했지만, 뜻을 이루지 못하고 병으로 죽었다. 시호는 宣武侯다. 그의 아들 桓玄이 나중
   에 제위를 찬탈하여 桓楚를 건국한 뒤, 그를 楚宣武帝로 추존했다.
317) 삼월삼짇날: 1년 동안 쌓인 심신의 때를 털어내기 위해 흐르는 물가에서 修禊를
   하면서 동시에 酒宴과 作詩會를 열며 '曲水流觴'을 즐기던 옛 풍습. 修禊는 부정함
   을 씻기 위해 沐浴齋戒하는 禊祭를 말한다. 본래는 음력 3월 上巳日에 행했으나
   위진시대 이후에는 3월 3일에 행했다.

> "천릿길을 달려와 당신께 의탁하여 비로소 만부蠻府의 참군이 되
> 었으니, 어찌 남만의 말을 쓰지 않을 수 있겠습니까?"

> 郝隆爲桓公南蠻參軍, 三月三日作詩, 不能者罰三升. 隆初以不能
> 受罰, 旣飮, 覽筆便作. 其一句云: "娵隅躍淸池." 桓問: "娵隅是何
> 語?" 答云: "蠻名魚爲娵隅." 桓公曰: "作詩何以爲蠻語?" 隆答曰:
> "千里投君, 始得爲府參軍, 那得不作蠻語?"*

* 본 고사의 내용은 東晉 穆帝 때의 일이므로 『魏晉世語』의 佚文이 아닌
것으로 보인다.

△ 出典: 『太平御覽』 卷249 「職官部·府參軍」.
△ 參考: 『世說新語』 「排調」 35.

• 『世說新語』 「排調」 35
  郝隆爲桓公南蠻參軍, 三月三日會, 作詩, 不能者罰酒三升. 隆初以不能
  受罰, 旣飮, 攬筆便作一句云: "娵隅躍淸池." 桓問: "娵隅是何物?" 答曰:
  "蠻名魚爲娵隅." 桓公曰: "作詩何以作蠻語?" 隆曰: "千里投公, 始得蠻府
  參軍, 那得不作蠻語也?"

05-(353년)

> 은호殷浩[318]가 북벌할 때 강유江逌[319]가 장사長史가 되었다. 강유

---

318) 은호(殷浩)(303~356): 字는 淵源. 陳郡 長平 사람. 東晉의 大臣이자 장수. 조부
    殷識은 濮陽相을 지냈고, 부친 殷羨은 光祿勳을 지냈다. 弱冠의 나이에 훌륭한
    명성이 있었고 淸談에 뛰어나서 庾亮이 記室參軍으로 삼았다. 穆帝 永和 9년(353)
    에 중원 회복을 자임하고 中軍將軍으로서 北征에 나섰으나 羌族 장수 姚襄의 배반
    으로 참패했다. 이듬해(354) 평소 그를 시기하던 桓溫이 이것을 기회로 삼아 그를
    탄핵하여, 결국 庶人으로 폐출당했다가 죽었다.
319) 강유(江逌)(301?~365?): 자는 道載. 陳留 圉 사람. 東晉의 관리이자 장수. 조부
    江允은 蕪湖令을 지냈고, 부친 江濟는 安東參軍을 지냈다. 어려서 부모를 여의고
    사촌동생 江灌과 우애롭게 살았다. 蘇峻의 亂 때 바닷가에 숨어 지내면서 전적을
    벗 삼아 평생을 마치고자 했다. 나중에 가난 때문에 벼슬을 구하여 太末令이 되었는데,

는 수백 마리의 닭을 가져와 긴 새끼줄로 닭발을 이어서 묶고 모두 불을 매달아 일시에 내몰았더니, 닭들이 참호를 날아 지나 강군羌軍의 군영에 내려앉아 적진이 모두 불에 탔다.

> 殷浩北伐, 江逌爲長史. 逌取數百鷄, 以長繩連脚, 皆繫火, 一時駈放, 飛過塹, 集于羌營, 火皆燃.*

* 본 고사의 내용은 東晉 穆帝 때의 일이므로 『魏晉世語』의 佚文이 아닌 것으로 보인다.

△ 出典: 『說郛』 輯佚本.
△ 又見: 『子史鉤沉』 輯佚本.
　　　　 『五朝小說大觀』 輯佚本.

- 『子史鉤沉』 輯佚本
  殷浩北伐, 江逌爲長史. 逌取數百雞, 以長繩連脚, 皆繫火, 一時駈放, 飛過塹, 集于羌營, 火皆燃.

- 『五朝小說大觀』 輯佚本
  殷浩北伐, 江逌爲長史. 逌取數百鷄, 以長繩連脚, 皆繫火, 一時駈放, 飛過塹, 集于羌營, 火皆燃.

06-(370년 전후)

> 왕동정王東亭(王珣)320)이 환선무桓宣武(桓溫)를 위해 공문서321)를 다

그곳의 깊은 산속에 숨어 있던 망명자 수백 가구를 위로하고 설득하여 스스로 귀순하게 했다. 穆帝 永和 9년(353)에 殷浩가 北伐에 나섰을 때 諮議參軍으로 참여였다.

320) 왕동정(王東亭): 王珣(349~400). 자는 元琳, 어릴 적 자는 法護. 琅邪 臨沂 사람. 東晉 후기의 大臣이자 書法家. 동진 宰相 王導의 손자이자 吳郡內史 王洽의 아들이며, 書聖 王羲之의 堂侄이다. 일찍이 東亭侯에 봉해졌기에 王東亭이라 불렸다. 약관의 나이에 桓溫의 속관이 되었다가 主簿로 전임되었다. 환온이 北伐에 나섰을 때 軍中의 機務를 모두 그에게 맡겼다. 殷仲堪·徐邈·王恭·郗恢 등과 함께 才學과 文章으로 孝武帝의 총애를 받았으며, 여러 벼슬을 거쳐 左僕射·征虜將軍·太子詹

시 작성했는데, 이전의 공문과 중복된 것이 없었다.

> 王東亭爲桓宣武更作白事, 無復同本.*

* 본 고사의 내용은 東晉 晉海西 때의 일이므로『魏晉世語』의 佚文이 아닌 것으로 보인다.

△ 出典:『北堂書鈔』卷69「設官部‧主簿」注.
△ 參考:『世說新語』「文學」95.

• 『世說新語』「文學」95
  王東亭到桓公吏, 旣伏閤下. 桓令人竊取其白事, 東亭卽於閤下更作, 無復向一字.

07-(373년 이전)

> 환공桓公(桓溫)의 참군參軍 중에 석의石倚322)라는 자가 있었는데, 한 번은 찐 떡을 먹었지만 함께 낄 수가 없었다. 환공이 일부러 그의 젓가락을 놓지 않았는데도 석의는 끝내 포기하지 않았다. [이 광경을 보고] 온 좌중이 모두 웃으니 환공이 말했다.
> "같은 쟁반의 음식을 함께 먹을 때도 서로 도와주지 않다니!"
>
> 桓公有參軍石倚, 食蒸而不能共. 桓公故不設箸, 而倚終不放. 擧坐笑, 公云:"同盤不能相救!"*

* 본 고사의 내용은 東晉 簡文‧孝武帝 때의 일이므로『魏晉世語』의 佚文이

事를 지냈다. 安帝 隆安 원년(397)에 尙書令‧散騎常侍에 임명되었다가 얼마 후에 병으로 죽었다. 車騎將軍에 추증되었으며, 시호는 獻穆이다. 楷書와 行書에 능했고, 호방한 필체를 구사했다. 그의『伯遠帖』은 王羲之의『快雪時晴帖』과 王獻之의『中秋帖』과 함께 청나라 乾隆帝에 의해 '三希'로 일컬어졌다.
321) 공문서: 원문은 "白事". 문서의 일종으로, 보고서나 공문서를 말한다.
322) 석의(石倚): 미상.

아닌 것으로 보인다.

△ 出典:『北堂書鈔』 卷145 「酒食部·蒸」 注.
△ 參考:『世說新語』 「黜免」4.

- 『世說新語』 「黜免」4
  桓公坐有參軍椅烝薤, 不時解. 共食者又不助, 而椅終不放. 擧坐皆笑,
  桓公曰;"同盤尙不相助, 況復危難乎!" 勅令免官.

08-(373년 이후)

> 고장강顧長康(顧愷之)[323]이 환선무桓宣武(桓溫)의 묘에 참배하고 이렇
> 게 시를 지었다.
> "산이 무너지고 바다가 고갈되니, 물고기와 새는 장차 어디에 의
> 지할거나?"
> 어떤 사람이 그에게 물었다.
> "당신은 그토록 환선무에게 의지함이 심하니, 곡하는 모습을 한
> 번 볼 수 있겠소?"
> 고장강이 말했다.
> "코에서 나오는 숨소리는 광활한 사막의 바람 같고, 눈에서 흐르
> 는 눈물은 급류가 터져 흐르는 듯하네."
>
> 顧長康拜桓宣武墓, 作詩云:"山崩溟海竭, 魚鳥將何依?"人問之曰:"卿
> 憑重桓乃爾, 哭之狀其可見乎?" 顧曰:"鼻如廣莫風, 眼如懸河決溜."*

---

323) 고장강(顧長康): 顧愷之(344?~405). 자는 長康, 어릴 적 자는 虎頭. 晉陵 無錫
    사람. 東晉의 대화가. 桓溫의 초징으로 大司馬參軍이 되었다가 나중에 殷仲堪의
    參軍이 되었으며, 安帝 義熙 원년(405)에 散騎常侍가 되었다. 박학하고 재기가
    넘쳤으며, 특히 회화에 뛰어났다. 당시 사람들이 그를 '三絶'이라 불렀는데, 삼절은
    才絶·畵絶·痴絶을 말한다. 哀帝 興寧 2년(364)에 建康의 瓦官寺 벽면에 維摩像
    을 그려 화가로서 이름이 알려졌다. 曹不興·陸探微·張僧繇와 함께 '六朝四大家'
    로 불린다. 「論畵」와 「畵雲臺山記」 등의 畵論이 전한다.

* 본 고사의 내용은 東晉 孝武帝 때의 일이므로 『魏晉世語』의 佚文이 아닌
  것으로 보인다.

△ 出典:『天中記』卷22「鼻·廣莫」.
△ 參考:『世說新語』「言語」95.

• 『世說新語』「言語」95
  顧長康拜桓宣武墓, 作詩云:"山崩溟海竭, 魚鳥將何依?" 人問之曰:"卿
  憑重桓乃爾, 哭之狀其可見乎?" 顧曰;"鼻如廣莫長風, 眼如懸河決溜."
  或曰:"聲如震雷破山, 淚如傾河注海."

09-(374년)

> 손성孫盛324)은 자가 안국安國이며, 비서감秘書監이 되어 급사중給事
> 中을 더해 받았다. 성품이 돈후하고 고상했으며 학문을 좋아하여,
> 어려서부터 장성해서까지 항상 손에서 책을 놓지 않았다. 사관으
> 로 재직하고 나서 『삼국양추三國陽秋』325)를 지었다.
>
> 孫盛字安國, 爲秘書監, 加給事中. 篤尚好學, 自少至長, 常手不釋
> 卷. 旣居史官, 乃著『三國陽秋』.*

* 본 고사의 내용은 東晉 孝武帝 때의 일이므로 『魏晉世語』의 佚文이 아닌

---

324) 손성(孫盛)(302~374): 자는 安國. 太原 中都 사람. 東晉의 사학자. 조부 孫楚는
     馮翊太守를 지냈고, 부친 孫恂은 潁川太守를 지냈다. 10살 때 부친이 살해되자
     강남으로 피신했다. 박학하고 名理에 뛰어나 殷浩와 어깨를 겨루었다. 佐著作郞으
     로 벼슬을 시작하여 廷尉正·長沙太守·秘書監·給事中 등을 역임했다. 桓溫이 蜀
     을 정벌하는 데 종군하여 吳昌縣侯에 봉해졌다. 손성은 특히 史才에 뛰어나 『魏氏
     春秋』와 『晉陽秋』를 저술했다. 『진양추』에 대해 환온이 정치에 이롭지 않다며
     수정하라고 지시하자, 따로 두 종의 책을 필사하여 慕容儁에게 보냈는데, 나중에
     孝武帝가 異聞을 널리 구하다가 遼東에서 얻었다. 『진양추』는 당시에 良史라 불렸
     지만 망실되어 전하지 않는다.
325) 『삼국양추(三國陽秋)』: 삼국시대의 역사를 기록한 것으로 추정되는데 현재 전하지
     않는다. '陽秋'는 春秋와 같은 뜻으로 역사를 의미한다.

것으로 보인다.

△ 出典:『說郛』輯佚本.
△ 又見:『駢字類編』卷91「數目門十四・三」注.
　　　『子史鉤沉』輯佚本.
　　　『五朝小說大觀』輯佚本.

• 『駢字類編』卷91「數目門十四・三」注
『魏晉世語』: 孫盛字安國, 爲祕書監, 加給事中. 篤尙好學, 自少至長,
常手不釋卷. 旣居史官, 乃著『三國陽秋』.

• 『子史鉤沉』輯佚本
孫盛字安國, 爲祕書監, 加給事中. 篤尙好學, 自少至長, 常手不釋卷. 旣
居史官, 乃著『三國陽秋』.

• 『五朝小說大觀』輯佚本
孫盛字安國, 爲祕書監, 加給事中. 篤尙好學, 自少至長, 常手不釋卷. 旣
居史官, 乃著『三國陽秋』.

10-(376년)

> 왕자유王子猷(王徽之)[326)]가 환거기桓車騎(桓沖)[327)]의 참군參軍으로 있었

---

326) 왕자유(王子猷): 王徽之(338~386). 字는 子猷. 東晉의 名士이자 書法家. 王羲之
　　의 다섯째 아들. 성격이 활달하고 거침없었으며 放達한 인물이 되고자 했다. 大司馬
　　桓溫의 參軍과 車騎將軍 桓沖의 騎兵參軍이 되었지만, 제멋대로 행동하며 직무에
　　신경 쓰지 않았다. 나중에 黃門侍郞 벼슬을 버리고 會稽로 돌아가 살다가 동생
　　王獻之와 함께 병들어 차례로 죽었다.
327) 환거기(桓車騎): 桓沖(328~384). 일찍이 東晉 孝武帝 太元 원년(376)에 車騎將軍
　　을 지냈기에 그렇게 부른다. 자는 幼子, 어릴 적 자는 買德郞. 譙國 龍亢 사람.
　　東晉의 名將. 宣城內史 桓彝의 다섯째 아들, 大司馬 桓溫의 동생, 桓楚 武悼帝
　　桓玄의 숙부다. 征虜將軍・振威將軍・江州刺史를 역임하고 豐城公에 봉해졌다. 형
　　환온이 죽은 후, 中軍將軍・都督江揚豫州軍事・揚豫二州刺史・徐州刺史・車騎將
　　軍・荊州刺史・江州刺史 등을 지냈다. 비록 桓氏와 陳郡의 謝氏 사이에 대립이
　　있었지만, 환충은 늘 진나라 황실에 충성을 다했다. 나중에 謝氏 일족과 함께 동서

는데, 환거기가 왕자유에게 말했다.

"그대는 관부官府에 오래 있었으니 이참에 틀림없이 도와주겠네."

왕자유는 애당초 대답도 없이 그저 높은 곳만 쳐다보며 수판手版[328]으로 뺨을 괴고서 말했다.

"서산西山에 아침이 오니, 상쾌한 기운을 가져다주는군요!"

王子猷作桓車騎參軍, 桓謂王曰: "卿在府久, 此當相助." 王初不答, 直高視, 以手版柱頰云: "西山朝來, 致有爽氣!"*

* 본 고사의 내용은 東晉 孝武帝 때의 일이므로 『魏晉世語』의 佚文이 아닌 것으로 보인다.

△ 出典: 『太平御覽』 卷249 「職官部‧府參軍」.
△ 參考: 『世說新語』 「簡傲」 13.

• 『世說新語』 「簡傲」 13
王子猷作桓車騎參軍, 桓謂王曰: "卿在府日久, 比當相料理." 初不答, 直高視, 以手版拄頰云: "西山朝來, 致有爽氣!"

11-(380년 전후)

범녕范寧[329]은 자가 무자武子다. 어려서부터 학문을 좋아하여 통

양쪽에서 前秦의 공격을 방어하고 동진이 淝水大戰에서 승리하는 데 공을 세웠다. 죽은 뒤 太尉에 추증되었으며, 시호는 宣穆이다. 나중에 桓玄이 稱帝했을 때, 太傅에 추증되고 宣城王에 추존되었다.

328) 수판(手版): 手板과 같으며 笏을 말한다. 관리가 몸에 휴대하고 다니던 폭이 좁은 판으로, 사용할 때는 손에 올려놓고서 일을 기록했으며, 사용하지 않을 때는 腰帶에 꽂고 다녔다. 지위에 따라 그 재질과 모양이 달랐다.

329) 범녕(范寧)(339~401): 자는 武子. 南陽 順陽 사람. 東晉의 경학자. 徐兗二州刺史 范汪의 아들이자 『後漢書』의 찬자 范曄의 조부다. 儒學을 숭상하고 浮虛한 풍조를 억눌러 淸談을 비판하면서, 王弼과 何晏의 죄가 桀紂보다 크다고 여겼다. 孝武帝 때 餘杭令으로 벼슬을 시작하여 臨淮太守와 中書侍郎 등을 지냈으며, 陽遂鄕侯에 봉해졌다. 재임하는 동안 학교를 세우고 유학을 중시했으며, 당시 성행하던 玄學에

람通覽한 전적이 많았다. 중서랑中書郎에 임명되어 서성西省(中書省)330)을 전담했으며, 재직하는 동안 황제를 올바르게 보필한331) 바가 많아서 정도政道에 도움을 주었다.

范甯字武子. 少好學, 多所通覽. 拜中書郎[1], 專掌四省[2], 居職多所獻替, 有益政道.*

* 본 고사의 내용은 東晉 孝武帝 때의 일이므로 『魏晉世語』의 佚文이 아닌 것으로 보인다.

[1] 中書郎: 『晉書』 卷75 「范甯傳」에는 "中書侍郎"이라 되어 있다.
[2] 四省: 문맥상 "西省"의 오기로 보인다. 西省은 中書省의 別稱이다.

△ 出典: 『說郛』 輯佚本.
△ 又見: 『子史鉤沉』 輯佚本.
　　　　『五朝小說大觀』 輯佚本.

• 『子史鉤沉』 輯佚本
范甯字武子. 少好學, 多所通覽. 拜中書郎, 專掌四省, 居職多所獻替, 有益政道.

• 『五朝小說大觀』 輯佚本
范甯字武子. 少好學, 多所通覽. 拜中書郎, 專掌四省, 居職多所獻替, 有益政道.

반대했다. 평소 『春秋穀梁傳』에 좋은 주석이 없음을 유감으로 여겨 『春秋穀梁傳集解』를 저술했는데, 『十三經注疏』에 수록되어 있다.
330) 서성(西省): 中書省의 별칭. 중서성의 관서가 궁성 안의 서쪽에 있었기에 그렇게 불렸다.
331) 황제를 바르게 보필한: 원문은 "獻替". 군주에게 선한 일을 하도록 권하고 악한 일을 물리치도록 간하는 일. 군주를 바르게 보좌하는 것을 말한다.

서막徐邈332)은 자가 선민仙民이다. 유학자의 품행을 지니고서 학문을 좋아했으며, 특히 경전經傳에 뛰어났다. 열종烈宗(孝武帝 司馬曜)333)이 처음 전적을 살펴볼 때 예학禮學에 뛰어난 선비를 초치했는데, 후장군後將軍 사안謝安334)이 서막을 천거하여 선발에 응하도록 했다. 서막은 중서사인中書舍人에 보임되어 오로지 서성西省(中書省)에 머물면서 오경五經의 음훈音訓을 찬정했는데335), 학자들이 그를 으뜸으로 여겼다. 매번 황제의 고문顧問에 참여할 때마다 올바르게 보필하여 도움 되는 바가 많았기에 열종이 그를 매우 아꼈다.

徐邈字景山[1]. 以儒素坐好學, 尤善經傳. 烈宗始覽典籍, 招延禮[2]學之士, 後將軍謝安擧邈應選. 補中書舍人, 專在西省, 撰正五經音訓, 學者宗之. 每預顧問, 輒有獻替, 多所補益, 烈宗甚愛之.*

---

332) 서막(徐邈)(344~397): 자는 仙民. 東莞 姑幕 사람. 東晉의 경학자. 조부 徐澄之가 永嘉의 亂을 피해 강남으로 건너와 京口에 정착했다. 동진 孝武帝 때 유학자로서의 操行을 지녀 太傅 謝安의 천거로 中書舍人을 거쳐 散騎侍郎에 올랐다. 10년 동안 효무제를 모시면서 고문으로서 많은 도움을 주었다. 安帝 때 驍騎將軍에 이르렀다. 氾寧과 이름을 나란히 했다.

333) 열종(烈宗): 東晉 孝武帝 司馬曜(362~396)의 廟號. 자는 昌明. 簡文帝 司馬昱의 아들이다. 哀帝 興寧 3년(365) 會稽王에 봉해졌다. 간문제가 죽고 11살의 어린 나이에 제위에 오르자, 褚太后가 섭정하고 謝安이 정치를 보좌했다. 太元 원년(376)에 이르러 비로소 親政을 했다. 태원 8년(383)에 苻堅이 침략해오자 謝石 등이 淝水에서 전투를 벌여 대파했다. 동생 회계왕 司馬道子가 병권을 장악하고 권력을 전횡하자, 王恭를 기용하여 제어했다. 술을 좋아하고 佛心이 돈독했다. 24년 동안(373~396) 재위했다.

334) 사안(謝安)(320~385): 字는 安石. 陳郡 陽夏 사람. 謝奕의 동생이다. 어려서부터 명성이 있었다. 사물의 이치에 널리 통달했으며 온아하고 부드러운 성품을 지녔다. 東山에서 오랫동안 은거하다가 40여 세에 처음으로 桓溫의 司馬가 되어, 조카 謝玄, 동생 謝石 등과 함께 戰功을 세웠으며, 太保에 올랐다. 孝武帝 때 宰相이 되었다. 나중에 會稽王 司馬道子가 정권을 잡고 謝氏 일족을 배척하자, 廣陵太守로 전임되었다가, 도성으로 돌아온 뒤 병으로 죽었다. 太傅에 추증되었으며, 시호는 文靖이다.

335) 오경(五經)의 음훈(音訓)을 찬정했는데: 徐邈이 지은 『毛詩徐氏音』·『古文尙書徐氏音』·『周易徐氏音』·『禮記徐氏音』·『春秋徐氏音』을 말한다.

* 본 고사의 내용은 東晉 孝武帝 때의 일이므로『魏晉世語』의 佚文이 아닌 것으로 보인다.

[1] 景山: 마땅히 "仙民"으로 고쳐야 한다. 徐邈은 삼국시대 魏나라의 重臣 徐邈(字 景山)과 東晉 孝武帝 때의 경학자 徐邈(字 仙民)이 있는데, 본문의 내용에 따르면 후자가 맞다.
[2] 學:『駢字類編』注에는 "樂"이라 되어 있다.

△ 出典:『說郛』輯佚本.
△ 又見:『駢字類編』卷116「方隅門四·西」注.
　　　　　『子史鉤沉』輯佚本.
　　　　　『五朝小說大觀』輯佚本.

• 『駢字類編』卷116「方隅門四·西」注
　郭頒『魏晉世語』: 徐邈字景山. 烈宗始覽典籍, 招延禮樂之士, 後將軍謝安擧邈應選. 補中書舍人, 專在西省, 撰正五經音訓.

• 『子史鉤沉』輯佚本
　徐邈字景山, 以儒素坐好學, 尤善經傳. 烈宗始覽史籍, 招延禮學之士, 後將軍謝安擧邈應選. 補中書舍人, 專在西省, 撰正五經音訓, 學者宗之. 每預顧問, 輒有獻替, 多所補益, 烈宗甚愛之.

• 『五朝小說大觀』輯佚本
　徐邈字景山, 以儒素坐好學, 尤善經傳. 烈宗始覽典籍, 招延禮學之士, 後將軍謝安擧邈應選. 補中書舍人, 專在西省, 撰正五經音訓, 學者宗之. 每預顧問, 輒有獻替, 多所補益, 烈宗甚愛之.

13-(398년 이전)

> 왕효백王孝伯(王恭)336)이 말했다.

---

336) 왕효백(王孝伯): 王恭(?~398). 자는 孝伯, 어릴 적 자는 阿寧. 太原 晉陽 사람. 동진의 외척이자 대신으로, 孝武定皇后 王法慧의 오라비자 진나라의 名士 王濛의 손자다. 左著作郎으로 벼슬을 시작하여 孝武帝 때 前將軍과 靑兗二州刺史 등을

> "명사는 꼭 특별한 재능이 필요한 것은 아니니, 단지 늘 일이 없
> 게 만들고 술을 마시며 「이소離騷」를 읽기만 하면, 곧 명사라고
> 일컬을 만하다."
>
> 王孝伯曰: "名士不須奇才, 但使常得無事, 飮酒, 讀「離騷」[1], 便可
> 稱名士."*

* 본 고사의 내용은 東晉 安帝 때의 일이므로 『魏晉世語』의 佚文이 아닌
것으로 보인다.

[1] 飮酒, 讀「離騷」: 이 고사는 『世說新語』 「任誕」편에도 실려 있는데, 거기
에는 "痛飮酒, 孰讀「離騷」"라 있다.

△ 出典: 『淵鑑類函』 卷392 「食物部五·酒二」.
△ 參考: 『世說新語』 「任誕」 53.

• 『世說新語』 「任誕」 53
王孝伯言: "名士不必須奇才, 但使常得無事, 痛飮酒, 孰讀「離騷」, 便可
稱名士."

14-(407년 이전)

> 은중문殷仲文337)의 독서량이 원표袁豹338)의 절반만 되었더라도, 그

지냈다. 安帝가 즉위한 뒤 會稽王 司馬道子가 정권을 잡고 王國寶를 총애하자,
이를 여러 차례 간하다가 사마도자의 미움을 샀다. 隆安 원년(397)에 군사를 일으켜
왕국보를 토벌했는데, 사마도자가 왕국보를 처형하자 군대를 거두었다. 이듬해 王
愉와 司馬尙 형제를 토벌한다는 명분을 내세우고 다시 군사를 일으켰는데, 부장
劉牢之의 배반으로 실패하여 도성으로 압송된 뒤 처형되었다. 인물이 매우 준수하
고 항상 鶴氅衣를 입고 다녔는데, 눈이 올 때 이것을 입고 다니면 신선과 같았다고
한다.
337) 은중문(殷仲文)(?~407): 陳郡 長平 사람. 東晉의 大臣. 殷仲堪의 사촌동생이자
桓玄의 매부다. 어려서부터 재능이 뛰어났고 용모가 준수했다. 은중감의 추천으로
會稽王 司馬道子의 驃騎參軍이 되었다. 환현이 조정과 대립했을 때 환현의 인척인

필력이 육사형陸士衡(陸機)339)에 못지않았을 것이다. 이는 대개 그가 문재文才는 있지만 학문이 부족한 것을 안타까워한 것이다.

殷仲文讀書, 若半袁豹, 則筆端不減陸士衡. 蓋惜其有才而寡學也.*

* 본 고사의 내용은 東晉 安帝 때의 일이므로 『魏晉世語』의 佚文이 아닌 것으로 보인다.

△ 出典: 『丹鉛續錄』 卷6 「雜識·半豹」, 卷18 「詩話類·半豹」.
△ 又見: 『譚苑醍醐』 卷7 「半豹」.
　　　　『升菴集』 卷72 「半豹」.
△ 參考: 『世說新語』 「文學」 99.

• 『譚苑醍醐』 卷7 「半豹」
　郭頒『世語』云 : 殷仲文讀書, 若半袁豹, 則筆端不減陸士衡. 盖惜其有才而寡學也.

• 『升菴集』 卷72 「半豹」
　郭氏『世語』云 : 殷仲文讀書, 若半袁豹, 則筆端不減陸士衡. 盖惜其有才

탓에 의심받아 新安太守로 강등되었다. 환현이 도성을 점거하고 제위를 찬탈하려 하자, 다스리던 郡을 버리고 달려와 諮議參軍이 되어 환현의 총애와 신임을 받았다. 환현이 찬탈 음모를 꾸미면서 그에게 조서를 짓게 하고, 그를 侍中 겸 左衛將軍에 임명했다. 환현의 반란이 실패한 후, 표문을 올리고 죄를 청하여 安帝의 용서를 받았다. 尙書로 있다가 얼마 뒤 東陽太守로 강등되어 울적하게 지냈다. 義熙 3년(407)에 永嘉太守 駱球 등과 모반했다가 劉裕에게 처형되었다.

338) 원표(袁豹)(373~413): 자는 士蔚. 陳郡 陽夏 사람. 東晉의 관리. 조부 袁耽은 歷陽太守를 지냈고, 부친 袁質은 琅邪內史를 지냈다. 安帝 隆安 연간(397~401)에 著作佐郎이 되었으며, 그 후로 여러 벼슬을 거쳐 太尉長史·丹陽尹에 기용되었다. 義熙 9년(413)에 41세로 죽었다.

339) 육사형(陸士衡): 陸機(261~303). 자는 士衡. 吳郡 華亭 사람. 西晉의 관리이자 문학가. 삼국시대 吳나라 名將 陸遜의 손자이자 陸抗의 아들이다. 晉 武帝 太康 연간(280~289) 말에 동생 陸雲과 함께 洛陽으로 들어갔다. 著作郎으로 벼슬을 시작하여 平原內史에까지 이르렀기에 세칭 '陸平原'이라 불렸다. 나중에 成都王 司馬穎을 섬겨 後將軍·河北大都督을 지냈으나, 환관 孟玖와 盧志의 모함을 받아 억울하게 죽었다.

而寡學也.

- 『世說新語』「文學」99
  殷仲文天才宏贍, 而讀書不甚廣. 傅亮歎曰: "若使殷仲文讀書半袁豹, 才
  不減班固."

참고문헌

- 原典類

(晉) 陳壽 撰, (劉宋) 裴松之 注, 『三國志』, 北京中華書局點校本.

(晉) 陳壽 撰, (劉宋) 裴松之 注, 文淵閣四庫全書電子版.

(晉) 王嘉 撰, (梁) 蕭綺 錄, 『拾遺記』, 文淵閣四庫全書電子版.

(劉宋) 劉義慶 撰, (梁) 劉孝標 注, 『世說新語』, 思賢講舍刻本.

(劉宋) 劉義慶 撰, (梁) 劉孝標 注, 『世說新語』, 文淵閣四庫全書電子版.

(北魏) 酈道元 注, 『水經注』, 上海古籍出版社排印本.

(北魏) 酈道元 注, 『水經注』, 文淵閣四庫全書電子版.

(北周) 庾信 撰, (淸) 吳兆宜 注, 『庾開府集箋註』, 文淵閣四庫全書電子版.

(北周) 庾信 撰, (淸) 倪璠 注, 『庾子山集』, 文淵閣四庫全書電子版.

(唐) 李善 注, 『文選』, 文淵閣四庫全書電子版.

(唐) 虞世南 撰, (淸) 孔廣陶 校注, 『北堂書鈔』, 孔氏三十有三萬卷堂影宋本.

(唐) 虞世南 撰, (明) 陳禹謨 補注, 『北堂書鈔』, 文淵閣四庫全書電子版.

(唐) 歐陽詢 撰, 『藝文類聚』, 上海古籍出版社點校本.

(唐) 歐陽詢 撰, 『藝文類聚』, 文淵閣四庫全書電子版.

(唐) 徐堅 撰, 『初學記』, 北京中華書局排印本.

(唐) 徐堅 撰, 『初學記』, 文淵閣四庫全書電子版.

(唐) 李瀚 撰, (宋) 徐子光 注, 『蒙求集註』, 文淵閣四庫全書電子版.

(唐) 瞿曇悉達 撰, 『唐開元占經』, 文淵閣四庫全書電子版.

(唐) 林寶 撰, 『元和姓纂』, 文淵閣四庫全書電子版.

(唐) 白居易 撰, (宋) 孔傳 續撰, 『白孔六帖』, 文淵閣四庫全書電子版.

(宋) 李昉 撰, 『太平廣記』, 北京中華書局汪紹楹點校本.

(宋) 李昉 撰, 『太平廣記』, 文淵閣四庫全書電子版.

(宋) 李昉 撰, 『太平御覽』, 臺灣商務印書館影印四部叢刊本.

(宋) 李昉 撰, 『太平御覽』, 文淵閣四庫全書電子版.

(宋) 王欽若 撰, 『冊府元龜』, 文淵閣四庫全書電子版.

(宋) 朱翌 撰, 『猗覺寮雜記』, 文淵閣四庫全書電子版.

(宋) 張邦基 撰,『墨莊漫錄』, 文淵閣四庫全書電子版.

(宋) 葉廷珪 撰,『海錄碎事』, 文淵閣四庫全書電子版.

(宋) 錢易 撰,『南部新書』, 文淵閣四庫全書電子版.

(宋) 李石 撰,『續博物志』, 文淵閣四庫全書電子版.

(宋) 王應麟 撰,『玉海』, 文淵閣四庫全書電子版.

(宋) 鄭樵 撰,『通志』, 文淵閣四庫全書電子版.

(宋) 吳淑 撰,『事類賦』, 文淵閣四庫全書電子版.

(宋) 鄧名世 撰,『古今姓氏書辯證』, 文淵閣四庫全書電子版.

(宋) 孫逢吉 撰,『職官分紀』, 文淵閣四庫全書電子版.

(宋) 司馬光 撰, (宋) 胡三省 注,『資治通鑑』, 文淵閣四庫全書電子版.

(宋) 潘自牧 撰,『記纂淵海』, 文淵閣四庫全書電子版.

(宋) 謝維新 撰,『古今合璧事類備要後集』, 文淵閣四庫全書電子版.

(宋) 無名氏 撰,『錦繡萬花谷』, 文淵閣四庫全書電子版.

(宋) 無名氏 撰,『翰苑新書』, 文淵閣四庫全書電子版.

(宋) 蘇軾 撰, (淸) 馮景 補注,『蘇詩續補遺』, 文淵閣四庫全書電子版.

(宋) 黃庭堅 撰, (宋) 史季溫 注,『山谷別集詩注』, 文淵閣四庫全書電子版.

(宋) 李劉 撰,『四六標準』, 文淵閣四庫全書電子版.

(元) 陶宗儀 撰,『說郛』, 上海古籍出版社影印涵芬樓藏宛委山堂本.

(元) 陶宗儀 撰,『說郛』, 文淵閣四庫全書電子版.

(元) 富大用 撰,『古今事文類聚遺集』, 文淵閣四庫全書電子版.

(元) 陰勁弦 撰, (元) 陰復春 編,『韻府羣玉』, 文淵閣四庫全書電子版.

(元) 陳仁子 輯,『文選補遺』, 文淵閣四庫全書電子版.

(元) 郝經 撰,『續後漢書』, 文淵閣四庫全書電子版.

(明) 楊愼 撰,『丹鉛續錄』, 文淵閣四庫全書電子版.

(明) 楊愼 撰,『譚苑醍醐』, 文淵閣四庫全書電子版.

(明) 楊愼 撰,『升菴集』, 文淵閣四庫全書電子版.

(明) 陳禹謨 撰,『駢志』, 文淵閣四庫全書電子版.

(明) 陳耀文 撰,『經典稽疑』, 文淵閣四庫全書電子版.

(明) 周嬰 撰,『卮林』, 文淵閣四庫全書電子版.

(明) 顧起元 撰,『說略』, 文淵閣四庫全書電子版.

(明) 方以智 撰,『通雅』, 文淵閣四庫全書電子版.

(明) 徐應秋 撰,『玉芝堂談薈』, 文淵閣四庫全書電子版.

(明) 彭大翼 撰,『山堂肆考』, 文淵閣四庫全書電子版.

(明) 陳耀文 撰,『天中記』, 文淵閣四庫全書電子版.

(明) 董斯張 撰,『廣博物志』, 文淵閣四庫全書電子版.

(明) 何良俊 撰,『何氏語林』, 文淵閣四庫全書電子版.

(明) 梅鼎祚 編,『西晉文紀』, 文淵閣四庫全書電子版.

(明) 楊時偉 編,『諸葛忠武書』, 文淵閣四庫全書電子版.

(明) 朱明鎬 撰,『史糾』, 文淵閣四庫全書電子版.

(明) 明人 輯錄,『孔北海集』, 文淵閣四庫全書電子版.

(清) 朱彝尊 撰,『經義考』, 文淵閣四庫全書電子版.

(清) 惠士奇 撰,『禮說』, 文淵閣四庫全書電子版.

(清) 高士奇 撰,『續編珠』, 文淵閣四庫全書電子版.

(清) 倪濤 撰,『六藝之一錄』, 文淵閣四庫全書電子版.

(清) 杭世駿 撰,『三國志補注』, 文淵閣四庫全書電子版.

(清) 張英 撰,『淵鑑類函』, 文淵閣四庫全書電子版.

(清) 張玉書 撰,『佩文韻府』, 文淵閣四庫全書電子版.

(清) 張廷玉 撰,『韻府拾遺』, 文淵閣四庫全書電子版.

(清) 張廷玉 撰,『駢字類編』, 文淵閣四庫全書電子版.

(清) 張廷玉 撰,『子史精華』, 文淵閣四庫全書電子版.

(清) 何焯 撰,『分類字錦』, 文淵閣四庫全書電子版.

(清) 何焯 撰,『義門讀書記』, 文淵閣四庫全書電子版.

(清) 陳元龍 撰,『格致鏡原』, 文淵閣四庫全書電子版.

(清) 吳廷楨 撰,『月令輯要』, 文淵閣四庫全書電子版.

(清) 徐乾學 撰,『大清一統志』, 文淵閣四庫全書電子版.

(清) 王琦 撰,『李太白集注』, 文淵閣四庫全書電子版.

(清) 朱鶴齡 撰,『李義山詩集注』, 文淵閣四庫全書電子版.

(清)『御選唐詩』, 文淵閣四庫全書電子版.

(清) 黃奭 輯,『子史鉤沈』, 漢學堂知足齋叢書本.

(民國) 吳曾祺 撰,『舊小說』, 上海商務印書館版.

(民國) 無名氏 撰,『五朝小說大觀』, 上海文藝出版社影印上海掃葉山房石印本.

- **單行本類**

寧稼雨,『中國志人小說史』, 沈陽: 遼寧人民出版社, 1991.

王枝忠,『漢魏六朝小說史』, 杭州: 浙江古籍出版社, 1997.

苗壯, 『筆記小說史』, 杭州: 浙江古籍出版社, 1998.

金長煥 譯注, 『세상의 참신한 이야기-世說新語』(전3권), 서울: 신서원, 2008.

劉汝霖, 『東晉南北朝學術編年』, 上海: 華東師範大學出版社, 2010.

• 論文類

金長煥, 「魏晉南北朝志人小說研究」, 延世大學校博士論文, 1992.

金長煥, 「『世說新語』 佚文 研究」, 『中國小說論叢』 第5輯, 1996.3.

魏世民, 「兩晉三部小說成書年代考」, 『昭通師範高等專科學校學報』 第24卷 第4期, 2002.8.

嚴紅彦, 「『三國志』裴注中所見『魏晉世語』考述」, 蘭州大學碩士論文, 2007.

• 電子圖書類

『文淵閣四庫全書』電子版, 北京: 迪志文化出版有限公司, 1999.

『二十五史』, 臺灣中央研究院漢籍電子文獻資料庫:
        http://hanchi.ihp.sinica.edu.tw/ihp/hanji.htm

『漢語大詞典』, 漢典: http://www.zdic.net/cd/

『中國歷代人名大辭典』, 工具書庫:
        http://art.tze.cn/Refbook/default.aspx?cult=TW

『中國歷史紀事』, 中華博物: http://www.gg-art.com/article/tools.php

『中國古代地名大詞典』, 中華博物:
        http://www.gg-art.com/article/tools.php

『中國歷代職官詞典』, 中華博物: http://www.gg-art.com/article/tools.php

인명 찾아보기

* 찾아보기 항목 옆의 숫자는 집일(輯佚)과 교석(校釋)에 수록된 고사의 순서이다.

지은이

김 장 환 | jhk2294@yonsei.ac.kr

김장환은 연세대학교 중어중문학과 교수로 재직 중이다. 연세대학교 중문과를 졸업한 뒤 서울대학교에서 「世說新語硏究」로 석사학위를 받았고, 연세대학교에서 「魏晉南北朝志人小說硏究」로 박사학위를 받았다. 강원대학교 중문과 교수, 미국 Harvard-Yenching Institute의 Visiting Scholar(2004~2005), 같은 대학교 Fairbank Center for Chinese Studies의 Visiting Scholar(2011~2012)를 지냈다. 전공분야는 중국 문언소설과 필기문헌이다.

그동안 쓴 책으로는 『중국문학의 벼리』, 『중국문학의 향기』, 『중국문학의 숨결』, 『中國文言短篇小說選』, 『劉義慶과 世說新語』 등이 있고, 옮긴 책으로는 『中國演劇史』, 『中國類書槪說』, 『中國歷代筆記』, 『세상의 참신한 이야기―世說新語』(전3권), 『世說新語補』(전4권), 『世說新語姓彙韻分』(전3권), 『太平廣記』(전21권), 『太平廣記詳節』(전8권), 『封神演義』(전9권), 『唐摭言』(전2권), 『列仙傳』, 『西京雜記』, 『高士傳』, 『笑林』, 『語林』, 『郭子』, 『俗說』, 『談藪』, 『小說』, 『啓顔錄』, 『神仙傳』, 『玉壺氷』, 『列異傳』, 『齊諧記·續齊諧記』, 『宣驗記』, 『述異記』 등이 있으며, 중국 문언소설과 필기문헌에 관한 여러 편의 연구논문이 있다.

魏晉世語 輯釋 研究

초판 인쇄 2015년 12월 10일
초판 발행 2015년 12월 21일

저   자| 金長煥
펴 낸 이| 하운근
펴 낸 곳| 學古房

주   소| 경기도 고양시 덕양구 통일로 140 삼송테크노밸리 A동 B224
전   화| (02)353-9908 편집부(02)356-9903
팩   스| (02)6959-8234
홈페이지| http://hakgobang.co.kr
전자우편| hakgobang@naver.com, hakgobang@chol.com
등록번호| 제311-1994-000001호

ISBN   978-89-6071-558-5   93820

값 : 18,000원

이 도서의 국립중앙도서관 출판시도서목록(CIP)은 서지정보유통지원시스템 홈페이지
(http://seoji.nl.go.kr)와 국가자료공동목록시스템(http://www.nl.go.kr/kolisnet)에서 이
용하실 수 있습니다.(CIP제어번호: CIP2015033916)

.